国家社科基金项目"南非英语小说民俗书写研究"（22BWW065）阶段性成果

扎克斯·穆达小说民俗书写研究

胡忠青 著

Folklore Writing in
Zakes Mda's Novels

中国社会科学出版社

图书在版编目(CIP)数据

扎克斯·穆达小说民俗书写研究 / 胡忠青著 .
北京：中国社会科学出版社，2024.12. -- ISBN 978-7-5227-4688-3

Ⅰ.I470.074

中国国家版本馆 CIP 数据核字第 2025L2L944 号

出 版 人	赵剑英
责任编辑	程春雨
责任校对	罗婉珑
责任印制	张雪娇

出　版	中国社会科学出版社
社　址	北京鼓楼西大街甲 158 号
邮　编	100720
网　址	http://www.csspw.cn
发 行 部	010-84083685
门 市 部	010-84029450
经　销	新华书店及其他书店
印　刷	北京明恒达印务有限公司
装　订	廊坊市广阳区广增装订厂
版　次	2024 年 12 月第 1 版
印　次	2024 年 12 月第 1 次印刷
开　本	710×1000　1/16
印　张	16.75
插　页	2
字　数	284 千字
定　价	98.00 元

凡购买中国社会科学出版社图书，如有质量问题请与本社营销中心联系调换
电话：010-84083683
版权所有　侵权必究

目　录

引言 ………………………………………………………………… (1)
 一　研究缘起 …………………………………………………… (3)
 二　国内外研究综述 …………………………………………… (9)
 三　相关概念的界定 …………………………………………… (28)
 四　研究思路与创新之处 ……………………………………… (34)

第一章　穆达民俗书写的语境生成 ……………………………… (36)
 第一节　民俗化的生活场域 …………………………………… (36)
  一　乡土作为主体社会基质 ………………………………… (37)
  二　丰富而多元的民俗文化 ………………………………… (41)
  三　民间生活体验的积淀 …………………………………… (44)
 第二节　历史激荡下的民族文化认同 ………………………… (50)
  一　殖民文本中本土文化的缺失 …………………………… (50)
  二　前辈作家民俗书写的传承 ……………………………… (54)
  三　"文化恋母"情结的促动 ……………………………… (58)
 第三节　政治语境下的文学突围 ……………………………… (63)
  一　文化复兴思潮的复苏 …………………………………… (64)
  二　"重新发现平凡" ……………………………………… (67)
  三　恢复人的复杂性 ………………………………………… (70)

第二章　口头传统书写：历史语境下的民间反击 ……………… (75)
 第一节　口头传统之于个体身份的重构 ……………………… (75)
  一　在演述中为亡者言说 …………………………………… (76)
  二　在演述中自我赋权 ……………………………………… (80)
  三　在演述中自我疗愈 ……………………………………… (82)
 第二节　口头传统之于群体理想的构建 ……………………… (85)
  一　群体意识的建立 ………………………………………… (85)

二　群体话语的狂欢……………………………………（88）
　　三　群体记忆的重构……………………………………（91）
第三节　口头传统之于民族形象的重构………………………（96）
　　一　作为反话语策略的故事讲述………………………（97）
　　二　殖民语言权威的消解………………………………（102）
　　三　殖民话语行为的模仿………………………………（106）

第三章　社会仪式书写：阈限时空下他者的精神建构……（113）
第一节　仪式之于物种他者的权利主张………………………（114）
　　一　动物的人性化………………………………………（114）
　　二　动物的伦理化………………………………………（118）
第二节　仪式之于边缘个体的主体建构………………………（121）
　　一　自我意识的复归……………………………………（122）
　　二　心灵世界的净化……………………………………（125）
　　三　主体权利的赋予……………………………………（128）
第三节　仪式之于族裔他者的文化坚守………………………（132）
　　一　承载民族记忆………………………………………（133）
　　二　激发民族意识………………………………………（135）
　　三　树立民族形象………………………………………（139）

第四章　物质民俗书写："食物"困厄下的身份建构与权力抗争……………………………………………………（144）
第一节　人食"物"之主体身份的建构………………………（144）
　　一　族裔身份的维系……………………………………（145）
　　二　自我身份的重塑……………………………………（149）
　　三　群体身份的联结……………………………………（153）
第二节　人食"肉"之父权体系的建构………………………（157）
　　一　对动物的过度剥削…………………………………（158）
　　二　对女性主体性的"销蚀"…………………………（161）
　　三　对孩子的过度占有…………………………………（165）
第三节　人食"人"之殖民权力的建构………………………（169）
　　一　"野蛮食人族"形象的塑造………………………（170）
　　二　"文明人"的"食人"真相………………………（175）
　　三　"食人族"的"反噬"……………………………（180）

第五章 穆达民俗书写的功能向度 (184)
第一节 揭示"民""俗"错置的困境 (185)
一 "俗"对"民"的压迫 (185)
二 "民"对"俗"的厌弃 (189)
三 "民"对"俗"的滥用 (191)
第二节 探索"俗"的传承路径 (195)
一 民俗价值的再发现 (196)
二 传统民俗的现代化 (199)
三 民俗链的重建 (203)
第三节 重建"民"的主体性 (207)
一 发掘底层民众的创造力 (207)
二 重建乡土伦理秩序 (212)
三 重建生命共同体 (214)

结语 (218)
一 民俗书写之与民俗志的互文 (218)
二 民俗书写之于现代性的反思 (223)
三 民俗书写之于普世性的关怀 (228)
四 民俗书写之于文学传统的继承与创新 (231)

参考文献 (238)
后记 (260)

引　言

扎克斯·穆达（Zakes Mda），本名扎内穆拉·基齐托·加蒂尼·穆达（Zanemvula Kizito Gatyeni Mda），是南非知名的黑人剧作家和小说家。1948年，穆达出生于南非东开普（Eastern Cape）的赫歇尔地区（Herschel District）。其父亲是政治活动家、律师阿什比·彼得·穆达（Ashby Peter Mda）。因受父亲政治身份的牵连，穆达在16岁时不得不逃往莱索托（Lesotho），追随父亲，此后辗转于美国、南非和莱索托等多地学习与工作。穆达一生波折，却始终坚持戏剧和小说创作。他的作品，尤其是小说，被译为二十多种语言在世界各地传播，并为他赢得了奥莉芙·旭莱纳奖（Olive Schreiner Prize）和英联邦作家奖（The Commonwealth Writers Prize）等国内外重要文学奖项。2014年，南非政府授予穆达南非文化艺术最高奖伊卡曼加勋章（Order of Ikhamanga），以表彰他在文学领域的杰出贡献，将南非故事推向了世界舞台。

穆达从20世纪80年代末开始创作戏剧，直到1994年。这一年是新南非成立之年，也是穆达文学创作的分界线。从1979年至1993年，穆达以戏剧创作为主。他创作的多部戏剧分别在美国、莱索托和南非多家剧院上演，后结集出版，分别是《黑暗之声响起》（*Dark Voices Ring*，1979）、《尽头》（*Dead End*，1979）、《我们将为祖国歌唱》（*We Shall Sing for the Fatherland*，1980）、《山》（*The Hill*，1980）、广播剧《禁止》（*Banned：A Play for Radio*，1982）、《夏天的火》（*Summer Fires*，1982）、《盛装女孩》（*And the Girls in their Sunday Dresses*，1988）、《战争的乐趣》（*Joys of War*，1989）、《扎克斯·穆达戏剧集》（*The Plays of Zakes Mda*，1990）、《修女的浪漫故事》（*The Nun's Romantic Story*，1991）、《苏豪广场》（*Soho Square*，1992）。1993年，《盛装女孩》再次与另外三部戏剧结集，以《戏剧集：盛装女孩》（*And the Girls in Their Sunday Dresses：Four Works*，1993）为名出版。

1994年，南非结束了种族隔离制度，进入民主建设时期，流亡多年的穆达尝试回归南非，并将文学创作的重心几乎全部转移到小说创作上。此后至今，他已出版了11部长篇小说，分别是《死亡方式》（*Ways of Dying*, 1995）、《与黑共舞》（*She Plays with the Darkness*, 1995）、《红色之心》（*The Heart of Redness*, 2000）、《埃塞镇的圣母》（*The Madonna of Excelsior*, 2002）、《唤鲸人》（*The Whale Caller*, 2005）、《后裔》（*Cion*, 2007）、《黑钻》（*Black Diamond*, 2009）、《马蓬古布韦的雕刻家》（*The Sculptors of Mapungubwe*, 2013）、《瑞秋的布鲁》（*Rachel's Blue*, 2014）、《小太阳》（*Little Suns*, 2015）和《祖鲁人在纽约》（*The Zulus of New York*, 2019），以及1部写给青少年的中篇小说《梅尔维尔67号》（*Melville 67*, 1997）。在此期间，他还出版了戏剧《破碎的梦》（*Broken Dreams*, 1995）、《旦姬姨妈》（*Dankie Auntie*, 1997）、《情书》（*Love Letter*, 1998）、《双日之日：科萨先知农卡乌丝的审判》（*The Day of the Two Suns: The Trial of the Xhosa Prophetess Nongqawuse*, 1999），讽刺戏剧集《傻瓜、铃铛和进食习惯》（*Fools, Bells and the Habit of Eating: Three Satires*, 2002）。

除了剧作家和小说家的身份，穆达也是诗人、批评家和大学教授。他在非洲著名杂志《扒车人》（*Staffrider*）等期刊上发表了多篇诗歌，出版了诗集《碎片》（*Bits of Debris: The Poetry of Zakes Mda*, 1986）。他对戏剧颇有研究，迄今为止已发表了近30篇相关论文。1993年，他出版了戏剧研究专著：《让民众参与戏剧表演：通过戏剧进行发展交流》（*When People Play People: Development Communication Through Theatre*, 1993）。此外，他还出版了回忆录《时有虚空：一个局外人的回忆录》（*Sometimes There Is a Void: Memoirs of an Outsider*, 2011），以及学术论文集《为敌人正名：在南非成为人》（*Justify the Enemy: Becoming Human in South Africa*, 2017）。从1985年起，穆达先后在莱索托国立大学（National University of Lesotho）和南非的开普敦大学（University of Cape Town）等高校任教，教授外国文学和戏剧等课程，并曾到多所大学访学或者讲学。2003年，穆达获得了美国俄亥俄大学（Ohio University）教授职位，主讲创意写作（Creative Writing）等课程，此后一直任教于此。

穆达身份众多，著述颇丰。为求得研究问题的集中性与深入性，本文以他的小说为主要研究对象，并兼及他的自传和论文集等。

一　研究缘起

选择穆达小说中的民俗书写进行研究，主要基于穆达小说在南非英语文学中的典范性及其小说中民俗书写的集中性。最为关键的是，国内的穆达研究刚刚起步，还没有关于穆达小说的综合研究，更没有关于其民俗书写的深入研究。所以，选择研究穆达小说的民俗书写，期待着能以自己的努力，达到丰富国内南非文学，尤其是穆达小说研究成果的目的。

（一）穆达小说的典范性

自19世纪70年代以来，英语文学一直占据着南非文学的主体地位。其最引以为傲的战绩是"南非双星"纳丁·戈迪默（Nadine Gordimer）与约翰·库切（J. M. Coetzee）先后获得诺贝尔文学奖。这不仅极大地鼓舞了非洲的年轻作家，而且吸引了越来越多世界文学爱好者和研究者的关注。南非文学主流作家几乎都是白人。他们或是移民后裔，或是殖民者后代，因而其作品所反映的社会现实犹如加了滤镜的社会群像，总是自觉或者不自觉地带有精英叙事的意味。正因如此，在以戈迪默和库切为代表的南非白人英语作家享誉国际的同时，人们对黑人作家的关注和期待日益高涨。种族隔离制度退出南非历史舞台后，人们对南非黑人作家的期待更甚。事实上，南非文学历史中从来不缺少黑人作家。最早用英语进行创作的黑人作家、思想家和政治家索尔·普拉杰（Sol T. Plaatje），他的首部小说《姆胡迪》（*Mhudi*，1930年）成书于1919年，出版于1930年，被认为是南非文学史上首部黑人作家创作的具有影响力的英语小说。同期的还有R. R. R. 德洛莫（R. R. R. Dhlomo）的《一部非洲悲剧》（*An African Tragedy*，1928）。在此之后，不断有黑人作家用英语进行创作，50年代有爱斯基亚·姆赫雷雷（Es'kia Mphahlele）、彼得·亚伯拉罕斯（Peter Abrahams），60年代有亚历克斯·拉·古马（Alex La Guma）、贝茜·海德（Bessie Head），80年代有詹姆斯·马修（James Matthews）和米利亚姆·特拉里（Miriam Tlali）等。因为种族主义统治的束缚，黑人作家的创作处处受限，作品的传播面也很窄。种族主义统治被推翻后，大量黑人作家开始用英语写作，向世界展示南非人民曾经遭受的苦难和当下面临的问题，指引人们寻找新的希望和新的生活模式。在这些黑人作家中，扎克斯·穆达无疑是后隔离时代南非英语文学，尤其是黑人英语文学的杰出代表。

穆达的小说创作受到南非和欧美学者的密切关注。人们盛赞，"作为同时代最受欢迎的南非作家，扎克斯·穆达的小说远远超越了人们对种族隔离斗争的传统叙事"①。大卫·贝尔（David Bell）和 J. U. 雅各布斯（J. U. Jacobs）称赞他是"当代南非创造性探索转型文化的重要声音"②。《洛杉矶时报》（Los Angeles Times）盛赞他为"南非文学多产、杰出的新声音"③。《科克斯评论》（Kirkus Review）甚至赞扬他的小说可以与钦阿努·阿契贝（Chinanu Achebe）的杰作相比较④。美国小说家罗曼·拉什（Norman Rush）在《纽约书评》（New York Review of Books）上评论穆达小说时说道："南非文学里充满严肃题材的作品，读者们急切盼望着能够读到描写旧政权轰然倒塌，新社会在优雅与宽容中重建的新作品。我们想要听到能够与戈迪默、安德烈·布林克（André Brink）以及库切匹敌，甚至是超越他们的黑人作家的声音。"⑤ 毫无疑问，扎克斯·穆达就是人们期待的黑人声音之一。他的创作，在深刻表现新南非社会现实的同时，还引领着南非文学创作的新动向。

穆达从不将自己的小说拘泥于一种题材，或者某一叙事模式，而是将多变的题材与创新的文学表达方式相结合，使普通的故事焕发出令人耳目一新的光彩。在表现形式上，穆达的小说有如下特征：其一，他采取了多视角叙事、参照叙事和开放性叙事等多种叙事模式，使所讲述的事件充满趣味性和感染力；其二，他的英语中夹杂着本土语和俚言俗语等多种民间语言形式，使其讲述的故事充满浓浓的民间气息；其三，在人物形象塑造方面，穆达以底层民众作为故事主角，赋予这些普通人物以超能力，使其所讲述的故事充满魔幻色彩。然而，和传统魔幻现实主义文学不同的是，穆达没有在作品中创造一个人鬼混杂、阴阳交错的魔幻世界，而是自然而然地将超自然力视作是现实世界的一部分。在表现内容上，他既承袭了南

---

① Zakes Mda, *Sometimes There Is a Void: Memoirs of an Outsider*, New York: Farrar, Straus and Giroux, 2012, back cover.

② David Bell and J. U. Jacobs, eds. *Ways of Writing: Critical Essays on Zakes Mda*, Scottsville: University of KwaZulu-Natal Press, 2009, p. 1.

③ Zakes Mda, *The Heart of Redness*, New York: Farrar, Straus and Giroux, 2002, title page.

④ *The Heart of Redness*, New York: Farrar, Straus & Giroux, 2012, title page.

⑤ Benjamin Austen, "The Pen or the Gun: Zakes Mda and the Post-Apartheid Novel", *Harper's Magazine*, Vol. 310, No. 1857, 2005, p. 85.

非英语文学批判现实的功能向度，又不自觉地顺应了新时期南非文学"重新发现平凡"（rediscovery of the ordinary）的创作旨向。他摒弃了主流作家的精英叙事传统，转向边缘性的民间世界，以底层民众的视角检视社会现实，开拓出了另一个话语空间，以寄托知识分子的理想与良知。

（二）穆达民俗书写的集中性

和众多黑人作家前辈一样，穆达积极地从非洲传统文化中汲取灵感，获取题材。而民俗文化浸润并点亮普通民众精神世界的文化表征，自然成为他小说表现的对象之一。前文所述穆达小说形式上的显著特征，即源自非洲传统民俗文化，尤其是口头传统的启发。他的小说，由内及外，处处折射着民俗文化的影响，时时散发着民俗文化的魅力。具体而言，穆达对民俗文化的关注主要体现在以下三个方面。

其一，民俗文化的多样态展示。穆达的小说展示了众多民俗文化事象，其所展示的事象种类之多，内涵之深刻，堪比民俗志。他的民俗书写涉及人民生活的方方面面，有包含民间故事、民间传说、历史传奇、民间语言等口头传统在内的语言民俗；有关于外来宗教与本土信仰的精神民俗；有关于出生、成年、婚嫁、葬礼、祈雨等各种仪式在内的社会民俗；还有包括百衲被、传统食物、住房等在内的物质民俗。这些民俗事象散落在他的众多小说中，在表现人物鲜活的日常生活的同时，还使小说充满温暖的民间气息。在《后裔》《黑钻》《小太阳》等小说中，作者几乎是迫不及待地走向前台，借由叙述者和主人公之口，直接讨论百衲被、传统美食和口述史等民俗文化之于非洲民众的深刻意义。穆达对非洲民俗文化的关注可见一斑。

其二，民俗事象的意象化。文学创作以人为表现对象，自然离不开对民俗生活的书写。但穆达在小说中对民俗事象的描写，绝非只是为了塑造人物，或者衬托环境，而是将其高度意象化，使之成为自己表达思想的载体。例如，在小说《死亡方式》中，主人公托洛基（Toloki）的哀悼串联起各种死亡方式和葬礼仪式，展示了南非在向民主社会过渡期间混乱而惨痛的现实。所以，在这部小说中，葬礼仪式不仅仅是一种民俗，更是揭示社会现实的载体。《红色之心》《后裔》和《小太阳》等小说中引用的民间传说、历史传奇、奴隶故事等口头传统，不仅展示了黑人民众的智慧，更成为重构历史、反抗殖民霸权的途径。《死亡方式》《与黑共舞》《唤鲸人》和《祖鲁人在纽约》等小说中的仪式展演成为被边缘化为他者的动物、女性、黑人以及弱势族裔等主体建构的一种方式。诸多民俗事象的意象化，揭示了民俗文化对于平凡个体和族裔群体的重要作用。

其三，对民俗传承与发展的思考。穆达对传统文化传承现状的关注，并非仅仅针对传统文化本身，而是将传统文化的传承与人的命运紧密结合，通过"民"与"俗"的互动，探索传统民俗在现代化世界中的传承与发展。在小说《与黑共舞》《红色之心》《黑钻》和《后裔》等小说中，穆达利用"孪生结构"（Twin Structure），塑造了两类持不同文化立场的人物形象：一类人坚守传统文化，抵制现代化对自己的影响；另一类人抵制传统文化，热情拥抱现代化。两类人之间的矛盾揭示了传统文化在现代社会中的困境。而在两类人从冲突走向融合的过程中，传统文化也找到了与现代化结合的契合点，重新焕发出生命力，实现了从衰落到复兴的转换。这种极具隐喻意义的民俗书写深度揭示了传统民俗与人的密切关系。

（三）民俗文化研究的必要性

民俗构成了人的基本生活和群体的基本文化，在不同时代，不同个体与群体都有其独具自身特点的丰富民俗，所以，有生活的地方就有丰富的民俗。民俗即是人俗，作家要表现人的生活，表现生活中的人，他就必然会关注民俗，表现民俗与人的关系。这是作家创作中的一致性。所以，美国民俗学家阿切尔·泰勒（Archer Taylor）在谈到民俗与文学的关系时认为，"民俗学和文学实属相通的领域"[1]。陈勤建也指出，"民俗与文艺有着天然的血缘联系，内在的统一性"[2]。穆达小说所显示出来的民俗与情感的地域性，即是文学与民俗学交融的产物。陈勤建将民俗文化意识的群体性特点归结为民俗本身的向心功能。这种意识，在空间上体现为鲜明的地域性。在他看来，"所谓乡情、乡土观念，实际上是建立在某种共同风尚习俗之上独特的情感意识，是民俗群体凝聚力的产物。身处某一地域的作家，情感和意识必然受该地民俗群体凝聚力的影响，这种影响为孕育一地作家的作品风格、流派奠定了基础"[3]。

---

[1] ［美］阿切尔·泰勒：《民俗与文学研究者》，载［美］阿兰·邓迪斯主编《世界民俗学》，陈建宪、彭海斌译，上海文艺出版社1990年版，第52页。

[2] 陈勤建：《文艺民俗学》，上海文化出版社2009年版，第1页。

[3] 陈勤建：《中国民俗学》，华东师范大学出版社2007年版，第238页。

基尔特·霍夫斯泰德（Geert Hofstede）用"洋葱图式"[①]（onion diagram）来描述不同民族或种族之间的文化差异。在他们看来，文化如同一层一层的洋葱皮，由内及外分别是价值观（Values）、礼仪层（Rituals）、英雄层（Heroes）和符号层（Symbols）。价值观是内核。礼仪是一种集体活动，包括话语以及语言在文本、口头交流、日常互动，以及信仰交流中的使用方式。英雄是活着的或死去的，真实的或虚构的人，他们具有在文化中被高度认同的特征，因此可以作为行为的榜样。最外层的符号是我们可以感知，即可见、可触，或者可听的言语、姿势、图片或物体等，它们具有特殊的含义，只有那些与我们共同拥有这种文化的人才能理解它的特殊含义，是传递文化的载体。根据霍夫斯泰德等的观点，民俗事象无疑属于文化的表层——符号层，也是最具外显特征的文化载体。它不仅具有我们所能感知的外在的显性特征，而且隐含着深刻的内在含义。而作家们对民俗文化的青睐，即是借助其显性特征来表达其隐性内涵。所以，穆达不仅通过民俗书写展示民俗文化事象所承载的传统文化内容，而且揭示了这些内容如何作用于民众的精神世界。穆达小说中大量的民俗叙述与描绘，丰富了小说作为文学作品的社会内涵和意义承载，鲜活的民俗事象本身就是文学中的审美客体。

穆达小说中民俗书写具有多重功能。从创作层面来讲，一方面，民俗通过自身的特异性和鲜活性渲染作品的地方色彩和民族特色，为社会背景的铺排、人物性格的塑造和审美情趣的传达等提供文化支持，以便于使读者走进作家虚构的世界中，体悟人物的性格特征和人生轨迹，通过人物的性格冲突以及命运跌宕，感知生活的本质。另一方面，通过民俗书写，激发人们重新认识民族文化的价值，引领人们对民族文化重建的思考。而从民俗文化本身的传承与发展来讲，作者在小说中将民俗意象化，使得民俗成为文学作品中承载叙事功能的载体，其含义远大于民俗事象本身。如同H. A. 丹纳（Hippolyte Adolphe Taine）所言，和现实世界中的事物一样，幻想世界中的事物也有不同的价值[②]。作为"幻想世界"具象化的文学作品，将民俗书面化，保存了民俗文化活化石，而且使之在书面文学中具有

[①] Geert Hofstede, et al., *Culture and Organizations—Software of the Mind: Intercultural Cooperation and Its Importance for Survival*, McGraw-Hill eBook, 2010, pp. 8-9.

[②] ［法］伊波利特·阿道尔夫·丹纳：《艺术哲学》，傅雷译，江苏凤凰文艺出版社2018年版，第271页。

了更为强大和永久的生命力。民俗艺术化凸显了它的价值与意义。就连巴尔扎克亦称自己希望创作出"一部许多历史家所忽略了的那种历史，也就是风俗史"①。而从作者本身来讲，民俗书写寄寓着作者对"故乡"的向往和寻根的渴望。所以，穆达小说中的民俗书写不是奇风异俗的展览式表达，而是从表层走向了深层，深化了作品的思想内涵和文化意蕴。

（四）选题意义

其一，推进与提升穆达小说研究。作为后殖民时代最具代表性的黑人作家之一，扎克斯·穆达深受南非国内和欧美诸国读者与研究者关注，而在中国的研究却几乎处于起步状态。相关的期刊论文和硕博论文等研究成果屈指可数，研究视角也比较单一。本研究以穆达的十二部小说为主要研究对象，并兼及他的其他作品等，既探究穆达民俗书写的内在价值，又归纳其民俗书写的社会意义，力求形成对穆达小说的整体把握。这既是对国内外穆达小说研究的必要补充，也是对国内外穆达研究的推进与提升。

其二，深化国内非洲文学研究。早在 1921 年，《东方》杂志的主编胡愈之就撰写过两篇关于南非英语文学肇始期代表性作家奥莉芙·旭莱纳（Oliver Schreiner）的文章。中华人民共和国成立后，非洲文学作品被逐渐译介到中国，关于非洲文学的研究也逐渐展开。但在 20 世纪上半期，因为特殊的政治历史原因，我国对非洲文学的译介不多。所以，较之于欧美文学译介与研究，非洲文学译介与研究起步较晚。这导致在中华人民共和国成立后直至 80 年代，国内的南非文学译介和研究一直处于不温不火的状态。南非英语文学作品的译介不多，相关研究也不多。直到南非白人作家纳丁·戈迪默和约翰·库切开始享誉国际，南非英语文学才开始走入更多中国读者和研究者的视野。然而，国内目前对南非英语文学的研究始终集中于几个特定的知名作家，对南非黑人作家作品的译介与研究更是屈指可数。这使得我们对南非英语文学的了解难免会有以偏概全的嫌疑。所以，对南非英语作家，尤其是黑人作家作品的综合研究，不仅能够为他人研究南非英语文学提供参考，而且能在国际视野中为中国非洲文学研究争取些许话语空间。

---

① ［法］巴尔扎克：《巴尔扎克论文艺》，艾珉等选编，袁树仁等译，人民文学出版社 2003 年版，第 259 页。

其三，启示文学创作和民俗研究。作为民众的生活文化，民俗反映民众的文化需求，体现民众的情感诉求。从民俗视角切入对穆达小说的研究，不仅能挖掘民俗事象所承载的传统文化内容，更能深刻揭示这些内容如何作用于民众的精神世界。穆达对传统民俗的书写，不是为了怀古，发思古之幽情，而是通过探寻一个民族生存与发展的源头，考察它在当代的价值，展望它在未来的影响。所以，穆达的民俗书写，在文学创作方面，对于如何创作出紧贴民众、紧跟时代步伐的文学作品，具有极强的启示意义；在传统民俗的传承与发展实践方面，也具有很高的参考价值。

其四，促进中南交流与合作。随着全球一体化的发展，中国和"金砖国家"之一——南非在经贸、文化和教育等领域的交流与合作越来越多，且日益深入。而文学是一个了解彼此社会现实、增进互信的绝好途径。实际上，穆达在小说中对南非历史与当下现实反映的宽度和反思的深度都远超于我们的想象，是了解非洲，尤其是南非历史与现实的信息库。所以，研究扎克斯·穆达小说，有助于加深中国读者对南非社会的了解，进而推动中南交流与合作。

总之，基于扎实可靠的文本线索和客观的现实意义，以穆达的十二部小说为研究对象，综合研究穆达小说中的民俗书写，应当不存在任何质疑。本研究将主要围绕以下三个核心问题展开：第一，穆达民俗书写的历史、文化语境；第二，民俗事象在其小说中的呈现形态、功能，以及民俗书写的特征；第三，穆达民俗书写的最终旨归。除此之外，穆达的民俗书写与同时代作家在民俗书写上有无相似之处，其民俗书写的独特性表现在哪些方面，他的文学民俗学意识是否也经历了由自为到自觉的发展历程，这些都是本书努力想要涵盖的。

二　国内外研究综述

（一）国外研究现状

国外学者对穆达的研究起步较早，尤其是南非以及欧美地区。穆达的小说皆用英语写就，语言相通的便利性，以及穆达与欧美文学界的频繁互动，免除了作品的传播与译介过程。批评家对其戏剧的研究与他的戏剧创作大体上是同步进行的。穆达从80年代末开始戏剧创作。90年代初开始，陆续有关于穆达的访谈、戏剧介绍与评论发表。仅就小说而言，从1995年穆达出版第一部小说《死亡方式》开始，其创作重心的转移也使得学界对他的关注几乎全部转向了他的小说创作。较早关注穆达小说的是雅各布斯·范·威克（Jacobus Van Wyk）。1997年，他在南非知名的文学批评杂志《文学家》（Literator）上发表了一篇关于《死亡方式》的研究论文。他认为，穆达在《死亡方式》中以极富想象力的方式将南非在走向民主过程中的社会现实呈现为天启与重生的结合，该小说是南非转型文学的力作[1]。此后一直到2001年，学界对穆达小说的关注大多集中在他的第一部小说《死亡方式》上，但是研究成果总量不高。但从2001年穆达因《红色之心》获得英联邦作家奖开始，学界对于穆达小说，尤其是《红色之心》的关注量剧增。自此之后，关于穆达小说研究的热度持续至今。

　　国外学界对穆达创作的研究成果多以论文为主，并兼有论文集和专著。而其中最值得关注的是大卫·贝尔（David Bell）和J. U. 雅各布斯（J. U. Jacobs）主编的《写作之道：穆达研究论文集》（Ways of Writing: Critical Essays on Zakes Mda）[2]，以及南非开普敦大学教授盖尔·芬查姆（Gail Fincham）的穆达小说研究专著《生命之舞：后种族隔离时期南非扎克·穆达的小说》（Dance of Life: The Novels of Zakes Mda in Post-Apartheid South Africa）[3]。《写作之道》是关于穆达文学创作的第一部研究论文集，收录了南非、欧洲和美国学者对穆达小说和戏剧的研究论文，展示了穆达文学创作的广泛性和批判性。《生命之舞》则综合研究了穆达在1995—2009年出版的七部长篇小说。这部专著也是迄今为止最为深刻、最为系统的穆达研究专著。国外学界对穆达小说的研究大致包括以下几个方面。

　　1. 人物形象研究

　　穆达的小说始终关注底层百姓的日常生活，其塑造的边缘群体形象在表现社会现实的同时，传达出独特的审美意蕴。在穆达塑造的众多人物中，受到关注最多的是《死亡方式》《后裔》中的托洛基和《红色之心》

---

[1] Jacobus Van Wyk, "Catastrophe and Beauty: *Ways of Dying*, Zakes Mda's Novel of the Transition", *Literator*, Vol. 18, No. 3, 1997, pp. 79-90.

[2] David Bell and J. U. Jacobs, eds. *Ways of Writing: Critical Essays on Zakes Mda*, Scottsville: University of KwaZulu-Natal Press, 2009.

[3] Gail Fincham, *Dance of Life: The Novels of Zakes Mda in Post-Apartheid South Africa*, Athens: Ohio University Press, 2012.

中的卡玛古（Camagu）。葛扎伊·恩加拉（Kudzayi Ngara）认为，托洛基通过混杂性和差异性来界定自己的身份，同时又与当前主流的政治与社会规范形成了对抗①。盖尔·芬查姆认为，托洛基在小说中扮演了催化剂的角色，他摆脱了种族隔离意识形态的弊端，建立了一种更人性化的民族精神，激发了个体意识和群体意识。他通过与周围语言和话语的互动，建立了新的语言表达方式，打破了社会分层，实现了社会平等②。迈克尔·泰勒斯塔德（Michael Titlestad）、迈克·基萨克（Mike Kissack）、普拉维娜·皮莱（Pravina Pillay），以及凯瑟琳·艾迪生（Catherine Addison），分别研究了《红色之心》中的知识分子卡玛古和库克兹娃（Qukezwa）等人物形象，但是落脚点不同。泰勒斯塔德和基萨克认为，卡玛古的遭遇反映了后反种族隔离时期知识分子的困境，以及他们应对历史与当下的潜力。卡玛古的人物形象体现了萨义德（Edward W. Said）等所追求的世俗批判的实践③。皮莱和艾迪生则以葛兰西（Antonio F. Gramsci）的有机知识分子理论为依据，将乡村变革的组织者和推动者卡玛古和库克兹娃认定为有机知识分子，认为他们为今日南非的发展带来希望④。此外，埃里克·佩特斯（Erik Peeters）注意到了卡玛古的遭遇与穆达自身经历的相似性，认为穆达通过卡玛古表达了一个流散知识分子对国家的失望之情和自我重构策略⑤。大卫·贝尔（David Bell）认为，"卡玛古的身份感并非建立在狭隘的同质国家范式之上，而是源于农卡乌丝之国（country of Nongqawuse）——科萨兰（Xhosaland）的本土情况与历史的复杂性"⑥。普拉恩·姆法特（Pulane Mphats'oe）以中篇小说《梅尔维尔 67 号》为例，探

---

① Kudzayi Ngara, "The Itinerant Flâneur: Toloki as a Migrant in Time and Ideological Space in Ways of Dying", *English Academy Review*, Vol. 26, No. 2, 2009, pp. 16–24.

② Gail Fincham, "Appropriating Urban Space", in *Dance of Life: The Novels of Zakes Mda in Post-Apartheid South Africa*, Athens: Ohio University Press, 2012, pp. 19–33.

③ Michael Titlestad and Mike Kissack, "The Foot Does Not Sniff: Imagining the Post-Anti-Apartheid Intellectual", *Journal of Literary Studies*, Vol. 19, No. 3-4, 2003, pp. 255–270.

④ Pravina Pillay, The Relevance of Antonio Gramsci's Concepts of Hegemony and Intellectuals to Apartheid and Post-Apartheid South Africa, Ph. D. dissertation, University of Zululand, 2017.

⑤ Erik Peeters, "The Accidental Activist: Reading Zakes Mda's *The Heart of Redness* as a Parody of the Disappointed African Intellectual", *Postamble*, Vol. 3, No. 2, 2008, pp. 30–43.

⑥ David Bell, "Embedded in History: Camagu's amaXhosa Identity in Zakes Mda's *The Heart of Redness*", *Moderna Sprak*, No. 2, 2009, p. 19.

讨小说中的青年人如何通过语言确定自己的非洲身份[1]。J. U. 雅各布斯和纳吉特·奥贾鲁加（Enajite E. Ojaruega）从地理空间与精神空间的相互映射关系角度出发，以《后裔》为例，探讨了非洲人在离心与向心的往返过程中的心态变化[2]。

学界对于穆达小说中女性角色的关注主要体现在对女性的性别与身份的探讨上。马瑞斯·克劳斯（Marius Crous）分析了《埃塞镇的圣母》中的男性与女性之间的相互作用，探讨了女性身体的表征，以及女性身体在性别政治中的作用[3]。特哈罗·萨姆·雷迪萨洛（Tlhalo Sam Raditlhalo）也认为，这部小说中的女性通过性别差异，颠覆了自身的边缘地位[4]。内蒂·克鲁特（Nettie Cloete）与理查德·恩德韦亚马托·马达泽（Richard Ndwayamato Madadzhe）关注了《红色之心》中女性群体身份的转变。他们认为，在这部小说中，穆达赋予女性角色以权利，使她们敢于阐明自己的问题，并维护自身权益[5]。特宾科西·特瓦洛（Thembinkosi Twalo），巴尔基·苏南达·塔纳吉（Barge Sunanda Tanaji）则论述了《死亡方式》中女性人物如何通过自身努力争取平等地位[6]。隆齐克列洛·普瑞姆罗斯·科凯拉（Nontsikelelo Primrose Qokela）从叙事学的角度探讨穆达的《黑钻》以及其他作家作品中的女性人物，认为穆达对女主人公图米（Tumi）人物形象的塑造，挑战了传统文学对非洲女性的模式化，扩展了创意写作的边界[7]。此外，关于《与黑共舞》中的蒂珂莎（Dikosha）和

---

[1] Pulane Mphats'oe, Reading Texts, Reading One's Self: Exploring Young South Africans' Sense of Identity, Ph. D. dissertation, University of KwaZulu-Natal, 2014.

[2] Enajite E. Ojaruega, "Outgoing and Incoming Africans", *Matatu*: *Journal for African Culture & Society*, Vol. 45, No. 1, 2014, pp. 21-34.

[3] Marius Crous, "A Battle Between Lust and Loathing: The Interplay Between Masculinity and Femininity in Zakes Mda's *The Madonna of Excelsior*", *Tydskrif vir Letterkunde*, Vol. 47, No. 1, 2010, pp. 79-94.

[4] Tlhalo Sam Raditlhalo, "Senses of Identity in *A Chain of Voices* and *The Madonna of Excelsior*", *Journal of Literary Studies*, Vol. 27, No. 4, 2011, pp. 103-122.

[5] Nettie Cloete and Richard Ndwayamato Madadzhe, "Zakes Mda: Shifting Female Identities in *The Heart of Redness*", *English Academy Review*, Vol. 24, No. 1, 2007, pp. 37-50.

[6] Thembinkosi Twalo, "Gender Politics in Zakes Mda's *Ways of Dying*", *Current Writing*, Vol. 23, No. 1, 2011, pp. 45-56.

[7] Nontsikelelo Primrose Qokela, Perspectives on Female Characters in D. P. S. Monyaise's *Ngaka, Mosadi Mooka* and Zakes Mda's *Black Diamond*, Ph. D. dissertation, North-West University, 2014.

《马蓬古布韦的雕刻师》中的马鲁比妮（Marubini）等人物形象的论述也间或散落在其他主题的论文中。

2. 空间研究

在小说中，穆达十分注重不同空间的营造。在他的小说中，城市与乡村，现实与魔幻化，真实与想象，多种空间形式并存或交织，每一种空间都有其特定的场所意义。早在1998年，法国学者克里斯托夫·邦奈特（Christophe Bonnet）就研究过穆达第一部小说《死亡方式》中的城市空间、社区空间和暴力空间①。玛丽塔·温泽尔（Marita Wenzel）也将该小说与克里斯蒂娜·拉姆（Christina Lamb）的《非洲之家》（*The Africa House*, 2000）进行比较，并认为在这两部小说中"作为占据和定义个人空间的场所，房屋不仅是个人风格与身份的象征，而且是某些时期或价值体系的隐喻"②。之后，温泽尔在另一篇论文中分析并比较了伊凡·弗拉迪斯拉夫（Ivan Vladislavic）和穆达小说中对约翰内斯堡（Johannesburg）城市边缘地带的书写③。相较之下，梅丽莎·坦迪维·明博（Melissa Tandiwe Myambo）侧重分析了地理空间的重构与南非多元文化和谐共存之美好愿景之间的映射关系④。司佛卡兹·科亚纳（Siphokazi Koyana）注意到了《红色之心》中海边小村克罗哈（Qholorha）所具有的对话性意义。他认为，克罗哈是英国殖民主义和传统非洲文化之间的一个交汇点，是当下南非的缩影，是探索可持续发展战略的理想场所⑤。艾米莉·约翰森（Emily Johansen）同样注意到了《红色之心》中的乡村空间。她将克罗哈

---

① Christophe Bonnet, "Espaces Urbains, Espaces Communautaires, Espaces de violence: les géographies de *Ways of Dying* de Zakes Mda", *Travaux de l'Institut Géographique de Reims*, Vol. 25, No. 99, 1998, pp. 51-58.

② Marita Wenzel, "Appropriating Space and Transcending Boundaries in *The Africa House* by Christina Lamb and *Ways of Dying* by Zakes Mda", *Journal of Literary Studies*, Vol. 19, No. 3-4, 2003, p. 316.

③ Marita Wenzel, "The Configuration of Boundaries and Peripheries in Johannesburg as Represented in Selected Works by Ivan Vladislavic and Zakes Mda", in Lieven Ameel at al., eds. *Literature and the Peripheral City*, London: Palgrave Macmillan, 2015, pp. 111-127.

④ Melissa Tandiwe Myambo, "The Limits of Rainbow Nation Multiculturalism in the New South Africa: Spatial Configuration in Zakes Mda's *Ways of Dying* and Jonathan Morgan's *Finding Mr. Madani*", *Research in African Literatures*, Vol. 41, No. 2, 2010, pp. 93-120.

⑤ Siphokazi Koyana, "Qholorha and the Dialogism of Place in Zakes Mda's *The Heart of Redness*", *Current Writing*, Vol. 15, No. 1, 2003, pp. 51-62.

放置于世界语境中进行分析,认为穆达在农村书写中融入了一种自上而下、以大都市为中心的世界主义[1]。伊娜·格瑞卜(Ina Gräbe)对比研究了《死亡方式》《红色之心》等小说中的空间。她认为,穆达巧妙地将一个看似荒凉的地方变成一个充满艺术创造力的想象空间。例如,在《死亡方式》中,穆达创造性地将致命的地方变成宜居的地方;在《红色之心》中,他揭示了乡村地区内在的魅力。小说中的房屋等人文地理空间,风景等自然地理空间都具有深刻的隐喻意义[2]。

3. 文化研究

1998年,南非前总统姆贝基(Thabo Mbeki)在提出"非洲复兴"(African Renaissance)计划时,就极具前瞻性地指出,"自我灵魂的重新发现是非洲大陆复兴的前提"[3]。"自我灵魂的重新发现"首先就体现为对精神层面的非洲民间传统文化价值的认同。实际上,在政府正式提出"非洲复兴"计划之前,穆达已经开始有意识地在小说创作中积极探索传统文化的保护与传承。最先注意到穆达小说中的传统文化元素的是J. U. 雅各布斯。早在2000年,他就注意到了穆达小说创作与"非洲复兴"计划不自觉的耦合性。他以《与黑共舞》为例,细致分析了穆达对非洲传统文化元素的引入。他认为,穆达的小说是不朽的古代传统与当代现实的融合。舞蹈、诗歌和口头传统等非洲传统文化形式,使人物行动更有表现力,也深化了当下故事的意义[4]。格兰特·法瑞德(Grant Farred)、萨姆·达兰特(Sam Durrant)、埃尔克·斯坦迈耶(Elke Steinmeyer),以及玛丽亚·洛佩斯(María J. López)等研究者们认为,《死亡方式》等小说中的"哀悼"表现了过渡期南非社会现实的混乱无序。穆达为后种族隔离时代的文学创造了新的表达形式,为表达悲伤提供了可供

---

[1] Emily Johansen, *Cosmopolitanism and Place: Spatial Forms in Contemporary Anglophone Literature*, New York: Palgrave MacMillan, 2014, pp. 115-149.

[2] Ina Gräbe, "Transformation of Ordinary Places into Imaginative Space in Zakes Mda's Writing", in Attie De Lange and Gail Fincham, eds. *Literary Landscapes*, New York: Palgrave Macmillan, 2008, pp. 161-179.

[3] Thabo Mbeki, *Africa, the Time Has Come: Selected Speeches*, Cape Town & Johannesburg: Tafelberg & Mafube, 1998, p. 299.

[4] J. U. Jacobs, "Zakes Mda and the (South) African Renaissance: Reading *She Plays with the Darkness*", *English in Africa*, Vol. 27, No. 1, 2000, pp. 55-74.

选择的时间和空间①。理查德·萨敏（Richard Samin）、朱利亚娜·伊安娜卡罗（Giuliana Iannaccaro）认为，穆达将历史传奇引入小说创作的做法，赋予当代叙事以深刻性②。约吉塔·戈亚尔（Yogita Goyal）将《死亡方式》和《后裔》结合起来，探讨了故事讲述、哀悼等传统民俗在后隔离时代南非社会中的作用③。与之相仿的是，麦克·提默曼（Maike L. Timmerman）分析了通过仪式、艺术与性别在《死亡方式》《与黑共舞》，以及《红色之心》所反映的社会现实中的特定功能与重要意义。他认为，文化身份的维系对于个人和社会的发展与完善至关重要④。

此外，普洛斯普·恩达依·比拉玛（Prosper Ndayi Birama）、安妮·加加诺（Annie Gagiano）和芭芭拉·凯瑟琳·赫里克斯（Barbara Katharina Herics）都以《红色之心》为例，探讨了穆达小说中的非洲传统文化与现代性之间的关系。他们认为，穆达的写作体现了一种混杂的非洲现代性，一种融合了西方文化思想和非洲价值观的现代性⑤。

4. 叙事研究

其一是魔幻现实主义研究。杰拉尔德·盖拉德（Gerald Gaylard）认为，"非洲后殖民主义有一种陌生化诗学，一种表达异议、幻灭感和批判性思考的政治"⑥。后殖民时期非洲文学中的魔幻现实主义即为典型的陌生化叙事手法。魔幻现实主义介于表现主义和现实主义两个极端之间，它既代表了奇幻，又代表了真实，但不允许任何一方更大程度地宣称真相。现代主义的写作技巧是精英主义的，是对大众负有政治责任的

---

① Sam Durrant, "The Invention of Mourning in Post-Apartheid Literature", *Third World Quarterly*, Vol. 26, No. 3, 2005, pp. 441–450.

② Giuliana Iannaccaro, "The Story of Nongqawuse in South African Twentieth-Century Fiction", *Textus*, Vol. 27, No. 3, 2014, pp. 191–212.

③ Yogita Goyal, "The Pull of the Ancestors: Slavery, Apartheid, and Memory in Zakes Mda's *Ways of Dying* and *Cion*", *Research in African Literatures*, Vol. 42, No. 2, 2011, pp. 147–169.

④ Maike L. Timmerman, Progress and Preservation: Rites of Passage, Art and Gender in Zakes Mda's *Ways of Dying*, *She Plays with the Darkness* and *The Heart of Redness*, Ph. D. dissertation, University of Groningen, 2011.

⑤ Prosper Ndayi Birama, African Traditional Culture and Modernity in Zakes Mda's *The Heart of Redness*, Ph. D. dissertation, University of Western Cape, 2005.

⑥ Cheryl Stobie, "Review: Gerald Gaylard. After Colonialism: African Postmodernism and Magical Realism", *Current Writing: Text and Reception in Southern Africa*, Vol. 19, No. 1, 2007, p. 165.

黑人作家所不能承受的奢侈。所以,雅布拉尼·麦克海兹(Jabulani Mkhize)认为,"如果黑人现实主义写作与后现代主义之间真的有交集的话……很可能是通过魔幻现实主义"[1]。恩加拉·库扎伊·穆尼亚拉兹(Ngara Kudzayi Munyaradzi)以《死亡方式》和《埃塞镇的圣母》为例,将穆达小说中的魔幻现实主义元素概括为对后殖民社会和父权制的解构。他认为,这种叙事手法的核心在于颠覆,"它颂扬的是差异性和杂糅性,阐释了个体主体性和自我叙事的无限可能"[2]。宝琳娜·格鲁达(Paulina Grzęda)认为,南非魔幻现实主义是南非颂扬文学与幻灭文学的短暂共存,它超越了现实主义和后现代叙事的结合,淡化了现实主义对社会政治背景的倚重,以及后现代主义对形式实验、融合和元小说的倚重。魔幻现实主义是种族隔离时代黑人和白人写作的交汇点,它体现了以欧洲为中心的西方理性主义与非洲传统的和解[3]。大卫·阿特维尔(David Attwell)在穆达的作品中则看到了一种"致力于恢复和修正认识论的实验主义"[4]。

杰拉尔德·盖拉德认为,穆达的魔幻现实主义具有一种"逃避主义本质"[5]。大卫·丹穆罗什(David Damrosch)也曾质疑穆达这种类似于但又不太完全吻合魔幻现实主义特征的文学作品,有种将本土内容与外国读者期待视野相结合的倾向。他疑惑,穆达对魔幻现实主义叙事手法的运用,是否可以被视为作者为了确保作品的全球吸引力而刻意做出的选择[6]。然而,也有学者认为,穆达的小说混杂特征明显,学界不应该用魔幻现实主义来概括穆达小说的叙事手法。玛格丽特·梅维斯(Margaret

---

[1] Jabulani Mkhize, "Literary Prospects in 'Post-Apartheid' South Africa", *Alternation*, Vol. 8, No. 1, 2001, p. 183.

[2] Ngara Kudzayi Munyaradzi, Imagining the Real-magical Realism as a Post-colonial Strategy for Narration of the Self in Zakes Mda's *Ways of Dying* and *The Madonna of Excelsior*, Ph. D. dissertation, The University of Western Cape, 2007, p. 90.

[3] Paulina Grzęda, "Magical Realism: A Narrative of Celebration or Disillusionment? South African Literature in the Transition Period", *Ariel*, Vol. 4, No. 1, 2013, pp. 153-183.

[4] David Attwell, *Rewriting Modernity: Studies in Black South African Literary History*, Scottsville: University of KwaZulu-Natal Press, 2005, p. 177.

[5] Gerald Gaylard, *After Colonialism: African Postmodernism and Magical Realism*, Johannesburg: Wits University Press, 2005, p. 34.

[6] David Damrosch, *What Is World Literature?*, Princeton: Princeton University Press, 2003.

Mervis)认为，用传统的魔幻现实主义来概括穆达的小说，是一种过于简单化的解读①。德里克·艾伦·巴克（Derek Alan Barker）也认为，穆达小说对魔幻现实主义的运用，成功地揭示了令人难以置信的或者过于真实的历史事实，但如果仅仅只是描述魔幻的部分，就失去了解读的价值，应该关注术语的起源和定义②。

鉴于穆达创作的复杂性，以及"魔幻现实主义"这一标签在学界引起的争议，有学者提议用新的术语概括穆达小说中的魔幻元素。塔博·拉克·姆兹勒尼（Thabo Lucky Mzileni）将穆达小说中的魔幻元素概括为"超自然力"③（supernatural），并以《红色之心》为例，探析超自然力在现代性、传统性和同一性观念并置中所起的作用。哈里·加鲁巴（Harry Garuba）则将穆达小说奇幻与现实交织的特点概括为"万物有灵现实主义"④（animist realism）。他认为，这个术语的含义比魔幻现实主义的含义更为丰富和精练，是具体的非洲语言实践，体现了非洲人的世界观。遗憾的是，他没有就此术语展开论述。虽然研究者们对于穆达小说中的魔幻元素意见并不统一，但是他们都不约而同地强调，要关注穆达着力表现的非洲魔幻现实主义的具体内容，及其具体语境。

其二是历史叙事研究。在新南非建立后，"为了恢复南非人民对未来的期待，促使许多作家将笔触转向了南非的过去，他们通过目前已授权的或者是占主导地位的历史语篇，去找回已经抛却的记忆，找回被抑制了的感情，找回被制止了的声音"⑤。穆达不仅着眼于多维度重塑历史，而且还致力于探寻历史带给现实生活的影响。对他来说，人都是被过

---

① Margaret Mervis, "Fiction of Development: Zakes Mda's *Ways of Dying*", *Current Writing*, Vol. 10, No. 1, 1998, pp. 39-56.

② Derek Alan Barker, "Escaping the Tyranny of Magic Realism? A Discussion of the Term in Relation to the Novels of Zakes Mda", *Postcolonial Text*, Vol. 4, No. 2, 2008, pp. 1-20.

③ Thabo Lucky Mzileni, "The Supernatural's Role in the Juxtaposition of the Ideas of Modernity, Traditionalism and Identity in Zakes Mda's *The Heart of Redness*", *English* 502: *Research Methods*, 2014, pp. 1-19.

④ Harry Garuba, "Explorations in Animist Materialism: Notes on Reading/Writing African Literature, Culture, and Society", *Public Culture*, Vol. 15, No. 2, 2003, pp. 261-285.

⑤ [南非]康维尔等:《哥伦比亚南非英语文学导读（1945—）》，蔡圣勤译，武汉大学出版社2017年版，第42页。

去塑造的①,过去的现实和当下的现实一样重要②。不是因为每个作者都参与了事件本身,而是因为历史复述在后种族隔离背景下具有深刻的现实意义。然而,穆达研究者们对穆达的历史叙事持两种截然不同的看法。

部分学者认为,穆达对历史的重写丰富了文学的表现力,使历史焕发出新的意义。罗吉尔·库劳(Rogier Courau)认为,小说《埃塞镇的圣母》通过对历史的改写,讽刺性地颠覆了种族主义统治下的官方叙事③。奥利维拉·冈卡尔维斯·皮雷斯(Oliveira Goncalves Pires)、安娜·路易莎(Ana Luisa)认为,穆达在小说《红色之心》中巧妙地使历史灾难转变为当下可持续发展的契机,修正了惯常的带有主观偏见的历史叙事④。尼娜·波斯蒂亚西(Nina Postiasi)认为,穆达在《红色之心》中改写了科萨人(Xhosa)的历史,消解了先知预言带给人们的耻辱。由此,她得出这样的结论:在重写历史的过程中,作者和读者都扮演着重要的角色,作家的意图和读者的理解通常并不独立存在,也不能仅仅根据其形式和结构在历史和叙事语境中进行考察。人们对历史信息的接受程度与作者对信息的加工和处理有很大的影响。作者在特定背景下以一种潜在读者喜欢的形式呈现一种不同的历史版本,提升了历史的价值⑤。欧克·恩迪贝(Okey Ndibe)考察了穆达、阿契贝和怀德曼(John Edgar Wideman)小说中的历史和记忆,认为他们通过历史和记忆书写实现了对抗西方霸权的目的⑥。

另有一些研究者却对穆达的历史叙事持保留意见。奥斯卡·赫默

---

① Sandra Martin and Zakes Mda, "Out of Africa and Back Again" (Interview), *The Globe and Mail* (Toronto), Canada, accessed on Aug. 25, 2019, https://www.theglobeandmail.com/arts/out-of-africa-and-back-again/article4157130/.

② John C. Hawley, "Village Scandal, Mountain Spirits", *America*, Vol. 191, No. 1, 2004, pp. 25-26.

③ Rogier Courau, "Reading Transnational Histories: The Representation of the Afrikaner in Zakes Mda's *The Madonna of Excelsior*", *Scrutiny 2: Issues in English Studies in Southern Africa*, Vol. 10, No. 2, 2005, pp. 103-115.

④ Oliveira Goncalves Pires and Ana Luisa, "From Neglected History to Tourist Attraction: Reordering the Past in Zakes Mda's *The Heart of Redness*", *Ariel*, Vol. 4, No. 1, 2013, pp. 127-151.

⑤ Nina Postiasi, Rewriting History in the Contemporary South African Novel, M. thesis, University of Vienna, 2010.

⑥ Okey Ndibe, History and Memory in the Fiction of Chinua Achebe, John Edgar Wideman, and Zakes Mda, Ph. D. dissertation, University of Massachusetts Amherst, 2009.

(Oscar Hemer)在分析了包括穆达在内的五位作家小说中的历史和近代史书写后认为,在新南非过渡期,文学在这一转型过程中所起的边缘而关键的作用似乎是解构流行的神话,而不是塑造新的身份[1]。大卫·麦达利(David Medalie)在分析了包括穆达在内的三位作家的三部作品后认为,在这些作品中,历史并没有被归为过去,而是一种积极和权威的存在。他们试图在作品中探求导致不公、冲突和暴行等社会问题的历史渊源,却没有展示如何将历史与当下有机融合。所以,这几部作品中的历史没有照亮当下,而是使现实更为晦暗[2]。作为穆达小说研究专家,雅各布斯认为,穆达在《马蓬古布韦的雕刻家》描述的历史事件与当代没有任何相关性,因而没有任何启示意义[3]。

还有一些学者对穆达在《红色之心》中引用历史资料的做法持怀疑态度。安德鲁·奥芬伯格(Andrew Offenburger)于2008年在知名非洲文学研究杂志《非洲文学研究》(*Research in African Literatures*)上发文称,穆达的《红色之心》大量引用了历史学家杰夫·佩里斯(Jeff Peiress)的专著《亡者将会重生》(*The Dead Will Arise*, 1989)中关于杀牛运动(Cattle-killing Movement)的历史资料,严重损害了小说的文学价值。据此,他认为《红色之心》是一部将剽窃伪装为互文性的衍生作品[4]。该杂志在同一期紧随奥芬伯格的文章后刊出了穆达本人对此质疑做出的回应。穆达认为,《红色之心》是历史记录和民间口头传统结合的产物。佩里斯的《亡者将会重生》是他唯一的史料来源。他对佩里斯著作的倚重,并不是因为它展现了那一历史时期的"真相",而是因为佩里斯的作品启发

---

[1] Oscar Hemer, "The Reinvention of History: A Reading of South African Novels of the Transition", paper presented at a conference with the Nordic Research Network on Popular Culture and Communication in Africa, published on Nov. 1, 2008, accessed on Oct. 19, 2020, https://www.researchgate.net/publication/238113724/.

[2] David Medalie, "To Retrace Your Steps: The Power of the Past in Post-Apartheid Literature", *English Studies in Africa*, Vol. 55, No. 1, 2012, pp. 3-15.

[3] J. U. Jacobs, "Performing the Precolonial: Zakes Mda's *The Sculptors of Mapungubwe*", *Current Writing: Text and Reception in Southern Africa*, Vol. 27, No. 1, 2015, pp. 13-25.

[4] Andrew Offenburger, "Duplicity and Plagiarism in Zakes Mda's *The Heart of Redness*", *Research in African Literatures*, Vol. 39, No. 3, 2008, pp. 165-199.

了他的创作灵感①。佩里斯之后也对此做了回应,称穆达与他就此做过沟通,穆达对自己著作内容的借用,发掘了著作的价值,是很有价值的历史重写。在分析了小说《红色之心》,以及奥芬伯格与穆达之间的对话后,凯特·海曼(Kate Highman)认为,《红色之心》还借鉴了西奥菲卢斯·哈恩(Theophilus Hahn)在著作《津尼·果姆:科伊族的上帝》(*Tsuni-Goam: The Supreme Being of the Khoikhoi*, 1881)对科伊族(Khoikhoi)宇宙观的描述。他认为,穆达对历史的借用,远比"剽窃"复杂。我们应该宽容保护"非洲后殖民小说",而不是让"认知暴力"(epistemic violence)继续泛滥②。作为一名后殖民作家,穆达在小说中通过"反叙事"(counter-narratives)策略,隐喻性地锻造了一个新南非③。穆达对历史传奇的重写激发了人们对历史文学化的反思。

其三是语象叙事研究。穆达在第四部小说《埃塞镇的圣母》每一章的开头都描述了一幅弗兰斯·克里尔·豪特神父(Father Frans Clearhout)的画作。从对画作的描绘,自然过渡到现实世界,现实与画作融为一体。这种别具一格的叙事形式引起了众多学者的关注。埃文·姆万吉(Evan Mwangi)认为,穆达将视觉艺术与小说创作结合,使非洲黑人成为艺术表现对象的主体,而不是人类学凝视的对象。艺术成为穆达挑战西方国家霸权实践的工具④。苏珊·罗杰斯(Susan Rogers)则从个体出发,认为艺术作品对小说人物具有一种救赎作用,是主人公治愈痛苦与悲伤的工具。雅娜·洛林·普雷托里乌斯(Jana Lorraine Pretorius)进一步将这种叙事手法概括为语象叙事(ekphrasis),即视觉艺术的文本再现。穆达将文学创作与视觉艺术结合,重写动荡不安的过去,并将其融入当代国家重建的语境,开启了新的对话、批判和自我反思空间⑤。

---

① Zakes Mda, "A Response to 'Duplicity and Plagiarism in Zakes Mda's *The Heart of Redness* by Andrew Offenburger'", *Research in African Literatures*, Vol. 39, No. 3, 2008, pp. 200-203.

② Kate Highman, "Disavowals of Tradition: The Question of Plagiarism in Zakes Mda's *The Heart of Redness*", *Research in African Literatures*, Vol. 47, No. 3, 2016, p. 124.

③ Kate Highman, Forging a New South Africa: Plagiarism and the National Imaginary, Ph. D. dissertation, University of York, 2017.

④ Evan Mwangi, "Painted Metaphors: The Use of Visual Arts in Contemporary African Novels", *GEFAME Journal of African Studies*, Vol. 3, No. 1, 2006.

⑤ Jana Lorraine Pretorius, Picturing South Africa: An Exploration of Ekphrasis in Post-Apartheid Fiction, Ph. D. dissertation, Stellenbosch University, 2015.

安东尼·雅各布斯（Anthony Jacobs）以《红色之心》为例，分析了穆达小说中的田园传统和反田园叙事。他认为，穆达恢复了南非的田园书写传统，使人们能够以更宽广的视角理解南非的文学、历史和社会[①]。迈克尔·埃里克·哈格曼（Michael Eric Hagemann）考察了《红色之心》中的幽默、怪诞、模仿与反讽等，认为穆达利用这些策略批判性地重新审视了传统科萨信仰，以及女性在父权社会中的角色和地位等。他认为，穆达对幽默的运用，不是为了弥合主人公的信仰分歧，而是为了表达对南非生态和发展问题的看法，并以此探索和解路径[②]。也有学者对《死亡方式》和《埃塞镇的圣母》中的群体声音（the collective voice）进行了研究。恩科萨纳·祖鲁（Nkosana Zulu）认为，《埃塞镇的圣母》通过群体声音讽刺不道德的行为，揭示了种族隔离制度的失败，消解了南非文化的两极分化，展现了南非社会转型的可能性[③]。

5. 思想主题研究

穆达对于社会现实的揭露，不啻一波又一波的思想地震，不断激励着人们质疑南非的社会现实并思考存在的问题。学界对穆达小说思想主题的研究，目前主要集中在对生态主题和伦理主题的研究。

其一是生态主题。哈利·西维尔（Harry Sewlall）引用阿尔弗雷德·克罗斯比（Alfred W. Crosby）提出的"混合生物群"（portmanteau biota）概念，指出库克兹娃是小说中典型的生态女性主义者，在农卡乌丝预言中的"笃信派"（Believer）与"怀疑派"（Unbeliever）之间的言语战争中，她发挥了催化剂的作用。她对"混合生物群"的警惕，向那些不顾生态后果的政府发出了强有力的警告[④]。德克·克洛普（Dirk Klopper）认为，《红色之心》对二元制思想的挑战，及其对生态的关注，实际上体现了自然与

[①] Anthony Jacobs, Flying in the Face of Convention: *The Heart of Redness* as Rehabilitative of the South African Pastoral Literary Tradition Through the Frame of Universal Myth, Ph. D. dissertation, University of Western Cape, 2005.

[②] Michael Eric Hagemann, Humour as a Postcolonial Strategy in Zakes Mda's Novel *The Heart of Redness*, Ph. D. dissertation, University of Western Cape, 2005.

[③] Nkosana Zulu, "The Collective Voice in *The Madonna of Excelsior*: Narrating Transformative Possibilities", *Literator*, Vol. 27, No. 1, 2006, pp. 107-126.

[④] Harry Sewlall, "'Portmanteau biota' and Ecofeminist Interventions in Zakes Mda's *The Heart of Redness*", *Journal of Literary Studies*, Vol. 23, No. 4, 2007, pp. 374-389. 根据作者的解释，"混合生物群"，意指欧洲人带到殖民土地上的有机体的统称。

文化之间的关联[1]。玛丽亚·雷纳塔·多尔斯（Maria Renata Dolce）也认为，《红色之心》中自然与文化的融合，有利于建立一个生态可持续发展的世界。奥加加·奥古亚德（Ogaga Okuyade）以穆达的《红色之心》和塔努尔·奥贾德（Tanure Ojaide）的《行动主义者》（*The Activist*, 2006）为例，探讨了当代非洲文学中的生态行动主义。他认为，文学创作者通过对环境、生态的书写，表达对生态环境的关注；文学研究者们也从生态角度解读文学。他们关注生态环境，是为了提高人们的"生态素养"（ecological literacy），探求改善生态现实的策略[2]。安东尼·维塔莱（Anthony Vital）将库切的《动物的生活》（*The Lives of Animals*, 1999）和穆达的《红色之心》进行比较，并认为种族隔离时期的环境保护主义延续了早期殖民主义对环境的关注。但随着政治变革的深入，人们对环境的关注逐渐转向了以人为中心，即将环境与人的福祉相结合。这种新动向可以理解为后殖民主义语境下生态学的发展，是对新殖民主义的挑战[3]。拜伦·卡米诺·桑坦格罗（Byron Caminero-Santangelo）和加思·迈尔斯（Garth Myers）以历史学家埃里克·霍布斯鲍姆（Eric Hobsbawm）的《传统的发明》（*The Invention of Tradition*, 1974）为理论指导，将穆达的《红色之心》与恩古吉·提安哥（Ngugi wa Thiong'o）的《血色花瓣》（*Petals of Blood*, 1977）进行比较。他认为，"殖民列强凭借自己的强国地位创造了一种反神话，他们将非洲本土黑人塑造为精神空虚、智力低下的原始人，为他们占领非洲土地和奴役非洲人民找到了借口"[4]。在这两部作品中，作家揭示了殖民国家生态入侵与文化殖民对非洲的毁灭性影响。主人公对入侵植物的砍伐，与其对西方文化的抵制互为映射。

其二是伦理主题。这里所涉及的伦理是广义层面的伦理，其中既有对

---

[1] Dirk Klopper, "Between Nature and Culture: The Place of Prophecy in Zakes Mda's *The Heart of Redness*," *Current Writing*, Vol. 20, No. 2, 2008, pp. 92-107.

[2] Ogaga Okuyade, ed. *Eco-Critical Literature: Regreening African Landscapes*, New York: African Heritage Press, 2013, pp. 31-46.

[3] Anthony Vital, "Situating Ecology in Recent South African Fiction: J. M. Coetzee's *The Lives of Animals* and Zakes Mda's *The Heart of Redness*", *Journal of Southern African Studies*, Vol. 31, No. 2, 2005, pp. 297-314.

[4] Laura Wright, "Inventing Tradition and Colonizing the Plants: Ngugi wa Thiong'o's *Petals of Blood* and Zakes Mda's *The Heart of Redness*", in Byron Caminero-Santangelo, Garth Myers, eds. *Environment at the Margins*, Athens: Ohio University Press, 2011, p. 236.

人际伦理的关注，也有对动物伦理的关注。对人际伦理的关注主要体现在对《埃塞镇的圣母》的解读上。拉尔夫·古德曼（Ralph Goodman）以《埃塞镇的圣母》为例，说明讽刺与后殖民主义的分野在于其对待伦理问题的不同态度。讽刺的立场是不明确的，其所具有的批判分量使之更加超然。也正是这一点，使之有别于后殖民主义的理论话语[1]。对动物伦理的探讨集中在《唤鲸人》上。温迪·伍德沃德（Wendy Woodward）认为，穆达在《唤鲸人》中发挥富有同情心的想象力，塑造了人与动物的关系，凸显了动物的主体性[2]。他将穆达的《唤鲸人》与库切的《动物的生活》等作家作品进行比较研究后认为，全球英语小说对动物的伦理关注，强调了非人类动物的代表性[3]。哈利·西维尔则从人类与非人类关系的本体论出发，探讨《唤鲸人》中人与动物之间的关系[4]。奥加加·奥库亚德（Ogaga Okuyade）则以《红色之心》为例，说明以生物为中心的世界观是伦理学的延伸，是人类对全球社会概念的扩展[5]。

6. 比较研究

众多研究者将穆达的小说创作与恩加布鲁·恩德贝勒（Njabulo S. Ndebele）、约瑟夫·康拉德（Joseph Conrad）、库切、林赛·科伦（Lindsey Collen）、本·奥克瑞（Ben Okri）、恩古吉、纳丁·戈迪默、帕斯瓦尼·穆贝（Phaswane Mpe）、奇阿努·阿契贝、贝西·海德（Bessie Head）等众多作家作品进行比较研究。这些研究大多是对包括穆达在内的两个或者数个作家小说中的某一特定主题思想，相似人物形象，相似创作手法，或者相同社会背景的平行研究。其中，尤其值得我们关注的是研究者们对穆达与康拉德作品的比较研究。

2000年，穆达的第三部小说《红色之心》一出版，小说标题与康拉

---

[1] Ralph Goodman, "Describing the Centre: Satiric and Postcolonial Strategies in *The Madonna of Excelsior*", *Journal of Literary Studies*, Vol. 20, No. 1-2, 2004, pp. 62-70.

[2] Wendy Woodward, "The Killing (Off) of Animals in Some Southern African Fiction", *Journal of Literary Studies*, Vol. 23, No. 3, 2007, pp. 293-313.

[3] Wendy Woodward, "The Nonhuman Animal and Levinasian Otherness: Contemporary Narratives and Criticism", *Current Writing*, Vol. 21, No. 1-2, 2009, pp. 342-362.

[4] Harry Sewall, "Border Crossings: Mapping the Human and the Non-Human in Zakes Mda's *The Whale Caller*", *Scrutiny 2*, Vol. 12, No. 1, 2007, pp. 129-138.

[5] Ogaga Okuyade, ed. *Eco-Critical Literature: Regreening African Landscapes*, New York: African Heritage Press, 2013, pp. 31-46.

德的中篇小说《黑暗的心》(Heart of Darkness, 1902) 标题的相似性立刻引起了评论界的极大兴趣。甚至有学者认为穆达有剽窃康拉德作品的嫌疑。2003年，文达大学（University of Venda）教授哈利·西维尔对两部小说进行了比较研究。他认为，穆达的《红色之心》在标题和黑人头骨等细节上与《黑暗的心》有所互文，但这种互文具有潜在的颠覆性，"意味着审美立场的转变，即旧立场的破坏和新立场的形成"①。穆达在小说中对殖民主体性的解构和殖民思维的拷问，实际上延续了康拉德《黑暗的心》的创作指向。所以，《红色之心》不仅仅是与《黑暗的心》有互文关系，更是对《黑暗的心》的呼应与延续。在比较《黑暗的心》与《红色之心》后，梅利莎·坦迪维·迈安博亚（Melissa Tandiwe Myamboa）也认为，《红色之心》包含了一种辩证法，"以辩证本体论和辩证认识论为基础的独特传统现代性的发展，在政治经济不断变化的今天变得越来越重要"，而这在康拉德的《黑暗的心》中是完全不可能的②。

7. 生平研究

2007年，南非大学（University of South Africa）多萝西·威尼弗莱德·斯蒂尔（Dorothy Winifred Steele）在她的硕士学位论文《诠释红色：扎克斯·穆达文学传记》(*Interpreting Redness: A Literary Biography of Zakes Mda*)③ 中详尽地梳理了穆达的创作历程，并剖析了穆达曲折艰难的流亡生活经历对其创作的影响。因作者与穆达交流密切、细致的访谈和翔实的田野调查，使得这部文学传记极具参考价值。此外，还有数位学者对穆达的回忆录《时有虚空：一个局外人的回忆录》和论文集《为敌人正名：在南非成为人》做过简单述评。

（二）国内研究现状

相较于外国学界，中国学界对穆达小说的研究几乎还处在起步阶段。2010年南京大学姜礼福的博士论文是国内第一篇研究穆达小说的论文。此后

---

① Harry Sewlall, "Deconstructing Empire in Joseph Conrad and Zakes Mda", *Journal of Literary Studies*, Vol. 19, No. 3-4, 2003, p. 341.

② Melissa Tandiwe Myambo, "Imagining a Dialectical African Modernity: Achebe's Ontological Hopes, Sembene's Machines, Mda's Epistemological Redness", *Journal of Contemporary African Studies*, Vol. 32, No. 4, 2014, p. 471.

③ Dorothy Winifred Steele, Interpreting Redness: A Literary Biography of Zakes Mda, M. thesis, University of South Africa, 2007.

至今（截至2024年2月），国内穆达研究成果仅仅只有17篇期刊论文，7篇学位论文。这些论文集中于对穆达小说的思想主题和叙事技巧两大方面的研究。

1. 思想主题研究

穆达曾言，"我不希望我的作品最后只得到一些社会评价，我希望我的作品也能承载对我们所处环境的批判分析"[①]。在中国学者的学术视野里，穆达小说的社会功用主要体现在他对生态主题、伦理主题的表现上。关于生态主题的研究，学者们不约而同地选择了穆达的第三部长篇小说《红色之心》作为研究对象。姜礼福在博士论文《当代五位前殖民地作家作品中后殖民动物意象的文化阐释》中分析认为，穆达在《红色之心》中将牛、马、鸟儿等动物意象作为实现"思想去殖民化"的媒介和载体，借此反思殖民历史，并尝试对抗新殖民主义[②]。与姜礼福一样，段燕、王爱菊同样将《红色之心》放置于后殖民生态批评这一大的批评语境，分析殖民主义与生态扩张之间的共谋关系。她们认为，殖民活动和帝国主义造成南非社会生态的崩溃、精神生态的错乱和自然生态的危机，揭示了穆达帝国反写与绿色批评意旨所在[③]。钟燕以"文化人"卡玛古的人生经历为线索，论述了卡玛古的空间选择、历史的选择和传承，以及感情选择。她认为，"现代人的出路在于自然与文化结盟的生态模式"[④]。吴孟桦以包括穆达的《红色之心》在内的多位小说家的小说为例，研究其中的生态女性主义选择。关于伦理主题，蔡圣勤教授以《与黑共舞》《红色之心》以及《埃塞镇的圣母》三部小说为例，详细分析了小说主人公在政治、交往和宗教等方面的违伦现象，说明穆达通过小说创作来审视人性与道德伦理，"通过对人物和事件的细致刻画来传达自己的价值判断与伦理意识，真正地实现了文学的教诲功能，实现了文学和社会批判的效用"[⑤]。

---

① M. K. Holloway, Zakes Mda's Plays: The Art of the Text in the Context of Politics, Ph. D. dissertation, University of Natal, 1988, p. 307.

② 姜礼福：《当代五位前殖民地作家作品中后殖民动物意象的文化阐释》，博士学位论文，南京大学，2010年。

③ 段燕、王爱菊：《贾克斯·穆达〈赤红之心〉的帝国反写与绿色批评》，《当代外国文学》2017年第3期。

④ 钟燕：《卡玛古的选择：〈赤红的心〉生态批评解读》，《外国文学研究》2014年第3期。

⑤ 蔡圣勤：《穆达小说对南非社会违伦乱象的反思与批判》，《华中学术》2017年第4期。

此外，黄雅芬还对《红色之心》中的信仰进行了深入的论述。

2. 叙事技巧研究

历史是民族身份的伟大锻造者。对于穆达来说，三十年流亡经历，意味着三十年民族历史的缺席。文学创作成为他回顾历史，重建精神家园的途径。蔡圣勤教授和芦婷以《红色之心》和《与黑共舞》为研究对象，基于后殖民谱系里霍米·巴巴（Homi K. Bhabha）的混杂理论，对小说中的文化混杂现象进行了分析。他们认为，穆达利用南非社会的"混杂性"特征，重构殖民历史，以对抗宗主国的文化统治地位[1]。同样关注穆达小说历史叙事的还有张丽芳。她以《埃塞镇的圣母》为例，结合小说所依据的历史原型等，分析不同话语在文本中的交织，揭示了穆达历史叙事的张力及其呈现出的自我反思与质询[2]。张丽芳研究了语象叙事策略与该小说情节内容的相互关系，并认为这种策略内在地包含了对新南非身份的构建[3]。此外，黄灿以穆达等小说家的小说为例，从后经典叙事的角度研究其小说中的叙事技巧。而笔者也曾就穆达小说中的魔幻叙事进行过论述。笔者认为，穆达对魔幻元素的运用，基于非洲丰富的民间文学储备和本土魔幻现实主义文学创作传统，他的魔幻叙事突出了文学的本土化特征[4]。

此外，笔者也曾述评过穆达的学术论文集《为敌人正名：在南非成为人》。笔者认为，通过这部论文集，"穆达不仅向读者阐释了一名作家对于创作艺术的思考，而且身体力行地向读者展示了作家在广泛的社会和政治背景中所应承担的社会责任"[5]。

（三）存在的问题

综合国内外学界对穆达小说的研究成果，可以发现，随着时代的发展，多元思潮袭来，研究者借助不同的理论对穆达小说进行了多角度的解读。内外兼备的研究，使读者对穆达小说的关注由内部延伸到外部，既认识到穆达小说的深刻内涵，也认识到穆达小说对社会产生的积极影响。他们的

---

[1] 蔡圣勤、芦婷：《历史重构与文化杂糅：穆达小说之后殖民解析》，《贵州大学学报》2017年第4期。

[2] 张丽芳：《〈艾克沙修的圣母〉中对历史叙事的反思》，《亚非研究》2018年第2期。

[3] 张丽芳：《〈艾克沙修的圣母〉中的语象叙事与新南非语境下的历史建构》，载李安山主编《中国非洲研究评论·非洲文学专辑》，社会科学文献出版社2018年版，第203—217页。

[4] 胡忠青：《论穆达小说中的魔幻现实主义》，《读写大视野》2020年第12期。

[5] 胡忠青：《评〈为敌人正名：在南非成为人〉》，《博览群书》2020年第12期。

研究，是学术研究与社会关怀的高度结合，已然引起了人们对非洲文学，尤其是穆达小说的关注。但是国内外对穆达小说的研究仍存在一些缺憾。

第一，目前的研究成果没有涵盖穆达所有的作品。现有的绝大多数研究主要集中在《死亡方式》《与黑共舞》《红色之心》《埃塞镇的圣母》和《唤鲸人》上。《马蓬古布韦的雕刻家》《瑞秋的布鲁》《黑钻》《小太阳》和《祖鲁人在纽约》等小说的相关研究屈指可数。也没有人将穆达小说与穆达的回忆录和非文学论文集等结合起来研究。

第二，关于穆达与其他作家之间相互影响的研究成果不多。除了学者们对《红色之心》与康拉德《黑暗之心》的比较研究，其他关于这方面的信息大多来自穆达访谈录。在约翰·卡丘巴（John B. Kachuba）的访谈中，穆达谈及对他有影响的作家。他提到了加西亚·马尔克斯（García Márquez），但又补充说，自己的魔幻现实主义手法更多的是源自非洲的口述传统。他主动谈及津巴布韦作家伊冯·维拉（Yvonne Vera），认为其在抒情方式上对他产生了很大的影响。此外，在论文集《为敌人正名：在南非成为人》中，穆达坦言，在地理景观等描写方面，自己深受托马斯·莫福罗（Thomas Mofolo）、卡克特拉（B. M. Khaketla）和塞博莱·马特洛萨（Sebolai Matlosa）等塞索托语（Sesotho）作家的影响[①]。但到目前为止，还没有学者比较研究维拉，以及莫福罗等作家对穆达创作的影响。

第三，关于穆达小说与非洲传统文化之间的关系研究成果不多。如前所述，穆达的小说深深植根于非洲的传统文化。他的小说，从形式到内容都深受非洲民俗文化的影响。穆达小说的最显著特征——魔幻叙事就是受非洲口头传统影响的结果。在小说中，穆达花费了大量笔墨描述传统民俗，其所展示的民俗事象之多，堪比民俗志。不仅如此，他还将口头传统、仪式、食物等民俗事象作为表达思想的载体，深刻揭示传统民俗对于平凡个体和族裔群体的精神滋养作用。此外，他还以小说为载体，思考传统民俗文化在现代的承继问题。他对非洲传统民俗文化的高度关注不仅是非洲民俗文化场域的浸染结果，也是对前辈黑人作家文学民俗学意识的自觉继承，更是对旧南非奇观文学的突围。然而，与此相关的研究成果零散，缺乏系统全面的考察与阐释。

---

① Zakes Mda, *Justify the Enemy: Becoming Human in South Africa*, Scottsville: University of KwaZulu-Natal Press, 2018, pp. 43-44.

正是基于以上不足，本书将以穆达的全部十二部小说为主要研究对象，并尽力囊括他的论文集和自传等，细致深入地考察穆达民俗书写的历史文化背景，他对民俗文化内涵的揭示，对民俗传承的思考及其民俗书写的特点，力求形成对穆达文学创作及其民俗书写的整体把握。

三　相关概念的界定

（一）民俗

关于民俗的定义与分类，学界众说纷纭。早在20世纪40年代，美国学者利奇（Maria Leach）在其编著的《民俗、神话与传说的标准词典》（*Funk and Wagnalls Standard Dictionary of Folklore, Mythology, and Legend*, 1949）中就收录了二十多条有关民俗的定义。综合而言，历史上的民俗概念主要被分为广义和狭义两种。广义的民俗概念认为，民俗学是以城乡民间生活为研究对象的综合性学科。陈建宪等将历史上学者对民俗的狭义理解归纳为四种：一是认为民俗是文化遗留物，是一个已发展到较高文化阶段的民族中残存的原始观念与习俗的遗留物；二是认为民俗是精神文化；三是认为民俗就是民间文学；四是认为民俗为传统文化[1]。不管学者们对民俗的定义和分类如何不同，他们都强调几点共识：民俗存在于民众之中，民众既是民俗的承受者和创造者，又是民俗的载体；民俗是被民众传承的一种文化现象；民俗的核心在于传承。基于此，钟敬文先生将民俗定义为民间风俗，即"一个国家或民族中广大民众所创造、享用和传承的生活文化"[2]。这里的生活文化，包括物质生活文化和精神生活文化。

关于民俗学的研究范围问题，自建立学科以来，世界各国的民俗学者众说纷纭，各有主张。中国学者综合我国的民俗概况，也提出了自己的看法。1980年，方纪生在自己编著的《民俗学概论》中沿用了英国班尼（C. S. Burne）对民俗的分类：信仰、习惯、故事歌谣及成语。1985年，张紫晨在其所著的《中国民俗与民俗学》[3] 以及乌丙安先生在1987年所著《中国民俗学》[4] 一书中，都将民俗分为四大类，即经济民俗、社会民

---

[1]　钟敬文主编：《民俗学概论》，上海文艺出版社2009年版，第3—4页。
[2]　钟敬文主编：《民俗学概论》，上海文艺出版社2009年版，第1页。
[3]　张紫晨：《中国民俗与民俗学》，浙江人民出版社1985年版。
[4]　乌丙安：《中国民俗学》，辽宁大学出版社1987年版。

俗、信仰民俗、游艺民俗。1987年，陶立璠在《民俗学概论》①中总结分析英国、法国、日本等国学者对民俗的归类后，提出将民俗归为四大类，即物质民俗、社会民俗、口承语言民俗和精神民俗。1988年，唐祈、彭维金主编的《中华民族风俗辞典》②把民俗归为六类民俗事象和三个系统。六类民俗事象包括天时、人生、社会、经济、信仰和审美。三个系统为观念系统（包括原始信仰、迷信、俗信）、行为系统（包括岁时节令、人生礼俗、亲族、家族、社团、文学、艺术、竞技）、物质系统（生产、交易、衣食住行）。在2009年出版的钟敬文主编的《民俗学概论》中，陶立璠先生等继续沿用了1987年的民俗分类，唯一的区别是，他们将"口承语言民俗"简化为"语言民俗"。

目前国内学界大多沿用钟敬文主编的《民俗学概论》中对民俗的分类，即物质民俗、社会民俗、精神民俗和语言民俗。物质民俗，是指人民在创造和消费物质财富过程中所不断重复的，带有模式性的活动，以及借由这种活动产生的带有类型性的产品形式。社会民俗，也称社会组织及制度民俗，是指人民在特定条件下所结成的社会关系的惯制，它所涉及的是从个人到家庭、家族、乡里、民族、国家乃至国际社会在结合、交往过程中使用并传承的集体行为方式。精神民俗，是指在物质文化与制度文化基础上形成的有关意识形态方面的民俗。它是人类在认识和改造自然与社会过程中形成的心理经验，这种经验一旦成为集体的心理习惯，表现为特定的行为方式并世代传承，就成为精神民俗。语言民俗，是指通过口语约定俗成、集体传承的信息交流系统，它包括民俗语言与民间文学③。

（二）民俗写真

"写真"一词源于中国古代传统肖像画。北齐颜之推《颜氏家训》："武烈太子偏能写真，座上宾客，随宜点染，即成数人，以问童孺，皆知姓名矣。"④是说，武烈太子为诸座上客画像，画得很真实，让童孺一看便知是谁。其后，"写真"便成了肖像画的代名词。关于"真"，五代梁荆浩从理论上予以界定："真者气质俱盛。"⑤"气质"指绘画作品中所呈

---

① 陶立璠：《民俗学概论》，中央民族学院出版社1987年版。
② 唐祈、彭维金主编：《中华民族风俗辞典》，江西教育出版社1988年版。
③ 钟敬文主编：《民俗学概论》，上海文艺出版社2009年版，第5页。
④ 周积寅主编：《中国画论大辞典》，东南大学出版社2011年版，第12页。
⑤ 周积寅主编：《中国画论大辞典》，东南大学出版社2011年版，第12页。

现出来的精神特质。因肖像画更强调表现人物的神情意志，主张在日常生活中对图写对象多观察，"不仅得其形，而且得其神"，故"写真"又称"传神"或"写照"。不仅肖像画称"写真"，在山水、花鸟画论中也时有出现，即要求写对象之真。南朝刘勰在《文心雕龙·情采》中有言，"为情者要约而写真，为文者淫丽而烦滥"①，将"写真"的意思延伸为如实描绘事物。邹韬奋在《萍踪忆语》中有云："富豪的高耸云霄的宏丽大厦，和贫民窟的破烂房屋相对照，可作为资本主义社会的代表型的写真"②，以"写真"一词表示对事物的真实反映，犹写照。明朝李贽的诗《读杜少陵》中"少陵原自解传神，一动乡思便写真"③，进一步将"写真"的意思引申为真切的情感。如今流行的"写真"一词，却是源自日本语。日本语中的"写真"一词原本也是由中国传入，并被赋予了新的含义④，指的是以一个人的身体、生活为创作主体的摄影、创作作品。和汉语中最初的含义相同，源于日语的"写真"强调人物形象的"真实"，即不对人物做过多修饰或美化，使其所呈现的人物形象真实自然。

  尽管所指不同，但两种源头的"写真"都强调"真实"。"写真"所呈现的内容也由最开始的人物延伸到生活现象。其意义也从最初的人物肖像延伸到情感。综合而言，"写真"所要求的"真实"有三层含义。第一层是"形"的相似，即如实刻画和描绘事物的本来面貌，不做额外的美化与修饰，其意在强调外在形象的相似；第二层是"神"的相似，即将所呈现事物的特质，如人的精神气质灌注于画中，使之传神。第三层是"情"的真切，即将作者的真情实意熔铸于作品中，使之成为作者表情达意的载体。然而，当今许多以盈利为目的的商业摄影却滥用写真一词，过分美化照片，以使人物达到外观完美无瑕的效果；或者有意呈现人物裸体，使照片带有情色意味。类似人物摄影虽然也叫作"写真"，但早就与"写真"的本意背道而驰了。所以，有必要强调的一点是，"写真"所要求反映的"真实"面貌理应反映所呈现事物的全貌，既应包括积极美观的部分，也应包括理应改善或摈弃的部分。挚虞论赋，推崇"真实"表

---

① [南朝梁]刘勰：《文心雕龙》，黄霖整理，上海古籍出版社2010年版，第63页。
② 吕佩浩、陈建文主编：《汉语非本义词典》，中国国际广播出版社1999年版，第944页。
③ 汉语大词典编辑委员会、汉语大词典编纂处编纂：《汉语大词典》，汉语大词典出版社1993年版，第1625页。
④ 王振霞：《现代汉语日源词对"写真"一词的考察》，《语文学刊》2016年第5期。

达内心情感，提出"四过"，即"夫假象过大，则与类相远；逸辞过壮，则与事相违；辩言过理，则与义相失；丽靡过美，则与情相悖"①。其意在强调，在赋的创作中，借助的物象不可过大，美丽的辞藻不可过多，辩驳的语言不可过于标准，文章不可过于华丽美艳，否则，创作就达不到义理妨害教化的作用。挚虞对过分美化赋之形式与内容的行为的抵制，即是强调"真实"反映事物的全貌。

本书引用的"写真"一词，采用的是其在汉语中的本意，强调"真实"，真而不妄、实而不假，客观反映事物的本来面目。具体到穆达所营造的民俗语境中，将"写真"与"民俗"结合，其所体现的"真实"不仅指涉穆达所展示民俗事象的多样性和民俗链的完整性等"形"的"真实"，而且包括了穆达所揭示的民俗深刻意蕴的"神"的"真实"，还包括了穆达反思民俗窘迫处境，为民俗寻找出路的"情"的"真实"。所以，本书所提"民俗写真"，意指全面展示民俗事象概貌，并深刻挖掘其内在含义；全面梳理民俗的困境，并思考其在当代的传承。

（三）民俗事象意象化

在文学理论里，意象是文学形象的一种类型，指的是为表现思想感情而创造的一种形象。与"写真"一词类似，许多人认为"意象"一词是外来词，是西方意象主义运动的产物。实际上，"意象"中的"象"与"意"在《周易》中已被分别论及过。而正式提出"意象"这一术语的是刘勰。刘勰在《文心雕龙·神思》篇中说："然后使玄解之宰，寻声律而墨；独照之匠，窥意象而运斤；此盖驭文之首术，谋篇之大端。"② 刘勰在这里提出的"意象"，"意"是心意，指作家的主观之意，作家想要表达的思想感情。"象"是为表现内在的思想感情而创造的物象。"象"因"意"生，"象"的存在是为"意"的显现提供感性形态。

"意象"是心意与物象的结合，是主观之意与客观之象交融的产物。这就使得"意象"具有三种特质。其一，"意象"是客观物象作用于人脑的结果，这就意味着"意象"必须是植根于现实的世界万物。其二，"象"是个别的、具体的，借助于"象""意"才得以表达。这就使得"意象"具有了以小见大，以具体表现一般的特点。其三，"意象"既是

---

① 门岿主编：《中国历代文献精粹大典·上》，学苑出版社1990年版，第727页。
② ［南朝梁］刘勰：《文心雕龙》，黄霖整理、导读，上海古籍出版社2010年版，第53页。

外物感召的结果,又不拘泥于外物本身。其所表达的寓意远大于物象本身。这就使得"意象"具有比喻性和象征性特点。所以,作为一种叙事方式,意象化即是一种实物虚化叙事。具体而言,就是在叙事过程中,充分利用特定物象所形成的表现力,将自己的叙事意图灌注于现实世界中的人、事、物等,使之成为叙事参与者,从而使其具有隐喻和象征性,所指涉的意义指向观念域。"意象"由此生成为一种虚像或者一种类的隐喻。换言之,这种叙事方式是一种将物象情感化、意念化的行文艺术,以便使该物象的含义远大于其本身。

意象化是穆达使用最为频繁的叙事方式。在他的小说中,他以民俗写真的方式,展示了众多的民俗文化表征,例如口头传统、仪式和食物、日用品等物质民俗。但是,他并没有仅仅将民俗文化表征用作人物塑造和环境渲染的陪衬,而是将民俗文化形态意象化,使其成为人们建构自我主体性、群体认同,反抗殖民霸权和父权的载体。意象化的叙事方式,将民俗与人紧密结合起来,在深挖民俗内涵的同时,强调了民俗文化对于个体、群体,以及族裔的重要意义。民俗事象的意象化,使其在小说中的意义远超民俗事象本身。

(四) 文学民俗学意识

文学民俗学意识是一种将文学与民俗学融合为一体的意识,指的是"一种由相关民俗学理论支撑的文学意识"[1]。具体而言,文学民俗学意识包括对民俗事象文化内涵的把握,对民俗叙事功能的认知,对民俗风情的审美认识等。持有这种意识的多为文学创作者和文学研究者。于文学创作者而言,民俗是日常生活中的一部分,表现人的生活,自然离不开对民俗的描写。而对于文学研究者来说,文学民俗学意识指的是他注意到了文学创作中民俗成分的重要性,并努力探究其在作品中的功能与意义。而这种意识,并不是文学创作者或者研究者一开始就具备的。由于文学自身的发展规律,文化的自我演进,时代的更迭等综合因素的影响,这种意识会经历从"无意注意"到"有意注意"的发展过程。也就是说,最初作家表现民俗,不是因为认识到了民俗作为意义承载媒介的价值,而是因为可以通过民俗如实呈现民间生活的鲜活性。直到民俗的价值与意义日渐自我显

---

[1] 周水涛、江胜清:《论中国当代文学的民俗学意识》,《华中师范大学学报》2013 年第 5 期。

现，人们无法忽视它的存在时，文学创作者和批评者才开始自觉将民俗作为关注的焦点之一。

文学民俗学意识又分为感性文学民俗学意识和理性文学民俗学意识。感性文学民俗学意识表现为对民俗或民俗文化的形态美或形式美的把握，意即对"仪式美"和"人情美"等美感的感知。这种感知无须对民俗进行审美分析，属于直觉文学民俗学意识，是一种"自为"的文学民俗学意识。理性文学民俗学意识，与感性相对，是一种"自觉"的文学民俗学意识，主要表现为对民俗进行深度把握，"既考察民俗的外在形态，又关照民俗的内涵，对民俗内涵的关照往往是感知活动的重心所在"[①]。在理性民俗学意识的推动下，民俗描写一般有三种表现形式：作家有意识地考察民俗事象，即民俗事象本身成为观照对象；作家有意识地发掘民俗所蕴含的文化意蕴；以民俗为载体，表达深层次的文化思考。

国内学者对文学民俗学意识的讨论，虽是基于中国现当代文学，但从文学发展的相似性来说，这一概念同样适用于非洲文学研究。事实上，因为特殊的时代背景，南非的英语文学，尤其是黑人作家，在南非英语文学的起始阶段就已经具备了文学民俗学意识。他们有意识地将欧洲的小说形式与本土的民俗文化相结合，自觉地通过具有非洲特色的民俗文化来表现黑人民族的特质。早在1930年，南非黑人作家、思想家和政治家索尔·普拉杰就在他的首部小说《姆胡迪》前言中陈说了自己创作小说的初衷：通过本土民间故事的讲述，抵制欧洲文化对本土文化的侵蚀[②]。在接续而来的殖民统治、种族主义统治、现代化和新殖民主义的催化下，南非持续涌动着一股黑人文化复兴思潮，这一思潮越发激发了南非作家，尤其是黑人作家的文学民俗学意识。正是这种意识，使得南非英语文学，尤其是黑人作家创作的文学作品，既有丰富的地域文化特色，又具有厚重的文化意蕴。

---

① 周水涛、江胜清：《论中国当代文学的民俗学意识》，《华中师范大学学报》2013年第5期。

② Sol. T. Plaatje, *Mhudi*, Jappestown: Jonathan Ball Publishers Ltd., 2011, p. 11.

四　研究思路与创新之处

（一）研究思路

本文主要以穆达的十一部长篇小说《死亡方式》《与黑共舞》《红色之心》《埃塞镇的圣母》《唤鲸人》《后裔》《黑钻》《马蓬古布韦的雕刻家》《瑞秋的布鲁》《小太阳》和《祖鲁人在纽约》，以及中篇小说《梅尔维尔67号》为研究对象，并兼及穆达的回忆录《时有虚空：一个局外人的回忆录》和非文学论文集《为敌人正名：在南非成为人》。在具体研究过程中，注重从文本出发，结合民俗学、人类学等理论，入乎其内地具体解读穆达对民俗文化的书写，遵循梳理与创见并举的原则，使选题研究成为自我学术历程之中的一次有效实践。

本文以穆达的民俗书写为主线，系统分析穆达民俗书写的语境，对民俗内涵的揭示，以及对民俗传承与发展的思考等问题。绪论部分主要提出问题，对本文的研究内容进行梳理。第一章主要分析穆达民俗书写的语境生成，结合南非的政治历史背景、文学传统，以及穆达的人生经历梳理穆达民俗书写的外在驱动和内在动因。第二、三、四章分别选取穆达小说中最具代表性的作为语言民俗的口头传统，作为社会民俗的仪式展演，以及作为物质民俗的食物，深入分析民俗如何作用于人们的精神世界。第五章分析穆达民俗书写的目的。结语部分总结穆达民俗书写的文学特点与社会意义。

民俗是一种综合性的文化事象，各类民俗事象所体现的物质的、社会的、精神的、心理的内容，是互相交叉、互相渗透的。没有哪一类民俗事象纯属某一类。穆达小说中的口头传统、仪式展演和日常食物等也并不是泾渭分明的，而是大致独立，却又丝丝关联在一起。而且，民俗文化的衰落与复兴同样事关这些民俗文化事象。所以，笔者在论述的过程中尽量选择最切合该章主题的角度，避免重复论述同一种民俗事象。

（二）本文的创新

1. 研究目标的完整与思路的突破。国内外学界对穆达小说中的民俗文化研究成果较少，而且总体上存在两个不足。一是研究对象的不完整，只从穆达的某一部小说出发，无法窥视穆达民俗书写的全貌，且容易断章取义。二是就事论事，没有深入挖掘民俗对于人的意义。本文把穆达的十二部小说全部纳入研究视野，兼及他的文学传记、回忆录和论文集等，力求形成对穆达小说的整体把握。另外，本文在研究思路上寻求新的突破，不再孤立地讨论某一民俗事象的表象，而是深入人物内心，还"俗"于"人"，着眼于"人"与"俗"的互动关系，以"俗"观"人"，深刻挖掘传统民俗对于人的重要性，以及"人"对"俗"的影响。

2. 研究视域的拓宽。国内外学界对穆达小说的研究总是囿于西方理论话语框架，似乎有意无意地忽视了一个事实，即穆达小说深深植根于非洲传统文化，反映的是非洲的社会现实。所以，本文将基于南非的历史文化背景，全面考察穆达民俗书写的历史文化语境。而在考察穆达民俗书写意义的时候，将穆达的民俗书写放置于全球化语境。本土视野与全球视野相结合，使得本研究具有了更为宏观的学术视野。

3. 研究问题力求具体而集中。本文不仅梳理穆达民俗书写的历史文化语境，深入探究小说中民俗文化的内涵，而且揭示穆达对民俗传承的反思，总结民俗书写的目的、特点与意义，基本全面考察了穆达的民俗书写概貌。分析穆达对民俗文化内涵的呈现时，选取穆达小说中最具代表性，表现也最为集中的三类民俗：口头传统、仪式展演和日常食物。关于这些民俗的研究，在展示民俗文化丰富性的同时，也还原了民众民俗生活的鲜活性。

历史悠久，自然资源丰富的非洲大陆孕育了丰富的民俗文化。它装点了非洲民众艰难曲折的苦难生活，浸润并点亮了他们的精神世界。它激发了无数作家的创作灵感，给予了他们取之不尽、用之不竭的创作素材。它是非洲人的骄傲，也是世界文化宝库中的瑰宝。而穆达，就是盛开在这片美丽大地上的一朵奇葩。他以浪漫而超验的笔调书写非洲的民俗文化，表达对非洲文化的热爱和对非洲大陆的认同。其创作，在南非文学史，乃至世界文学史中的重要地位，决定了他民俗书写的艺术价值。对穆达民俗书写的研究，既是在穆达和作品之间建构一座桥梁，帮助读者更好地理解穆达作品的深层内涵及其创作个性，也是在读者与非洲文化之间打开了一扇窗，让人们看到多姿多彩的非洲文化和非洲人永不屈服的民族精神。

第一章　穆达民俗书写的语境生成

丹纳曾明确提出，种族、环境与时代是影响文学生产与发展的三要素。这已然注定了文学与民俗的紧密关系。不同时代，人们有着不同的精神风貌和价值需求，对民俗需求各异。"十里不同风，百里不同俗"，不同的地理和人文环境，会产生表征各异的民俗文化。而拥有不同历史、集体意识和认知方式的种族，也使得民俗文化呈现出更为丰富的表现形式。所以，独具种族、环境与时代特色的民俗文化在文学中大放异彩，赋予作家作品不同的人文特色。也正因如此，丹纳认为，"作品的产生取决于时代精神和周围的风俗"[①]，文学作品是时代精神的产物和社会风俗的再现。这一点同样适用于穆达的文学创作。穆达对南非，抑或是对非洲民俗的书写，是在特定历史语境和地域文化中孕育生发的一种独特的文化现象。所以，在进入穆达的小说世界之前，我们有必要立足于南非的地域空间和历史文化框架，审视穆达民俗书写的语境，揭示其民俗书写的独特性与复杂性。

第一节　民俗化的生活场域

非洲大陆毗邻欧亚大陆，四周被海洋环绕。撒哈拉大沙漠和众多小沙漠将非洲大陆一分为二。沙漠以北地区临近地中海，其文化与周边文化融为一体，以阿拉伯—穆斯林文化为主。而南部非洲的居民主体为黑色人种，他们有着大致相似的语言特征和宗教信仰等民俗文化。因为其肤色大致都为黑色，所以南部非洲也被称为"黑非洲"，并发展出了以黑色人种为主体的黑人文化。因为撒哈拉大沙漠的阻隔和航海传统的缺乏，使得南部非洲在历史上一直与外部世界处于半隔绝半封闭状态。外

---

① ［法］丹纳：《艺术哲学》，傅雷译，江苏凤凰文艺出版社2018年版，第25页。

部影响的有限性，使南部非洲文化形成了许多自成一体的黑人文化特征。这种文化特征明显有别于世界其他文化，有别于撒哈拉沙漠以北的北部非洲文化。也正因如此，学界倾向于在传统文化方面将南部非洲称为"黑人文化区"。然而，南部非洲黑人部族众多，每个部族都有自己的传统社会，以及与之对应的传统文化。所以，南部非洲的文化有着混杂而多元的文化态势，是一种多元一体的文化。它们以不同的作用方式影响着撒哈拉沙漠以南的非洲土地上人们的生活方式、思维方式和艺术风貌。民俗化的生活场域，以润物细无声的方式形塑着穆达的艺术气质，为他的民俗文化书写提供了独具特色的写作背景和素材，也注定了他民俗书写的多重精神指向。

一　乡土作为主体社会基质

作为人类文明发祥地之一，非洲大陆有着人类文明的丰富遗产和久远的文化传统。在欧洲殖民者进入南非以前，南部非洲这片大陆上聚居着以狩猎和采集果实为生的桑族（San）、以游牧为生的科伊族和以放牧与农业为生的班图族（Bantu）。可以说，南部非洲是在传统的狩猎、游牧和农业基础上发展起来的，以农民为主体的社会。因为特殊地理环境所导致的南部非洲的封闭性，使得南部非洲的社会生产力发展水平较低，自给自足的自然经济占主导地位。在漫长的历史进程中，南部非洲逐渐形成了以农牧民为主体，以部落为单位，以农村社会为载体的传统农村文化。占主导地位的农村经济决定了南部非洲传统社会的乡土生活基质。

南部非洲传统的社会结构是以一定的血缘关系为纽带联结在一起的部落为基本单位的。在非洲的传统社会中，土地、水源等财富为村社共有，部落内部强调集体主义原则和合作互助精神。然而，部落之间没有常规性的联系，没有频繁顺畅的经济、文化交流。消极共处的排外传统，限制了部落间的交流与理解，加深了部落间的隔阂。然而，部族主义在造成地区动荡的同时，也在一定程度上延缓了部族向现代社会迈进的步伐。而地处非洲最南端的南非，三面环海的特殊地理位置，使其在很长一段时期内一直保持着传统的生产和生活方式。这种稳定性在17世纪下半叶被打破。1652年，荷兰东印度公司（Dutch East India Company）的商船在南非好望角停靠，拉开了荷兰人殖民南非的历史大幕。大片土地被荷兰人后裔——

"布尔人"（Boer）[①]侵占。"布尔人"残忍的殖民统治，致使桑族和科伊族人几近灭绝，南非的文化遭受重创。1795年，英国占领开普，建立开普殖民地（Cape Colony），开始与"布尔人"抢占南非土地。英布之间长达一个世纪的争夺，加剧了南非土著居民的困境。1910年南非联邦成立，布尔人政府开始统治南非，种族主义开始发酵。1948年，以D. F. 马兰（Daniel François Malan）为首的国民党以"种族隔离"为竞选纲领，当选为南非总理兼外长。种族隔离制度被以立法的形式固定并推行开来。占南非总人口约20%的白人开始统治占比高达约80%[②]的黑色和有色人种，持续时间长达46年之久。为限制黑色和有色人种的权利，将白人利益最大化，政府打着"保护种族纯洁性"和"黑人文化完整性"的幌子，根据肤色将白人以外的南非人划分为不同的种族，并通过《特别居住法》（*Special Residence Act*）强制要求居民按照种族集团居住。"地形学是一门统治的科学——确定边界，确保规范，把有问题的社会规范当作不容置疑的社会事实来对待。"[③] 南非地理空间的重新划分，将南非的黑色和有色人种限制在了土地贫瘠、资源匮乏的偏远地区。在被种族主义政府美化为"黑人家园"的黑人居住区，人们在努力求生的同时，仍然沿袭着传统的农村生活方式。

钟敬文先生认为，"民俗一旦形成，就会成为集体的行为习惯，并在广泛的时空范围内流动"[④]。而这种流动就依赖于黑人群体地理空间的位移和阶层的转换。虽然白人利用种族隔离制度将黑人限制在固定区域，但是，白人对廉价劳动力的迫切需求，以及黑人对改变生活现状的渴求，迫使大批黑人开始走向城市，从事繁重的体力劳动。乡村社会人口的地缘性扩散，将传统的生活和思维方式携带，并渗透到白人世界，留下浓重的乡

---

① 布尔人，即Boer，指的是移民南非的荷兰人后裔。因觉得其原意——"农民"有损形象，南非荷兰人后裔自己改称阿非利卡人（Afrikaners），意为非洲定居者，或者称"原南非白人"。另外，布尔人与黑人混血的南非人自称"阿非利堪斯人"（Afrikaanses）。

② 转引自郑家馨《南非史》，北京大学出版社2010年版，第271页。在该文中，郑家馨引用了南非1951年的人口普查数据。根据郑家馨的引述，当时的白人占比20.9%，黑人与有色人占比为79.1%。

③ James Duncan and David Ley, "Introduction: Representing the Place of Culture" in James Duncan, David Ley, eds. *Place，Culture，Representation*, London and New York: Routledge, 1993, p. 1.

④ 钟敬文主编：《民俗学概论》，上海文艺出版社2009年版，第12页。

土味道和民间痕迹。殖民统治和种族主义统治并没有撼动传统文化对人们的影响，反而助推了黑人群体内部的团结。传统的部落宗族意识和地域乡土观念等依然根深蒂固地影响着人们的思维方式和生活方式。1994年，新南非成立，黑人成为南非的主人。通过人员的跨阶层流动，传统的部落文化被带入权力阶层和城市社会。南非整个社会经济关系，以及相应的文化活动等，都带有血亲观念和乡土意识的色彩。

源远流长的乡土文化传统，使得乡土生活经验和态度成为南非社会历史中不容忽视的一种现实和传统力量。乡土性成为南非社会文化的基本特征，渗透于众多不同的社会空间和场域中。所以，即便是在经济全球化的今天，南非各群体依然有着强烈的部落或社区意识。人们自小便被告知亲缘的重要性，对社区的归属感和身份的文化认同也被赋予了极高的价值。作为社区内的基本单位，亲属团体被看作是人与家庭的道德共同体。在南非，这种强调个人与包括部落、社区在内的群体之间关系的处世哲学被归结为"乌班图"（Ubantu）。哲学家奥古斯丁·舒特（Augustine Shutte）对此作了精准的概括，"我们最深层次的道德义务是成为更加完整的人。这意味着要与他人越来越紧密地形成共同体。因此，虽然目标是个人的自我实现，但是自私自利是被排除在外的"[①]。"乌班图"是南非传统乡土社会的产物。因为对部落和社群关系的依赖，南非人往往表现出重亲情伦理，缺乏探险精神等特征。这促使他们很早就产生了一种安故重迁的乡土意识。作为一种对于家乡故土的特殊观念和心理感情，这种乡土意识逐渐在人们的集体潜意识中沉淀，并内化成为一种乡土情结，进而凝结成民族文化心理结构的一部分。这种特殊的乡土情结，不仅没有随着时间的流逝和空间的转换而产生变化，而且不断渗透进入南非社会文化的肌理，进而成为黑人民族的重要思维特征。

乡土社会追求的是"安稳"，安全而稳定，所以南非人对于土地的情感是真实而深刻的。乡土寄寓着亲近、眷恋等丰富的情感因素，带给人强烈的精神归属感。巴什拉（Gaston Bachelard）将家屋看作是整合人类思维、记忆与梦想的伟大力量之一，"在人类的生命中，家屋尽力把偶然事故推到一旁，无时无刻不在维护延续性。如果没有家屋，人就如同失根浮

---

① Augustine Shutte, *Ubuntu: An Ethnic for the New South Africa*, Cape Town: Cluster Publication, 2001, p. 30.

萍。家屋为人抵御天上的风暴和人生的风暴。它既是身体,又是灵魂,是人类的最初世界"①。对于作家而言,乡土社会培植了他们的人生观与价值态度。即便是离开了生养他的乡土,脱离了原有的乡土社会关系,对乡土社会的亲近感,对乡土文化的眷恋,始终影响着他们的思维方式和创作视野。所以,作为在南非乡土文化浸染中成长起来的作家,穆达的创作自然离不开对乡土社会的书写。他不仅从乡土社会中汲取创作灵感,选择书写对象和材料,还要通过文学创作再现乡土社会的复杂关系,传达出他对乡土世界的理性思考与感性认知。正因如此,他的十二部小说基本都以农村作为故事发生的空间。小说的主人公也大多是在社会最底层挣扎的边缘人。即便是身为社会精英的个别主人公也被他塑造为对乡土民俗生活充满深深眷恋的游子。他对融汇于乡土世界的民俗文化的细致书写,使他的小说充满丰富的文化内涵。他扎根于乡土的创作因而表现出了与主流精英文学相左的民间立场。

在回忆录中,穆达用充满温情的笔调回忆了儿时在农村生活的有趣经历,表达了对乡土生活的深深眷恋。然而,他笔下的乡土世界却呈现出一种"反田园"特征。在他的小说中,乡土世界不是充满诗意的人类理想的家园,而是伦理混乱、金钱至上、天灾人祸频发的空间。这种对乡土社会的书写,不是为了有意丑化乡土,博取读者的眼球,而是为了真实再现接续而至的殖民统治、种族主义统治、经济全球化,以及新殖民主义等对南非传统乡土社会的侵蚀。作为一个蜚声国际的南非故事讲述者,穆达不惧于将南非乡土社会的惨痛现实展示给国内外的读者看。这种自揭伤疤的勇敢,恰恰源自他内心深处对乡土社会的深沉的爱意。雷蒙·威廉斯(Raymond H. Williams)曾言,"在乡村写作中,我们需要看到的不仅仅是乡村社群的现实;还要看到观察者在其中的位置及其态度;这也是那个被探索的社群的一部分"②。作为一个具有敏锐洞察力和思考力的作家,作为一个受过高等教育的知识分子,作为一个游走于南非与国际的游子,穆达的多重身份赋予了他既立足原点,又抽离旁观,主位融入和客位抽离相结合的观察视点。双重视角的内省与外察,使他深深失落于南非传统乡土社会的崩塌与衰落。他希望通过这种方式"引起疗救的注意",以拯救自

---

① [法]加斯东·巴什拉:《空间诗学》,龚卓军等译,世界图书出版公司2017年版,第31页。

② [英]雷蒙·威廉斯:《乡村与城市》,韩子满等译,商务印书馆2013年版,第232页。

己的精神家园。

穆达放弃了宏大历史视角和理性价值批判,将视线转移到乡土世界中的日常生活。他不仅将日常生活作为独立的审美对象,而且将宏大的历史事件消融于琐碎细致的日常生活中。但是穆达并没有一味地沉溺于展现乡土世界藏污纳垢的现实,而是在或混乱、或惨淡、或迷茫的乡土生活中深掘乡土世界的精神之美。这种美,不仅指涉人与自然和谐共处之自然美,而且包括彰显个体生命的人性之美,以及民间伦理重建的人情之美。在他的乡土世界中,既有泛滥的污秽与灾祸,也有自然天成的人间盛景;既有自我放逐的游离,也有积极向上的主体重构与群体认同;既有伦理关系的异化,也有对伦理向善的追求。所以,穆达笔下的乡土世界是复杂、多元,而又充满希望的世界。

二 丰富而多元的民俗文化

乡土社会是民俗文化的重要载体,是民俗历史的根源。而说到南非的民俗文化,就不得不放眼整个南部非洲。南部非洲的黑人们在文化、历史、语言和种族方面具有同源同流关系,也经历了十分相似的历史发展经历。尤其是在近代五百年的历史过程中,遍及黑人世界的奴隶贸易,不仅使黑色人种面临种族灭绝的灾难,而且重创了黑人文化的完整性与延续性。共同的历史遭遇强化了黑人世界的一致性,强化了黑人民族命运共同体的自觉意识。种族、生存环境和历史经历等共同因素的作用与影响,使南部非洲的黑人世界形成了许多文化上的共同属性与特征。南部非洲文化上的共同属性与特征正是之后塞内加尔诗人、黑人运动领袖利奥波德·塞拉·桑戈尔(Léopold Sédar Senghor)等提出的"黑人性"(Negritude)。所以,世界视域中的南部非洲文化是一个既不属于西方,也不属于东方,而是独具自身形态的文化整体。作为南部非洲最南端的国家,南非既有南部非洲文化的总体特征,也因为自身的地理位置和历史经历形成了独属于自身的部族文化。

部族文化是南部非洲文化的灵魂与核心,是构成南部非洲社会生活的一个重要方面。其传统的社会结构是以一定血缘关系为纽带联结在一起的部落为基本单位的。部落文化往往通过宗教和口头传统等方式强调本部落的神圣性,强化部落成员对部落共同体的认同。这使得部落文化具有强烈的封闭性和排外性,同时兼具稳定性和保守性。所以,即便是经历过被殖民的历史，以及经济全球化的冲击，广大的农村地区仍然保持着传统的社会结构体制。部落共同体的稳定性沉淀为相对固定的文化心理结构，丰富多样的民俗文化因而得以绵延和发展。

南非地处南部非洲最南端，位于印度洋和大西洋的结合处。特殊的地理位置赋予了南非优美的自然风景、多变的地形地貌、宜人的气候和丰富的自然资源。同时，它也是东方民族、国家与西方民族、国家之间的中转站。宜居的地理环境和连接东西方的地理位置，吸引了大批移民到南非定居，这些移民中既有来自非洲其他地区的黑人，也有来自欧洲的白人和亚洲的有色人。悠久的移民历史，使得南非成了一个名副其实的多民族、多语言的"彩虹之国"（Nation of Rainbow）。在南非土地上生活着许多民族，其中主要有科萨人、祖鲁人（Zulu）、佩迪人（Pedi）、索托人（Sotho）、茨瓦纳人（Tswana）、聪加人（Tsonga）、文达人（Venda）、斯威士人（Swazi）、科伊人（Khoikhoi）、恩德贝勒人（Ndebele）、庞多人（Pondo）、滕布人（Tembue）、萨恩人（Saon）、亚洲人（Asian）以及包括阿非利卡人（Afrikaner）在内的白人等。每一个种族，甚至每一个部落，都有独属于自己的语言、口头传统和宗教信仰等。南非官方通用的语言就有11种，分别是阿非利堪斯语（Afrikaans）、英语（English）、恩德贝勒语（Ndebele）、佩迪语（Pedi）、索托语（Sotho）、斯威士语（Swazi）、聪加语（Tsonga）、茨瓦纳语（Tswana）、文达语（Venda）、科萨语（Xhosa）和祖鲁语（Zulu），由此可见，南非语言种类之多。每个部落都有自己的起源神话、历史传说、民间故事、动物语言和民间谚语等口头传统。南非的宗教信仰也是复杂多元的。每个部落都有着自己的传统宗教以及相应的崇拜对象和仪式。此外，还有本土化了的伊斯兰教、基督教和印度教等外来宗教。每个部族都有意义深远的传统节日、奇异独特的饮食起居、多种多样的生活禁忌、奇特的婚丧嫁娶仪式、朴实粗犷的社会礼仪等。艰苦的生存环境和长期被双重殖民的惨痛经历，造就了非洲人坚毅乐观的性格特征。苦中作乐成了他们纾解苦难、超越现实，并获得解脱的一种方式。也正因如此，非洲人能歌善舞，善于想象，每个民族都有独具民族特色的舞蹈、音乐和雕刻等艺术。

多姿多彩的民俗文化丰富着人们的日常生活，并随着时代的进步与发展不断更新，进而重构着南非社会。即便是在科技高度发展的今天，南非的传统民俗远未被现代社会所同化。无数具有种族和地域特色的民俗文化仍以其顽强的生命力向人们展示其独特的魅力。无处不在的口传文学和仪式等民俗文化以不同的方式影响着这片大地上人们的生活方式、思维方式、民族气质，以及文学艺术风貌等。穆达文学传记作者多萝西·威妮弗蕾德·斯蒂尔在斯德克斯普鲁特（Sterkspruit）采访穆达曾经的乡亲时，突然下起了大雨，其中一个乡亲认为，下雨是因为他们在谈话中不断提及穆达的本名 Zanemvula。因为这个名字的意思是"the one who brings rain"，即能够带来雨的人[①]。在科技知识高度普及的今天，人们依然如此相信祈雨习俗，可见传统民俗文化影响之深远。富加德（Athol Fugard）曾说，"对于任何一个讲故事的人来说，最好的事情就是出生在南非"[②]。这不仅是因为南非被殖民和被种族主义统治的双重殖民经历为艺术家提供了无须构想的荒诞现实，更因为丰富多彩的民俗文化为作家提供了取之不尽、用之不竭、独特而复杂的写作背景与素材。

本尼迪克特（Ruth Benedict）认为，任何人看世界都会受到特定的习俗、风俗和思想方式的剪裁编排[③]。民俗化的生活场域激发了作家民俗书写的灵感，也决定了其民俗书写的多重精神指向。黑人诗人、剧作家尼托扎克·尚吉（Ntozake Shange）在论及非洲民俗文化重要性的时候曾指出，正是通过民俗文化活动，"黑人们战胜了他们的环境，纾解了他们的痛苦"[④]。民俗文化，不仅是南非人民传承历史、传达智慧的一种方式，而且也是他们寻求族裔认同，获取精神抚慰，重建自我主体性的重要途径。而这些恰恰都是穆达在小说创作中着力表现的重点。在小说中，他不仅展示了口头传统、社会仪式和日常食物等种类繁多的民俗事象，而且赋予其深刻的象征意义，使之成为表达思想的载体。其所展示的南非民俗文化的丰富性和意义的深刻性堪比民俗志。传统民俗文化给予穆达创作的影响之深刻可见一斑。

[①] Dorothy Winifred Steele, Interpreting Redness: A Literary Biography of Zakes Mda, M. thesis, University of South Africa, 2007, p. 9.

[②] Zakes Mda, *Justify the Enemy: Becoming Human in South Africa*, Scottsville: University of KwaZulu-Natal Press, 2018, p. 25.

[③] ［美］露丝·本尼迪克特：《文化模式》，王炜等译，社会科学文献出版社2009年版，第2页。

[④] Ntozake Shange, "Unrecovered Losses/Black Theatre Traditions", *The Black Schol*ar, Vol. 10, No. 10, 1979, p. 7.

穆达与乡土世界的关系并非单向的索取。他努力以自己的方式回馈曾经生养过他的土地。在功成名就之后，穆达回到祖父母曾经生活的，也是他儿时生活过的艾克拉村（eKra Village），帮助当地村民开展自我发展实践。他利用自身影响力，为当地村民引进发展资金，帮助村里人建立了养蜂项目。为了更好地帮助蜂农，穆达甚至自费学习养蜂技术。他不辞辛劳地一次次地从国际都市约翰内斯堡来到偏远的艾克拉村，去看望蜂农。他的项目帮助当地贫困农民，尤其是留守女性们，走向经济独立，成为自己生活的主人。这种积极参与乡村建设的经历也激发了穆达的创作灵感。在小说《埃塞镇的圣母》中，养蜂成为主人公尼基（Niki）自我救赎，改善人际关系的途径。所以，穆达将自己的小说视为"公共行动文学"（Literature of public action），即社区行动主义与文学创作共生关系的结晶[1]。为此，穆达呼吁南非的政府系统，尤其是黑人赋权公司，像他的养蜂合作社，以及比科基金会（Biko Foundation）正在开展的乡村帮扶计划一样，在全国范围开展"帮扶乡村运动"[2]（Adopt a Village Campaign），建立社区发展项目，通过基层改造社会。不仅如此，穆达还将自己对民俗传承与乡土振兴的思考写入小说。在小说《后裔》中，他探析了传统物质民俗——百衲被在当代的价值与传承。在小说《红色之心》中，他以一个海边小村克罗哈村为例，探讨如何将传统民俗文化的传承与农村的振兴结合起来，帮助农民走一条现代化的发展之路。他对乡土社会的关注，反过来提升了文学作品的影响力。南非的相关政府部门甚至曾参照穆达在《红色之心》中的农村发展设想制定发展规划。民俗文化书写与社会责任意识的紧密结合，使得穆达的文学创作有质感，更有温度。他对民间社会的赤诚情感令人动容，对民间立场的一贯坚持令人敬仰。

三 民间生活体验的积淀

弗洛伊德（Sigmund Freud）认为，现实的强烈经验唤起了作家对早

---

[1] Zakes Mda, *Justify the Enemy: Becoming Human in South Africa*, Scottsville: University of KwaZulu-Natal Press, 2018, p. 45.

[2] Zakes Mda, "Creativity in the New South Africa", in *Justify the Enemy: Becoming Human in South Africa*, Scottsville: University of KwaZulu-Natal Press, 2018, p. 141. 在该文中，穆达高度赞扬了南非青年的创造力和积极向上的生活态度。在文末，他呼吁南非的黑人赋权公司能够在全国发起"帮扶乡村运动"，帮助农村地区走出贫困。因为，"投资比科的子孙（后代）就是投资南非的未来"。

年，尤其是童年时代经验的记忆。这个记忆激发的愿望，又在作品中得到实现。作家作品既包括了现实的诱发成分，也包括了旧时的记忆，所以，"一篇创造性作品像一场白日梦一样，是童年时代曾做过的游戏的继续和代替物"①。少时在农村爷爷家生活的经历，和三十年逃亡生涯，使穆达了解并体验了乡土社会丰富而多元的民俗文化。这种积淀潜移默化影响着穆达的性格和世界观的形成，促使穆达对民俗文化产生深深的依恋，并为他之后的文学创作储备了取之不尽的创作灵感和创作素材。

穆达的父亲 A. P. 穆达曾是一名教师、律师，同时也是一位为黑人自由而积极奔走的政治活动家。工作认真负责的父亲对待自己的儿子同样秉持着严格的态度，这让少时的穆达对父亲有一种敬畏感。繁忙的工作致使父亲很少在家，而作为护士的母亲一边忙于自己的工作，一边还要照顾四个孩子。为了让母亲高兴，穆达加入了卫理公会教堂。道貌岸然的神父甚至引诱少年穆达做他泄欲的对象。这使得穆达自小就对教会产生了怀疑，并掺杂着一种抵触情绪。父母的疏于管教使得少年穆达开始逃学，与一帮不良青年混迹街头。自顾不暇的母亲只好让丈夫将穆达送往乡下爷爷家。

告别在约翰内斯堡的混乱生活，穆达来到爷爷奶奶生活的下特勒（Lower Telle）地区的艾克拉村。艾克拉村浓厚的民俗氛围，使得穆达发现了农村生活的乐趣。作为潘多米西部落王国（Mpondomise）国王穆隆特洛（Mhlontlo）的后代子孙，艾克拉村流传着数不清的关于祖先穆隆特洛的传说。在闲暇时，爷爷总会一遍又一遍地给穆达讲述关于祖先穆隆特洛的历史传说。穆隆特洛英勇杀死地方最高殖民长官汉密尔顿·霍普（Hamilton Hope）的故事，使穆达内心充满对祖先的敬仰和自己作为潘多米西部落王国后人的自豪。这在穆达的心里埋下了认同民族历史的种子。与此同时，奶奶讲述民间故事的经历也给他幼小的心灵留下了难以磨灭的印记。奶奶的厨房是彼时的社交生活中心。在寒冷的冬夜，奶奶总会带着一群孙子孙女围坐在火炉旁，给他们讲述祖辈传下来的民间故事。而作为乡村教师的奶奶也总会启发孩子们创造自己的故事。在奶奶的引导下，孩子们会在祖传故事的基础上创新自己的故事，他们在故事中加入新的情节和角色，使故事更具现代性。例如，美丽的女水神有着马的躯干、蛇的脖

---

① [奥]弗洛伊德：《弗洛伊德论美文选》，张唤民、陈伟奇译，知识出版社1987年版，第36页。

子、鱼的下半身、火红色的头发和可以催眠坏人的眼睛,而她生活的那条闪电般流淌的河就是奔涌在艾克拉大峡谷中的那条河。这种将魔幻与现实相结合的故事讲述,加上屋外轰隆隆的雷声,以及风雨击打铁皮屋顶发出的巨响,使孩子们深信,充满奇思妙想的故事就是他们自己的生活。所以,对于穆达来说,"超自然现象与客观现实存在于同一语境中。所有参与讲故事的人,无论是讲故事者,还是听众,都认为这种现象是理所当然的"[1]。

不仅如此,孩子们在创造故事的同时也注重用不同的语言表现人物形象的特点。来自约翰内斯堡的表姐可欣·诺本图(Cossin Nobantu)讲述的故事中的人物说祖鲁语(isiZulu)和城市俚语,而穆达故事中的角色说的是科萨语(isiXhosa)。不同的语言运用在鲜活故事人物形象的同时,也使得相同的故事呈现出不同的地域特色。此外,孩子们还会将自己的爱好和性格带入故事,使故事成为表现自我的一种工具。故事创新活动,在激发孩子想象力的同时,也使孩子们体会到了平等交流带来的尊严感。与爷爷奶奶一起生活期间,奶奶对语言的运用也影响了穆达。作为科萨人,奶奶在日常生活中会用自己的母语——科萨语与孩子们交流。但是在管教调皮的孙子们时,奶奶会用殖民语言——英语表达自己的愤怒,强调自己的想法。这使得穆达和其他孩子们自小就将英语视为"愤怒的语言"[2]。不仅是口头传统,艾克拉村的其他民俗活动同样吸引了穆达。在田地里劳作的间隙,人们会一起吃饭、唱歌、跳舞。这种集体协作,积极乐观的生活态度给予了穆达极大的鼓舞。在爷爷的土地上漫游,是穆达打发时间的一种方式;山洞里布须曼人的壁画给予了穆达无限遐想;牧童自由自在的放牛活动也成为穆达心之所向……在乡下生活的这段经历带给穆达无尽的童年记忆,也使他对民间文化产生了一种浓浓的依恋之情。

1964年,因受父亲政治身份的影响,穆达被迫逃亡到南非的国中国——莱索托,自此开始了长达三十年的流亡生活。在曲折动荡的流亡经历中,穆达在体味底层生活之艰辛的同时,也收获了更为丰富的民俗文化

---

[1] Zakes Mda, *Justify the Enemy: Becoming Human in South Africa*, Scottsville: University of KwaZulu-Natal Press, 2018, p. 27.

[2] Zakes Mda, *Sometimes There Is a Void: Memoirs of an Outsider*, New York: Farrar, Straus and Giroux, 2012, p. 2.

体验。离开了自己熟悉的科萨语环境，来到塞索托语①（Sesotho）语境，虽然穆达经历了被同龄人孤立的痛苦，但他主动学习新的语言，努力融入新的民俗语境。与此同时，他尝试开始用通用的英语创作戏剧。1981 年，穆达远赴美国，攻读硕士研究生学位。自此，穆达频繁往返于美国、英国、南非和莱索托等国学习、生活和工作等。跨文化的经历赋予了穆达更为宽阔的视野，也使他有机会体验到更为多样的民俗文化生活。与此同时，穆达也从父亲身上学到了很多。作为教师、革命者和律师的父亲对底层民众充满同情。他不厌其烦地以法律为武器，为贫穷的民众争取自己的权益，却从不在意是否会获得报酬。穆达在敬佩父亲的同时，也深受父亲的影响，逐渐建立了一种"向下看"的视角取向，并对勤劳善良的底层民众产生了一种血肉相连的情感。这是一种萌发于成长经历并不断深化的民间情结。

对乡土生活的眷恋和对底层百姓的关切，深刻影响了他之后的戏剧实践和文学创作。穆达始终与乡土社会保持密切接触，在体验乡风民俗的同时，利用自身力量为底层百姓发声。1984 年，从美国学成归来后，穆达特意在莱索托的一个偏远的山村居住了半年，在了解底层百姓需求的同时，收集戏剧创作素材。为浸入式体验当地的民俗文化，穆达甚至曾假扮女性，参加当地妇女们为新生儿举办的"彼提基仪式"②（pitiki）。人们对仪式的全心投入，使穆达深刻认识到仪式对于重构民众精神世界的重要性。在他看来，这种仪式操演等同于戏剧表演。那些妇女们通过仪式化的语境与动作传达她们内心对于新生的喜悦，她们是仪式的参与者，也是戏剧表演者。所以，穆达认为，"彼提基仪式是一个没有旁观者的剧院"③。类似的民俗体验使他认识到民俗对于表现民众内心世界的重要性，也认识到底层民众在仪式化表演中的创造力。这种认知影响了他之后的戏剧研究

---

① 塞索托语属于班图语系，是莱索托的国语，也是南非的十一种官方语言之一。穆达在南非说的是科萨语，逃亡到莱索托之后，周围人说的是他并不熟悉的塞索托语言，故而有种被孤立的漂泊感。

② 此次经历被穆达记录在回忆录《时有虚空：一个局外者的回忆录》中，第 298—302 页。在文集《为敌人正名：在南非成为人》中"互动式非洲戏剧中的模仿、讽刺与狂欢"（Parody, Staire and the Carnivalesque in Interactive African Theatre）一文中也有提及。

③ Zakes Mda, *Justify the Enemy: Becoming Human in South Africa*, Scottsville: University of KwaZulu-Natal Press, 2018, p. 171.

与戏剧实践。1985 年,穆达开始在莱索托国立大学(National University of Lesotho)任教,开设戏剧实践课。他带领学生成立了马罗索里巡回剧团(Marotholi Travelling Theatre)。马罗索里(marotholi-a-pula)是塞索托语,意思是雨滴(raindrops)。穆达将自己的剧团命名为"雨滴",意在用戏剧实践去浸润人们的心灵视界,引导人们改变思维方式,认识自身处境,从而为改变自己的困境积极行动。他既是这种戏剧理念的倡导者,也是实践的践行者。他带领学生深入农村,为农民表演戏剧,并邀请农民参与戏剧创作和表演,"通过农民自己的视角,用戏剧创造社区对话,批判农村问题"①。剧团的师生们引导农民通过戏剧来表现他们所熟知的迁移、贫困、酗酒等社会问题,了解自己的处境,将戏剧变成"自由的工具"(instruments of liberation)②,即通过自身的努力获取自由。

在穆达看来,"底层百姓相继遭受了殖民主义和种族主义的剥削与统治。戏剧介入有助于将底层民众从'沉默的文化'(Culture of Silence)中解放出来"③。穆达的这种立足民间,以民众视角来反映底层社会现实的创作宗旨从戏剧创作延续到了小说创作。因而,在承袭南非文学批判现实之旨归的同时,穆达有意疏远政治意识形态主导的权力话语,摈弃了精英知识分子的启蒙姿态,他站在老百姓的立场上,以普通民众的视角和思维反映藏污纳垢的民间文化形态和生活面貌。不管其小说的创作题材、主题、叙事方式如何变换,他始终把写作的关注点投射在南非的民间大地上,以极大的热情关注和反映底层民众的生存境遇。

穆达小说中的人物和情节设计等大多能在他的经历中找到对应的原型。《与黑共舞》中蒂珂莎赖以为精神支柱的特瓦人(abaThwa)洞穴壁画,莱迪辛(Radisene)在城市发财后对放牛活动的渴望,受过高等教育的米丝蒂(Misti)重拾传统医术,《红色之心》中的巨大的无花果树、搁浅的轮船残骸,《埃塞镇的圣母》中治愈尼基身心的蜜蜂,《黑钻》中

---

① Dorothy Winifred Steele, *Interpreting Redness: A Literary Biography of Zakes Mda*, M. thesis, University of South Africa, 2007, p. 15.

② Zakes Mda, *Personal History* (unpublished), 1994. 转引自 Dorothy Winifred Steele, *Interpreting Redness: A Literary Biography of Zakes Mda*, M. thesis, University of South Africa, 2007, p. 15.

③ Zakes Mda, *Personal History* (unpublished), 1994. 转引自 Dorothy winitred steele, *Interpreting Redness: A Literary Biography of Zakes Mda*, M. thesis, University of South Africa, 2007, p. 15.

唐·马特查（Don Mateza）与图米（Tumi）对充满生活气息的索维托镇（Soweto）的牵挂……这些都是穆达自身经历的一部分。民俗文化对他影响最为突出的表现在于，在他的小说中，魔幻与现实交织，超自然现象成为人们生活的一部分。他不仅将各种口头故事融入小说，用以表现人物形象，深化小说主题，而且还将类似于加纳帝国国王加西尔（Gassire）、潘多米西部落王国的国王穆隆特洛和先知农卡乌丝（Nongqawuse）等历史人物传奇作为《梅尔维尔67号》《小太阳》《红色之心》等小说的框架，通过口头传统反思历史的价值及其对当下的影响。而为了确认历史传说的准确性，他不厌其烦地去乡下调研，去政府机关寻找历史档案。不仅如此，他还将众人轮流讲述故事的方式运用到小说创作中，让边缘个体讲述自己的故事，使得小说故事成为群体话语的狂欢。在创作语言的选用方面，穆达选择了殖民语言——英语，却同时将科萨语和祖鲁语等本土语汇融于其中，在塑造鲜活的人物形象的同时，削弱殖民语言的权威。

　　乡土世界丰富多彩的民俗文化在深刻作用于穆达创作的同时，也依然是他内心深处的精神源泉。所以，即便是早已离开了给过他最初民俗体验与记忆的故土，成了国际知名作家，活跃在现代化的国际城市中，充满民俗气息的故乡依然是他最甜蜜的牵绊。他经常回到他曾经生活过的南非和莱索托，看望亲人。在回到爷爷曾经生活过的家乡时，他总要去村民活动中心坐一坐，"有时我们只是闲逛一下，沉浸在醉醺醺的老太太和各种乡村人物创造的美妙气氛中，沉浸在炸鱼、炸土豆条和油炸肥饼的香味中"①。他将自己对民俗生活的眷恋，写在了小说《黑钻》中。在这部小说中，他借由叙述者之口表达了对故土深深的爱恋："最重要的是，离乡的索维托人回到这里，是为了朴实和怀旧。身处索维托，就像被深受爱戴的家人拥抱在她丰满的怀里一样"②。故乡浓浓的民俗生活氛围，带给穆达身心的安全感和满足感。民俗化的生活场域，就像作者的精神加油站，置身其中的穆达，如同海绵，吸饱故乡的精神养分后，再次投身于快节奏的都市生活。浓重的民俗文化氛围为穆达构筑了一块丰富而多元的社会生活场域，为作家的民俗书写做好了潜在的心理准备。

---

① Zakes Mda, *Sometimes There Is a Void: Memoirs of an Outsider*, New York: Farrar, Straus and Giroux, 2012, p. 12.

② Zakes Mda, *Black Diamond*, Johannesburg: Penguin, 2009, p. 32.

第二节　历史激荡下的民族文化认同

　　文化身份意识总是在与异质文化的交流、对抗或博弈中凸显出来的。作为一种异质文化，西方文化以强硬、蛮横的方式进入南非文化固有的良性肌体之中，造成南非文化主体精神意识中安全感的递减和平衡感的紊乱。南非深重的历史苦痛刺激了作家的自觉意识。在双重殖民的历史背景下，南非传统文化被遮蔽和贬低的现实刺痛了作家的现实感官，激发了作者重审、挖掘民族传统文化深刻内涵的冲动。在此状态之下的民俗文化书写，构成了作家认同民族文化的一种方式。民族文化认同是一种在民族共同体内长期共同生活与交流过程中形成的对本民族事务的积极体认，其核心是对民族基本价值的认同。而对于穆达来说，构成其民族认同方式的民俗书写，既源自殖民文本中本土文化的缺失，也源于前辈作家民俗书写的影响，更源于其"文化恋母"情结的促动。

一　殖民文本中本土文化的缺失

　　民俗文本的写定，以及相继而来的民俗文化的书写，伴随着南非英语文学从肇始到兴盛的全过程。两种形式的书写始于南非被殖民历史的开启和殖民语言——英语的传入。18世纪，欧洲民族主义的兴起，引起了人们对民族文学的关注，欧洲兴起了一股收集民间歌曲、故事等口头文学作品的潮流。19世纪，这一潮流被传教士、人类学家、语言学家和殖民官员等欧洲人带到了非洲。他们有意识地在非洲培养对欧洲文化感兴趣的本土青年，与他们一起收集非洲民间故事、谜语、谚语和习俗等口头传统资料，并将其整理成书面文本。但是，如同芬尼根所言，"与文明国家所谓的'为艺术而艺术'的观点相反，非洲的口头文学有着严格的实用目的，而不是审美目的"[①]，欧洲人收集非洲民俗文化，不是为了弘扬民族主义，发掘与传承非洲传统文化，而是出于满足殖民利益的目的。对于欧洲人，尤其是传教士和语言学家来说，非洲口头传统是研究非洲语言与思维的最

---

① Ruth Finnegan, *Oral Literature in Africa*, Cambridge: Open Book Publishers CIC Ltd., 2012, p.40.

佳资料，因为它为语音单位和语法结构的分离提供了可靠的数据，是判断"原始思维"在语言和文学上是否成熟，以及原始语言是否具有表达思想的能力的重要参照①。人类学家们也通过非洲民俗文化，了解本土人的心理，并以此确定过去和现在生活方式的遗留物。

欧洲学者对非洲民俗文化的考察与研究，都直接或间接地为欧洲的殖民行径提供了参考。对殖民政府来说，对本土民俗的深入了解，有助于他们了解本土人的思维方式和生活习惯，从而制定合适的殖民政策。在穆达的小说《红色之心》中，殖民官员乔治·格雷爵士（Sir George Grey）对科萨族包括民间故事、民间习俗在内的民俗文化很感兴趣。他考察当地的植物、动物，以及河流山川，并重新为之命名。格雷对科萨民俗文化的关注，并非出于他对科萨族文化的认同，"他来到科萨大地的唯一动机是，改变当地野蛮人的习俗，为他们引进英国文明"②。种族中心主义，以及对非洲世界的误解，导致人们对非洲故事的描述是有偏见的。亨利·斯坦利（Henry Stanley）在其收集的中非地区故事集《我的黑人伙伴及其奇怪故事》（*My Dark Companions and Their Strange Stories*, 1906）的序言中这样陈述道，"许多相关的故事自然没有价值，既没有新颖性也没有独创性。很多故事是从亚洲传入的。还有一些故事仅仅是低级趣味的伪装。因此，我经常不得不耐着性子听完一个冗长的、没有任何观点的故事"③。不难看出，高高在上的，以满足殖民利益为目的的民俗文化收集活动，直接忽视了非洲民俗文化的审美价值和意义。

早期欧洲人对非洲民俗文化的功利化利用，延续到了南非英语文学的发端。最早的有关南非的英语小说基本都是那些在南非游历，或者在殖民体系内工作的英国人写的探险小说。随着英国殖民活动的推进，19世纪后期开始，英国国内掀起了阅读非洲探险小说的热潮。这一时期最具代表性的探险小说作家要数亨利·哈格德爵士（Sir Henry Haggard）。在他的《所罗门国王的宝藏》（*King Solomon's Mines*, 1885）、《她》（*She*,

---

① Ruth Finnegan, *Oral Literature in Africa*, Cambridge: Open Book Publishers CIC Ltd., 2012, p. 30.

② Zakes Mda, *The Heart of Redness*, New York: Farrar, Straus and Giroux, 2002, p. 85.

③ Henry M. Stanley, *My Dark Companions and Their Strange Stories*, New York: Charles Scribner's Sons, 1906, I.

1887）和《艾莎归来》（*Ayesha: The Return of She*，1905）等众多作品中有大量关于非洲民俗的书写。但是，白人视角的非洲民俗书写始终摆脱不了欧洲的思维定式。《所罗门国王的宝藏》中的非洲是充满异域风情、遍布宝藏的伊甸园，而非洲人是狡黠、嗜血的野蛮人，他们的民俗活动神秘而残忍。小说中的神秘女巫被他塑造为形象近似于猴子，行为近似于杀人狂的半人半兽。"在话语实践中，对文化实践的贬低是对文化承载者和实践执行者的贬低的简称"[①]。作为帝国想象的产物，探险小说将非洲塑造为没有历史的黑暗大陆，非洲人是没有自我意识的，亟须帝国文明教化的野蛮人。所以，非洲大陆是树立帝国男子气概的地方，非洲的本土民众是欧洲镜像的"他者"，是令人恐惧和厌恶的对象，而非洲的民俗文化只不过是满足白人猎奇心理的奇风异俗。在此时期的探险文学成为英国殖民活动的必要佐证，并在很大程度上推动了英国人移民南非的热潮。

与探险小说中对非洲民俗的窥视书写不同的是，现实主义文学开创者——奥莉芙·旭莱纳关注更多的是白人移民在非洲的民俗活动。在其代表性小说《一个非洲农场的故事》（*The Story of an African Farm*，1883）的前言中，她探讨了现实主义文学与探险小说的区别。在她看来，探险小说中充满了不拘泥于现实的创造性，但作家要坐下来描写他生长于斯的土地时，会发现"事实不知不觉钻进了他的脑子""他必须描绘摆在他面前的事物"[②]。而对于一个深受欧洲思想影响的英国白人后裔来说，旭莱纳所面对的现实是，欧洲白人如何在一个充满未知的非洲大陆上生存。所以，在这部小说中，她着力表现的是白人在陌生环境中的困境，以及他们如何通过周日礼拜和婚礼仪式等欧洲民俗活动来加强白人移民之间的团结。非洲的地理景观，如同神秘莫测的巨大黑洞，准备随时吞噬孤立无援的白人。而本土黑人则是农场边缘几个忽隐忽现的黑影，象征着某种潜在的、未知的威胁。他们的生活是隐匿的，他们的文化是缺失的。

---

① Tejumola Olaniyan, "Festivals, Ritual, and Drama in Africa", in F. Abiola Irele and Simon Gikandi, eds. *The Cambridge History of African and Caribbean Literature*, Cambridge: Cambridge University Press, 2013, p. 35.

② ［非洲］奥莉芙·旭莱纳：《一个非洲庄园的故事》，郭开兰译，人民文学出版社1958年版，第2页。

在约瑟夫·康拉德的小说《黑暗的心》中，欧洲白人对非洲土地的恐惧感有增无减。在这部小说中，作者将非洲描述为"世界上最黑暗的地方"①：波涛汹涌的河流，随时可能射出冷箭的阴郁的丛林，以及忽隐忽现、让人恐惧的黑色肢体等。他甚至将这块土地描述为原始的史前大陆，"我们像一片史前大地上的漫游者，在一片像是某颗陌生星球的土地上"②。所以，他笔下的本土黑人们是"史前的人们""食人生番"③ 等，白人船队的水手们则是忠于帝国、具有奉献精神的文明使者。商队掠夺当地自然资源的行为是推广帝国文明，维护帝国荣耀的高尚行为。野蛮原始与文明理性的对比，凸显出帝国形象的伟大以及殖民行为的合理性。康拉德对非洲故事的书写延续并推动了西方社会讲述非洲故事的传统，"在这个传统中，撒哈拉以南的非洲是一个消极、黑暗，充满差异的地方……那里的人是'半恶魔、半孩童'的奇异人种"④"欧洲对非洲的践踏没有给受害者留下任何印记……非洲人是不在场的"⑤，其文化自然是不存在的。康拉德对非洲故事的讲述进一步固化了西方世界中的非洲形象。甚至是博尔赫斯（Jorge Luis Borges）也在该小说的"代序"中将非洲河流描述为"比地狱可怕万分"⑥。阿契贝强烈谴责康拉德为"这种文学传统（欧洲的非洲故事传统）的囚徒及其最有影响力的推广者"⑦。也正因如此，高文惠认为，"殖民化过程不仅是一种武力的征服，同时还是一种文化的侵

---

① ［英］约瑟夫·康拉德：《黑暗的心》，梁遇春等译，北京理工大学出版社2018年版，第5页。

② ［英］约瑟夫·康拉德：《黑暗的心》，梁遇春等译，北京理工大学出版社2018年版，第49页。

③ ［英］约瑟夫·康拉德：《黑暗的心》，梁遇春等译，北京理工大学出版社2018年版，第48、49页。

④ Chimamanda Ngozi Adichie, "The Danger of Single Story", *TED Talk*, delivered in July 2009, accessed on June 23, 2020, https：//www.ted.com/talks/chimamanda_ngozi_adichie_the_danger_of_a_single_story/.

⑤ ［尼日利亚］钦努阿·阿契贝：《非洲的污名》，张春梅译，南海出版公司2014年版，第131页。

⑥ ［英］约瑟夫·康拉德：《黑暗的心》，梁遇春等译，北京理工大学出版社2018年版，代序，第15页。

⑦ ［尼日利亚］钦努阿·阿契贝：《非洲的污名》，张春梅译，南海出版公司2014年版，第92页。

占和意义的取代"①。

包括传教士、人类学家、语言学家,以及哈格德、旭莱纳和康拉德等代表性作家在内的欧洲白人都按照同样的常规来描写非洲。他们对非洲故事的书写,在欧洲世界掀起讲述非洲故事的热潮的同时,也助力了殖民帝国在南非等国的殖民行为。所以,戴安娜·布莱顿(Diana Brydon)总结道:"在整个殖民主义领域,欧洲人的文本和他们的小说,犹如他们的枪一样起着决定性的作用。"② 阿布都·默哈默德(Abduh R. J. Muhammad)将这种殖民认知结构和殖民主义文学的显著特征概括为"摩尼教寓言——一个白与黑、善与恶、优与劣、文明与野蛮、理智与情感、理性与感性、自我与他人、主体与客体之间各种不同而又可以互换的对立领域"③。在此寓言之下,撒哈拉沙漠以南的非洲变成了原始的、黑暗的、没有文化,亟待欧洲帝国的拯救与教化的史前大陆。

二 前辈作家民俗书写的传承

被誉为阿契贝继承者的尼日利亚黑人女性作家奇玛曼达·恩戈齐·阿迪奇(Chimamanda Ngozi Adichie)曾言,"关于非洲的单一故事从根本上来自西方文学"④。西方世界在故事中将非洲描述为一种固定形象,久而久之,西方社会形成了讲述单一非洲故事的传统。被蓄意妖魔化的非洲形象被固化,并深深印刻在了欧洲读者对非洲故事的期待视野之中。有感于非洲大陆被污名化,非洲文化被忽视的民族之耻,以"非洲民族主义之父"爱德华·威尔莫特·布莱登(Edward Wilmot Blyden)为代表的非洲知识分子们掀起了一场旨在反抗殖民文化侵略,提升民族自豪感的非洲文化复兴运动。文章合为时而著,作为时代的晴雨表,非洲文学自觉地成为

---

① 高文惠:《依附与剥离:后殖民文化语境中的黑非洲英语写作》,中国社会科学出版社2015年版,第12页。

② [加]戴安娜·布莱顿、[澳]海伦·蒂芬:《西印度群岛文学与澳大利亚文学比较》,载[英]巴特·穆尔-基尔伯特等编《后殖民批评》,杨乃乔、毛荣运、刘须明译,北京大学出版社2001年版,第290页。

③ [美]阿布都·R. J. 默哈默德:《殖民主义文学中的种族差异的作用》,载张京媛《后殖民理论与文化批评》,北京大学出版社1999年版,第197页。

④ Chimamanda Ngozi Adichie, "The Danger of Single Story", *TED Talk*, delivered in July 2009, accessed on June 23, 2020, https://www.ted.com/talks/chimamanda_ngozi_adichie_the_danger_of_a_single_story/.

非洲复兴传统文化，推动民族运动的重要工具。

　　文化复兴思潮萌芽于南非文学肇始期。在传教士等的带动下，刚刚掌握了书面语言的本土知识分子开始收集整理民间故事和民间传说等口头文学文本。南非口头传统的文本化，意味着南非人开始认识自身文化的价值，也使口头文化具有了向外传播的可能。这种始于民俗文化整理的努力昭示着非洲民众对重整民族文化、重塑民族形象的期待。与此同时，两次世界大战，尤其是二战，客观上打击了英国、法国等殖民大国在非洲的统治，极大激发了非洲民众的民族意识，人民的思想觉悟和组织程度空前提高，民族主义空前发展。而随着民族的觉醒，南非刚刚形成的文学萌发了想要摆脱殖民文化同化的努力。一些作家在借用殖民宗主国语言与文学形式的同时，开始在作品中嵌入本土背景，以表现本土人民生活的多样性和本土文化的丰富性，力求在传统中寻求自我文化归属。这一时期，最具代表性的作品是南非黑人作家、思想家和政治家索尔·普拉杰的《姆胡迪》。该小说以历史传奇的形式讲述了普通女性姆胡迪艰难波折的人生历程，充分表现了黑人民族英勇的抗争精神，控诉了殖民者对黑人土地的侵占和对黑人文化的侵蚀。小说中融入了南非的口头文学传统，并且有大量关于宗教仪式等民俗文化的描述。在这部小说的前言中，普拉杰开门见山地陈述了他创作这部小说的初衷：

　　　　迄今为止，南非文学几乎完全是欧洲文学，因此，似乎有必要以前言的形式阐明尝试创作本土文学的理由。其一，向读者诠释本土智慧在一个阶段的特征；其二，用读者的钱，为班图学校收集和出版塞休阿纳民间故事。随着欧洲思想的传播，这些故事很快就被遗忘了。所以，人们希望通过培养对本土艺术和本土文学的热爱来阻止这一进程。[1]

　　由此可见，普拉杰的小说创作一开始就带着鲜明的抵制殖民文化同化的目的。作为第一部黑人作家创作的英语小说，《姆胡迪》在南非文学史上无疑具有里程碑意义。阿契贝所建议的讲述"平衡故事"（a balance of stories），即是通过讲述多样化的非洲故事，展现非洲丰富多彩的文化，

---

[1] Sol. T. Plaatje, *Mhudi*, Jappestown: Jonathan Ball Publishers Ltd., 2011, p. 11.

对抗西方单一故事的讲述。恩加布鲁·恩德贝勒（Njabulo S. Ndebele）也曾倡导，非洲文化形式可以通过调整自身应对新形势，以对抗西方文化殖民①。

一战结束后，南部非洲黑人文化复兴运动发展为弥漫于20世纪非洲的泛非主义运动。1939年，塞内加尔诗人桑戈尔和来自法属马提尼克的诗人艾梅·塞泽尔（Aimé Césaire）提出"黑人性"理论，号召黑人知识分子反抗种族主义的精神奴役，发掘和维护民族传统文化的深刻价值，重振对本土传统文化的信心。在此理论指导下的诗歌创作提倡"求本溯源"（Retour aux asources），即从非洲传统的生活、风俗、神话和祭仪中汲取灵感和题材，展示黑人的光荣历史和传统文化，"以年轻的非洲对抗老迈的欧洲，以轻快的抒情对抗沉闷的推理，以高视阔步的自然对抗沉闷压抑的逻辑"②，表现出与欧洲文化的整体对抗。在他著名的诗作《黑女人》中，他将非洲大陆比作健硕美丽的黑人女性，颂扬被人遗忘和忽视的非洲文化，引导黑人认知自身文化的价值。虽然"黑人性"运动遭到了部分学者的批判，但对于鼓励非洲人民重建民族文化自信还是起了不容小觑的作用。渥尔·索因卡（Wole Soyinka）认为，"黑人文化自豪感仍然处在对于人及其社会分析的欧洲中心论设定的机构之中，并试图用这些外化了的概念重新定义非洲及其社会"③。在此时期，最具代表性的是黑人小说家A. C. 乔丹（Archibald Campbell Jordan）的科萨语小说《祖先的愤怒》（*The Wrath of the Ancestors*，1940）。在这部小说中，作者深刻表现了非洲的传统信仰——祖先崇拜如何影响并塑造了非洲人的精神世界。这部基于南非传统信仰的小说在南非，尤其是在科萨人中引起了极大的反响。

五六十年代，随着二战的结束，殖民帝国的殖民力量逐渐衰弱，非洲各国掀起了风起云涌的独立运动。南非的文学创作也已经走出了美化民族主义、浪漫化传统文化的倾向，开始反思本土文化的困境及其价值，为国家独立和民族解放做思想准备。在此时期内最具代表性的是作家彼得·亚

---

① Njabulo S. Ndebele, *South African Literature and Culture: Rediscovery of the Ordinary*, New York: Manchester University Press, 1994, pp. 17–40.

② [法] 弗朗兹·法农：《论民族文化》，载罗刚、刘向愚主编《后殖民主义文化理论》，中国社会科学出版社1999年版，第280页。

③ [美] 爱德华·W. 萨义德：《文化与帝国主义》，李琨译，生活·读书·新知三联书店2003年版，第326页。

伯拉罕斯（Peter Abrahams）的《矿工小子》（*Mine Boy*, 1946）和阿兰·佩顿（Alan Paton）的《哭泣吧我的祖国》（*Cry, the Beloved Country*, 1948）。《矿工小子》创造性地以南非底层民众的喝酒习俗为载体，表现底层民众在城市求生的艰难。在城市边缘聚居的黑人们通过私下酿酒、卖酒、喝酒，以对抗官方的禁酒令。喝酒习俗成为人们对抗殖民主义统治的方式。《哭泣吧我的祖国》讲述了种族主义统治下一个黑人家庭的惨痛遭遇。小说对南非的民俗文化多有描写，尤其强调了宗教信仰对于建立和谐种族关系的重要性。与此同时，众多包括亚伯拉罕斯和爱斯基亚·姆赫雷雷（Es'kia Mphahlele）在内的黑人作家们纷纷撰写自传，以流放者的视角来诉说自己的人生故事。例如，姆赫雷雷在他的自传《沿着第二大道》（*Down Second Avenue*, 1959）中呈现了大量关于民俗生活的记录。方言的运用使他的自传极具时代和地域特色。

70年代南非政府试图建立"班图斯坦"①（Bantustan），进一步通过隔离控制黑人权益。黑人知识分子遂发起"黑人意识"运动。黑人的身份和自豪感被提升为自我意识的关键，也是反抗种族主义统治的基础。然而，随着种族隔离制度愈演愈烈，南非黑人作家作品的创作和传播受到越来越严格的限制。这一时期具有代表性的作家是被称为"文学自然主义者"的拉·古玛（La Guma）。在他最具代表性的《夜行》（*A Walk in the Night*, 1968）中，他以"新闻记者式"的笔触细致描写了黑人民众的生活。姆布勒娄·姆扎马尼（Mbulelo Mzamane）的《穆扎拉》（*Mzala*）和姆图图泽里·马舒巴（Mtutuzeli Matshoba）的《不要叫我男人》（*Call Me Not a Man*, 1979）以口头故事的方式讲述了黑人男孩从农村进入城市的经历。在这些作品中，民俗文化生活成为黑人苦难生活中难得的萤火之光。

在黑人创作受限的同时，在南非文坛占主流地位的白人作家则享受了更多的创作自由。但是，与黑人不同的是，白人作家对非洲文化的关注则采取了一种更为宏观而冷峻的态度。戈迪默在其代表性小说《七月的人民》（*July's People*, 1981）中就以预言现实主义手法设想了白人与黑人地

---

① 班图斯坦制度，又称黑人家园制度，是南非政权为推行种族隔离政策，对南非班图人实行彻底"分离"的制度。黑人在白人区只能做苦力，没有任何公民权。只在其所属的班图斯坦内，他们才有政治权利。班图斯坦内部实行传统的酋长制度。但是，酋长要由白人政府任命，政府有专门机构对班图斯坦进行管理。所以，实际上，在班图斯坦内，黑人也没有真正的政治权利。

位的互换。因内战影响，白人莫林（Maureen）一家不得不逃往黑人的村庄，在昔日的黑人奴仆七月（July）的庇护下勉强度日。莫林夫妻与黑人社区格格不入，而代表着新生的孩子们却逐渐接受并融入了当地的民俗文化。通过这个故事，戈迪默间接肯定了民俗文化在消弭肤色与阶级差异中的重要性。在《我儿子的故事》（*My Son's Story*，1990）中，戈迪默直接批判了黑人精英对本土文化的漠视和对欧洲文化的盲目追求。在这个故事中，黑人索尼（Sony）通过与一名白人女性交往提升自己形象的同时，在家里保持着对欧洲文化的推崇和想象，以此凸显自己的黑人精英身份。在短篇小说《贝多芬是 1/16 黑人》（*Beethoven Was One-Sixteen Black*，2002）中，戈迪默讲述了一位大学教授在新南非成立后大费周章地证明自己有黑人血统的故事。这两个故事都批判了黑人与白人无视自身文化的价值，一味追求统治权力所代表的主流文化。

孙红卫认为，"每一个作家都会参与本民族文学传统的构建，不自觉地继承并发展这一传统，而这个传统本身又在作家的不断书写中形成具有一定特质的文体风格"[①]。从南非文学兴起、发展，到繁荣的整个 20 世纪，不同时期的白人和黑人作家们的都深受南非本土文化的影响。虽然他们对民俗文化的表现形式各异，但都充分证明了包括口头传统、宗教信仰等表征在内的本土民俗文化在表现非洲文化多样性，建立民族自信等方面的重要性。从最初哈格德猎奇式的民俗描写，到现代作家有意识地将民间文学和仪式等引入文学创作，这些作家们的文学民俗学意识也经历了一个由"自为"到"自觉"的过程。一脉相承的民俗书写传统影响着一代又一代的作家，也潜移默化地影响着穆达的创作。

三 "文化恋母"情结的促动

弗洛伊德认为，人在遭遇挫折的时候，往往会产生一种回归母体的强烈愿望，而随着年龄的增长和阅历的丰富，人的这种本真渴望会在道德、理性、文明和教育等外部力量的作用下沉潜于内心深处，进入一种休眠状态。在遭受心理或者生理打击，或陷入病态的情形下，人的这种恋母心理便会被激发出来[②]。荣格（Carl G. Jung）延续了弗洛伊德学说，并进一步

---

① 孙红卫：《民族》，外语教学与研究出版社 2019 年版，第 154 页。
② ［美］路易斯·布雷格：《弗洛伊德：梦·背叛·野心》，杨锐译，万卷出版公司 2011 年版，第 147—160 页。

提出无意识的两个层次：个人无意识和集体无意识。"集体无意识"，指的是一种代代相传的无数同类经验在某一种族全体成员心理上的积淀物。因此，"集体无意识"亦可被称为"民族记忆"。荣格认为，"集体无意识"中积淀着的原始意象是艺术创作源泉①。所以，作家的文化恋母情结体现为他所属民族长期形成的一种普遍性的心理经验，以一种潜在的无意识进入了他的文学创作，赋予其作品一种独特的民族文化气质。具体到穆达身上，这种文化恋母情结即是他对母国文化的依恋和回归故土的意识。

同拉·古玛、彼得·亚伯拉罕斯、贝茜·海德（Bessie Head）、刘易斯·恩科西（Lewis Nkosi）和姆赫雷雷等南非作家一样，穆达因种族主义的迫害被迫逃离南非，成为"世界作家群"中的一员。因为父亲政治身份的影响，穆达在16岁时就不得不背井离乡，从南非逃亡到莱索托，追随父亲。由于刚到莱索托，陌生的语言环境，同学的排挤，加上父亲忙于工作，对他疏于照顾，寄居在父亲朋友家的穆达总是不能获得一种完全的归属感。他在努力适应新的生活环境的同时，又开始背着父亲与一帮无所事事的青年混迹酒馆，醉生梦死。漂泊不定的流浪感随着时间的流逝逐渐加强，慢慢形成了穆达心中的"无根意识"。几年后，母亲才得以带着其他孩子来到莱索托与穆达父子团聚。家庭的团圆，在一定程度上缓解了穆达内心的痛苦，但是流亡者的身份使得他的"无根意识"在内心扎了根。

穆达的无根意识并没有随着时间的流逝而消失，反而愈加深重。1994年，新南非成立，此时的穆达已经流亡了整整三十年，而且已经成为知名的剧作家。全新的政治气象激发了穆达内心对祖国的思念，他满怀欣喜地回到了日思夜想的祖国南非，期待利用自己的学识和影响力为新南非的建设贡献一臂之力。然而，他所遭遇的现实却是，因为拒绝行贿，拥有高学历、丰富工作经验和国际影响力的穆达竟然找不到一份本可以胜任的工作。"政府部门的政客们，以及他们在私营企业和国有企业的走狗们"，对他"关上了所有的大门"，他"不能发挥自己的一技之长"②。一腔热血化为满腹悲愤。他没有料想到，父亲为之奋斗一辈子，并因此不得不带着全家人流亡三十多年的革命果实是如此苦涩。在莱索托，在美国，人们

---

① ［瑞士］卡尔·古斯塔夫·荣格：《原型与集体无意识》，徐德林译，国际文化出版公司2011年版，第36—45页。

② Zakes Mda, *Justify the Enemy: Becoming Human in South Africa*, Scottsville: University of KwaZulu-Natal Press, 2018, p. 97.

把他视为南非人；回到自己的祖国，他依然被排斥在大门之外。因为自己的直言不讳，穆达和家人都被边缘化了。他成了"一个永远的局外人"①。无奈之下，穆达再次选择"自我放逐"②。他主动离开了让他欲爱不得、欲恨不能的南非，返回美国，继续任教于俄亥俄州立大学。

多年之后，穆达再次回到自己在南非的故乡，当地人把他视为美国人。穆达满腹心酸地说："就像去约翰内斯堡矿井工作的打工仔一样，我只是在那里工作而已。"③ 所以，即便是他已经有足够的经济能力在美国和南非分别置办住宅，自如游走于各种文化，他仍然觉得自己"始终是一个局外人"④，他的精神世界仍然停留在"中间状态"。但三十年的流亡生涯所造成的文化裂隙使穆达无所适从。这种身处文化夹缝中的"无家"（unhomeliness）之感也被称为"双重意识"（double consciousness）。博埃默（Elleke Boehmer）对此做过阐述："民族主义的精英分子从他们诞生的一刻起，就陷入了'分裂认知'或'双重视野'。他们说两种语言，有两种文化背景，就像古罗马神话中的门神雅努斯一样，他们有两张面孔，既能进入都市文化，亦能进入地方文化，却又游离于两者之外。"⑤ 所以在一次声援黑人作家桑多·姆格洛扎纳（Thando Mgqolozana）的访谈中，穆达表示，同姆格洛扎纳一样，他抵制以白人文学为主导的欧洲文学节日，因为在白人观众面前，黑人作家就像是"一只跳舞猴子"，"你感觉自己就像一只跳舞的猴子……你是某个正在被审视和研究的对象，一种令人惊奇的动物。'哦，看，他们也会写字。'甚至他们问问题的方式也非常傲慢"⑥。

---

① Zakes Mda, *Sometimes There Is a Void: Memoirs of an Outsider*, New York: Farrar, Straus & Giroux, 2012, p. 152.

② Zakes Mda, *Sometimes There Is a Void: Memoirs of an Outsider*, New York: Farrar, Straus & Giroux, 2012, p. 144.

③ Zakes Mda, *Sometimes There Is a Void: Memoirs of an Outsider*, New York: Farrar, Straus & Giroux, 2012, p. 13.

④ Zakes Mda, *Sometimes There Is a Void: Memoirs of an Outsider*, New York: Farrar, Straus & Giroux, 2012, p. 406.

⑤ Elleke Boehmer, *Colonial and Postcolonial Literature*, Oxford: Oxford University Press, 2005, p. 110.

⑥ "Zakes Mda: I Feel Like a Dancing Monkey at European Literary Festivals", *The Guardian*, published on Jun. 11, 2015, accessed on May 22, 2019, https://www.theguardian.com/world/2015/jun/11/zakes-mda-i-feel-like-dancing-monkey-literary-festivals-europe-boycot/.

而如何摆脱"夹缝人"的焦虑感，重建自己的文化身份？阿多诺（Theodor W. Adorno）曾说，"对于一个不再有故乡的人来说，写作成为居住之地"①，托拜尔斯·多林（Tobias Döring）也曾分析说，"对散居的人来说，对抗环境、培养归属感的唯一方法是通过文化记忆"②。写作给予作家充分想象，重新创造的自由；文化记忆给予他回归母体，汲取精神养分的满足。每一部流亡者的文学作品都是一个重建的精神家园。和众多流亡作家一样，穆达选择通过写作重续与母国文化的关联，让写作成为自己灵魂的栖居之所。所以，即便是长期生活于国外，穆达也始终将自己的视线投射在南非大地上。在小说中，穆达回顾南非的历史，检视南非的现实，积极探索南非传统文化的价值及其在当下的传承。他将写作视为回归南非，参与南非社会建设的途径。极具自传性质的小说《红色之心》中卡玛古的经历就是穆达自身经历的真实写照。两人都有着相似的人生经历和相同的身份焦虑。与穆达不同的是，主人公卡玛古通过重续与本土文化的关联，实现了自己作为一个流亡知识分子的身份重构，获得了"在家"感。他的身上寄托着穆达对重续与祖国文化关联的美好构想。

在《祖鲁人在纽约》中，穆达再次将"跳舞的猴子"这一意象写入了小说。因无法接受白人世界有意编排的、恶意贬低祖鲁人民族形象的野蛮人舞蹈表演，主人公艾姆-皮（Em-Pee）试图通过表演真正的祖鲁舞蹈，以摆脱西方霸权所塑造的黑人刻板形象，强调自己的民族身份，重塑自己的民族形象。然而，如同徒劳的西西弗一样，在强大的霸权世界里，他者的肢体言说是被忽视的、被否认的。白人不相信，也不愿相信祖鲁人是文明理性的。艾姆-皮的传统祖鲁舞蹈表演难以为继，他最终意识到，"这片白人的土地上，他只是一只表演的猴子"③。虽然故事时间设定在祖鲁王国英勇对抗英国殖民统治的 19 世纪末。但小说中主人公艾姆-皮因触犯王国严苛的法律，被迫逃离，在外漂泊，最终因为思念祖国而主动回

---

① ［美］爱德华·W. 萨义德：《知识分子论》，单德兴译，生活·读书·新知三联书店 2002 年版，第 53 页。

② Tobias Döring, *Postcolonial Literatures in English*, Stuttgart: Klett Lernen and Wissen, 2008, p. 31.

③ Zakes Mda, *The Zulus of New York*, Cape Town: Penguin Random House South Africa (Pty) Ltd., 2019, p. 103.

归的经历与穆达的人生轨迹高度互文。艾姆-皮对自身作为"跳舞的猴子"的感受也与穆达自身经历高度相似。穆达将自己的身份感带入了对艾姆-皮的形象塑造。

穆达将自己的个人经历融入角色,在表达自己的经济文化发展观的同时,也彰显了自己的民族文化自觉意识。小说中卡玛古与艾姆-皮未定的结局是否意味着,处于文化夹缝中的穆达所期待的民族身份建构依然是悬而未决的呢？然而,如同斯图尔特·霍尔(Stuart Hall)所言,"身份是我们对我们所处的不同位置的称呼,是我们在过去的叙述中定位自己的名字"[①]。过去的经历给了流散者特定的身份,而执着于文化身份的探寻,是否意味着在依恋母体文化的同时,将自己永远限定在了过去,而忽视了对更多可能性的探索呢？阿什克罗夫特对"家"的理解或许能给我们一种启示。

> "家"这个词的意义,就地方感而言,对于那些被殖民的人来说是截然不同的,而且……会在去殖民化的过程中发生改变。在这个充满隔阂的时代,"家不再只是一个地方,而是位置。一个人要面对并接受分散和分裂,视之为建设世界新秩序的一部分。这种新秩序更充分地揭示了我们可以成为什么样的人"。人们可能会说,具有讽刺意味的是,殖民破坏和迁移的后果之一是,"家"像"地方"一样,从简单的空间位置概念中解放出来。无论它可能需要占有多少空间,它成为一种观察的方式,一种栖居的方式,并最终通过"在家"的方式改变全球权力话语。[②]

所以,对于一名游走于多种文化的南非黑人作家来说,他"无家可归",却又随时"在家",多重身份、多种文化体验,给予了他更为宽广的视野。他既可以以一个局内人的身份内省自己的祖国,又可以以一个局外人的身份外观南非。这种主位与客位交织的视角,在为穆达的文学创作带来整体性和复杂性的同时,又启发了穆达以不同方式参与祖国的经济文

[①] Stuart Hall, "Cultural Identity and Diaspora", in Padmini Mongia, ed. *Contemporary Postcolonial Theory: A Reader*, London: Arnold, 1996, p. 112.

[②] Bill Ashcroft, *Post-Colonial Transformation*, London and New York: Routledge, 2001, p. 197.

化建设。所以，虽然自称"永远的局外人"，但穆达始终以"局内人"的身份积极参与南非的建设。他积极发现南非社会存在的问题，并为南非的政治文化建设提出自己的见解。他充分利用自己的作家身份和社会影响力，将自己的文学创作与社会实践紧密结合。他在剧院开办作家讲习班，向年轻作家传授写作经验；开办创意写作坊，指导爱好文学的年轻艾滋病携带者从事文学创作，并帮助他们将作品转化成文化产品；为农村贫困人口寻找致富途径等。所以，穆达没有沉迷于对祖国文化的想象性迷恋，在虚构的世界自怨自艾，而是将自己对祖国文化的依恋倾注于笔端，付之于实践，使之具化为推动祖国发展的一份力量。

第三节　政治语境下的文学突围

南部非洲浓重的民俗氛围为穆达构筑了一块丰富而多元的社会生活场域，历史激荡下南非的民族文化认同传统也为他做好潜在的心理准备，而政治语境的剧变也刺激了作家的文化自觉意识。在殖民主义和种族主义统治的漫长双重殖民历史中，反殖民统治、反种族隔离始终是南非文学创作的主题。文艺的"生命"意识已经让位于更严峻的"生存"意识。文学在表现本土文化的同时，将重心偏移到了政治层面。"艺术家成了见证和纪实再现艺术的记录者"[1]，因为"南非局势的独特性在于，政治制度所创造的叙述荒谬至极，它甚至剥夺了艺术家使用上帝赋予的想象的权利。它蚕食了人们的想象力，曾经丰富的想象力失去活力，直到进入一种休眠状态"[2]。以至在种族隔离制度被废除后，人们担心，失去了"反种族隔离"这个主题，曾经作为革命武器的文学会失去创造力，走向沉寂。然而，种族隔离制度的消亡，并没有导致话语的消亡，也没有导致人与社会关系的消亡。新的政治面貌为南非的文学提供了新的语境，也使曾经被忽视的表现对象和主题重新走入作家的视线。政治语境的反转反而促使南非的文学实现了对传统范式的突围。

---

[1] Zakes Mda, *Justify the Enemy: Becoming Human in South Africa*, Scottsville: University of KwaZulu-Natal Press, 2018, p. 118.

[2] Zakes Mda, *Justify the Enemy: Becoming Human in South Africa*, Scottsville: University of KwaZulu-Natal Press, 2018, p. 118.

一 文化复兴思潮的复苏

非洲有着丰富的传统文化资源。非洲民间的传统文化由非洲文明演化、汇集而成,反映非洲各民族特质与风貌,是南部非洲各民族历史上各种思想文化、观念形态的总体表现,是非洲物质文明和精神文明的历史积淀,凝聚着民族的智慧。然而,在几百年惨无人道的奴隶贸易中,非洲黑人的文化遭受了空前的摧残与破坏,世代相传的传统文化,尤其是口传文化几近中断散失。与此同时,殖民统治和种族主义统治对本土文化的压制与排挤,后隔离时代西方大国新殖民主义的侵蚀,以及现代化大潮的来袭,致使很大一部分非洲人对本土的传统文化采取了一种有意忽视,甚至鄙弃的态度。所以,现代南非也面临着传统文化逐渐衰落的困境。西化程度越高的区域,传统文化的消逝越严重,非洲本土悠久的口头传统几乎消失殆尽。

传统文化的衰退不仅破坏了国家精神文明的传承和发展,而且威胁着民族和国家的团结。所以,新南非成立后,新政府开始有意识地引导民众重新发现传统民俗文化的价值。前总统姆贝基在推行"非洲复兴"计划时,就极具前瞻性地指出,"自我灵魂的重新发现是非洲大陆复兴的前提"①。"自我灵魂的重新发现",首先就体现为对精神层面的传统民俗文化价值的认同。迈克尔·查普曼（Michael Chapman）也提出了他的"重建理论"（theory of reconstruction）,"我们不应该把历史,甚至是新近的历史,扔进垃圾箱,我们应该不断回顾、重新阐释历史,以应对非洲面临的新的挑战和需求"②。所以,黑人民族必须从内部寻找动力,利用黑人乡土传统重新确立一种新的黑人美学,从而实现自我赋权。然而,如同格里芬（Susan Jeanne Griffin）所言,南非的文化复兴之路艰难而曲折。

> 复兴的任务是艰巨的,要克服的不仅是殖民余波后种族隔离制度所带来的可怕后果。在帝国主义时期,所有神话和神圣的东西被摧毁,土著文化被宣布为缺失,取而代之的是毫无意义的人工制品。所以,创造未来,意味着培育灵魂回到这些已经被去神秘化的神圣领

---

① Thabo Mbeki, *Africa, the Time Has Come: Selected Speeches*, Cape Town & Johannesburg: Tafelberg & Mafube, 1998, p. 299.

② Michael Chapman, *Southern African Literatures*, New York: Longman Inc., 1996, p. 427.

域，并恢复曾经被洗劫的符号和原型的力量。①

在政府积极推进文化复兴的同时，新殖民主义的涌入，使得传统文化复兴举步维艰。很多受过高等教育的，或者有过海外学习经历的年轻人陷入了对西方文明的狂热追求，淡化了与本土文化的关联，成为新殖民主义的追随者。这些人"把殖民者的文化变成自己的，甚至比文化的拥有者更加忠实地支持它"②。另外，很多人成了穆达所称的"新传统主义者"③，他们试图在因殖民主义和种族隔离而失去的文化中找到自己的根。问题在于，这些新传统主义者没有认识到文化的活力，而是以保护非洲文化的名义复兴一些本该革除的陋俗，甚至包括童贞测试等早已被废弃的父权制和家长制压迫文化实践。穆达极为抵制这种形式上的传统文化复兴实践，他认为，"我们不再是昨天的我们，我们不能用过去的文化来为今天的行为辩护，也不能选择性地使用这种文化"④。

虽然政府主导的传统文化复兴实践的结果并不尽如人意，但作为文化创造主导力量的作家们已经找到了文学创作与传统文化的结合点。他们纷纷回到传统文化汲取创作灵感，寻求创作素材，通过创作参与新时代的文化复兴实践。书写非洲民俗文化成为一种反抗与赋权的文学策略。玛丽安·迪金森（Marianne Dircksen）曾强烈呼吁，"该是南非人开始互相讲述他们的故事的时候了"⑤。白人作家安德烈·布林克和黑人作家穆达是自主自觉地将本土文化引入文学创作的作家的典范。游走在黑人与白人之

---

① Susan Jeanne Griffin, The Universal Nature of Magic Realism: A Critical and Comparative Analysis of three Novels: One Hundred Years of Solitude, Midnight's Children, and The Powers that Be, Ph. D. dissertation, University of Natal, 1992, pp. 150-151.

② Zakes Mda, Justify the Enemy: Becoming Human in South Africa, Scottsville: University of KwaZulu-Natal Press, 2018, p. 192.

③ Zakes Mda, Sometimes There Is a Void: Memoirs of an Outsider, New York: Farrar, Straus and Giroux, 2012, p. 399. 穆达此话针对的是在他母亲的葬礼上，热衷复兴传统的堂兄 Nondyebo 要求参加葬礼的人穿着用于正式仪式场合的白色科萨毛毯。事实上，穆达一家此前从未穿着过这类服饰。

④ Zakes Mda, Justify the Enemy: Becoming Human in South Africa, Scottsville: University of KwaZulu-Natal Press, 2018, p. 190.

⑤ Marianne Dircksen, "Myth and Identity", in Hein Viljoen and Chris N. Van der Merwe, eds. Storyscapes: South African Perspectives on Literature, Space & Identity, New York: Peter Lang Publishing, 2004, p. 95.

间的布林克,不仅关注黑人生存现状,而且注重从黑人的传统文化中汲取创作灵感。他的《沙的想象》(*Imaginings of Sand*,1996)、《魔谷》(*Devil's Valley*,1998)、《欲望的权利》(*The Rights of Desire*,2000)、《祈祷的螳螂》(*Praying Mantis*,2005)等小说都深深植根于非洲的口头传统,因而具有浓重的魔幻色彩。在这些小说中,布林克以"魔幻现实主义"手法为被压制的边缘群体赋权,批判种族隔离制度对人性的扭曲。由此可见,以布林克为代表的南非白人作家们都致力于摆脱欧洲文化传统的影响,宣扬一种扎根南非的归化意识。

作为一个有着国际视野和跨文化生活经历的作家,穆达深刻体会到了传统文化对于建立群体认同感、维持民族特质、保持民族独立性的重要作用。他认为,"在后殖民地,我们的首要任务应该是按照我们自己的形象重建我们的文化和历史遗产。遗产不能仅仅只是一个奇观,我们要真正拥有自己的遗产"[1]。他鼓励新一代的艺术家打破受种族隔离主题束缚的审美,反映新的社会现实,将国际风格与非洲传统相结合,创新创作模式。所以,他将自己对传统文化振兴的设想投射到了人物身上,通过虚构的小说人物来反思传统文化之于当下的意义,以及如何传承与发展传统文化。他在小说中对民俗文化传承与发展的设想不是知识分子的纸上谈兵,而是理论与实践结合的深度探索,具有切实的指导意义。正因如此,南非的政府部门曾参照他在《红色之心》中对文化复兴实践设想制定发展计划。通过文学创作参与文化复兴实践,这使得穆达的创作既有文学价值,又有社会意义。

在书写本土民俗文化的同时,穆达并没有一味地采取抗拒西方文明的态度,而是对传统文化的发展始终持开放的态度,主张积极地吸收并利用国际文化的有益影响。他认为,在保护传统文化的同时,也要认识这样一个事实,即文化总是会经历突变,"文化交流不仅受到殖民主义的影响,还受到许多因素的影响,包括交流和贸易"[2]。所以,在小说《红色之心》

---

[1] Nduduzo Ndlovu, "Prof. Zakes Mda Calls for Heritage Preservation", report on Zakes Mda's lecture in Durban University of Technology, delivered on Aug. 30, 2018, accessed on Dec. 15, 2018, https://www.dut.ac.za/prof-zakes-mda-calls-for-heritage-preservation/.

[2] Nduduzo Ndlovu, "Prof. Zakes Mda Calls for Heritage Preservation", report on Zakes Mda's lecture in Durban University of Technology, delivered on Aug. 30, 2018, accessed on Dec. 15, 2018, https://www.dut.ac.za/prof-zakes-mda-calls-for-heritage-preservation/.

中，作为穆达的代言人，卡玛古既没有加入怀疑派，也没有加入保守派，而是在二者之间寻求一种和解。他利用自己在西方习得的学识，充分挖掘本土文化的经济价值，在动态保护中传承传统文化。穆达在小说中的文化设想，既是对民粹主义的反思与批判，也使得非洲文化焕发新的活力。作为欧洲文明代表的白人道尔顿的文化观在一定程度上为非洲传统文化的保存与传承做出了贡献。穆达对欧洲文化的影响采取的是一种理性的、辩证的、客观的态度。

二 "重新发现平凡"

随着种族隔离制度步下历史舞台，黑人们开始掌控自己的生命。政治语境的反转，使得人们开始反思，曾经让位于"生存"意识的文学如何开启它在新时代的征程。反观南非文坛，长期以来，在南非文坛占主导地位的白人作家的作品虽致力于批判南非社会现实，但高度政治化的精英叙事大多聚焦于白人，或者是黑人精英，鲜少有对底层黑人大众的关注。而对于南非的黑人作家来说，他们的创作也面临着一个难题，即他们创造性的想象力，难以超越南非荒诞的现实生活本身。多年的压迫性社会形态致使南非黑人英语文学呈现为一种高度戏剧化、高度示范性的奇观文学，"整个社会风气既不允许与自我的内在对话，也不允许与社会公众对话"[1]。因此，恩加布鲁·恩德贝勒将白人统治时期的南非黑人文学史概括为"奇观书写史"[2]。平凡个体被遮蔽，他们生存的细节被忽视，个体对爱、希望、同情和正义的深切渴望，都让位给了集体生存。满足于奇观文学的阅读习惯会使读者和社会有意无意掩盖社会现实的角落和裂缝。据此，恩德贝勒认为，"在占主导地位的白人统治下的南非文化中，无法培育一种基于个人完善，最大限度激发社会创造力的文明"[3]。所以，他倡

---

[1] Njabulo S. Ndebele, *South African Literature and Culture: Rediscovery of the Ordinary*, New York: Manchester University Press, 1994, p. 50.

[2] Njabulo S. Ndebele, *South African Literature and Culture: Rediscovery of the Ordinary*, New York: Manchester University Press, 1994, p. 41.

[3] Njabulo S. Ndebele, *South African Literature and Culture: Rediscovery of the Ordinary*, New York: Manchester University Press, 1994, p. 50.

议，新时期的南非文学创作要"重新发现平凡"[1]，关注平凡个体的平凡生活。而对穆达来说，发现平凡、表现平凡是他一以贯之的创作宗旨。他对平凡的关注突出表现在他对民俗文化，以及作为民俗文化传承者的底层民众的关注。

穆达的众多小说基本都是以农村生活为背景，讲述被社会边缘化的底层民众的故事。《死亡方式》讲述的是孤苦无依的单亲母亲诺瑞娅（Noria）和无家可归的流浪汉托洛基的故事；《与黑共舞》讲述的是农村单亲母亲双胞胎妈妈（mother of twins）及其两个孩子的故事；《埃塞镇的圣母》讲述的是被丈夫和情人抛弃的无依无靠的尼基的故事；《唤鲸人》讲述的是靠迎合男性求生的流浪女萨鲁尼（Saluni）和靠救济金过活的失业人员唤鲸人（whale caller）的故事等。这不仅是因为穆达在坎坷的人生经历中饱尝生活艰辛，熟悉底层百姓的生活，更因为他深知，唯有透过底层百姓的生活，才能看清社会真相。所以，当有记者问他，为什么他小说中的人物都是社会边缘人时，他说，"我写的是我最了解的人，他们都是平凡个体，他们面临的困境使他们与众不同。所以这些故事都来自这样的冲突"[2]。

但是，穆达并不仅仅满足于对平凡个体的平凡书写，而是充分利用口头传统中的魔幻叙事，将这些处于社会底层的民众塑造为拥有超能力的人。《死亡方式》中的诺瑞娅能够用歌声给予吉瓦拉创造灵感，她的笑能治愈他人内心的创伤；《与黑共舞》中的歌舞精灵蒂珂莎可以自由出入生者世界与死者世界，她可以召回远古桑人，在他们的仪式中死而复生，永葆青春；《唤鲸人》中的唤鲸人与一头南露脊鲸以舞蹈对话，相互爱恋；《后裔》中的女奴"阿比西尼亚女王"（Abyssinian Queen）有惊人的讲述故事的天赋，并且能够在故事中自由飞翔；《马篷古布韦的雕刻师》中的马鲁比妮能够通过跳舞呼风唤雨。这些在现实社会中挣扎求生的边缘人，却是民间文化的传承者和守护者。在一次采访中，记者问穆达为什么会在《死亡方式》等小说中赋予主人公的"笑"以魔力。穆达回答说，在种族

---

[1] Njabulo S. Ndebele, *South African Literature and Culture: Rediscovery of the Ordinary*, New York: Manchester University Press, 1994, pp. 41-59.

[2] Renee Montagne, "Interview with Zakes Mda", National Public Radio (USA), delivered on Aug. 21, 2002, accessed on Dec. 2, 2020, https://www.npr.org/templates/story/story.php?storyId=1148678/.

隔离最严重的南非，人们以嘲笑种族隔离制度的方式来对抗其施加给人们的压迫①。最为常见和普通的笑声也能被魔幻化，并被用来表现人物内心世界。由此可见穆达对平凡个体的关注及其生存细节的重视。"陌生化是使个体和边缘化的生活变得重要和引人注目的一种手段"②。穆达赋予边缘群体超能力，并非为了获得奇幻的效果，以满足读者的猎奇心理，而是通过神化边缘群体，达到一种陌生化的效果，以帮助他们冲破现实生活的束缚，成为自己生命的主宰者。

在穆达塑造的这些边缘个体中，以女性居多。而穆达之所以偏重女性角色，是因为在他看来，"妇女受到种族隔离制度的压迫，但她们也受到文化本身和我们男人的压迫……即便是在新南非，性别平等依然是乌托邦梦想"③，女性应该像男性一样获得尊重与空间。所以，他笔下的女性们，虽然生活艰难，但是她们都依靠自己的坚韧与智慧，在绝境中奋起反抗，成为自己生活的掌控者。例如，诺瑞娅成为社区革命活动的中心力量；"阿比西尼亚女王"利用故事讲述帮助儿子成功逃离奴隶农场；马鲁比妮为雨而舞，拯救了一个国家，打破了男人对女性的欲望想象……这些女性不仅改变了自己的命运，而且成为未来与希望的象征。评论家们也高度认同穆达对边缘女性的塑造，认为"正是那些坚强的、狂野的、有趣的、慈爱的女性角色让故事充满希望"④。

作为一个坚持民间立场，关注平凡个体的作家，穆达始终对底层民众饱含同情，"对政府忽视农村发展感到沮丧"⑤。所以，他始终坚持以农村等欠发达地区作为故事发生的地理空间，赋予这些被边缘化的地区以魔幻色彩。然而，穆达笔下的农村地区远非诗情画意的田园所在。在他的小说中，

---

① John B. Kachuba, "An Interview with Zakes Mda", *Tin House*, No. 5, 2005, accessed on Oct. 4, 2018, http://www.tin house.com/issues/issue_20/interview.html.

② Derek Alan Barker, "Escaping the Tyranny of Magic Realism? A Discussion of the Term in Relation to the Novels of Zakes Mda", *Postcolonial Text*, Vol. 4, No. 2, 2008, p. 7.

③ Sandra Martin and Zakes Mda, "Out of Africa and Back Again" (Interview), *The Globe and Mail* (Toronto), Canada, accessed on Aug. 25, 2019, https://www.theglobeandmail.com/arts/out-of-africa-and-back-again/article4157130/.

④ Dorothy Winifred Steele, Interpreting Redness: A Literary Biography of Zakes Mda, M. thesis, University of South Africa, 2007, p. 311.

⑤ Zakes Mda, *Justify the Enemy: Becoming Human in South Africa*, Scottsville: University of KwaZulu-Natal Press, 2018, pp. 232-233.

我们可以看到不同时期农村社会的现实。在种族主义和黑人革命激进组织的双重破坏下，农村和黑人定居点居民惶惶不可终日。新南非成立后的农村又在西方文化和经济现代化的双重夹击下失去原有的淳朴和诗意。极端天气让农民苦不堪言，对金钱和权力的追求使得人际关系异化、价值观混乱。绝望的农民日复一日地在贫困与虚无中挣扎。穆达对边缘地区的关注与他对边缘人群的关注是一脉相承的。他以边缘地区的边缘个体为表现主体，赋予底层民众以主体性和独立性的同时，揭露了不同时代中权力阶层的荒诞与私欲。众多边缘个体的生活故事共同汇聚成民间话语的集体狂欢，在表达民间诉求的同时，实现了与官僚主义和新殖民主义的对抗。穆达的魔幻叙事，在揭示南非农村现实的同时，实现了一种反田园主义的书写。

穆达对底层民众日常生活的书写语言平实，笔触细腻。曾有读者当面告诉穆达说，他对平凡个体的细致书写，使得他的小说看起来像是女作家写的。穆达异常高兴地对自己的传记作者说："你可以拿走我的任何奖项，甚至是英联邦作家奖……但请把这个奖留给我。"[1] 由此可见，穆达平实细腻的文学风格，不仅是顺应了南非后隔离时期"重新发现平凡"的文学审美需求，也是他自觉追求的结果。

三　恢复人的复杂性

穆达认为，"种族隔离制度下的生活为自己定义了善与恶的二元对立——在黑与白之间，没有任何象征性的，或者种族范畴上的中间地带，也没有任何非公式化艺术表达中必不可少的含混性"[2]。在种族主义统治时期，南非的文学致力于政治参与，进而发展为抗争寓言。这种文学作品关注个人和社会行为的外在表征，惯于制造出人意料的震撼，人物形象被类型化为道德辩论中非人格化的编码。这些小说是公式化的，而不是分析性的，它们以哗众取宠的、壮观的英雄叙事，再现了种族隔离制度对人类个性的否定。在反思自己在种族主义统治期间创作的戏剧时，穆达曾坦言，抗议文学是由一系列戏剧性压迫时刻构成的，很少关注人物心理和动机。"对自由的追求压制着黑人，也推动着他们前进；而白人的角色则是

---

[1] Dorothy Winifred Steele, Interpreting Redness: A Literary Biography of Zakes Mda, M. thesis, University of South Africa, 2007, pp. 32-33.

[2] Zakes Mda, *Justify the Enemy: Becoming Human in South Africa*, Scottsville: University of KwaZulu-Natal Press, 2018, p. 118.

压迫者，驱使他们的是对统治地位的追求。"① 即便人物有动机，那也是由种族隔离制度从外部强加他们的。"小说成为意识形态的产品，这种产品对小说的分析是基于道德前提的"②。

正因如此，在种族隔离期间的文学作品中，尤其是黑人作家的作品中，人和事好坏分明，白人不是残酷的施害者，就是冷漠的旁观者，黑人也总是以受残害或受歧视的弱势形象存在，坏人也总是在一夜之间变成好人。很少有人探究人物复杂的心理动机和转变过程。这种扁平化的人物形象没有情感和智力上的深度，不能反映出人的丰富性和复杂性。所以，穆达认为，作家不应该将人物角色公式化地描述为"好"或"坏"，"一旦我们了解了一个人的过去，了解了是什么造就了他，我们就会明白，他所做的事情，在道德层面上不一定合理，但在心理层面上是合情合理的"③。作家在刻画人物时应该基于人物自身经历，从他所处的环境中去理解这个人，"以同情和宽容的态度对待小说中的人物，包括那些自私的或在某种程度上邪恶的人"，恢复人的复杂性④。在自己的小说创作中，穆达也始终秉持着同情与宽容的态度。他善于通过民俗书写来表现人的复杂性，这种复杂性表现在白人与黑人的善恶共存。所以，在他的小说中，没有十恶不赦的白人，也没有十全十美的黑人。

在《红色之心》所讲述的历史传奇中，英国士兵烧杀抢掠，无恶不作。他们残忍割掉科萨族士兵尸体的耳朵作为战利品。约翰·道尔顿（John Dalton）带领士兵砍下族长西克夏（Xikixa）尸体的脑袋，并带回国内做科学研究，却辩称自己是文明人。为了达到从精神上奴役土著人的目的，英国殖民者通过传教、兴办教育、建立医院来宣扬西方文明。而如同马克思、恩格斯所言，"英国不管犯下多少罪行，它造成这个革命毕竟

---

① Zakes Mda, *Justify the Enemy: Becoming Human in South Africa*, Scottsville: University of KwaZulu-Natal Press, 2018, p. 33.

② Njabulo S. Ndebele, *South African Literature and Culture: Rediscovery of the Ordinary*, New York: Manchester University Press, 1994, p. 23.

③ Zakes Mda, *Justify the Enemy: Becoming Human in South Africa*, Scottsville: University of KwaZulu-Natal Press, 2018, p. 35.

④ Zakes Mda, *Justify the Enemy: Becoming Human in South Africa*, Scottsville: University of KwaZulu-Natal Press, 2018, p. 36.

是充当了历史的不自觉的工具"①。英国的殖民活动,在侵蚀非洲文化、残害土著人身心的同时,也不自觉地推动了当地文明的进步。所以,《与黑共舞》中的神父,虽在选择资助对象时重男轻女,且是为了达到培养宗教服务人员的目的,但其行为却间接给予了贫穷的莱迪辛和蒂珂莎接受正规教育的机会;《红色之心》中的白人统治者曾力劝科萨人停止杀牛;传教队设立救济所,尽力收容无家可归的科萨人;白人的医院虽说是为了推广西方文明而建,却弥补了非洲传统医术的不足;当年残忍的约翰·道尔顿的后代约翰·道尔顿成为新时代海边小村克罗哈传统文化的守护者。穆达在批评英国殖民者暴行的同时,也肯定了殖民者在南非历史上的文化影响,以及他们在当下南非发展中的积极作用。穆达对白人行为的有限认同,不仅源于他自身包容开放的心态,更因为殖民行为及其文化影响本身就存在着复杂性与悖论性。

通过重写历史传奇,辩证审视白人作为的同时,穆达也没有一味美化黑人。在《死亡方式》中,渴望权利与自由的少数黑人们,利用革命运动自我赋权,在自己的同胞身上复制白人的暴行,以满足自己的权力欲望。施害者和受害者互为一体。黑人内部的荒诞现实打破了黑人内部团结如铁板一块的神话的同时,表现了黑人革命动机的复杂性。所以,莱兹力(Christopher Paul Lazley)也认为,"穆达将社区和共犯的概念复杂化,消除了以二元对立结构('我们'对'敌人')来思考问题的倾向"②。在《红色之心》中,科萨士兵以同样残忍的方式损毁英国士兵的尸体。为了帮助科萨人走私火药,科伊族妇女利用自己的身体贿赂边境地区的英国士兵。科萨人却在背后嘲笑她们为妓女。为了显示自己在预言笃信派阵营中的主导地位,哥哥特温(Twin)迫使弟弟特温-特温(Twin-Twin)等怀疑派沦为殖民统治的帮凶。所以,在杀牛事件中,"统治者的态度和被统治者的遭遇也使两者不再是纯粹独立的,甚至可以说他们之间形成了一种共谋关系"③。在杀牛运动失去控制时,农卡乌丝等少女先知将预言落空

---

① [德]马克思、恩格斯:《马克思恩格斯文集》(第2卷),人民出版社2009年版,第683页。

② Christopher Paul Lazley, Spaces and Places in Zakes Mda: Two Novels, Ph. D. dissertation, University of Cape Town, 2009, p. 17.

③ 蔡圣勤、芦婷:《历史重构与文化杂糅:穆达小说之后殖民解析》,《贵州大学学报》(社会科学版)2017年第4期。

的责任推卸给恩西托（Nxito）酋长，使他成为众矢之的。战争和杀牛运动表现了科萨人反抗殖民统治，争取自由生活的决心，也将科萨人的自私与阴暗暴露无遗。

穆达将这种辩证态度延伸到了他对历史传奇人物的塑造。在他看来，"小说是质疑和挑战霸权主义历史叙事，并将那些此前被边缘化的历史叙事拉向中心的有效工具"[①]。因此，他有意摒弃了传统文学创作囿于官方意识形态的正史化叙述，转而以民间视角检视历史人物，恢复历史人物的复杂性。在《红色之心》中，读者既感受到了少女先知预言所导致的杀牛悲剧的惨烈，也感受到了科萨人对祖先的真挚怀念和对新生活的热切期待。在杀牛事件中，笃信派相信预言，使科萨族遭受重创，而在现代社会，他们的后代成了民族文化的保护者。在当年的杀牛运动中，怀疑派保存了自己的财产和生产能力，维系了民族的可持续发展，而在当下，他们对商业开发的支持，使自己成了民族文化的破坏者和新殖民主义的追随者。两个故事交叉推进，历史故事形塑着当下的故事，而当下的故事演进为历史故事的倒置。读者很难评价笃信派和怀疑派在预言信仰之争中孰是孰非。同样，在《小太阳》中，穆隆特洛深情怀念王后，奋勇抵抗殖民者，他的故事成为潘多米西部落王国人人争相传颂的美谈，而他最终皈依天主教，因为贪念被诱捕的结局又为人所不齿。在这两部基于历史传奇的小说中，穆达并没有将类似于少女先知和穆隆特洛等这样的历史人物按照历史传奇的模式塑造为"箭垛式人物"，也没有将历史事件描述为某种单向力量推动的结果，而是通过对历史人物形象的塑造和历史场景的渲染揭开了庄严的历史表象，复活了历史人物的复杂性和历史事件的多维性。

此外，在利用魔幻元素塑造边缘人物时，穆达也没有走向理性主义和非理性主义的两极，而是在建构边缘人物的主体性时，表现了人的两面性。《死亡方式》中的吉瓦拉（Jwara）在邻家女孩诺瑞娅充满魔力的歌声中获得灵感，创作出充满创意的金属雕刻，却也因此偏爱诺瑞娅，嫌弃自己的孩子，最终导致家庭离散。诺瑞娅年轻时利用人们对她充满魔力的笑和歌声的依赖获取好处，经历丧子之痛后却成为社区革命运动的重要力

[①] Zakes Mda, *Justify the Enemy: Becoming Human in South Africa*, Scottsville: University of KwaZulu-Natal Press, 2018, p. 59.

量。穆达的魔幻叙事,在理性主义层面上深刻揭露了非洲由于奴隶贸易、殖民主义、新殖民主义等造成的惨痛现实,在非理性层面表现了人的存在的荒诞感和孤独感。理性主义与非理性主义在他们身上共存,充分表现了人的复杂性和生存境遇。

穆达对人物的塑造,没有走向非黑即白、非善即恶、理性与非理性等的二元对立,而是两个层面兼而有之。他在小说中呈现了人的多面性,恢复了人的复杂性,所以他从不对人物做非此即彼的评价,而是把评判的权利留给读者。在穆达的小说中,人具有全新的观念,是对人的内涵的多重揭示。而在总结自己对人物形象的塑造时,穆达说,"设身处地地塑造人物,使我的反面角色更形象、具体。压迫者的邪恶、任性和疯狂等,不能仅仅归结为是客观环境所致。他一个复杂的个体,作为一个完整的个体而存在"[1]。而也正是这些丰满而立体的人物形象,使得他的小说趣味性和深刻性兼备。

穆达重返传统文化资源,在传统民俗中探求文化密码,重新构筑起南非的文化属性,通过一种强烈的自我指涉来肯定本民族的话语权和民族身份认同感。这也正如萨义德所说:"我对第三世界的文学颇感兴趣。在作家做出的许多(当然不是所有的)姿态中,有着一种自觉的试图以某种方式重新建构和重新研究经典的努力。"[2] 穆达的民俗书写既是对传统原始意象的自觉追求,也是对非洲现当代文学创作倾向的突破。他对地域文化和民间文化的描写推动着文学在创作观念上逐步回归其本体性。这种文学"返祖"行为既是下意识感性活动的驱使,也是上意识理性思维指导的结果。穆达将传统民俗引入文学创作,既迎合了作家创作求异求新的需求,又切合了重审民族文化的愿望。而在西方文化强势传播的国际语境下,穆达将文学创作与传统民俗文化结合,在突出文学的本土化特征的同时,也以自身的边缘化立场表达对西方主流文化的批判。

---

[1] Zakes Mda, *Justify the Enemy: Becoming Human in South Africa*, Scottsville: University of KwaZulu-Natal Press, 2018, p. 35.

[2] 转引自王宁《后现代性与全球化》,《天津社会科学》1997 年第 5 期,第 85 页。原文引自 Michael sprinker, ed. *Edward Said: A Critical Reader*, Now York: Wilog-Blackwell, 1993, p. 255.

第二章 口头传统书写：历史语境下的民间反击

特定的社会能够产生独具特色的表现艺术，以适应特定文化的特定氛围。非洲大陆悠久的历史造就了独特的口头传统。内容丰富，形式多样的口头传统包纳并影响着人们生活的方方面面。在无文字时代，口头传统不仅是保存先人智慧和历史记忆的重要方法，也是人们述说欢乐与痛苦、希望与恐惧，描写人间温暖，反映人们憎恶的手段。这种共享知识的方式，不仅记录了民众生活中的各种事件，而且保存了人们的信仰、社会价值观、智慧和文化经验。独具民族特色的非洲口头传统因而成为黑人民族文化的表征，凝聚着民族精神，表现着民族形象。所以，在殖民时代和种族主义统治时代，口头传统成为身处困境中的黑人们疏解苦难、润泽身心的良药。他们通过口头演述，改写殖民语言，彰显自我身份，表达对族裔的群体认同。而在全球化时代，口头传统也没有消失，而是与现代化发展需求相结合，成为新时代人们表达希望的工具。非洲作家们，更是通过重讲民族故事、重写历史传奇的方式，对抗西方讲述的非洲"单一故事"，重构民族形象。口头传统，如同一枝盛放在狂野大陆上的奇葩，装点着黑人民族的精神世界，彰显着非洲大陆独特的文化属性。所以，利兹·刚纳（Liz Gunner）在论及非洲的口头传统时这样说道："口头性不应被简单地视为'读写能力的缺失'，而应被视为一种自我构成的、自成一体的东西。"[1]

第一节 口头传统之于个体身份的重构

口头传统，不仅包括娱乐民众的民间故事，独具地域特色的方言俚

---

[1] Liz Gunner, "Africa and Orality", in F. Abiola Irele and Simon Gikandi, eds. *The Cambridge History of African and Caribbean Literature*, Cambridge: Cambridge University Press, 2013, p.1.

语,还包括演讲等口头表达形式。作为一种产生于民间,并被民间大众接受与传承的艺术形式,口头传统的类型本身就为其存在提供了合理依据。它赋予民众表达自我,却免受社会现实限制的自由。对于曾经饱受苦难的非洲人来说,口头传统不仅是他们寻求精神慰藉的娱乐活动,也是他们传承文化与历史的媒介,更是他们反抗社会现实的途径。他们通过口头演述保持与族裔传统文化的关联,维系着自己的族裔身份,并以想象性的方式挑战社会现实。所以,德博拉·詹姆斯(Deborah James)认为,"口头表达能力不仅是特定社会条件的'独特标志',也是对社会条件和权力关系施加压力,或改变其权力关系的一种潜在手段"[1]。它允许边缘个体通过口头演述来表达自我诉求,重建自己的身份。

一 在演述中为亡者言说

在漫长的双重殖民统治和惨无人道的奴隶贸易中,非洲黑人遭受了前所未有的残酷压迫。他们被物化为动物一般的存在,失去了自己的主体性,随时面临死亡的威胁。以至于《死亡方式》中的托洛基说,"死亡如影随形。人们的生活方式就是死亡方式,死亡方式就是生活方式"[2]。因为在托洛基生活的国度里,被迫害致死的死亡成为"正常死亡"(normal death),而因疾病导致的死亡反而成为"非正常死亡"[3](abnormal death)。一条条枉死的生命失去了作为主体的人的权利,也失去了言说的机会。而作为口头传统表征之一的墓地演讲给予了亡者控诉社会现实的最后机会。借由生者的口头表述,亡者的诉求被还原,其作为主体的人的身份获得重建。与此同时,穆达也通过套用重生神话表达人们对生命的渴求和对女性的同情。

《死亡方式》描述了新南非建立前的混乱社会现实。因为种族主义政府的疯狂迫害和蓄意分裂,政府"反动部队"77营(Battalion 77)的暴徒和反动酋长的追随者们在黑人聚集区任意烧杀抢掠。随时发生、随处可见的死亡,将生活空间变成了死亡空间。身处地狱般现实的人们不知道明天和死亡哪一个先来。突如其来的死亡夺去了居民们的生命,也剥夺了他

---

[1] Deborah James, "Music of Origin: Class, Social Category and the Performers and Audience of Kiba, a South African Migrant Genre", *Africa*, Vol. 67, No. 3, 1997, p. 468.

[2] Zakes Mda, *Ways of Dying*, New York: Picador, 2002, p. 98.

[3] Zakes Mda, *Ways of Dying*, New York: Picador, 2002, p. 157.

们继续言说的权利。而护士（Nurse）成为亡者最后的代言人。护士往往是在亡者走向生命终结时陪伴在侧的人，或者是最了解死者生前故事的人。他们负责在葬礼上讲述死者生前故事，陈述死者死亡原因，并代表死者表达对现实的控诉。作为葬礼护士，他们见证了所有类别的死亡，是"最了解死亡的人"①。小说的开端就是诺瑞娅的儿子——小武萨（Vutha the Second）的葬礼。五岁的小武萨被反动酋长的追随者们诱骗，泄漏了黑人自由运动组织——猛虎组织（Young Tigers）的行动计划。事情暴露后，猛虎组织的少年们用"项链法"惩罚"叛徒"——小武萨。他们在小武萨的脖子上套上轮胎，往轮胎里注满汽油，并指示两个同样年幼的孩子用火柴点燃了轮胎。年幼无知的小武萨被活活烧死。无人能说出谁该为小武萨的死负责，而黑人自由运动的领导也试图掩盖发生在黑人内部的暴行，防止其成为种族主义政府压制自由运动的把柄。为了让诺瑞娅保持沉默，自由运动狂热分子甚至偷偷烧毁了她的棚屋。渴望权利与自由的少数黑人们，利用革命运动自我赋权，在自己的同胞身上复制白人的暴行，以满足自己的权力欲望。受害者变成施害者。诺瑞娅失去儿子，也失去了家，满腹悲痛无处诉说。葬礼仪式上，护士通过墓地演讲帮小武萨发出了最后的呐喊。

"死亡的方式有很多种！"护士朝我们大喊道。他的声音充满痛苦，他的脸上写满愤怒。我们静静地听着。"我们的小兄弟就这样离开了我们，没有留下只言片语。这个小兄弟是我们自己的孩子，他的死更让人心痛，因为凶手是我们自己人。这不是我们第一次埋葬小孩。我们每天都在埋葬小孩，但是那些孩子是被敌人杀死的……被那些我们正在对抗的人杀死的。而我们这个小兄弟是被那些为我们的自由而战的人杀死的！"②

传统的墓地演讲赋予了护士敢言敢怒的权利，使得他成为亡者小武萨的代言人，既传达了小武萨心中的痛苦和冤屈，谴责了黑人内部革命狂热分子的任意妄为，也替孩子的母亲诺瑞娅表达了对自由运动的不满，使诺

---

① Zakes Mda, *Ways of Dying*, New York: Picador, 2002, p.7.
② Zakes Mda, *Ways of Dying*, New York: Picador, 2002, p.7.

瑞娅免于遭受自由运动革命者的苛责。与此同时,职业哀悼者托洛基以哀号的方式,为葬礼营造悲伤的氛围。葬礼护士和托洛基通过口头传统为亡者发声,为生者代言,帮助底层黑人取得话语主动权。如泣如诉的葬礼演讲和职业哀悼共同将葬礼现场营造为一个悲伤的仪式空间,共同的悲伤氛围激发了黑人群体的群体认同感,将黑人群体凝聚成为一个整体。这种共同体意识赋予了他们对抗种族主义统治的力量和勇气。

在《死亡方式》中,小武萨的死亡是众多死法中最具代表性的一种。为表现武萨命运的悲惨,穆达套用了非洲口头传统中的阿比库(Abiku)神话。阿比库是约鲁巴众神中的鬼神,能够往返于生者世界和死者世界。他们必须遵循幽灵王的命令,投胎人世,但人间的苦难令他们望而却步,所以,阿比库会在降生人世后立刻结束他们在现实中的生命,返回冥界乐园。如此反复经历生死,直到母亲枯竭为止。伯顿·麦克(Burton L. Mack)认为,神话是一个想象的世界,"它促使人们对现实社会状况的各个方面进行反思"[①]。而这个想象的世界不仅是一个故事的集合,也是一种融入世界的方式。阿比库神话源自非洲悠久的口头传统和恶劣的社会环境。非洲经济条件落后,大量婴孩因得不到充足的食物和医疗救治而夭折。于是,人们便创造了"阿比库"重生神话,表达对生命的渴望和对女性的同情。

小武萨的名字来自诺瑞娅的第一个儿子武萨(Vutha)。诺瑞娅怀孕十五个月生下武萨,而丈夫纳普(Napu)却并没有尽到父亲的责任。他放浪形骸,抢走武萨,利用武萨在外乞讨过活。他将武萨拴在杆子上,自己外出喝酒,致使儿子被野狗啃食致死。失去儿子后,诺瑞娅在梦境中再次怀孕,十五个月后,她生下了一个和武萨长相一模一样的儿子。在梦境中怀孕,同样长达十五个月的孕期,以及与武萨长相的相似性,使得诺瑞娅坚定地认为,第二个儿子是第一个儿子武萨的重生。正因如此,她给他取名为小武萨。然而,具有半神化特征的小武萨仍然没有逃脱惨死的命运。神话中鬼孩阿比库的复生神力与现实中武萨两次惨死的结局形成鲜明对照,凸显出现实的残酷性。具有讽刺意味的是,小武萨是在圣诞节当天下葬的。聚集在一起的人们不是为了庆祝新生命的降临,而是为了哀悼死亡。本该带来欢乐的节日,却成为悲伤的忌日。时间的巧合,颠覆了圣诞

[①] Burton L. Mack, *Myth and Christian Nation: A Social Theory of Religion*, Sheffield: Equinox Publishing, 2008, p. 77.

节的神话。两个孩子的死亡让人们窥见了黑人自由革命里的真相，打破了黑人内部团结如铁板一块的神话。

在《死亡方式》中，护士通过葬礼演讲的方式还原死者死亡的真相，托洛基通过哀号引导人们宣泄悲伤的情绪，他们共同利用口头传统替亡者发出对种族主义残酷统治的控诉。在姊妹篇《后裔》中，托洛基通过还原死者生前故事、举行哀悼仪式的方式，为曾经枉死的人发声。因为自幼被迫失去与母亲玛格丽特·托拜厄斯（Margaret Tobias）的关联，马龙·奎格利（Mahlon Quigley）先生性格优柔，终日郁郁寡欢。为了打开奎格利先生的心结，帮助他恢复生活的动力，托洛基请求露丝（Ruth）讲述了玛格丽特的人生故事，还原了玛格丽特短暂而悲惨的一生。玛格丽特原本是白人居住区斯蒂沃特（Stewart）的一个年轻姑娘，因为爱上凯尔威特（Kilvert）的一个有色人种男性，也就是后来奎格利先生的父亲，她被家人以精神病为由送进了俄亥俄州（Ohio）雅典郡（Athens）的精神病康复中心，直到她走向生命的终结，最终被埋葬在里奇斯（The Ridges）公墓里一个仅标着序号的墓里。这个公墓里埋葬的大多是雅典精神康复中心从1874年到1974年间去世的精神病患者，玛格丽特是其中之一。所谓的精神病患者，大多是不服从自己的丈夫、父亲管束，或者遭受更年期症状困扰的女性。被家人抛弃，被迫与爱人分离、与社会隔绝，这里的女性们被剥夺了作为独立自主的人的基本权利，包括为自己言说的机会。

作为那个年代枉死的女性之一，玛格丽特人生故事的还原，揭示了种族主义与父权制对女性的身体控制与精神摧残。玛格丽特的人生故事深深打动了托洛基。他利用自己作为职业哀悼者的身份，帮助奎格利一家找到了玛格丽特的墓，并为她举行了一场感天动地的哀悼仪式。

> 我想边哭边舞。我放声哀号，声音如此之大，树开始摇晃，树叶纷纷掉落。我像风一样号叫，像风一样咆哮，像风一样恸哭。我的眼泪，如同霍金河里的河水，奔涌直下，一刻不停。[1]

托洛基创造性地将口头传统与舞蹈相结合，将哀悼仪式上升到表演层面。他的演述将玛格丽特曾经遭受的痛苦具象化，他成了玛格丽特的代言

---

[1] Zakes Mda, *Cion*, New York: Picador, 2007, p.287.

人。不仅如此，托洛基身心合一、毫无保留的情感演述方式，激发了奎格利先生对母亲的思念之情与愧疚之感。奎格利先生放声痛哭，流下了压抑许久的泪水，而他也终于可以为母亲立一块碑，将母亲的名字写在碑上，向世人宣示她的存在。通过露丝的故事讲述和托洛基的演述，被剥夺了言说权利的玛格丽特重获发言权，表达了对父权制和种族主义的控诉与批判。

二 在演述中自我赋权

约翰·姆比提（John Mbiti）曾高度评价故事在人们生活中的地位："在某种程度上，故事是生活的一面镜子。"[①] 的确，故事记录了人们的价值观、喜怒哀乐，以及如何应对环境。透过故事，我们可以看到人们曾经做过什么、想过什么、他们如何生活，以及他们曾经的生活，故事无所不包。所以，讲故事是人类历史上最古老的互动和交流方式之一。在一天的辛苦劳作之余，男女老少围坐在一起，共同讲述各种神话、传说、童话和寓言等，以回顾历史、教育后代，或娱乐身心等。为表达内心对于自由美好生活的向往，人们在充满魔幻色彩的故事中营造了一个光怪陆离的世界。在这个世界里，人类无所不能，人与万物和谐共存。通过故事讲述，人们将不可能变成可能，故事演述因而成了穆达小说中受压迫者建构主体性的路径之一。

在小说《后裔》中的奴隶农场，奴隶们给一名怀着身孕的刚果女奴取名为"阿比西尼亚女王"。这个名字源自民间传说。在民间传说中，热情的太阳是国王，美丽的月亮是女王。女奴的皮肤漆黑如夜，露齿而笑的善良融化了人们的心，圆圆的肚子如同美丽的满月，散发着生命的气息，人们因此叫她"阿比西尼亚女王"。尽管人们叫她女王，但是她却是被主人用来繁育奴隶的人肉工具。不仅如此，她还要遭受白人农场主的百般羞辱、鞭打和任意买卖。女奴与女王是女性身份的两种极致，代表着截然不同的两种生存境遇。人们将一名女奴命名为女王，既表达了人们对女奴作为一名美丽温柔的女性的赞赏，也表达了人们对独立自主、掌控自己命运的期待。在劳作之余，农场的奴隶们经常聚在一起讲故事，缓解身体的疲劳，打发难捱的苦日子。而"阿比西尼亚女王"不仅善于讲故事，而且非常善于演

[①] John Mbiti, *Akanba Stories*, Oxford: Oxford University Press, 1966, p. 31.

述故事。她可以即兴扮演故事中所有的角色,并将影子、火焰和烟雾作为角色融入精心设计的故事。在儿子阿贝德尼戈(Abednego)疯狂的鼓声中,她披上棉被,戴上用羽毛、树叶、草和废旧饲料袋做成的面具,开始演述故事。在故事中,她时而是恶魔般的怪物,时而是狡猾的蜘蛛,时而是引导新生命降临的善良精灵,她甚至可以从梧桐树上盘旋飞下。通过故事演述,女奴脱离了现实生活的苦痛,随心所欲地体验着前所未有的自由。她不再是一个任人宰割的奴隶,而是一个无所不能的人,她摆脱了奴隶制度和父权社会强加给她的身份,赋予了自己作为独立自由的人的权利。而她充分利用日常生活中的材料,以充满创意的方式演述故事,把口头讲述的故事变成栩栩如生的现实,既为奴隶们带来了精神的满足,又展现了她的聪明才智。故事讲述因而成为"阿比西尼亚女王"建构自我主体性的途径。

无所不能的变形者的故事,尤其是飞人传说,是非洲口头传统中影响最为深远的故事。万恶的奴隶贸易将黑人贩卖到美国,非洲的口头传统也随之被带到美国。黑人奴隶们不堪忍受白人的残酷压制,却又无法逃离现实。他们幻想自己拥有飞翔的能力,飞回自由的非洲,逃离非人的苦难。飞人传说故事在黑人奴隶中广为流传,寄托着黑人对自由美好生活的渴望。"飞翔不仅是个人自由,还是黑人文化价值观回归'家园'的隐喻。"[1] 非洲口头传统中的飞人传说在赋予被他者化的黑人以自信和尊严的同时,也传达了民族文化的价值观。它既展现了个体如何在压迫体制下获得解放,也反映了一个种族如何通过传统文化维持民族特性。

"阿比西尼亚女王"在故事讲述中的超能力似乎延伸到了故事外。因为善于讲故事,她被提升为家奴,免去了被售卖的危险。而白人农场主也似乎中了魔法一般,"变成了一个疯狂的傻子"[2],沉迷于对"阿比西尼亚女王"的欲望中。"阿比西尼亚女王"戏弄他,把自己贴身的衣服挂在高高的山核桃树上。闻到味道的农场主如同一条狗一样吊着长长的舌头,围着树蹦蹦跳跳,嗅来嗅去。高高在上的白人农场主失去了往日不可一世的威严形象,成为奴隶们的笑柄,而"阿比西尼亚女王"则成了自我身份的主宰者。农场主和奴隶地位的反转,暴露了白人男性的丑恶嘴脸,揭示了种族主义和父权制的失败。故事讲述成为"阿比西尼亚女王"进入男

---

[1] Josie Campbell, "To Sing the Song, To Tell the Tale: A Study of Toni Morrison and Simone Schwarz-Bart", *Comparative Literature Studies*, Vol. 22, No. 3, 1985, p. 401.

[2] Zakes Mda, *Cion*, New York: Picador, 2007, p. 41.

性世界的仪式。

　　故事讲述也成为主人公们反抗种族主义统治，追求自由幸福生活的途径。为了鼓励自己的孩子勇敢逃离奴隶庄园，到达应许之地，过上幸福的生活，"阿比西尼亚女王"将对自由幸福的构想倾注在故事讲述中。她为孩子们讲述奴隶反抗奴隶主、奴隶逃亡故事，并在故事中为孩子们描绘了一个自由自在、美丽幸福的应许之地。"阿比西尼亚女王"日复一日的故事讲述，将自由概念内化到了孩子们的内心，激发了孩子们对自由生活的向往。为了给孩子们指示逃亡路径，"阿比西尼亚女王"将奴隶逃亡故事中的木屋、北极星、十字路口等地理标志做成拼布地图，缝在百衲被上。寄托着自由梦想和伟大母爱的百衲被保护了孩子的安全，也为他们指引了前行的方向。将故事中对美好生活的构想具化到故事之外，将想象转换为现实，"阿比西尼亚女王"身上既体现了坚强不屈的抗争精神，又展现了作为底层民众的生存智慧。而这正如同恩德贝勒所言，"平凡个体的身上有一种不言而喻的英雄主义"[①]。充满魔幻色彩的口头传统创造了一种赋权体系，确认了底层民众的自我价值。

三　在演述中自我疗愈

　　口头传统演述者将自己对现实的美好构想融进故事或音乐中，在口头演述中创造一个理想的世界。他们传达的永远是积极向上的，充满正能量的生活态度。这使得口头演述本身成为一种充满希望和力量的活动。所以，人们不仅可以从口头演述内容中受益良多，而且能从演述行为中获取精神力量。所以，在《后裔》中，作者借托洛基之口表达了他对故事讲述者奎格利先生的肯定："能讲出如此美好故事的人不会杀害任何人。"[②]《与黑共舞》中的姑娘们和《瑞秋的布鲁》中的瑞秋（Rachel）就通过参与音乐创作和故事讲述活动来治愈自己身心的创伤，重构自己的身份。

　　在《与黑共舞》中，哈沙曼村（Ha Samane）的男人们在金矿出卖劳动力。在男人们的身体被金矿吸空的同时，他们的道德也在金钱的腐蚀下走向沉沦。他们将自己的血汗钱抛洒在灯红酒绿的城市生活中，置妻儿老小于不顾，直到彻底失去劳动能力，最后被金矿抛弃。失去精神依靠和物

[①] Njabulo S. Ndebele, *South African Literature and Culture: Rediscovery of the Ordinary*, New York: Manchester University Press, 1994, p.55.

[②] Zakes Mda, *Cion*, New York: Picador, 2007, p.275.

质支持的留守妇女们孤苦无依，艰难度日，唯有以唱歌表达对爱的渴求和对丈夫的思念，慰藉苦闷的心灵。在寒冷的冬季，妇女们聚在一起一边跳舞，一边唱南瓜歌（songs of the pumpkin）："假如我能掌权，矿井永不再现。傲慢的小伙子们，如今追在心爱的姑娘身后，一遍遍求爱告白：'宝贝儿，宝贝儿，我爱你。'来吧，我的丈夫！"① 通过唱歌，妇女们谴责金矿对男人们身心的剥削，谴责被金钱冲昏头脑的男人们的背信弃义，并表达了对自由平等的两性关系的美好期待。集体歌唱既是妇女们排遣内心痛苦，更新自我的一种途径，也是妇女们团结一致、互帮互助、对抗残酷现实的途径。

而对歌舞精灵蒂珂莎来说，歌舞是她的血肉，唯有通过唱歌跳舞，她才能填补自己内心的空洞。离开了歌舞，她将会"如同空壳一样空虚"②。蒂珂莎聪明伶俐，而神父却重男轻女，只资助蒂珂莎资质平庸的哥哥上学。她的母亲动辄打骂她，村民们也拿她当笑柄。她所遭遇的不公，如同一支支毒箭，伤透了蒂珂莎的心。每到这时，她都会去特瓦人洞穴，呼唤壁画中的远古桑族人走出壁画，与她一起唱歌跳舞。在歌舞中，蒂珂莎身体里的毒箭被拔出，她内心的伤痛被疗愈。在治愈之歌中，桑人们的灵魂会离开身体，去往祖先的世界。再次回归现实世界时，他们会带回更多的治愈之歌。如此往复，蒂珂莎的身心不断在歌舞中得到治愈，她也因此青春永驻。他们唱的是治愈之歌，这种歌以水牛、高不可攀的岩石、蜂蜜或死亡等自然万物命名，每一首歌都有自己的节奏、旋律和动作。以自然万物为主题的歌，表达着人与自然和谐共存的美好构想。桑人以自然之歌来治愈蒂珂莎，实际上是帮助蒂珂莎建立她与自然的关联，从自然万物中获取治愈的力量。众人同歌共舞，为她治愈身心的创伤，这种集体活动本身就传达了一种超越种族、性别和年龄的普世之爱。这种无私的爱是人类战胜一切的根源。

同样，《瑞秋的布鲁》中的瑞秋也通过参与歌唱和讲故事等口头演述活动治愈身心，重建自己的生活。瑞秋在幼年时期遭受过父亲的猥亵，这给她留下了挥之不去的心理创伤。即便父亲从事的是她最爱的歌唱和故事

---

① Zakes Mda, *She Plays with the Darkness*, Florida Hills, South Africa: Vivlia Publishers and Booksellers, 1995, p. 1.

② Zakes Mda, *She Plays with the Darkness*, Florida Hills, South Africa: Vivlia Publishers and Booksellers, 1995, p. 3.

讲述，她仍然不能摆脱对父亲的恐惧感。父亲带给她身心的伤害，使得她放弃了"一个让人充满幸福的梦想"①——追随父亲的脚步，做一个巡回歌者和讲故事的人。父亲离世后，母亲吸毒，并离家出走，一连串的打击，加剧了瑞秋的痛苦。而在成年后，她又被自己的好朋友贾森（Jason）强奸。这件事如同最后一根稻草，彻底压垮了瑞秋本就不堪一击的心灵。作为一名处于社会底层的女性，瑞秋不仅承受着来自主流社会的压制和排挤，而且还遭受着父权力量的伤害。双重力量的压迫致使她身心遭受重创，她患上了创伤后应激障碍，生活陷入混乱。兜兜转转之后，瑞秋在口头演述活动中找到了心灵的安慰。在名为"阿巴拉契亚故事讲述和音乐之夜"（An Evening of Appalachian Storytelling and Music）的音乐会上，表演者们天马行空的故事讲述和充满激情的歌曲演绎让瑞秋找回了久违的快乐。她泪流满面，长期压抑的情感在故事和音乐中得到释放。

冷静、美丽与优雅的故事讲述者和民谣歌手苏奶奶（Granny Sue）让瑞秋对民谣与故事讲述有了新的认识。苏奶奶告诉瑞秋，民谣就像是早晨六点钟的新闻，它和故事讲述一样，都是日常生活中不可或缺的一部分。与传统的口头演述者不同，苏奶奶善于将自己日常生活中的事件，比如灾难和伤害等，编进故事和歌谣里，以艺术的方式表现现实，以此鼓励人们直面现实苦难，掌控自己的命运。在音乐会上，苏奶奶和民谣演唱者瑞恩（Rain）合作，两人以歌谣轮唱的方式共同讲了一个令人悲伤的矿难故事。艺术家们将口头传统与社会现实相结合，在疏解民众精神压力的同时，拓宽了口头传统表现内容的宽度。不仅如此，表演者们还在不同的大学攻读与口头传统相关的学士或硕士学位，将口头演述实践与艺术研究相结合，进一步拓宽了口头演述的深度。

这些艺术家们创新表达方式，使口头传统在满足人们现实需求的同时，焕发出了新的光彩。他们积极应对现实苦难的态度，以及他们对传统艺术的创新与传承让瑞秋深受感动，她找回了继续生活下去的勇气，重新焕发出生命的活力。瑞秋深刻认识到了故事讲述和歌唱演绎对于重建普通个体精神世界的巨大力量，她决定做一个积极乐观、与时俱进的民谣歌手和讲故事者，"从一个地方走到另一个地方，为他人带来欢乐"②。在口头

---

① Zakes Mda, *Rachel's Blue*, Calcutta: Seagull Books, 2016, p. 202.
② Zakes Mda, *Rachel's Blue*, Calcutta: Seagull Books, 2016, p. 205.

传统的演述中自我疗愈，并努力用这种艺术形式去疗愈他人，瑞秋将口头传统与自己的生活深度结合，在完善自身的同时，提升了自己的社会价值。

第二节 口头传统之于群体理想的构建

作为一种集体参与的民俗活动，故事讲述表达形式的特殊性，赋予了参与者表达自我、平等交流的机会。这使得故事讲述活动成为建立群体认同，强化群体团结的途径。而民众在故事中建构的消弭了界限与差异的世界，也表达了人们对和谐群体关系的期待。所以，科琳·威斯纳（Colleen A. Wiessner）等认为，与殖民主义作斗争的土著人民可以通过故事讲述团结群体或社区，改写公共记忆[1]。然而，穆达对故事讲述氛围的营造并不仅限于故事内。他坚称自己是一个"讲故事的人"（story teller）。所以，他一方面在故事内创造了一个万事万物和谐共处的美好世界，另一方面将讲故事的模式应用于小说框架的搭建，营造了一种众声喧哗的叙事氛围，将读者拉入他的故事讲述过程，让读者参与故事文本的构建和文本意义的探究。穆达小说中故事传统的内隐与外显，彰显着作者对构建和谐群体关系的美好构想。

一 群体意识的建立

在集体参与的故事讲述活动中，讲故事者与听众之间并不是简单的讲与听的关系，而是一个你来我往、平等交流的关系。听者可以随时打断讲故事的人，表述自己的看法，而讲故事者也会给予所有人平等表述的机会，邀请听众参与故事的讲述与创造。穆达在儿时就有过参与故事讲述的经历。他的奶奶不仅讲故事给孩子们听，而且还要求创造自己的故事。在讲故事的过程中，每人都按照自己的思路讲述故事。不管参与者讲述的故事情节多么荒诞，人物形象如何离奇，听众都给予认同和接受。这种彼此认同，平等交流的活动参与方式使得故事讲述成为一个凝结群体意识，构建群体理想的契机。与此同时，讲述者通过故事讲述创造了一个不分肤

---

[1] Colleen A. Wiessner and Nancy Lloyd Pfahl, "Choosing Different Lenses: Storytelling to Promote Knowledge Construction and Learning", *The Journal of Continuing Higher Education*, Vol. 55, No. 1, 2007, pp. 27-30.

色、阶层和物种,万物和谐共处的世界。这种对和谐社会的美好设想进一步映射了人们对和谐群体关系的构想。

在《后裔》中,女奴"阿比西尼亚女王"通过故事讲述,为孩子们创造了一个充满魔幻的世界。在即兴演述故事的同时,她鼓励孩子们参与故事讲述,设想出不同的故事结尾。充满创意的故事激发了孩子们的想象力,也吸引了越来越多的孩子,其中包括白人农场主的孩子。因肤色差异而命运迥异的孩子们一起听"阿比西尼亚女王"讲故事,创作自己的故事,一起合唱、轮唱。在共同的故事讲述中,孩子们创造了一个"没有死亡与疾病,男、女、孩子平等自由,所有部落的孩子团结一致的世界"①。故事讲述为身处地狱般困境中的黑人奴隶们提供了一个构想理想世界的机会,为他们点亮了一盏照亮黑暗生活的烛光。对理想生活的期待,成为他们克服伤痛的精神安慰。而这也正如崔西·莫里森(Tracy Morrison)所言:

> 讲故事是一种重要的社会活动,通过讲故事,个人或集体的身份得以建立和维持。虽然讲故事的可能是个别人,但他们讲述的故事是由更广泛的文化故事组成的,这些文化故事被传承下来,并一再被讲述。因此,我们在一个特定的时间和地点讲故事,同时被我们所讲述的或"真实",或虚构,或传统,或具有颠覆性的故事塑造。我们从这些故事中汲取灵感,创造出自己的连贯叙事。②

传统故事的讲述与再创造过程,既是对先辈文化传统的继承,也是对美好希望的延续。通过故事讲述,"阿比西尼亚女王"和孩子们在一个没有任何公平可言的奴隶农场创造了一个黑人与白人和谐共处、平等交流的美好空间。在这个空间中,种族主义人为设置的肤色界限、身份差距消失了。白人主人的孩子与注定要被贩卖、做一辈子奴隶的孩子们因为共同的故事讲述活动成为平等交流、互相学习的对象。"阿比西尼亚女王"的儿子尼科德姆斯(Nicodemus)与白人奴隶主的女儿成为好朋友。尼科德姆

---

① Zakes Mda, *Cion*, New York: Picador, 2007, p.91.
② Tracy Morrison, "Our Place in the Family of Things: A Story of Animals, (Re) connection and Belonging in the World", in Dan Wylie, ed. *Toxic Belonging? Identity and Ecology in Southern Africa*, Newcastle: Cambridge Scholars Publishing, 2008, p.57.

斯教女孩制作、吹奏传统芦笛和陶制乐器，女孩教给尼科德姆斯读书写字。奴隶与主人向对方教授自己的文化，隐喻非洲传统文化与西方文化的彼此认同与融合。故事讲述活动使黑人与白人的和谐共存成为可能。"阿比西尼亚女王"将口头传统变成凝结社群的黏合剂，引领社群走向团结与融合，她从受害者转变为社区的拯救力量。种族主义压制非洲文化的企图，反而促使非洲人产生了一种团结感。也正因如此，莫里斯·陶尼兹维·范贝（Maurice Taonezvi Vambe）认为，"无论在殖民统治之前，还是在斗争期间，口头传统都具有与生俱来的抵抗性"[1]。

在故事中，穆达将主人公们塑造为善于创造故事的讲述者，并将他们讲述的一个又一个意义深刻的民间故事嵌套在小说故事中。而在小说故事的创作上，穆达同样采取了与民间故事相似的表现形式彰显主题。民间故事的典型特征是充满魔幻元素，故事结构简单明了，主题突出。《潘妮与帕菲》（Penny and Puffy）[2]和《唤鲸人》就是典型的民间故事化的表现方式。在这两部作品中，作者以寓言故事的方式构建了一个新的跨种族的、跨物种的，想象的共同体。

《潘妮与帕菲》是穆达专门写给孩子的童话故事。故事讲述的是海雀帕菲（Puffy）和企鹅潘妮（Penny）共同成长的故事。还是海雀蛋的帕菲从冰岛漂流到南非罗本岛，被一只正在孵蛋的企鹅妈妈收养，并孵化出来。帕菲和潘妮在企鹅妈妈的照料下共同成长。企鹅爸爸最初拒绝接受与众不同的帕菲。然而，在共同生活的过程中，爸爸逐渐抛弃偏见，学会欣赏帕菲的美，并开始对帕菲家乡的故事感兴趣。他们最终成为幸福的一家。如同哈罗德·舍布（Harold Scheub）所言，"呈现在我们故事中的永恒真理是对付种族隔离制度唯一有效的解药"[3]。帕菲与潘妮来自不同地域、不同种族，有着不同的文化背景。企鹅爸爸从拒绝到欣然接受帕菲的过程，隐喻了新南非黑人与白人从对立走向融合的艰难过程，而他们最终其乐融融地生活在一起的美好结局，表达了穆达对摈弃种族偏见，重构跨

---

[1] Maurice Taonezvi Vambe, "Orality in the Black Zimbabwean Novel in English", *Journal of Southern African Studies*, Vol. 30, No. 2, 2004, p. 235.

[2] Zakes Mda and Mpapa Mokhoane, *Penny and Puffy*, Reykjavik: The Nordic Council of Ministers, Nordic Cultural Projects Abroad, 1999.

[3] Harold Scheub, *The Tongue Is Fire: South African Storytellers and Apartheid*, Wisconsin: The University of Wisconsin Press, 1996, xxiv.

种族的和谐群体关系的美好期待。对穆达来说，之所以选择以童话的方式来讲述极具政治隐喻的故事，是因为"很有必要让孩子们通过自己文化和环境中的故事来认识自己"①。少年儿童是国家的未来。这种将口头传统与政治语境相结合的故事讲述，在将种族和谐的观念植入孩子的内心的同时，也赋予了口头传统以时代性。

穆达对群体关系的思考并不仅限于人与人之间，他将视域扩展到了人与其他物种之间。出版于2005年的成人童话《唤鲸人》就体现了他对建构和谐生态关系的期待。彼时的南非，黑人与白人群体关系的建构已不是社会的主要矛盾。在经济全球化的发展大潮的裹挟下和西方新殖民主义的冲击下，人与自然关系的矛盾日渐凸显。这部小说将魔幻与现实相结合，以成人童话的形式讲述了一个人与鲸相知相恋的感人故事。莫里森认为，"我们应该仁慈地对待整个世界，而不是仅仅只针对人类……如果我们能认识到，世界万物都是相互联系和相互依赖的，那么我们就会明白，'善待其他生命，就是善待自己'"②。人与动物的关系是人与自然万物关系的缩影，体现了人对其他存在的理性认同与感性接受。从人与人和谐相处，到人与自然天人合一，穆达在小说中构建了一个万物和谐统一的共同体。极具隐喻意义的童话书写，折射出作者对构建跨种族和跨物种的和谐群体关系的深刻思考。

二 群体话语的狂欢

作为一个故事讲述者，穆达为读者讲述了一个又一个精彩绝伦的故事。而他并不仅仅是为读者呈现一个完整的故事，而是把小说创作当作是一个口头故事讲述的过程，把读者当作听众，邀请读者参与故事的讲述与思考。如同口头故事的讲述一样，集体参与式的叙事模式，消解了故事讲述者的中心地位，拉近了讲述者与读者的距离，使得整个故事的讲述过程呈现为一种群体话语的狂欢。这种狂欢化的故事讲述消弭了人与人之间的差异、距离和界限，构建了一种超越一切障碍的和谐群体关系。

---

① Dorothy Winifred Steele, Interpreting Redness: A Literary Biography of Zakes Mda, M. thesis, University of South Africa, 2007, p. 18.

② Tracy Morrison, "Our Place in the Family of Things: A Story of Animals, (Re) connection and Belonging in the World", in Dan Wylie, ed. *Toxic Belonging? Identity and Ecology in Southern Africa*, Newcastle: Cambridge Scholars Publishing, 2008, p. 71.

这种集体参与式的叙事模式，首先体现在，作者通过第一人称叙事创设了一种亲密的对话氛围。在《死亡方式》中，叙述者以公共叙述者的身份讲述了诺瑞娅和托洛基的故事。故事的一开头，葬礼护士就冲"我们"喊道，"我们的兄弟以这种方式死了，这让我们无话可说"①。极具冲击力的演讲，瞬间将作者带入故事，带入了葬礼现场。读者成为葬礼参与者，成为社区的一部分，要与作者一起探究小兄弟的死亡真相，重现社区记忆。葬礼护士向"我们"讲述了一个个惨绝人寰的死亡故事，揭示了黑人群体的生存境遇，发出了对种族主义统治的严正抗辩。而无所不知的公共叙述者——"我们"也理性地参与所叙述的事件。

我们作为一个整体生活在一起，我们了解每个人的一切，我们甚至知道当我们不在的时候，那些深夜发生在人们紧闭的门后的事情，我们是村中闲话的全知之眼。在我们的口头传统中，讲故事的人是这样开始讲故事的，"他们说曾经发生过……"这里的"他们"就是我们。故事属于所有人，属于整个社区。社区可以以它认为合适的方式讲述故事。如果你想知道我们为何对托洛基和诺瑞娅的事情无所不知，我们就需要对讲述这个故事的集体声音进行解释。②

叙述者对故事讲述者"我们"的强调，消除了读者与听众的差异性，彰显了个体与社群之间唇齿相依的紧密关系。这是一种典型的乌班图哲学视角。乌班图是一个具有强烈伦理共鸣的文化概念，它强调的是人的存在和发展与他人密不可分。"它建立了一种对世界的认识，在这种认识中，自我不是通过自我决定而创造的，而是主要通过他人的牺牲（出生、保护、支持）和自我与他人的互动而创造的。"③ 这种基于乌班图哲学的叙事方式激发了读者的共情能力，促使读者与人物融为一体，身临其境地体会人物的悲惨遭遇。

在《死亡方式》中，集体的声音体现在"乡村闲话"的层面上，而

---

① Zakes Mda, *Ways of Dying*, New York: Picador, 2002, p. 7.

② Zakes Mda, *Ways of Dying*, New York: Picador, 2002, p. 12.

③ T. Spreelin MacDonald, "Twinship and Humanism in *She Plays with the Darkness*", in David Bell and J. U. Jacobs, eds. *Ways of Writing: Critical Essays on Zakes Mda*, Pietermaritzburg: University of KwaZulu-Natal Press, 2009, pp. 134-135.

在《埃塞镇的圣母》中，第一人称叙事呈现了所有被种族主义压制的人们的经历。和《死亡方式》一样，《埃塞镇的圣母》的第一句话便是"所有这些事情都源于我们母亲的罪恶"[1]。这种表述，如同民间故事讲述惯用的开头，直接将作者带入了故事讲述现场。"母亲"与"罪恶"的关联引起读者极大的好奇心，吸引读者参与故事讲述的过程。在接下来的故事讲述中，"我们"见证了所有发生在黑人聚集区马拉慈维萨镇（Mahlatswetsa）的事情。"我们"看着尼基等妇女与白人男性发生婚外情，生下了有色女儿珀比（Popi）；"我们"围观革命者维利基（Viliki）被白人警察抓走；"我们"嫉妒珀比的美丽，嘲笑她是私生子；"我们"假装路过，只为免费获得尼基的蜂蜜。"我们"看到珀比终于与自己和解……"我们"无所不在，"我们"无所不晓。"我们"的讲述是复杂的、多元的、自我批判的、自我嘲讽的、挖苦的、讽刺的。整个故事的讲述，犹如无数个参与者在争相讲述自己的所见与所感，共同呈现了关于尼基一家的故事。"我们"的亲眼所见，似乎证明故事的真实性，又似乎隐藏着不可靠性。然而，"作者只有自觉消除自己的'优势视野'，与他笔下的主人公进行平等的'对话'才能获得对人性的洞察"[2]。穆达将发言权交给参与者的叙事方式反而使讲述的故事呈现了更多的真实，为作者赢得了更多的信赖，使作者、众多讲述者和读者共同构成了一个平等互信的故事氛围。

南非的种族主义政府通过立法的形式规定了不同人种之间的界限，剥削了黑人的所有权益，最大限度地保护了白人的利益。《埃塞镇的圣母》中的种族主义政府制定了《背德法》（The Immorality Act）等严格的法律来划定黑人与白人的边界与权益，以防止黑人破坏所谓的白人种族的纯洁性。而参与式的故事讲述全面还原了白人的真实面目，嘲笑了种族隔离制度所赖以存在的本质主义。所以，N.S. 祖鲁（N.S. Zulu）认为，"公众的声音颠覆了种族隔离时期和后隔离时期的种族概念和政治同质化，这种声音提供了一种旨在矫正、祛除集权化的后隔离替代方案，消除了过去的

---

[1] Zakes Mda, *The Madonna of Excelsior*, New York：Picador, 2003, p. 1.
[2] 张德明：《批评的视野》，上海社会科学院出版社2004年版，第70页。

社会和意识形态分类，促进国家建设。因此，公众的声音具有变革的作用"①。

与此同时，参与式的故事讲述也是一个反思的过程。讲故事有助于打破个体决策过程中的两极分化，因为"故事是一种反思性活动，而不是劝服活动"②。参与式的故事讲述如同散点透视，将不同视点所指向的社会问题和人生诉求汇集到一起。借由叙述者的组织，将众多视点连缀成片，共同呈现了定居点黑人生活的全貌。这种狂欢化的故事讲述，有效消解了因固守某个立场而带来的偏颇。它激发参与者和读者积极反思自身立场和价值取向，引导他们主动关注社会现实，共同服务扎根于其中的社群。

三　群体记忆的重构

历史不是过去，也不是过去的遗留。历史是过去的现实，现实是未来的历史。莫里斯·哈布瓦赫（Maurice Halbwachs）在《论集体记忆》（*On Collective Memory*，1992）一书中曾说："除了书写的历史之外，还有一个活生生的历史。这个历史跟随时代的脚步不断前进或更新，在这个历史中，能重新找到所有看似已不复存在的思潮。"③ 而非洲的历史，不仅具有一般历史的共性，还因其特殊的地理位置和自然条件而有着独属于非洲的特殊性。非洲大陆，尤其是南部非洲，在很长一段时间内都没有形成自己的书面文字，也就没有书面记载的历史。所以非洲的历史在很大程度上是"以人为典""以口为册"。口头传统在很大程度上就是最直接、最丰富和最真实的历史资料来源。

然而，欧洲殖民者踏入非洲后，他们一方面贬斥非洲是没有历史，急需文明洗礼的大陆，另一方面剥夺非洲人学习读写的权利，阻止黑人用文字记录历史，从而为自己的殖民活动正名。《后裔》中的尼科德姆斯就因

---

①　Nkosana Zulu, "Narrating Transformative Possibilities: The Collective Voice in *The Madonna of Excelsior*", in David Bell and J. U. Jacobs, eds. *Ways of Writing: Critical Essays on Zakes Mda*, Pietermaritzburg: University of KwaZulu-Natal Press, 2009, pp. 315–316.

②　Scott Slovic and Terre Satterfield, eds. *What's Nature Worth? Narrative Expressions of Environmental Values*, Salt Lake City: The University of Utah Press, 2004, p. 104.

③　[法] 莫里斯·哈布瓦赫：《论集体记忆》，毕然、郭金华译，上海人民出版社2002年版，第95页。

为学习读写而遭到了农场主严重的惩罚，因为学习读写"是奴隶的严重罪行"①。尼科德姆斯被剥夺了学习读写的权利，也失去了通过读写来记录历史的机会。所以，黑人民族历史的记录与传承必须依靠作为记忆表征的口头传统。正因如此，尼科德姆斯的母亲通过日复一日的故事讲述，以此铭记和传承历史。

不论是在蓄奴时代，还是在蓄奴时代结束以后，白人统治者始终坚持系统性地剥夺黑人认知与记录的权利，使他们无法记录自己的历史。所以，亨利·路易斯·盖茨（Henry Louis Gates）将美国黑人文化的特征概括为"回忆"，因为他们无法获得记载历史的工具——阅读与书写。而白人这样做，是为了"剥夺黑人的记忆，以及他们的历史"②。对于黑人来说，他们没有自己的文字，殖民时期的历史是白人书写的。在白人的历史书写中，黑人永远是落后、野蛮的民族，是被曲解和抹杀的他者。在小说《小太阳》中，昆布（Qumbu）地方法官汉密尔顿·霍普在写给英国政府的报告中，将英勇抵抗殖民统治的潘多米西部落民众描述为顽劣抗税、固守陈旧的习俗和迷信，未开化的野蛮人，昆布地区是一个"犯罪频发的地区"。对抗殖民统治的最高首领乌隆赫勒（Umhlonhlo）也被其描述为"好战的人"③。而殖民政府在当地的殖民行径则被美化为积极改善当地的交通、宗教、教育和商业环境，他们是播撒大英帝国仁爱与文明的使者。汉密尔顿·霍普遮蔽了黑人民族顽强不屈的民族精神，抹杀了非洲丰富的历史文化。这份刻意伪造的殖民报告，也必将进入历史，美化大英帝国殖民行径的同时，固化黑人民族野蛮、无知的民族形象。

白人禁止黑人通过学习读写获得撰写自我历史的机会，并垄断了撰写非洲历史的机会。不管是非洲大陆上的黑人，还是被贩卖到美国等帝国的黑人奴隶，他们无一例外地都面临着历史被遮蔽、被改写的命运。所以阿契贝认为，"黑人也无须为了证明他们如今的存在与尊严的正当性而编造一个伟大的过去。他们该做的是重获本就属于他们的东西——他们的历

---

① Zakes Mda, *Cion*, New York: Picador, 2007, p. 55.

② Henry Louis Gates, "The Hungry Icon: Langston Huges Rides a Blue Note", *Voice Literary Supplement*, 1989, p. 8.

③ Zakes Mda, *Little Suns*, Century City: Penguin Random House South Africa (Pty) Ltd., 2015, p. 25.

史——并亲口讲出来"①。恩古吉也曾强调,非洲作家在历史发展的关键时刻,同样也肩负着建立独立的民族文化的历史任务②。正是在这种背景下,穆达试图在小说中通过口头传统来重构民族的历史记忆,颠覆主流社会的意识形态霸权,打破"黑人缄默","去找回已经抛却的记忆,找回被抑制了的感情,找回被制止了的声音"③。

在小说中,穆达借用口头传统重构历史的方式有两种。其一,穆达通过主人公的故事讲述来追忆历史。在《梅尔维尔67号》中,主人公塔班通过想象,在自己的脑海中上演了公元前四世纪西非加纳帝国(Ghana)的史诗故事《加西尔的鲁特琴》(*Gassire's Lute*)。在每天上学放学回家的公交车"梅尔维尔67号"上,他想象自己就是加西尔王子(Gassire)手下的一位骁勇善战的勇士,陪着王子从战场走向沙漠,吟唱帝国的故事。大气磅礴的史诗故事再现了被殖民前西非帝国辉煌的历史和史诗传唱者加西尔的传奇。同样通过口头讲述来追忆历史的还有《小太阳》中的穆隆特洛。通过仪式化的家谱背诵,穆隆特洛一遍又一遍地追溯了王国的起源与历代延续,彰显本民族悠久的历史和永不屈服的民族精神。在这两部小说中,关于王国统治者故事的讲述,有力驳斥了欧洲世界关于非洲没有历史的谬论。

通过故事讲述来重构历史最为典型的小说是《后裔》。在这部小说中,穆达把奎格利先生(Mr. Quigley)和女儿欧帕(Orpah)所讲述的奴隶逃亡故事嵌套在小说故事中。在穷尽了类似于《美人鱼》《豌豆公主》,以及《阿里巴巴和四十大盗》等欧洲经典童话的讲述后,奎格利先生与欧帕回归到了本民族祖先故事的讲述传统。他讲述的故事不是传统故事的传承,而是结合奴隶祖先逃亡历史自己创造出来的故事。故事始于白人奴隶主庄园。女奴"阿比西尼亚女王"的故事讲述激发了儿子们对自由的畅想。带着母亲亲手缝制的百衲被,兄弟俩开启了逃亡之旅。历经波折,他们最终到达如今的凯尔威特镇定居下来。故事生动复现了奴隶贸易

---

① [尼日利亚]钦努阿·阿契贝:《非洲的污名》,张春美译,南海出版公司2014年版,第70页。

② Ngugi wa Thiong'O, *Moving the Centre: The Struggle for Cultural Freedom*, London: James Currey, 1933, pp.39-40.

③ [南非]康维尔等:《哥伦比亚南非英语文学导读(1945—)》,蔡圣勤译,武汉大学出版社2017年版,第42页。

时期，毫无人性的白人对黑人身心的侮辱和践踏，揭露了白人至上主义者的丑恶嘴脸。及至当下，即便是美国主流社会努力淡化这段历史，黑人与有色人种的存在早已成为美国参与奴隶贸易的历史证据。父女俩的故事讲述活动，强调了故事讲述在历史传承中的作用。当"外来者"托洛基请求加入他们的故事演述时，父女俩拒绝了他："这些故事是我们的记忆，它们是我们的。陌生人无权拥有我们的故事。"① 因为这是他们祖先的历史故事，是独属于他们的珍贵文化记忆。"一个不保留记忆的人，是一个失去了历史的人。"② 奎格利先生和欧帕通过维护历史记忆的私密性来表达对祖先历史的维护。讲故事成为他们保存自己族裔身份的一种方式。奎格利先生的家庭故事，以及他们讲述的奴隶逃亡故事，两条故事线交互发展，借由百衲被这一线索，最终汇集为一个故事。奴隶故事走入现实，与现实融为一体。曾经的奴隶故事形塑了当下的现实，而当下的故事成为历史作用的结果。口头传统成为链接过去与当下的桥梁。所以哈罗德·舍布（Harold Scheub）认为，"包括口头传统中的诗人和历史学家在内的讲故事者，把想法和情感融入故事，受众在这种融合中回到过去，发生有意义的交流。过去影响并形塑当下的体验。与此同时，当下的体验，决定了过去中哪一部分是有用的和有意义的。"③

同样，在《祖鲁人在纽约》中，作者通过埃珂尔（Acol）自述的人生故事进一步揭示了奴隶贸易带给非洲人的严重创伤。在埃珂尔一家与族人们喜气洋洋准备成年仪式的时候，阿拉伯的奴隶商人们带着枪和骆驼商队突袭了基恩人（Jieng）居住的村庄，掳走了埃珂尔一家人，并将他们转卖给了法国企业家迪瓦尔先生（Monsieur Duval）。在巴黎举行的迪瓦尔民族博览会（Duval Ethnological Expositions）上，埃珂尔一家被当作原始人装在笼子里展览，在满足白人窥视欲的同时，为迪瓦尔赚取了不菲的收入。故事延续到当下，埃珂尔成了白人泄欲的工具，过着生不如死的生活，直至最后精神走向崩溃。她以一个奴隶贸易亲历者的身份讲述的人生故事将奴隶贸易历史具体化、个人化，还原了惨无人道的奴隶贸易带给个

---

① Zakes Mda, *Cion*, New York: Picador, 2007, p. 271.
② Tim Woods, *African Pasts: Memory and History in African Literatures*, Manchester and New York: Manchester University Press, 2007, p. 1.
③ Harold Scheub, *The Tongue is Fire: South African Storytellers and Apartheid*, Wisconsin: The University of Wisconsin Press, 1996, xv.

体、家庭，乃至一个民族的创伤，揭露了白人的野蛮与残酷。主人公们讲述的奴隶故事重构了黑人民族的惨痛历史，将被遗忘的、被压抑的历史记忆带入有意识的回忆中，揭示了西方文明的真相：所谓的西方文明是建立在践踏黑人尊严，压榨黑人劳动力，蚕食非洲文化的基础之上的。

其二，穆达将历史人物传奇作为小说故事的框架。在小说《红色之心》中，穆达再现了传奇历史人物女先知农卡乌丝的故事。在这个故事中，农卡乌丝等少女先知利用人们的祖先和先知崇拜信仰，引导人们通过杀牛的方式消除白人带来的肺病，从而抵抗白人的侵略。在《小太阳》中，穆达还原了古老部落国王穆隆特洛带领民众反抗殖民统治的传奇故事。穆隆特洛因带领潘多米西部落民众杀死地方治安官汉密尔顿·霍普而被迫逃离，最终被诱捕。这两部小说都以反传统的方式来讲述这两段历史。作者穆达并没有围绕这些历史人物展开故事，而是将他们置于一个普通民众的故事背景中，通过小人物的命运更迭来反思历史事件对当下的影响。与传统的史诗故事中的主人公不同，这两个历史人物不是典型的千面英雄式的传奇人物，而是带有反英雄的特征。他们有让人敬仰的一面，比如带领人们英勇对抗殖民统治。但是，他们也有让人质疑的一面。《红色之心》中的农卡乌丝或许是穆拉卡扎（Mhlakaza）的传声筒，又或许是殖民者的代言人。《小太阳》中的穆隆特洛最终皈依了天主教，并且因为贪念被白人诱捕。而在去英雄化传奇人物的同时，穆达也客观再现了黑人与白人在非洲历史上的善恶共存。他大力批判了白人殖民者对非洲人身体上的摧残和精神上的压榨，也肯定了他们兴办学校、医院和商业等行为间接推动了当地文明的进步。他既高度肯定了非洲本土人为争取自由而做出的巨大努力与牺牲，也毫无保留地批判了他们的狭隘与自私。这种理性看待历史人物，思考黑人与白人关系的做法是基于历史语境的视域观照，在恢复历史复杂性的同时，颠覆了西方世界所定义的白人与黑人、文明与野蛮、理性与感性等二元对立。

涂尔干（Emile Durkheim）认为，"人们共同的回忆创造了凝聚感，形成一种'集体意识'，能为这个共同体找到自己描述自己的事实的方式"①。小说主人公们讲述的历史故事，以及作者对历史传说的化用，巧

---

① [法]埃米尔·涂尔干：《社会分工论》，渠东译，生活·读书·新知三联书店 2000 年版，第 39 页。

妙串联起了非洲大陆被殖民前和被殖民后,以及奴隶贸易时期的历史,全面还原了非洲大陆所经历的苦难,把非洲本土民众的历史和文化从沉默中解放了出来。而穆达从不同阶级、不同身份、不同视角讲述的历史故事,保留了更多来自民间的多重声音,使历史具象化,恢复了历史的丰富性。穆达没有将历史乌托邦化、理想化和浪漫化,而是通过个人化的故事讲述解构了宏大历史,打破了西方霸权塑造的刻板的非洲形象,重构了独特、多元的南非历史。

第三节 口头传统之于民族形象的重构

康纳顿(Paul Connerton)在强调身体操演对于表达和保持记忆的重要性时提出,"我们用词语和形象向自己表现过去,以此保存关于过去的不同说法"[1]。而作为记忆沉淀的方法之一:体化实践(incorporating practices)即是借助口述发声等身体动作来传承记忆。记录着非洲大陆文化与历史的口头传统,在一代又一代讲述者的反复讲述和使用中,凝结成有效的记忆系统,复现民族的共同价值和身份认同。非洲的口头传统便成为无文字民族传承文化与历史记忆的重要工具。所以,它不仅仅是一种娱乐、教育民众的途径,滋润民众精神世界的源泉,更是彰显非洲文化丰富性,树立民族形象的文化符号。

然而,从19世纪初开始,西方社会就开始致力于将非洲描绘为一个充满了消极、差异以及黑暗的大陆,"属于另一个世界"[2],以此为自己的殖民行径正名。直到今天,欧洲仍流行一种观点,即在欧洲人进入非洲之前,非洲是一片没有文化的荒原。非洲文化,尤其是非洲最具代表性的口头传统,被殖民统治肆意破坏和践踏。但是非洲人没有因为帝国霸权的诋毁就无视非洲口头传统的价值,而是利用口头传统的巨大力量对抗殖民权威,重建民族形象。正因如此,布莱辛盖姆(John W. Blassingame)认为,

---

[1] [美]保罗·康纳顿:《社会如何记忆》,纳日碧力戈译,上海人民出版社2000年版,第90页。

[2] [尼日利亚]钦努阿·阿契贝:《非洲的污名》,张春美译,南海出版公司2014年版,第88页。

故事讲述，是"最能抵抗欧洲文化影响的非洲文化形式之一"①。

一 作为反话语策略的故事讲述

在《非洲的污名》中，阿契贝以康拉德等西方作家为例，严厉批判了欧洲人讲述非洲故事的传统。他直言："这一传统塑造了一个从未发生过什么好事的非洲，一个尚不为外人所知的非洲，有待欧洲人前来探索、解读和改造，或者更有可能的是，在这种尝试中被毁灭。"②奇玛曼达·恩戈齐·阿迪奇也认为，西方文学是非洲单一故事的主要来源。"他们一遍又一遍地将一个民族呈现为一种单一的形象。久而久之，这个民族就成为那种形象。"③在阿迪奇的论述中，"故事"概念泛化为对一特定事物或者人物的或虚构，或真实的叙述。一个故事仅仅只能表现其所反映对象的某个方面，并不能代表对象本身。而"单一故事"的实质恰恰在于将故事本质化，"将一种叙述当成唯一的叙述，意即对象本身"④。这种对单一故事的反复讲述，致使非洲很多年轻人也接受了西方世界讲述的非洲单一故事。所以，在《梅尔维尔67号》中，在西方文化浸染中长大的本土黑人萨曼莎（Samantha）甚至不知道，"在白人来到非洲以前，非洲有伟大的文明"⑤。然而，正如阿迪奇所言，"故事一直被用来剥夺、用来中伤，但是故事也可以被用于赋权和教化。故事能击毁一个民族的尊严，也能修补那被击毁的尊严"⑥。所以，在《祖鲁人在纽约》和《后裔》等小说中，穆达利用反话语策略使得故事讲述成为一种对抗西方"单一故事"

---

① John W. Blassingame, *The Slave Community: Plantation Life in the Antebellum South*, Oxford: Oxford University Press, 1972, p.31.

② ［尼日利亚］钦努阿·阿契贝：《非洲的污名》，张春美译，南海出版公司2014年版，第96页。

③ Chimamanda Ngozi Adichie, "The Danger of Single Story", *TED Talk*, delivered in July 2009, accessed on June 23, 2020, https://www.ted.com/talks/chimamanda_ngozi_adichie_the_danger_of_a_single_story/.

④ 段静、刘鑫：《论钦努阿·阿契贝和奇玛曼达·阿迪奇小说中的非洲故事传统》，《成都大学学报》2020年第1期。

⑤ Zakes Mda, *Melville* 67, Lea Glen, Florida: Vivlia, 1997, p.66.

⑥ Chimamanda Ngozi Adichie, "The Danger of Single Story", *TED Talk*, delivered in July 2009, accessed on June 23, 2020, https://www.ted.com/talks/chimamanda_ngozi_adichie_the_danger_of_a_single_story/.

讲述的工具。

在《祖鲁人在纽约》中，为配合英国政府对祖鲁王国发起的侵略战争，新闻媒体肆意捏造有关祖鲁王国及其文化的虚假故事。《伦敦时报》(The London Times)将骁勇善战的祖鲁战士描述为杀人不眨眼的野蛮人。"报纸上的报道令人毛骨悚然。野蛮人杀害受害者的方法是如此真实，即便是最坚强的人也会感到害怕，他们邪恶的战争舞蹈和战歌是如此真实而又令人恐惧。"[1] 这种将祖鲁人污名化的故事讲述，建构了祖鲁人的野蛮人形象，继而为英国军队在伊山得瓦纳（Isandlwana）之战的失败寻找到了依据。在此背景下，威廉·亨特（Wiliam Hunt）的人种展览节目之一——"野蛮祖鲁人"（The Wild Zulus）应运而生。艾姆-皮是这个节目中唯一的祖鲁人。他比任何人都明白，祖鲁人的舞蹈是"有节奏、有秩序、编排优美的舞蹈"[2]。然而，亨特强迫他们表演无序、嘈杂和混乱的舞蹈，并在粗鄙不堪的舞蹈中表演如何杀人、食人。通过这种肢体语言的故事表述，亨特将祖鲁人塑造成"神话中的野兽"，"在遥远的异国他乡屠杀英国人民的儿子和父亲"[3]。为了证明故事真实性，亨特炮制了一封夸祖鲁纳塔尔省（KwaZulu-Natal）殖民政府本地事务秘书西奥菲勒斯·西普斯顿爵士（Sir Theophilus Shepstone）的来信。在所谓的信中，这群舞者被描述为野蛮嗜血的祖鲁战士，曾杀死过很多英国士兵，其中一个祖鲁人甚至是祖鲁王国国王的儿子。当然，在污名化祖鲁人的同时，故事编纂者也没有忘记强调帝国力量的伟大。所以，这群野蛮人如今成了"女王陛下政府的仆人"[4]，在亨特的监管下接受文明的改造。善于制造噱头的亨特有意带着这群舞者去动物园参观动物。被禁锢在笼子里的动物的悲惨处境深深触动了艾姆-皮，感同身受的他不禁流下了同情的眼泪。新闻记者有意用相机记录下这一幕，并配以文字说明祖鲁人如何与自己的同类——动物和

---

[1] Zakes Mda, *The Zulus of New York*, Cape Town: Penguin Random House South Africa (Pty) Ltd., 2019, p. 33.

[2] Zakes Mda, *The Zulus of New York*, Cape Town: Penguin Random House South Africa (Pty) Ltd., 2019, p. 32.

[3] Zakes Mda, *The Zulus of New York*, Cape Town: Penguin Random House South Africa (Pty) Ltd., 2019, p. 32.

[4] Zakes Mda, *The Zulus of New York*, Cape Town: Penguin Random House South Africa (Pty) Ltd., 2019, p. 32.

睦相处。如同巴勒斯坦诗人巴尔古提（Mourid Barghouti）曾经写到的："如果你想剥夺一群人的权利，最简单的办法就是讲述一个关于他们的故事，并且从'第二点'开始讲起"①，媒体断章取义的故事讲述，直接将祖鲁人塑造为动物的同类，否定了他们作为人的自主性和权利。

不仅如此，亨特还把购买来的非洲黑人女性放在笼子里进行展示，美其名曰为"人类奇观展览"②，并配以人类学知识宣讲，将她们塑造为处于人类初级阶段的原始人。媒体和亨特以不同的方式讲述了同一个故事，塑造了野蛮原始的非洲形象。亨特的人种展览因而成为人类学家们获取研究素材的来源。然而，这种建立在西方世界捏造的虚假故事上的人类学研究，其得出的结果自然是荒谬而滑稽的。这就更从根本上驳斥了西方人类学家将非洲人认定为原始野蛮人的错误论断。所以，琳达·史密斯（Linda T. Smith）认为，"研究"这个词与欧洲帝国主义和殖民主义有着千丝万缕的联系，"'研究'这个词本身，可能是本土语汇中最肮脏的词之一"③。

西方世界对非洲单一故事的讲述并没有止步于此。如同阿迪奇所总结的，西方世界对非洲单一故事的讲述大多来自文学④。这一传统始于殖民前期非洲探险小说的兴起。在《祖鲁人在纽约》中，穆达就以互文的方式批判了以亨利·哈格德为代表的作家对非洲单一故事的讲述。百老汇的花园剧场计划将哈格德的小说《她》（She）改编为音乐剧。这部小说讲述了英国人在非洲内陆的探险故事。在这个故事中，英国白人被塑造为无辜的探险者，而非洲土著则是野蛮的食人者。"野蛮祖鲁人"舞蹈表演经纪人戴维斯（Davis）提议由真正的祖鲁人艾姆-皮扮演剧中的非洲人，却遭到了制片人斯基尔多尔·斯克尔尼克（Skildore Skolnik）的拒绝。理由

---

① Chimamanda Ngozi Adichie, "The Danger of Single Story", *TED Talk*, delivered in July 2009, accessed on June 23, 2020, https://www.ted.com/talks/chimamanda_ngozi_adichie_the_danger_of_a_single_story/.

② Zakes Mda, *The Zulus of New York*, Cape Town: Penguin Random House South Africa (Pty) Ltd., 2019, p. 25.

③ Linda Tuhiwai Smith, *Decolonizing Methodologies: Research and Indigenous Peoples*, New York: Zed Books, 1999, pp. 1-3.

④ Chimamanda Ngozi Adichie, "The Danger of Single Story", *TED Talk*, delivered in July 2009, accessed on June 23, 2020, https://www.ted.com/talks/chimamanda_ngozi_adichie_the_danger_of_a_single_story/.

是，艾姆-皮是没有受过文明教化的"畸形人"（freak），无法成为真正的演员。白人虚构的非洲故事成为指导现实的标准。现实与故事相互呼应，共同否定了非洲的真实性。然而，如同安东尼·科恩（Anthony Cohen）所言，"对一种文化的无知，会导致对这种文化的彻底否定。持续的诋毁，会把这种文化推向隐退，他们可能会把自己的文化传统变成一件隐秘的事情，也有可能彻底抛弃自己的文化"[1]。西方的知识传统创造了自己版本的殖民文化，否定了非洲文化的存在，从而证明西方对殖民地的统治本质上是一种文明使命，这样就剥夺了他们的集体特性，也剥夺了他们作为民族主体存在的合理性。

艾姆-皮深刻感受到了欧洲单一故事讲述的毁灭性力量，他决定创作一部关于伊山得瓦纳战役的音乐剧，讲述真实的历史故事，向人们展示英勇的祖鲁国王塞茨瓦约（Cetshwayo）如何击败英国的军队。艾姆-皮意欲在一个用以展现虚构故事的公共空间重现真实的历史故事，实际上是想以象征性的方式回应主导话语的权威，以期重建祖鲁王国文明强大的光辉形象，颠覆西方世界讲述单一非洲故事的传统。然而，"用于公开表演的语言创作，只要被认为有颠覆政治权威的可能，都会遭到诋毁或被取缔"[2]。在霸权围攻下，弱势族裔的民族故事讲述注定是无法实现的。所以，斯劳（Slaw）劝说艾姆-皮放弃展示真正的祖鲁文化，因为"追求一个观众不认可的理念是没有用的"[3]。西方观众不相信，也不会接受祖鲁人骁勇善战这一事实。所以，斯克尔尼克提出，尽管祖鲁人确实在伊山得瓦纳战役中战胜过英国军队，但是故事必须延伸到乌伦迪（Ulundi）之战，必须以野蛮国王的最终失败为故事结局。而为了让故事更为吸引人，必须增加大量虚构的情节，将国王塑造为一个被魔鬼附身，泯灭了良心的，对英国人恩将仇报的人。只有以这种方式讲述国王的故事，才能证明英国士兵杀死他的行为是正义之举。斯克尔尼克对非洲故事情节的设计进一步揭示了西方单一故事炮制的内在机制和荒谬性。

---

[1] Anthony Cohen, "Culture as Identity: An Anthropologist's View", *New literary History*, Vol. 24, 1993, p. 199.

[2] Kimani Njogu, "Gicandi and the Reemergence of Suppressed Words", *The Drama Review*, Vol. 43, No. 2, 1999, p. 57.

[3] Zakes Mda, *The Zulus of New York*, Cape Town: Penguin Random House South Africa (Pty) Ltd., 2019, p. 88.

《小太阳》中的潘多米西部落王国国王穆隆特洛也通过讲述民族故事对抗殖民统治。在白人殖民者召集的部落酋长和长老大会上，穆隆特洛不顾白人的反感，坚持在会议正式开始前背诵王国历史，讲述王国故事。他不厌其烦地追溯王国的来历和历代国王的英勇事迹，甚至追溯到十五和十六世纪的民族大迁徙。对于"忍无可忍"的白人来说，穆隆特洛讲述的王国故事不过是一串毫无意义的人名。而对本土人民而言，"这些名字是记忆的累积，每一个名字都关联着一个英雄故事或邪恶故事。吟游诗人曾在火炉边，或特殊仪式上讲过这些故事"[1]。穆隆特洛国王坚守本民族的文化传统，讲述王国故事的行为，彰显了本民族悠久的历史，宣示了本民族文化存在的合理性与权威性。听了穆隆特洛国王讲述的王国故事，在场的其他部落的酋长或者长老发现，穆隆特洛国王讲述的故事与自己的部落息息相关。众多部落，因为他的故事讲述，加强了彼此的交流与联系，凝结为一个相互关联的整体。所以，穆隆特洛的家族故事讲述重申了本国的主体性，重构了本民族的形象。这在无形中加强了人民之间的团结，增强了本土人民对抗殖民统治的力量。

对"单一故事"的讲述既可以作为诋毁他者的武器，也可作为捏造自我神话的工具。西方世界以政治和经济利益为准绳，创造、讲述非洲"单一故事"的同时，也选择性创造属于本民族的"单一故事"，将自己塑造为文明的使者、正义的化身。在《后裔》中，美国通过电视等媒体将自己塑造为正义的化身，是"上帝给人类的礼物"[2]。在电视新闻中，美国媒体甚至美化美国的侵略行为，将美国发动的战争画面描绘得如同电子游戏场景一样美丽，武器爆炸引起的火花被渲染得如同烟花一样绚烂。残忍的杀戮者被塑造为了漫画书中拯救世界的超级英雄。穆达借由叙述者，批判了美国媒体选择性讲述本国故事的行径："除了国家军队染指过的地方，美国对世界一无所知。即使在这种情况下，他们也只知道，什么符合国家利益，因为他们是自由、独立的爱国媒体，他们不会呈现故事的全貌。"[3] 对于只能通过电视了解外界的露丝一家来说，他们从媒体中获得的故事就是他们引以为傲的美国的故事。露丝不断向托洛基转述她从媒

---

[1] Zakes Mda, *Little Suns*, Century City: Penguin Random House South Africa (Pty) Ltd., 2015, p. 37.

[2] Zakes Mda, *Cion*, New York: Picador, 2007, p. 143.

[3] Zakes Mda, *Cion*, New York: Picador, 2007, pp. 142-143.

体获得的美国故事,为美国政府的所有霸权行为辩护。甚至是一无所有的欧贝德(Obed)也总是利用自己的美国身份来佐证自身立场的合理性。他们醉心于媒体创造的"单一故事",却没有意识到,自己通过电视获得的美国故事是片面的、零散的,是加了滤镜的单一叙述。

然而,在露丝与欧贝德为美国媒体创造的"单一故事"呐喊助威的同时,却忽视了一个事实,即有色人聚集的凯尔威特镇之所以被美国社会边缘化,被政府有意忽视,是因为它的存在是美国在历史上参与奴隶贸易的证明。这是美国"单一故事"一直想要回避和舍弃的另一种叙述。而奎格利先生和欧帕则讲述的奴隶逃亡故事揭露了美国白人曾经的残忍与罪恶。他们的故事讲述,撕开了美国用以维护自身形象的遮羞布,与美国媒体讲述的"单一故事"形成鲜明对比。过去的奴隶故事与现代媒体的"单一故事"之间形成了一种形象的建构和反建构的博弈关系。正反对比的故事叙述共同揭露了美国霸权主义的真面目。

二 殖民语言权威的消解

通过故事讲述重建民族形象的同时,穆达也积极发掘语言表达的力量。他的小说以英语写就,但在其中夹杂着非洲变体英语、科萨语、祖鲁语等本土语汇与谚语等,属于典型的"非洲英语文学"(African-English literature)。与阿契贝一样,穆达坚持用非洲人使用的英语——非洲英语。这种语言本土化倾向,凸显了民间语言蕴含的力量,消解了作为殖民语言的英语的权威。也正因此,盖茨在评析非裔美国黑人作家的作品时也指出,"任何一部用西方语言撰写的黑人文本都是双重遗产,是双重声音的。这种文本视觉上的基调是白人和黑人的;听觉上的基调是标准和土语的"[1]。

穆达不吝于通过小说语言的选择来彰显自己对本土语言的态度,在小说《梅尔维尔67号》中,他借由主人公之口,直接表达了他对本土语言文化的认同。在这部小说中,部分学生以自己的欧美口音而骄傲。对他们而言,欧美文明是高高在上的"优越文化"(superior culture),有欧美口

---

[1] Henry Louis Gates, Jr. ed. *Black Literature and Literary Theory*, New York: Methuen, Inc., 1984, p.4.

音,意味着他们拥有了白人的文化特征。这使得他们具有了凌驾于其他黑人同胞之上的特殊资本。而作为本土黑人学生的榜样,塔班极其反对这种态度,他旗帜鲜明地表达了自己对本土化英语的认同。"我不会改变我的口音,如果我尝试改变,会让所有非洲人感到尴尬和丢脸,而且绝对不可能,因为改变过的口音听起来很做作。我的口音是自小就学会的,这是我的一部分。"[1] 塔班的表述,既表现了他对本民族语言文化的珍视,也表现了他对自身非洲身份的自豪感。而《红色之心》则具体体现了穆达在写作语言选择上的特点。在这部小说中,穆达使用了大量的祖鲁语和科萨语等本土词汇,并在句子中对本土词汇进行解释。

> When the time came, Mlanjeni went to thecircumcision school. Both Twin and Twin-Twin were among the *amakhankatha*—the men who taught the initiates how to be men. Xikixa was the*ingcibi*-the doctor who cut the foreskin. [2]

> 时间到了,穆兰杰尼去了割礼学校。特温和特温-特温都是学校里的阿玛坎卡萨——教给新加入者如何成为男人的人。西克夏是英斯比——负责切除包皮的医生。

在这段话中,穆达使用了两个具有南非特色的科萨词汇"amakhankatha"和"ingcibi",并在其后用英语进行释义。而在双语释义的时候,他并没有采取归化译法,即用英语语言中的对等词汇进行翻译,将其分别译为"导师"和"医生",而是将其分别译为"教给新加入者如何成为男人的人""负责切除包皮的医生"。这种译法既丰富生动地传达出本土民俗文化的特色,又凸显出科萨词汇含义的丰富性。宋炳辉认为,"族群(尤其是弱势族群)在形成其民族文化,为自身共同体设置各种话语时,它所依赖的正好是双语词典的权威"[3]。小说中两种语言的互译,不是简单地从双语词典中选择对等的等值关系,"人们并不是在对等词之间进行翻译,恰恰相反,人们是通过翻译在主方语言和客方语言之间的中间

---

[1] Zakes Mda, *Melville* 67, Lea Glen, Florida: Vivlia, 1997, p.75.
[2] Zakes Mda, *The Heart of Redness*, New York: Farrar, Straus and Giroux, 2002, p.18.
[3] 宋炳辉:《文化的边界到底有多宽》,《中国比较文学》2003年第4期。

地带，创造着对等关系的愉说"①，而从上文例析不难看出，英文释义冗长啰嗦，而科萨词汇简洁却含义丰富。两种语言的对比，凸显出本土科萨语汇在意义表达上的有效性远高于英语词汇。科萨语与英语的互译，将高高在上的英语拉下了神坛，使之处于与本土语汇相同的地位，在提升本土语汇地位的同时，消解了殖民语言的权威。

当然，穆达没有对所有本土语汇进行解释，而是双语对比使用的同时，直接用一些本土词汇取代英语。比如，第一次见到卡玛古时，库克兹娃主动提出："You can lobola me if you like"②。"lobola"是南非祖鲁族特有的词汇，指的是南非传统文化中男女结婚前，男方送给女方家的彩礼，一般以牛或者现金的形式进行支付。值得注意的是，这个词原本为名词，但是库克兹娃直接将她变成了英语句子中的谓语动词。按照英语语言对句子完整性的要求，这句话的表达是不正确的。如果按照英文的表达，这句话应该改为"You can give my family a sum of money or number of cattle before marriage if you like"。句子冗长，且不符合故事语境。库克兹娃的语言表达，既符合人物开朗大方、文化水平不高的形象，也体现了祖鲁语的灵活性，而且还衬托出英语在表达中的有限性。

不仅如此，穆达还在小说中运用大量改造过的口头英语，使他的小说更适合非洲人的思维和表达模式。而只有在土语语境和人物关系的脉络下，才能表现出非洲思维和对话模式的特色。例如，在《后裔》中，露丝一家，尤其是露丝，在口头表达上就极具非洲特色。

"We used to slaughter lotsa hogs," Ruth says, "I used to pickle them legs. I still do though we don't slaughter that much no more because we don't wanna end up in the pokey. Mr. Quigley likes the liver... the way I do it."③

"我们曾经杀超多猪，"露丝说，"我曾经腌制它们的腿。尽管我们不再杀那么多，我仍然这么做。再也不了。因为我们不想进大牢。奎格利先生喜欢猪肝……我做的那种。"

---

① 刘禾：《跨语际实践：文学、民族文化与被译介的现代性（中国，1900—1937）》，宋伟杰等译，生活·读书·新知三联书店2014年版，第54页。
② Zakes Mda, *The Heart of Redness*, New York: Farrar, Straus & Giroux, 2002, p.51.
③ Zakes Mda, *Cion*, New York: Picador, 2007, p.30.

如果从正式的书写英语来看，露丝的这段话不优雅也不通顺。按照标准英语的要求，这段话或应改写如下：

"We used to slaughter many hogs," Ruth says, "I used to pickle the legs. I still pickle hog legs though we don't slaughter hogs any more, because we don't want to end up in jail. Mr. Quigley likes the liver that I made in my way."

"我们曾经杀很多猪，"露丝说，"我们曾经腌制猪腿。尽管我们现在不再杀那么多猪了，我们仍然会腌制猪腿。我们现在不再杀猪了，因为我们不想触犯法律。奎格利先生喜欢吃我做的猪肝。"

其中，"lotsa"原本是"lots of"的合成，意味"许多"，略显夸张的语气表现露丝对往昔岁月的怀念。"them"原本应该是"the"，有意误用，表现出露丝对措辞的漫不经心。第二句话被改写为三句话后，句法正确，语义清晰。但过于完整的表达与底层民众的文化素养相矛盾。"wanna"本为口语词，改为"want to"后偏正式。"pokey"是典型的俚语，意为"监狱"，换成"jail"之后，不符合底层黑人的口语表达习惯。最后一句话中间原本有个省略号，后面一部分是附加信息，表现出露丝边干活边说话时的思维跳跃和延迟。不难看出，黑人英语大多是简单句，少有连词、从句或者动名词。人物之间的对话和内心的真实想法都"被用黑人方言表达了出来，好像是为了展示黑人语言自身的这种能力：它能够传达极其广泛多样的观念和情感"[1]。改写后的这段话在句法上更为严整，却失去了鲜活的生活气息和蕴含其中的反讽意义。作为黑人奴隶的后代，露丝虽然被殖民话语支配，但是在运用殖民语言时有意无意地误用和挪用，使原本规则严明的正统英语（English）扭曲，达到反讽效果。这种变形后的英语被归为"小写英语"（english）。所以，本土化英语的运用无形中解构了大写的正统英语，进而消解"大写英语"对"小写英语"的支配地位。罗杰·夫勒（Roger Fowler）曾言，"当某类词或某种结构以一种不同寻常或引人注目的频率在文本中反复出现时，他们会起到累积性的作用，产生一

---

[1] ［美］亨利·路易斯·盖茨：《意指的猴子：一个非裔美国文学批评理论》，王元陆译，北京大学出版社 2011 年版，第 219 页。

种突出的效果"①。穆达小说中的科萨和祖鲁等本土语汇的加入,一方面体现了他对传达本土文化特色的坚持,另一方面表现了他对本土语汇力量的凸显。"跨越不同语言的边界不再是一个纯粹的语言学问题,它包含着话语的生产过程、生产方式及其话语背后的权力。"② 本土语汇的融入,将讽刺与颠覆融为一体,共同消解了根深蒂固的殖民语言的权威。

曾有位图书编辑担心穆达小说中插入的本土语汇会给欧洲的英语读者造成困扰,建议穆达做针对性的修改。穆达严正声明,他是为南非读者写作,他的海外读者"不是白痴"。如果他们不理解"南非小说中的南非表达,他们会想办法弄清楚",他"当然不会为了迎合欧美人的喜好重新设计他的小说"③。穆达这种不迁就、不迎合海外读者,坚持使用本土化的殖民语言,以第一视角讲述非洲故事的做法,恰恰与萨尔曼·拉什迪(Salman Rushdie)的观点不谋而合。拉什迪积极支持通过语言来对抗殖民侵略,他倡导说,"我希望我们所有人都认同这样的观点,即我们不能像英国人那样,只是简单地使用英语;为了达到我们自己的目的,我们需要改写英语……征服英语,也许就是解放我们自己的过程"④。穆达的创作打破了正统英语的用语规则,将本土语汇与高高在上的殖民语言进行杂糅,使得殖民语言和被殖民者语言成为一种相互渗透的状态,"既挑战了话语的边界,又巧妙地改变了措辞"⑤,本土话语与殖民话语的杂糅,在无形中创造了一种话语实践的"第三空间",挑战了泾渭分明的本质主义和极端论者的二元对立模式,动摇了殖民话语的稳定性。

三 殖民话语行为的模仿

作为口头传统的另一种表征,命名,既沿袭着先辈的历史与文化,也承载着父辈对后代的美好期待。在非洲人的生命观里,只有获得了恰当的名字,人和事物才算是获得了真正的存在。恰如其分的名字具有超自然的

---

① Roger Fowler, *Linguistic Criticism*, Oxford: Oxford University Press, 1996, p. 95.
② 宋炳辉:《文化的边界到底有多宽》,《中国比较文学》2003 年第 4 期。
③ Andrew Van der Vlies, *South African Textual Cultures: White, Black, Read All Over*, Manchester: Manchester University Press, 2007, p. 162.
④ Salman Rushdie, *Imaginary Homelands: Essays and Criticism*, 1981–1991, New York: Viking, 1991. p. 17.
⑤ Homi K. Bhabha, *The Location of Culture*, London: Routledge, 1994, p. 119.

魔力，能够影响人一生的命运。对于非洲人而言，名字意味着祖先、神圣、根和历史。命名，既是对自我身份的认同，也是对民族文化的认同。名字，既是自己取得与祖先联系的信物，也是生命继续在世间延续的关键。人不能没有自己的名字，也不能随意更改自己的名字。失去，或者改变名字，意味着失去自我，失去与非洲历史的联系，失去非洲的文化之根。

正是因为深谙姓名之于维持、标识文化身份的重要性，欧洲殖民者利用命名，树立权威，挤占本土文化的生存空间，积极推广欧洲文化。这种改名行为，在穆达小说中比比皆是。在《祖鲁人在纽约》中，英国人和新闻媒体把祖鲁国王塞茨瓦约的名字简化为塞特瓦约（Cetewayo），以否定、消解国王的权威。《红色之心》中开普殖民地地方长官乔治·格雷爵士把积极对抗殖民统治的巴索托国王萨黑利（Sarhili）和莫修修（Moshoeshoe）改名为克莱利（Kreli）和莫希希（Moshesh）。不仅如此，他还将自古以来科萨族祖辈们早已命名过的河流和山脉重新命名。通过改名，格雷消解了两位国王的主体性，否定了科萨族悠久的文化传统。与此同时，圣公会神父纳萨里尔·梅里曼（Nathaniel Merriman）将福音派追随者穆拉卡扎的名字被改为威廉·歌利亚（Wilhelm Goliath）。穆拉卡扎的新名字源自《圣经》（*Bible*）中被男孩大卫用石子射杀的巨人歌利亚（Goliath）。这个名字本就隐含着生命与主体性的丢失。《与黑共舞》中的神父也通过给当地人命名的方式，传播基督教，推广欧洲文化。神父为莱迪辛和蒂珂莎兄妹俩施洗，并为他们分别取了新的名字：约瑟夫（Joseph）和玛丽（Mary）。而蒂珂莎拒绝了神父给她的新名字，她坚持用自己的本名，因为"任何教堂都没有权力给她改名字"[①]。对自身身份以及传统信仰的坚守，使她青春永驻，容颜不老。而莱迪辛则利用自己的新名字和有限的基督教知识在城里招摇撞骗。接受白人给予自己的新名字，意味着他在认同殖民文化的同时，放弃了祖辈赋予自己的非洲人身份，失去了自己的文化之根。而他最终落得一无所有的人生结局，暗示了他改名行为的失败。所以，在《死亡方式》中，穆达甚至借由叙述者之口表达了他对姓名的理解："姓名的意义会显现自身"[②]。

[①] Zakes Mda, *She Plays with the Darkness*, Florida Hills, South Africa: Vivlia Publishers and Booksellers, 1995, p. 15.

[②] Zakes Mda, *Ways of Dying*, New York: Picador, 2002, p. 150.

同样是被改名,《祖鲁人在纽约》中的艾姆-皮则清晰认识到姓名之于自己的重要意义。艾姆-皮本名为穆比耶金托穆比(Mpiyezintombi),意为"少女之战"(Battle of the Maidens),即少女争抢的对象。父亲给他取这个名字,期待他能继承祖先们不屈不挠的伟大精神,成长为有魅力、有担当的有为青年。穆比耶金托穆比"以自己的名字为傲"①。"拥有一个名字,就是拥有了地位和生存的意义,拥有了在人类社会生存下去的力量,从而参照祖先、当前的地位、特定意义的承载以及整个时间,回答'你是谁'的问题。"②父亲给穆比耶金托穆比的命名,承载着民族历史和传统民俗文化,延续了祖辈们对后代的期待。然而,在殖民语境下,保持自己的姓名不是一件易事。被迫逃往英国后,穆比耶金托穆比的名字被自诩为"伟大的法理里"(The Great Farini) 的人种展览老板威廉·亨特(William Hunt) 等人简化为 Mpi,读作"艾姆-皮"(Em-Pee)。字母组合"Em"没有任何实际意义,"Pee"意指"小便"。充满美好寓意的穆比耶金托穆比被降格为"小便"。艾姆-皮将自己被迫改变名字的过程描述为"名字的堕落"③。

  名字是一个人身份的象征。白人对艾姆-皮名字的污名化,象征着对其身份的否认和主体性的消解。与艾姆-皮形成对比的是白人老板对待白人男孩捷斯拉夫·特里耶夫斯卡(Czeslaw Trzetrzelewska) 名字的态度。特里耶夫斯卡是艾姆-皮在街上捡回来的以偷盗为生的流浪儿。尽管他出身低微,他名字的发音与艾姆-皮本名的发音一样复杂,老板威廉·亨特却记住了他的名字,坚持用全名称呼他,原因是他是一个白人。而这正如霍米·巴巴所言,"黑人的皮肤在种族主义者的注视下分裂成了兽性的标志,生殖器的标志,怪异的标志。这揭示了对无差别白色身体的恐惧神话"④。所以,作为一个被标志化了的黑人,艾姆-皮的名字,连同他的

---

① Zakes Mda, *Little Suns*, Century City: Penguin Random House South Africa (Pty) Ltd., 2015, p. 14.

② Michael G. Cooke, "Naming, Being and Black Experience", *Yale Review*, Vol. 67, No. 2, 1977, p. 171, accessed on Oct. 28, 2020, https://yalereview.yale.edu/naming-being-and-black-experience/.

③ Zakes Mda, *The Zulus of New York*, Cape Town: Penguin Random House South Africa (Pty) Ltd., 2019, p. 24.

④ Homi K. Bhabha, *The Location of Culture*, London: Routledge, 1994, p. 131.

身份，都成为可有可无，可以随意更改的了。而白人，无论其社会地位如何卑微，在与黑人的比对中，他的肤色赋予了他永远的优越性，他永远是值得尊重的。托尼·莫里森（Tony Morison）曾如此解读非洲人的名字：

> 如果你来自非洲，却失去了自己的名字，那麻烦就大了，因为你失去的不仅仅是你的名字，还有你的家庭，你的部族。如果你失去了名字，死后如何与你的祖辈联系呢？那才是巨大的心灵创伤。你能做的最重要的事就是拿回你的名字，因为名字彰显你的身份，以及你的选择。①

莫尼森分析了失去名字可能导致的严重后果，强调了坚守名字对于一个非洲人的意义。而这也正是困扰艾姆-皮的难题。在殖民宗主国，失去了自己名字，而且不得不亲眼见证祖鲁民族文化被玷污，自己的王国历史被改写，艾姆-皮始终都觉得自己是"一只在白人土地上表演的猴子"②，失去了自我，也失去了与自己民族的关联。文化上的疏离感所导致的精神的痛苦时刻折磨着艾姆-皮，他决定回家，回到生养他的土地，回到他曾浴血奋战过的土地。他告诉自己的儿子，"一旦他们接触到那片土地，艾姆-皮就会死去，穆比耶金托穆比就会重生"③。对他而言，重新用回自己的名字，意味着告别过去殖民者对他的压制，重新获得自我，重新获得与本土文化的关联。与艾姆-皮一样，意识到梅里曼一家只是将他视为奴仆和传声筒后，穆拉卡扎放弃了福音派信仰，重新用回自己的本名，恢复了本土的先知信仰。

霍米·巴巴认为，殖民权力的权威性也并不直接为殖民者所据有，它是殖民者和被殖民者所共同拥有的东西。"属民"（subaltern people）可以通过对殖民者文本的对症阅读——模仿（mimicry），挑战殖民权威，恢复

---

① Thomas Leclair, "The Language Must Not Sweat: A Conversation with Toni Morrison", *The New Republic*, Vol. 184, No. 12, 1981, p. 28.

② Zakes Mda, *The Zulus of New York*, Cape Town: Penguin Random House South Africa (Pty) Ltd., 2019, p. 103.

③ Zakes Mda, *The Zulus of New York*, Cape Town: Penguin Random House South Africa (Pty) Ltd., 2019, p. 107.

本土的声音①。模仿是殖民者与被殖民之间关系的一种重要状态。白人利用命名边缘化本土居民，侵蚀本土文化，以宣示殖民文化的权威。黑人同样可以通过模仿命名，反抗殖民统治对本土文化的侵蚀和对民众的压迫。在《红色之心》，格雷爵士肆意篡改他人名字和河流山川名字的行为，越发激发了科萨族民众对殖民者的抵制。为嘲弄格雷，一个老人将他命名为"给十条大河命名的人"（The Man Who Named Ten Rivers），而且不厌其烦地一次次以这个名字称呼他。格雷将本土民众的姓名简化，并随意更改本土自然景观的名字，本土民众则将他的名字复杂化，并赋予其讽刺意义。以其人之道还治其人之身，且反其道而行之，科萨民众通过命名模仿，嘲弄了殖民者的命名行为，挑战了殖民者的统治权威。

同样通过给白人命名反抗殖民统治的，还有《小太阳》中的潘多米西部落王国国王穆隆特洛。汉密尔顿·霍普逼迫穆隆特洛帮助英国政府平定巴索托王国的反抗。穆隆特洛带领民众密谋反叛。在刺杀行动开始的前夕，穆隆特洛将霍普介绍给自己的民众"……我要走了，小心你们的新国王——白人迪力金塔巴（Dilikintaba），我们现在必须服从这个白人国王的命令。他是国王。我不再是国王了。我什么也不是"②。这是穆隆特洛给新"国王"霍普的赞美之名，意思是"摧毁大山的人"。这个名字本身就代表着毁灭与破坏，暗示着人们对霍普及其所代表的殖民力量的抗拒。战士们高呼迪力金塔巴的名字，雷鸣般的声音带给霍普的只有战栗和恐惧。在人们合力杀死霍普后，国王的赞美诗人高唱赞歌："大山倒掉了！"③他的名字因而变成了"倒掉的或者被摧毁的大山"④。通过给殖民者命名，人们表达了对殖民统治的憎恶和对抗。

这种命名与反命名的博弈同样出现在《死亡方式》中。种族主义政府将寄居在城市边缘的黑人们称为"非法占地者"（squatters），他们居住

---

① Homi K. Bhabha, "Of Mimicry and Man: the Ambivalence of Colonial Discourse", *Discipleship: A Special Issue on Psychoanalysis*, Vol. 28, 1984, pp. 126-127.

② Zakes Mda, *Little Suns*, Century City: Penguin Random House South Africa (Pty) Ltd., 2015, p. 109.

③ Zakes Mda, *Little Suns*, Century City: Penguin Random House South Africa (Pty) Ltd., 2015, p. 124.

④ Zakes Mda, *Little Suns*, Century City: Penguin Random House South Africa (Pty) Ltd., 2015, p. 124.

的区域为"寮屋营地"(squatter camp)。居民极为抵制政府的命名行为,"我们为何在自己的土地上被称为非法占地者……那些来自大洋彼岸,偷走我们土地的人,才是非法占地者"①。为宣示作为本土居民的地理空间权利,人们模仿政府的命名行为,将这个定居点命名为"非正式定居点"(informal settlement)。这些民众对命名行为的模仿恰恰印证了霍米·巴巴对模仿的界定。

> 模仿,消解了殖民话语模式的权威,使其变得不确定。模仿是差异的表征,而这种差异本身就是一种否定的过程。因此,模仿是双重结构的标志:模仿是一种复杂的改革、监管和训导策略,在将权力具象化时,这种策略"挪用"了他者。模仿,标志着不当、差异和反抗。模仿的这些特点与殖民权力的主导策略功能息息相关,它们强化了监控,并对"标准化"知识和训诫权力构成了内在威胁。②

所以,一方面,模仿挪用了一切有用的东西来规范和调整自身;另一方面,模仿也是一种拒绝、否定和反抗的过程。然而,模仿不是对殖民话语的简单重复。人们对殖民者命名行为的模仿并非一致,而是蕴含着嘲弄和变形。被殖民者表面上不张扬自己的真实态度,不是对被压制和被剥削地位的话语屈膝认同,而是通过模仿殖民话语行为挪用和改写了殖民权威,实现了对殖民权威的讥讽、消解和颠覆。小说中的主人公们对殖民者和统治者命名行为的模仿,实际上是以意指的方式戏弄了殖民者的自恋和权威,既反映了黑人对话语权力的积极争取,又表现了他们的幽默与智慧。黑人的意指,是对白人表意的修正和颠覆,表明在白人话语之外还存在一个与其平行的黑人话语体系,是一种具有文化性质的话语结构。

阿契贝曾宣称,非洲作家是一群有革命意识的教育家,他们应该为一场反殖民主义的思想斗争做出无私的奉献。具有非洲自觉意识的作家要通过讲述自己的故事,去改变人们对殖民地的看法,对非洲人民进行再教育③。而穆达正是将作为非洲存在方式的口头传统内隐与外显于小说文本

---

① Zakes Mda, *Ways of Dying*, New York: Picador, 2002, p.48.
② Homi K. Bhabha, *The Location of Culture*, London: Routledge, 1994, pp.122-123.
③ Chinua Achebe, *Hopes and Impediments: Selected Essays*, New York: Anchor, 1990, pp.40-46.

中，通过民间的文化形式，以民间的力量反击殖民统治、种族主义统治，以及父权社会对女性等弱势群体的压制与剥削。这也正如海伦·提芬（Helen Tiffin）所认为的，后殖民主义话语具有颠覆性，"他们提供了针对主流话语的反话语策略。后殖民反话语行动是动态的，不是静态的……它不寻求颠覆并取代主导话语的位置，而是在形成'穷尽'其'自身偏见'的文本策略的同时，揭露和消解主导话语"[1]。穆达将非洲的口头传统与西方的文体类型、西方语言完美结合，在向世人展示非洲口头传统艺术魅力的同时，也赋予了口头传统以"新生性"[2]（emergent quality），使之成为变革社会结构的巨大力量。

---

[1] Helen Tiffin, "Post-Colonial Literatures and Counter-Discourse", *Kunapipi*, Vol. 9, No. 3, 1987, p. 18.

[2] ［美］理查德·鲍曼：《作为表演的口头艺术》，杨利慧、安德明译，广西师范大学出版社 2008 年版，第 41 页。

第三章　社会仪式书写：阈限时空下他者的精神建构

非洲，因其独特的地理位置和悠久的历史，孕育出了丰富多彩的民间习俗，与此相关的社会仪式更是数不胜数，有贯穿于人生各个阶段的出生仪式、成人仪式、结婚仪式和葬礼仪式等，更有名目繁多的节庆仪式和复杂多元的宗教仪式等。仪式已经成为非洲人社会、文化和宗教生活中一个极为重要的部分。所以，在谈及仪式对于表现非洲民族特性的重要性时，"非洲电影之父"奥斯曼·森贝（Ousmane Sembene）特别强调，仪式是非洲人识别自己的重要方式，"当你丢掉自己的仪式时，你丢失了心灵的一部分"①。维克多·特纳（Victor Turner）把仪式语境中的物体、行动、关系、事件、体态和空间单位等都归为象征符号②。在他看来，仪式语境中的参与人，以及仪式用品等，都是人神交感的媒介。仪式参与者的身体姿态，例如仪式舞蹈等，不仅是人们娱乐身心的一种方式，更传递着个体的情感诉求和民族的文化精神。即便是仪式过程中出现的话语或颜色等都具有象征意义。而正是因为仪式在非洲人民俗生活中的重要性，穆达将其用作重要的叙述策略，在弘扬民族文化的同时，深化了作品的政治、文化和美学意义。仪式操演也因此成为阐释穆达小说内涵的重要维度。通过仪式操演，穆达在他的小说中创造了一种既不在此、也不在彼，弥合了边界与差异的阈限时空。仪式因而成为被边缘化为他者的物种、个体与族裔表达精神诉求的操演语言，向他人或他族传递个体或者本民族对自然万物的敬畏，对自我意识的坚持，以及对民族形象的维护，形成与霸权力量的抗衡。

---

① David Murphy, *Sembene: Imaging Alternatives in Film and Fiction*, Oxford: First Africa World Press, 2001, p. 239.

② ［英］维克多·特纳：《象征之林：恩登布人仪式散论》，赵玉燕、欧阳敏、徐洪峰译，商务印书馆2006年版，第23页。

第一节　仪式之于物种他者的权利主张

仪式，意味着人从一种状态向另一种状态的转换，指明并构成状态间的过渡。"状态"指的是人的法律地位、职业、职位、职务、学位等相对固定和稳定的身份状态。在仪式期间，即居间的阈限时期（liminal period），作为仪式主体的过渡者的状态含混不清，它几乎没有过去或者将来身份状态的特性，所以特纳认为，"阈限也许可以看作对于一切积极的结构性主张的否定，但在某种意义上又可看作它们一切的源泉"[①]。在过渡仪式中，日常生活中既定的社会秩序和等级关系等会呈现出消弭状态，出现暂时的平等和自由状态。因此，"阈限时期"是一个消弭差异与界限，充满希望与新生的交融过程。而作为一种行为模式，仪式不是人类世界的专属，它同样存在于动物世界中。相似的表象牵引着同一个源头，仪式的象征性恰好为弥合人与动物之间的边界提供了可供参考的途径。小说《马蓬古布韦的雕刻师》和《唤鲸人》中的人物就利用跨物种仪式的阈限性赋予动物以人性，并与之建立伦理关系，使之与人类平等存在、和谐共生。

一　动物的人性化

人类中心主义者认为，人与动物之间存在无法调和的人性与动物性的对立，两者之间的区别表现在语言、理性与道德三个方面。其首要表现在于，两者之间的语际交流存在着不可弥合的鸿沟。笛卡尔则彻底将动物视为没有情感与语言的自动机，他认为，"人类和动物的身体都可以被认为是自动机。但是语言和灵魂把人与动物分开了。动物的身体完全是按照机械原理运转的，动物发出的任何声音——包括它痛苦的呼喊——都是机器的产物"[②]。理性主义推崇人性，贬低动物性，却忽视了一个事实，即人类从动物进化而来。人性与动物性并不存在彻底的分野。穆达在小说

[①] [英]维克多·特纳：《象征之林：恩登布人仪式散论》，赵玉燕、欧阳敏、徐洪峰译，商务印书馆2006年版，第97页。

[②] Nandita Batra, "Dominion, Empathy, and Symbiosis Gender and Anthropocentrism in Romanticism", in Michael Branch and Scott Slovic, eds. *The ISLE Reader: Ecocriticism*, 1993–2003, Athens: University of Georgia Press, 2003, p. 156.

《马蓬古布韦的雕刻师》和《唤鲸人》中就通过仪式化的舞蹈表现了人类与动物在属性上的一致性。

《马蓬古布韦的雕刻师》中主人公查塔的母亲是一位来自遥远穴居部落孔族（Kung）的女奴。在他很小的时候，他的母亲就教导他，"人是动物，动物也是人，所有的生物都是同类，所有动物都和人一样，有自己的精神"①。把人比作动物，不是羞辱，而是一种荣耀，因为动物"优雅、慷慨、充满力量和智慧"②。作为一个生活接近原始状态的孔族人，查塔母亲对动物的认知正是基于人与动物同根同源的基础上的。正是因为母亲的教导，查塔尊重动物，拒绝圈养山羊等动物，如果迫不得已因为食物短缺而打猎时，他只猎取生活所需的数量。而在杀死猎物时，他会为动物举行忏悔仪式。在仪式中，他先围着猎物跳舞，然后跪在动物身旁向动物道歉。不仅如此，查塔还以动物为师，向动物学习跳舞。他从瞪羚那里学会了跳跃，从蛇那里学会了柔韧，从水牛那里学会了使用鼻息的力量，从猴那里学会了顽皮。当他在异国他乡游历时，正是因为动物舞蹈的启发，他才逃过了奴隶贩子的追捕。于他而言，动物不仅是具有人性的存在，而且比人更具智慧。在马蓬古布韦的求雨仪式上，查塔跳起了野兽之舞。脱离了传统的"高贵的男性舞蹈"③，野兽之舞打破了人与动物的固定界限，将人类舞蹈与动物舞蹈完美结合，使得舞蹈具有了更为丰富的表现力和亲和力。

弗莱曾言，"在人类生活中，仪式看来只能是某一自愿的努力，为的是重新掌握人类已失去的、与自然循环的关系"④。求雨仪式的产生，本就源于人对自然的崇拜与认同，象征着人与自然的和谐互动。野兽之舞，赋予动物以人性，赋予人以动物性，模糊了动物与人的边界，使得动物性与人性合一。神圣的求雨仪式使得所有基于社会结构的物种界限，人类等级等都处于消弭状态，人与自然万物呈现为一种平等共存的和谐状态。求雨仪式蕴藏的阈限性特征吸引了边缘个体的参与。普通民众，甚至是一直被人们排斥的无家可归的流浪男孩辰纳伊（Chenayi）也不由自主地加入

---

① Zakes Mda, *The Sculptors of Mapungubwe*, Cape Town: Kwela Books, 2013, p.32.
② Zakes Mda, *The Sculptors of Mapungubwe*, Cape Town: Kwela Books, 2013, p.31.
③ Zakes Mda, *The Sculptors of Mapungubwe*, Cape Town: Kwela Books, 2013, p.72.
④ [加]诺思罗普·弗莱：《文学的原型》，载约翰·维克雷主编《神话与文学》，潘国庆等译，上海文艺出版社1995年版，第53页。

了舞蹈的队伍。娇弱的少女马鲁比妮也跳起了野兽之舞。在优美逼真的舞蹈中,她时而是猎人,时而是猎物,时而是瞪羚,时而是一条蛇,时而是一头水牛,时而是一只扑向猎物的雄鹰,时而是高大巍峨的山,时而是蜿蜒流淌的河。和查塔一样,马鲁比妮在舞蹈中与动物合一,与自然合一。当她的身体开始流汗时,天空也受到了她的感应,下起了人们渴望已久的雨。而雨的最终降临则意味着,人只有秉持"天地与我同根,万物与我一体"的信念,将自然万物视为与人类共享生命的存在时,自然才会回馈人类所需要的一切,人与自然才能和谐共存。而这也正如丁建新、沈文静所言,"社会意义空间是复调的、多元的。理解并保持对片段、差异与边缘的敏感性,倾听边缘、点亮边缘、引导并包容边缘,或许才能弥合话语权带来的社会裂痕,才能真正奏响最曼妙的调和式社会和弦"[1]。

《马蓬古布韦的雕刻师》中主人公通过天人合一的仪式舞蹈表达了对动物的认同,《唤鲸人》中的唤鲸人也主动放弃了人类的口头语言能力,通过肢体语言与动物交流,赋予动物以人性。唤鲸人与一头南露脊鲸互相吸引,彼此依恋。唤鲸人给鲸取了一个女性名字沙丽莎(Sharisha)。每每听到唤鲸人的海带号角声,沙丽莎就会循声而来,跳起求偶舞,她摇摆身体,跃身击浪,以尾击浪,在水面上制造旋流。唤鲸人则吹着自己的号角,跳着自创的舞蹈,与之交流。通过舞蹈,他们与对方分享自己的喜怒哀乐。人鲸共舞的行为也印证了大卫·鲁卡(David Lulka)的观点,"实际上对于许多物种来说,身体呈现的各种体态语在交流中具有更大的作用。如果认为只有人类具有语言的独特优势,那就忽视了一个事实,也即语言蕴含的知识和自我理解力,只是通过其他交流模式获取的信息的具体化"[2]。唤鲸人自动摈弃了人类的口头言语能力,通过肢体语言与鲸进行交流。在人鲸共舞的仪式化语境中,人与动物的界限消融,差别消弭,他们在无声的肢体语言对话中走向精神的融合。

唤鲸人肯定鲸的独立性和言语能力,并赋予其人性,而他的情人萨鲁尼(Saluni)却将沙丽莎斥为没有感情和思想的"愚蠢的鱼"[3]。她拒绝

---

[1] 丁建新、沈文静:《边缘话语分析:一些基本的理论问题》,《外语与外语教学》2013年第4期。

[2] David Lulka, "The Ethics of Extension: Philosophical Speculation on Nonhuman Animals", *Ethics Place and Environment*, Vol. 11, No. 2, 2008, p. 161.

[3] Zakes Mda, *The Whale Caller*, Johannesburg: Penguin, 2006, p. 136.

认同鲸在唤鲸人精神生活中的地位，强调自己作为人类女性的中心地位，她认为，人与鲸之间存在不可逾越的分界线，人类有权按照自己的意志去征服、驯服、利用，甚至食用自然界的鲸。唤鲸人与萨鲁尼认知差异的根源实际上就是奥斯瓦尔德·斯宾格勒（Oswald Spengler）所指的"术师文化"（Magian culture）与"经典思想"（Classical mind）的交锋。经典思想强调法律高于一切，有形的才是真实的，只有自由的成年人才具有人性，毫无根据的迷信和女性的同情心是非理性的情感。"术师文化"是曾经存在于地中海区域的一种文化。深受这种文化影响的人坚信，世界万物都是可以想象、理解和超越的，一切皆有可能，包括变形。人与非人类共享生命，人性是信仰的共同体，人们的意志不受"自然"的限制[1]。斯宾格勒所指的"经典思想"正是西方理性主义的前身。萨鲁尼对沙丽莎的鄙视与排斥，正是西方理性主义思想影响下的产物。

格蕾塔·克莱尔·加德（Greta Claire Gaard）认为，"在虐待关系中，对动物施行暴力，是支配和控制总体策略的一部分，是西方文化'体细胞瘤'的一部分，其病症表现为性别歧视、种族主义、阶级歧视和物种歧视"[2]。如果仅仅因为动物的类属而认为残杀它们是正当行为的话，物种主义话语将永远会被一些人用来暴力对付各种类别的社会他者。所以，唤鲸人极力纠正萨鲁尼，鲸是与人一样的"哺乳动物"[3]，"人食用鲸肉，等同于同类相食"[4]。对人与动物关系的分歧导致两人之间的关系出现无法弥合的裂痕。沙丽莎也如同人类一样，尽管萨鲁尼一次次示威，她都努力克制自己，试图与萨鲁尼建立平和的关系。而当萨鲁尼再一次冲向海边，裸露身体，叫骂羞辱沙丽莎的时候，沙丽莎选择反击，她在水下猛烈地喷气，发出的震动声一直传到半岛的岩石上，"她挑衅地盯着萨鲁尼"，"似乎正准备打一架"[5]。沙丽莎的反应震惊了萨鲁尼。她终于意识到，沙

---

[1] Oswald Spengler, *The Decline of the West*, trans. C. F. Atkinson, New York: Knopf, 1926, p. 235. 转引自 Tom L. Beauchamp and R. G. Frey, eds. *The Oxford Handbook of Animal Ethics*, New York: Oxford University Press, 2012, p. 15。

[2] Greta Claire Gaard, "Vegetarian Ecofeminism", *Frontiers: A Journal of Women Studies*, Vol. 23, No. 3, 2002, p. 138.

[3] Zakes Mda, *The Whale Caller*, Johannesburg: Penguin, 2006, p. 152.

[4] Zakes Mda, *The Whale Caller*, Johannesburg: Penguin, 2006, p. 14.

[5] Zakes Mda, *The Whale Caller*, Johannesburg: Penguin, 2006, pp. 182-183.

丽莎不是一条任凭人类宰割的动物，而是与她一样具有人性，她有自己的情感，并且具有通过肢体语言表达内心世界的能力。她们都是平等的存在，她无法利用自己的人类身份去压制沙丽莎。她与沙丽莎之间的战斗注定是"无法获胜的僵局"[①]。她主动离开了海湾，放弃了与沙丽莎战斗的想法。从一开始将沙丽莎视为一条没有感情和思想的鱼，到与沙丽莎对峙，再到认同沙丽莎的人类属性，放弃对沙丽莎的控制，萨鲁尼对作为动物的沙丽莎的态度改变，隐喻了她对理性主义和人类中心主义的放弃。

二 动物的伦理化

传统的伦理思想将伦理视为人伦道德之礼，指的是人与人相处的各种道德准则。这种伦理观无形中强调了人与其他物种之间的界限，将动物等有生命的存在排除在外。《唤鲸人》中的萨鲁尼在强调自己的人类地位同时，将自己凌驾于动物之上，认为人可以控制、食用作为动物的鲸。然而，如同阿尔贝特·史韦泽（Albert Schweitzer）所言，"伦理不仅与人，而且也与动物有关。动物和我们一样渴求幸福，承受痛苦和畏惧死亡……不考虑我们对动物的伦理，是不完整的"[②]。所以，唤鲸人将沙丽莎视为与人一样的具有情感与思维的哺乳动物，在赋予其人性的同时，也将她伦理化了。

沙丽莎以求偶舞蹈的形式向唤鲸人表达自己的情感，并以此作为接纳他的一种形式。唤鲸人参与了她的交配仪式，并在与她的舞蹈对话中走向精神的交融。唤鲸人日益沉迷于与沙丽莎的交配仪式，也越来越依恋沙丽莎。为了回馈沙丽莎，表达自己的情感，他邀请沙丽莎"参加人类的交配仪式"[③]。唤鲸人从人类情侣的交流方式中得到启示，认为吃饭仪式是交配仪式的前奏。尽管他认为吃饭是一件私密的事情，但为了勇敢表达自己对沙丽莎的情感，他决定在海边为沙丽莎举行公开的吃饭仪式。为了向沙丽莎展示自己作为男性的优雅美好的形象，唤鲸人特意穿上了用积攒的养老金购买的燕尾服，系着正式的领带。他租来桌子、椅子、银质和水晶餐具，摆上海鲜和当地最有名的葡萄酒，并点上蜡烛。他用海带号角吹奏

[①] Zakes Mda, *The Whale Caller*, Johannesburg: Penguin, 2006, p. 183.

[②] [法] 阿尔贝特·史韦泽：《敬畏生命：五十年的基本论述》，陈泽环译，上海人民出版社 2017 年版，第 74—75 页。

[③] Zakes Mda, *The Whale Caller*, Johannesburg: Penguin, 2006, p. 137.

用以求偶的最动听的号角声,邀请沙丽莎前来。他一边吃海鲜,一边把酒倒在杯子里,闻了闻,然后把酒倒进海水里,与水中的沙丽莎共享。沙丽莎以舞蹈的方式回应唤鲸人的宴请。

涂尔干认为,"仪式是各种行为准则,它们规定了人们在神圣对象面前应该具有怎样的行为举止"①。通过精心布置的吃饭仪式,唤鲸人为他与沙丽莎营造了一个神圣的交流场域。在这个场域里,唤鲸人将沙丽莎伦理化为一个可以与他共享美食美酒,心意相通的"情人"②。他们之间的情感交流意味着新的伦理关系的建立。他们不再是纯粹的、互不关联的,有着物种分别的人与动物的关系,而是相互具有伦理权利与义务的平等的人。所以,在沙丽莎回到南部海域过冬期间,唤鲸人无比思念和牵挂沙丽莎。当沙丽莎回到赫曼努斯海湾,并产下孩子的时候,唤鲸人欣喜若狂。他将沙丽莎的孩子视为他们情感的结晶,"沙丽莎像非洲妇女一样背着自己的孩子"③"他感觉自己像个父亲了"④,他认为自己应该尽作为父亲的职责。所以,当沙丽莎带着孩子在海湾嬉戏时,唤鲸人高兴地在水边与他们互动,如同幸福的一家三口享受着快乐的亲子时光。从南露脊鲸,到沙丽莎,到"情人",再到"家人",沙丽莎在唤鲸人生活中的角色从动物一步步发展为家人。交配仪式和吃饭仪式的阈限性,为唤鲸人和沙丽莎相互角色的转变和伦理关系的建立提供了机会。如同爱丽丝·布瑞坦(Alice Brittan)所言,"只有不断地接纳本不可想象的事物,仁慈才能获得新生,否则它就很容易沦落为一套封闭的常规,一种感性的和伦理的界限,没有灵活性可言"⑤。唤鲸人与沙丽莎之间伦理关系的建立超越了人与动物之间的界限,为人与动物之间,人与人之间和谐伦理关系的建立指明了方向。

通过仪式,穆达模糊了人与动物边界,赋予动物以人性和伦理意识的同时,也揭露了人性中的兽性。有着美丽外貌和天籁般嗓音的双胞胎

---

① [法]爱弥尔·涂尔干:《宗教生活的基本形式》,渠东、汲喆译,商务印书馆 2017 年版,第 50 页。
② Zakes Mda, *The Whale Caller*, Johannesburg: Penguin, 2006, p. 14.
③ Zakes Mda, *The Whale Caller*, Johannesburg: Penguin, 2006, p. 114.
④ Zakes Mda, *The Whale Caller*, Johannesburg: Penguin, 2006, p. 48.
⑤ Alice Brittan, "Death and J. M. Coetzee's *Disgrace*", *Contemporary Literature*, No. 3, 2010, p. 500.

姐妹一次次在萨鲁尼身上进行恶毒的恶作剧,直到最后用砖头砸死了醉酒的萨鲁尼。而南露脊鲸沙丽莎则如同人间天使,带给唤鲸人快乐与安慰。"善是保持生命、促进生命,使可发展的生命实现其最高的价值。恶则是毁灭生命、伤害生命,压制生命的发展。这是必然的、普遍的、绝对的伦理原则"①。作为人类的双胞胎具有人的自然属性,却似开在人间的恶之花,毫无人性与伦理意识。而作为动物的南露脊鲸则通过仪式舞蹈向人类表达自己的善,与人类建立和谐的关系。兽与人之间善与恶的鲜明对比揭示了基于人类中心主义的伦理观的缺憾。南迪塔·巴特拉(Nandita Batra)认为,"动物是用来定义人类的最古老的比喻,通过象征人类是什么和不是什么,动物构建了人类身份"②。人与动物的相处方式揭示了社会对待边缘群体的态度,"边缘化的不公正会创造一种无用感、厌恶感和缺乏尊严的氛围"③。所以,厘清小说中人与动物关系的意义并不止步于人与自然的生态意义。动物不仅是与人平等共生的存在,更是人类学习和参照的对象。建设人与动物的同伴关系,为其他物种之间,包括不同肤色、不同族裔的人之间的和谐共存提供了一种可供参考的范式。我们只有摆脱自己的偏见,与我们周围的生命休戚与共,我们才是有道德的,真正的人。只有这样,我们才会真正拥有自己的德行。

　　欧洲的殖民入侵和自然资源掠夺造成非洲大陆灾难性的种族灭绝,毁灭性地打破了殖民地原有的环境、人与动物之间的关系。"欧洲霸权通过殖民体系将等级本体论和欧洲认识论强加给这些支离破碎的非洲大陆"④,建立了关于理性与感性、文明与野蛮、人与动物等种种二元对立关系。在这些对立关系中,前者主宰着后者。"理性"与"文明"两个概念在理论与实践上,都基于假设的、根深蒂固的物种主义。而这些对立关系恰恰成

---

① [法]阿尔贝特·史韦泽:《敬畏生命:五十年的基本论述》,陈泽环译,上海人民出版社2017年版,第8页。

② Nandita Batra, "Dominion, Empathy, and Symbiosis Gender and Anthropocentrism in Romanticism", in Michael Branch and Scott Slovic, eds. *The ISLE Reader*: *Ecocriticism*, 1993 - 2003, Athens: University of Georgia Press, 2003, p. 155.

③ [美]格里塔·加德著,刘光赢译:《素食生态女性主义》,《鄱阳湖学刊》2016年第2期。

④ Graham Huggan and Helen Tiffin, "Green Postcolonialism", *Interventions*, Vol. 9, No. 1, 2007, pp. 1-2.

了殖民入侵的理论基础。作为一种压迫行为，物种歧视主义不仅与种族主义等压迫形式息息相关，而且强化了基于种族歧视、性别歧视等各种形式的压迫观念。

殖民统治和种族主义统治结束了，却在南非民众内心建构了如铁般坚硬的理性主义围栏。人类中心主义和物种主义成为横亘在人与自然之间无法弥合的深渊。穆达将动物置于仪式语境，探索人与动物的相处之道，其目的正是通过仪式反思人类自身。"同情心与慈悲心和我们对有知觉生物的亲属感是紧密地联系在一起的，而且这种和它们结合的意识，可以为我们的生活指出伦理方向"①。穆达在《唤鲸人》和《马蓬古布韦的雕刻师》中将动物塑造具有人性与伦理的，与人平等的存在，挑战了西方理性主义坚持的人类中心主义和物种主义，颠覆了西方殖民行径自我附加的合理性。

第二节　仪式之于边缘个体的主体建构

特纳将仪式参与者称为阈限人，即"那些正在进入非常不同的生活状态的人"②。在仪式过程中，阈限人从原有的社会结构中脱离，被部分地或者完全地与文化上规定的有序状态和地位领域隔开，摆脱了原有的社会等级、地位、身份等标识性特征。在此阶段，结构性社会引起的矛盾对立关系甚至会颠倒过来，社会进入反结构的状态。此刻的阈限人只有肉体的实在，而没有社会的实在，成为特征模糊、去向不明的人，"他们在象征上或者是无性别的，或者是双性的，他们可能会被看成是人的一种基本材料，一种无差别的原材料"③。"无差别的原材料"特性恰好赋予了"阈限人"重新定义自我，重塑自我身份的机会。所以，对于处于社会边缘的他者个体来说，仪式就是他们自我发现、自我赋权和自我治愈的场域。

---

① ［美］福克斯：《深层素食主义》，王瑞香译，电子工业出版社2015年版，第138页。
② ［英］维克多·特纳：《象征之林：恩登布人仪式散论》，赵玉燕、欧阳敏、徐洪峰译，商务印书馆2006年版，第95页。
③ ［英］维克多·特纳：《象征之林：恩登布人仪式散论》，赵玉燕、欧阳敏、徐洪峰译，商务印书馆2006年版，第98页。

一　自我意识的复归

在非洲大陆，黑人女性在承受着殖民主义、种族主义双重殖民的同时，还背负着父权体制的压迫。三重剥削致使黑人女性被边缘化为无言的他者，失去自己的话语权力。她们被物化为满足男性欲望、体现男性地位的工具，其身体成为男性欲望的投射。而失去女性主体意识的女性也往往有意或者无意地滥用自己的身体，以迎合男性，不自觉地固化，甚至恶化自己的他者处境。在《马蓬古布韦的雕刻师》中的求雨仪式上，少女们跳起了处女之舞（Dance of the Virgins）。这种舞以大幅度扭动胸部和臀部为主要特点，是"让男人垂涎三尺的性感舞蹈"[1]，其目的是向男性观众展示自己的性感身体，激发男性的性欲，吸引单身男性的注意力。而《与黑共舞》中麻木放荡的马特拉卡拉（Matlakala）也在仪式化的狂欢聚会中跳着性感的法莫舞，将自己的隐私部位展示给在场男性，等待男性的挑选。"看是主体的权利，被看意味着被贬低为对象和客体。"[2]男性对女孩曼妙身体的视觉占有是"压迫的实现，是意志和独立身份的消灭"[3]。仪式化的场域放大了身体动作的隐喻意义。这些女性们通过舞蹈将自己的身体暴露在男性的注视之下，成为男性挑选的对象，不自觉地将自己他者化、非人化、物化为男性性欲的对象。

然而，处于过渡仪式中的阈限人的身份是模棱两可、似是而非的，这也就意味着仪式场上的少女们的身份不是固化的，而是具有多种可能性的流动性的存在。在《马蓬古布韦的雕刻师》中，求雨仪式上跳处女之舞的少女们将自己的身体变成了剥削的隐喻，意味着她们可以以同样的方式将自己的身体转变为反剥削的隐喻。求雨仪式上查塔的野兽之舞感动了马鲁比妮，使她意识到人的身体所蕴含的巨大力量。她放弃了吸引男性的处女之舞，转而跳起了野兽之舞。在舞蹈中，她不再是那个等待男性挑选的性感少女，而是狂野神秘的自然万物。粗犷豪放、生动逼真的野兽之舞一扫处女之舞的娇弱与性感，转而展现了女性身体里的野性与力量。特纳认

---

[1] Zakes Mda, *The Sculptors of Mapungubwe*, Cape Town: Kwela Books, 2013, p. 73.

[2] 南帆:《身体的叙事》,《天涯》2006年第6期。

[3] Carol J. Adams, *The Sexual Politics of Meat: A Feminist-Vegetarian Critical Theory*, New York: Continuum, 2010, p. 73.

为，"当人们不是在扮演制度化了的角色时，就能'成为自我'"①。求雨仪式为马鲁比妮营造了一个发现自我的机会，使她发现了自身拥有的创造力和生命力，继而通过肢体语言表达出来。她的舞蹈，"搅乱了男人们的横膈膜，使他们的心跳加快，让他们感到恐惧。他们不知道他们恐惧的原因是什么，他们只是害怕而已，非常害怕"②。她的舞蹈颠覆了男性们对女性身体的刻板认知，使男人意识到女性身体是"如此强大的源泉"③，消解了男性对女性身体的性欲想象。而让男人恐惧的根本原因是，她为雨而舞，拯救了一个国家。强大的王国和不可一世的贵族们尝试过多种求雨方式和途径，却以失败告终。眼见着王国里的庄稼日渐干枯，牲口日渐消瘦，马蓬古布韦一步步走向衰败。马鲁比妮天人合一的野兽之舞为人们带来渴盼已久的甘霖。她的野兽之舞拯救了马蓬古布韦，也让王国里的男性对他刮目相看。求雨仪式使马鲁比妮跳脱了原有的社会结构，通过肢体动作发现自身蕴藏的力量，颠覆了社会强加于她的作为三重他者的等级、身份和地位，使她的自我主体意识逐渐明晰。

　　《死亡方式》中的托洛基也试图通过葬礼仪式重建自己的主体性。被家人排斥，被种族主义政府驱逐，托洛基成了一个"多余人"，游荡在社会的边缘，过起了离群索居的生活。无家可归、无以为生的托洛基为自己发明了一个新的身份："职业哀悼者"（Professional Mourner）。他参加穷人的葬礼，在葬礼仪式上摇摆身体，或者在地上痛苦地翻滚，模仿各种痛苦的声音，努力将内心的痛苦外化、具体化，为葬礼营造悲伤气氛。托洛基努力将口头传统与表演相结合，以富有想象力的方式表达对死者的哀悼。而为了增强哀悼的仪式感，他乞讨到了一套戏服。这套戏服"有一顶高帽，一条有光泽的紧身裤……还有一件及膝天鹅绒般的黑色披风，上面系着一个手一样大小的金色胸针，胸针上缀有黄、红、绿三色流苏"④。与众不同的装扮使托洛基成为人们关注的焦点，戏服因而成了他与原有社会结构隔离的工具。就好比参加通过仪式的人利用隐匿的场所，或奇形怪状的装扮，或彩色泥土伪装自己的身份一样。戏服帮他抹去了原有的社

---

　　① ［英］维克多·特纳：《象征之林：恩登布人仪式散论》，赵玉燕、欧阳敏、徐洪峰译，商务印书馆2006年版，第101页。

　　② Zakes Mda, *The Sculptors of Mapungubwe*, Cape Town: Kwela Books, 2013, p.127.

　　③ Zakes Mda, *The Sculptors of Mapungubwe*, Cape Town: Kwela Books, 2013, p.134.

　　④ Zakes Mda, *Ways of Dying*, New York: Picador, 2002, p.26.

身份，使他进入了阈限人的角色，在仪式中建构自己的新的身份。穷人们对托洛基哀悼行为的关注与肯定使他获得极大满足感。从前离群索居的他也慢慢获得非正式居民点居民的接纳，成为社区的一部分。他逐渐意识到自己存在的价值。所以，哀悼于他已经从生活所需，转变成为他"内心的需求"①。

> 现在，这套衣服已经不再光鲜，五颜六色的流苏不见了，帽子又弯又皱，斗篷上的丝绒结上了一层厚厚的、泛着油光的污垢，紧身衣破开的部分被金属线和安全别针固定在一起，原本美丽的黑色几乎已经变成了灰色。就像那些身着破旧的、象征自身地位的律师袍的辩护律师一样，年龄越大，托洛基对自己这身庄严的装扮越自豪。当然，即使他不去参加葬礼仪式，去看诺瑞娅的时候，他也会穿着这套衣服。②

葬礼仪式的阈限阶段使托洛基找到了在原有社会结构中缺失的自我意识。他成为自己的创作主体，而不是被动地成为别人关注的对象。仪式化的装扮已然成为他身份的象征。所以，即便是结束了葬礼仪式，离开了仪式语境，托洛基内心对于主体性的强烈需求，依然促使他继续穿着这套在常人看来滑稽可笑的戏服，以凸显自己的主体性。

伊恩·普莱提斯（Ian Prattis）认为"环境会提供一种隐含的意识，由一幕幕个别的仪式过程引发清晰的意识觉醒"③。所以，托洛基参加葬礼，成为仪式的一部分，与其说是为了悼念逝去的亡者，不如说是为了重建自己精神世界的需要。他把葬礼仪式变为自己的通过仪式。然而，他所依赖的戏服，曾经是专门租给表演者用来表演古代戏剧，或者参加狂欢仪式的，其目的在于表现"过去的世界"，或者"根本不存在的世界"④。穿着过去世界的装扮，穿行在现代世界。仪式化装扮体现的时间差，体现出托洛基的自我意识与现实世界的错位。这就意味着，托洛基自我意识的

---

① Zakes Mda, *Ways of Dying*, New York: Picador, 2002, p. 151.
② Zakes Mda, *Ways of Dying*, New York: Picador, 2002, p. 127.
③ ［美］伊恩·普莱提斯：《"帕西法尔"和符号学结构主义》，载［美］伊万·布莱迪主编《人类学诗学》，徐鲁亚等译，中国人民大学出版社2010年版，第117页。
④ Zakes Mda, *Ways of Dying*, New York: Picador, 2002, p. 26.

回归仍然停留在虚构的、想象的层面上。

二 心灵世界的净化

任何仪式都有其自身的功用,是一种有目的性的活动。在谈到非洲的仪式时,特纳也认为,"仪式是一个连续性活动的基型(stereotyped),包含着在一个特定的场合中形体、语言、器物等的展演,以达到行为者在仪式中设计的某种超自然的影响和目标"[1]。人们不会被动地参与某个仪式,而是有意识地参与仪式,以达成某种结果或者目标。所以,马鲁比妮通过求雨仪式上的野兽之舞展示自己作为女性的主体意识,托洛基通过哀悼仪式重建自我意识,他们都通过仪式强调或者重建自己的身份。同样是基于仪式的阈限性带来的无限可能性,《与黑共舞》中的蒂珂莎则有意识地营造仪式场域,通过仪式清除社会带给她的痛苦,净化自己的心灵世界。

蒂珂莎曾经在中学时学习成绩优异,但教父却选择资助成绩平平的哥哥莱迪辛去天主教高中读书,"仅仅因为他是个男人,将来可以为上帝服务"[2]。在自己家里,母亲不认可她的艺术欣赏能力。她给自家房屋外墙画上美丽的传统壁画,却招来母亲的责骂和殴打。村民也在背后嘲笑蒂珂莎是"一场舞会怀上的姑娘"[3],只因为她是母亲私生活混乱的结果。蒂珂莎不仅被剥夺了享受教育的权利,被自己的亲人孤立,她还被社区边缘化。意识到无法在社区的公共仪式活动中获得精神慰藉后,蒂珂莎拒绝与他人交流,她回避异性的求爱,不做家务,不做清洁,也不参与村里的集体活动。她退出世俗活动,逃避哈沙曼村(Ha Samane)传统权力关系对她的限制。每当蒂珂莎痛苦难耐时,她都会去山上的特瓦人洞穴,呼唤洞穴壁画中的布须曼人(Bushman)。壁画中的猎人、舞者和野兽女舞者(monster-woman-dancer)走出壁画,为蒂珂莎举行治疗仪式。在野兽女舞者的带领下,人们大声唱治愈之歌(healing songs),疯狂跳着力量之舞(Great Dance of the Strong),"治愈折磨蒂珂莎身心的痛苦,驱赶她所有的

---

[1] Victor W. Turner, "Symbols in African Ritual", *Science*, Vol. 179, 1973, p. 1100.

[2] Zakes Mda, *She Plays with the Darkness*, Florida Hills, South Africa: Vivlia Publishers and Booksellers, 1995, p. 5.

[3] Zakes Mda, *She Plays with the Darkness*, Florida Hills, South Africa: Vivlia Publishers and Booksellers, 1995, p. 4.

厄运"①。夜幕降临时,蒂珂莎躺在地上,男舞者们围着她跳舞。在舞蹈过程中,舞者们不断地从蒂珂莎的肚子和大腿处拔出象征污秽与痛苦的箭。随着箭的拔出,蒂珂莎逐渐失去意识,直到失去生命。日出之时,仪式结束,蒂珂莎再次复活,焕然一新。蒂珂莎一次次求助于布须曼人的治疗仪式,她内心的伤痛在重复的仪式中一次次被治愈。所以,即便已是人到中年,蒂珂莎仍如少女般青春美丽。

蒂珂莎通过仪式来抚平内心的创伤,实际上体现了人类社会所共有的污染—净化仪式心理。人们通常把灾祸、瘟疫等具有污染性质的现象作为打破社会结构、个人生活秩序的征兆。为了祛除污染,禳解灾祸,恢复正常的社会结构,就要展演净化仪式。德国人类学家沃尔特·伯克特(Walter Burkert)将这种净化仪式分为四个阶段:第一个阶段是罪恶或者灾害等的降临;第二个阶段是一位拥有超人知识的先知、祭司或者占梦师等中介者介入;第三个阶段是诊断,找到污染的原因;第四个阶段是用仪式手段祛除污染②。打破原有社会结构和生活秩序的污染,既可指有形可见的天灾人祸,也可延伸至压制性的、不合理的社会结构带给个体的无形的心灵创伤。蒂珂莎完成了污染—净化仪式程序,恢复了被污染前的生活秩序。在这个治疗仪式中,布须曼人充当了作为中介的"净化者"③的角色。布须曼人是非洲大陆最早的居民之一,殖民主义统治和部族的排外倾向,导致他们几近灭绝,他们也因此被鄙视为原始人。但是,在蒂珂莎的眼中,布须曼人热情好客、爱好和平、和睦安宁,他们以狩猎为生,却只猎取生活所需,他们是最具生活智慧的先知。布须曼人和谐美好的世界与伦理混乱、男性至上、亲情淡漠的哈沙曼形成鲜明对比。这个治疗仪式极具象征意义。布须曼人从蒂珂莎身体中拔出的箭,象征压制性社会带给蒂珂莎内心世界的污染。箭被拔出,象征污染被找到,并被清除。在仪式中死去并复活,象征蒂珂莎告别原有社会结构加于她的他者身份,重新构建了社会结构与自我身份。

然而,并不是所有净化仪式都表现出特定的环节与步骤。《唤鲸人》中的唤鲸人则通过告解仪式来疏解情感压力,净化自己的精神世界。神秘

---

① Zakes Mda, *She Plays with the Darkness*, Florida Hills, South Africa: Vivlia Publishers and Booksellers, 1995, p. 51.
② 叶舒宪:《文学人类学教程》,中国社会科学出版社 2010 年版,第 307 页。
③ 叶舒宪:《文学人类学教程》,中国社会科学出版社 2010 年版,第 310 页。

的约德先生（Mr Yodd）是唤鲸人倾诉的对象。约德先生不是一个真实存在的人，或许是唤鲸人对上帝的模仿，或许是唤鲸人自我意识的延伸，或许就是一只岩兔。唤鲸人定期拜访约德先生，向他告解。然而，约德先生总会对唤鲸人的想法报以嘲笑和讥讽。这使得他觉得，"世界的灾难都落在他身上了。全世界都在和约德先生一起大肆嘲笑他"①。但是，唤鲸人并没有顺从接受约德先生的嘲笑，而是在告解中反击约德先生，"你在往我的伤口上撒盐"②。约德先生的嘲笑使唤鲸人在每次告解后都会有种"屈辱感"③。但是他认为，"这种告解是一种自我鞭笞……他需要约德先生的羞辱"④。正是因为约德先生的羞辱，唤鲸人才不断反思，保持理智与清醒。与传统的制式宗教的忏悔仪式不同，唤鲸人的告解仪式摆脱了制式宗教的刻板场所与程序。他并不认为自己是有罪之人，而是在告解仪式中絮叨自己的琐碎日常，袒露自己对沙丽莎的思念、担心，以及对萨鲁尼的无计可施。

唤鲸人与约德先生的互相嘲讽，则形成了一种"能量"（energy）的对峙与碰撞。"能量"是特纳在研究恩登布人的乌布万古（Wubwangu，斯瓦希里语）仪式时提到一个重要概念。恩登布人认为双胞胎是不祥的生育现象，需要举行治疗仪式来消除双胞胎可能带来的厄运。在这个仪式上，男性与女性分成两个阵营，他们会通过语言和动作表现出"合法性失礼"（licensed disrespect）⑤，即边跳舞边唱与性有关的淫秽歌曲，大肆地挑衅和嘲弄对方，并乐在其中。而这种交融状态就为社群释放能量提供了契机。

这种与性行为有关，又有攻击性的野性冲动是人类和动物都具有的。不同性别的双方对性感与敌对状态公然地做出象征行为，而野性的能量就在这种公然的象征行为中得以释放，并被导向主要的象征。主要的象征代表着结构的秩序，以及秩序所依靠的价值与美德。所有

---

① Zakes Mda, *The Whale Caller*, Johannesburg: Penguin, 2006, p. 56.
② Zakes Mda, *The Whale Caller*, Johannesburg: Penguin, 2006, p. 6.
③ Zakes Mda, *The Whale Caller*, Johannesburg: Penguin, 2006, p. 58.
④ Zakes Mda, *The Whale Caller*, Johannesburg: Penguin, 2006, p. 80.
⑤ ［英］维克多·特纳：《仪式过程：结构与反结构》，黄剑波、柳博赟译，中国人民大学出版社 2006 年版，第 77 页。

的对立情况都被恢复了的统一体所解决或超越。不仅如此，威胁这个统一体的力量还使统一体得到了进一步的加强。这些仪式行为显示出了仪式的一个功用，即作为一种独特的方式，在具有社会秩序的服务之中加入无秩序的力量。①

按照特纳的解释，人类既具有文明理性的一面，也具有与动物一样野性的一面。在社会道德规范、法律和社会关系等社会秩序的束缚下，人的本能诉求被压抑。这种被压抑的诉求就是"能量"，一种无秩序的力量。而治疗仪式的结构功能就帮助人们将就这些能量释放出来，净化人的心灵，恢复人正常的生活秩序。唤鲸人的告解仪式就体现为一种自主举行的净化仪式。

唤鲸人生活在享誉世界的观鲸小镇赫曼努斯（Hermanus）。每年的观鲸季，世界各国的游客大量涌入观鲸，使得赫曼努斯成为高度商业化的繁华小镇。而黑人唤鲸人只能租住在白人后院的小屋里，靠国家的救济金生活。他的存在，如同白人世界里的一粒黑色沙子，无法逃离，也融不进去。在社会边缘艰难求生，精神极度荒芜的唤鲸人，在尝试与南露脊鲸沙丽莎建立情感联系的同时，也与同为"多余人"的乡村酒鬼萨鲁尼同病相怜，依偎取暖，因此陷入了与鲸及女人的三角恋关系。沙丽莎的无欲无求带给他精神安慰；萨鲁尼的性爱诱惑满足了他的性欲本能。精神上的满足与肉体上的欢愉，让唤鲸人无法自拔，却又难以取舍。多样诉求和矛盾的情感关系形成种种力量，在唤鲸人内心无序涌动，加剧了他的精神痛苦。而通过告解仪式，他将自己的琐碎日常和矛盾心情和盘托出，在约德先生的嘲笑中反思、梳理自己的内心诉求，在有序的混乱中释放被压抑的能量，获得精神的净化。这也正印证了特纳对仪式对话的强调，"互相的坦诚相见所具有的净化功能，使从结构到交融的仪式性降格得以实现"②。

三 主体权利的赋予

在过渡仪式中，阈限人的地位使他们能暂时跳脱出原有的生活结构，成为暂时的"局外人"，旁观者视角赋予他们更为清晰的理性思考和批判

---

① ［英］维克多·特纳：《仪式过程：结构与反结构》，黄剑波、柳博赟译，中国人民大学出版社2006年版，第93页。

② ［英］维克多·特纳：《仪式过程：结构与反结构》，黄剑波、柳博赟译，中国人民大学出版社2006年版，第182页。

能力。所以，特纳认为，"阈限能部分地表述为反思的阶段"①。完成过渡仪式之后，阈限人会回到原有的社会结构中，然而，此时，阈限人的身份和地位已经发生变化。"作为仪式主体的个人或团体再次处于稳定的状态，由此拥有了一些明确规定的和'结构'类型的权利和义务，被期望依照一定的习俗规范和道德标准来行事"②。而《马蓬古布韦的雕刻师》中的马鲁比妮就通过仪式反思自身处境，并自我赋权。

在求雨仪式上，马鲁比妮的舞蹈为这个国家带来了甘霖。她成功地挑起了皇家雕刻师瑞达尼（Rendani）的权力欲望。求雨仪式结束后，瑞达尼毫无廉耻地抛弃了他本欲求婚的琪多（Chido），转而当众向马鲁比妮示好，并送给她一只金手镯。瑞达尼狡黠地认为，控制了会跳求雨之舞的马鲁比妮，他就拥有了权力与财富之源。然而，完成求雨仪式的马鲁比妮已不再是原来那个等待男性挑选、一心嫁给山顶贵族的娇弱少女了。通过求雨仪式，马鲁比妮清晰地认识到自身身体中蕴藏的力量和身份多样性的可能。她长期以来被忽视、被遮蔽的自我意识逐渐明晰。所以，当她的家人满心欢喜地想象着他们的孩子即将成为一位贵族的妻子，并为家人带来荣耀时，马鲁比妮拒绝了瑞达尼的求婚，并逃离了马蓬古布韦。她击碎了瑞达尼想要将她物化为满足他身体欲望与权力欲望工具的幻想，也打消了家人对其生活的控制。通过求雨仪式，马鲁比妮赋予了自己自主选择的权利。

苏珊·朗格（Susanne K. Langer）曾言，"舞者以充满激情的舞蹈姿势创造了一个难以形容的、遥远的世界。在这个世界里，力量变得可见"③。马鲁比妮通过仪式舞蹈为自己创造了一个独立自主的世界，打消了男人对她身体的欲望想象。马鲁比妮对男性性欲化想象的拒绝，源自男权社会中男性对女性性欲的有意忽视和女性对自身性欲的严格压制。因此，性成为女性生活中"一个沉默和痛苦的领域"④。然而，马鲁比妮再

---

① [英]维克多·特纳：《象征之林：恩登布人仪式散论》，赵玉燕、欧阳敏、徐洪峰译，商务印书馆 2006 年版，第 105 页。

② [英]维克多·特纳：《象征之林：恩登布人仪式散论》，赵玉燕、欧阳敏、徐洪峰译，商务印书馆 2006 年版，第 94 页。

③ Susanne K. Langer, *Feeling and Form*, New York: Charles Scribner's Sons, 1953, p. 195.

④ Leslie Gotfrit, "Women Dancing Back: Disruption and the Politics of Pleasure", in Henry A. Giroux, ed. *Postmodernism, Feminism, and Cultural Politics*, Albany: State University of New York Press, 1991, p. 179.

次通过仪式舞蹈赋予自己满足身体欲望的权利。在马鲁比妮逃离马蓬古布韦之后，王国再次陷入干旱，查塔受命找到马鲁比妮，并请她再次为王国祈雨。马鲁比妮又一次展现了她身体里蕴藏的巨大力量。她的疯狂舞蹈，引来了雷霆万钧，大地轰隆，"她站在池塘中央，一边尖叫、呻吟，一边紧紧地拥抱自己，然后伸出双臂，在水里跺着脚，溅起的水花与倾盆大雨融为一体"①。在与雷霆共舞中，马鲁比妮释放了自己身体欲望，孕育了"雷霆之子"（Child of Thunder）。根据马蓬古布韦的传统和国王的明确要求，求雨舞者要保持洁净曼妙的身体，因此马鲁比妮不可以结婚生子。但马鲁比妮不仅再次求雨成功，而且在求雨仪式中与大自然结合，孕育了孩子。她的舞蹈打消了任何男性想要把她变成性对象的企图，也反抗了统治阶级对她身份的限定。求雨舞蹈成为她的自我宣言。

马鲁比妮通过求雨仪式为自己赋权，《与黑共舞》中的蒂珂莎则通过仪式化场域的营造，为自我赋权，抵制男权社会对女性的压制。蒂珂莎能歌善舞，且有着"极致的，不合常理的，狂野的美丽"②：凹凸有致的曼妙身材，白嫩的皮肤，狂野的、不老的美丽容颜。但是，她拒绝一切男人，包括无数少女们梦寐以求的足球明星达力先生（Sorry My Darlie）的爱情，因为"在她看来，男孩是没有思想的生物"③。她用舞蹈迷惑连男人们都害怕的毒蛇，并把它们变成自己的美餐。蒂珂莎的勇敢与坚定，展示了她作为一个独立女性的自主意识，消弭了男性对她的欲望想象，使他们对她"不会有任何不纯洁的想法"④。蒂珂莎"与黑暗共舞"，在黑暗中，她用羽毛划过自己的身体，在电流般的战栗中解放自己的身体，体验性欲释放带来的"极致的欢悦"⑤。通过舞蹈，马鲁比妮和蒂珂莎将"沉默和痛苦的领域"变为灵动欢欣的天堂。

薛艺兵提出，"具有仪式意味的这种仪式化动作，不同于具有实效功

---

① Zakes Mda, *The Sculptors of Mapungubwe*, Cape Town: Kwela Books, 2013, p. 257.

② Zakes Mda, *She Plays with the Darkness*, Florida Hills: Vivlia Publishers and Booksellers, 1995, p. 71.

③ Zakes Mda, *She Plays with the Darkness*, Florida Hills: Vivlia Publishers and Booksellers, 1995, p. 5.

④ Zakes Mda, *She Plays with the Darkness*, Florida Hills: Vivlia Publishers and Booksellers, 1995, p. 5.

⑤ Zakes Mda, *She Plays with the Darkness*, Florida Hills: Vivlia Publishers and Booksellers, 1995, p. 170.

能的劳动、攻击或防御动作，也不同于具有实用价值的日常生活动作，而是超越实效和实用目的的非常态行为，动作的目的在于表达某种情感或表现某种意义"[1]。作为社会底层女性，马鲁比妮和蒂珂莎通过仪式舞蹈和仪式化场域的营造将自己置于仪式语境，将自己从"社会人"的身份转变为"阈限人"，并利用阈限人身份的模糊性特征探索自我身份的多样性。她们打破了原有社会结构对其身份的种种限制，为自己赋权，使自己恢复为拥有多种能力、多重欲望和多样兴趣的完整的人。而这也正如凯瑟琳·贝尔（Catherine Bell）所言，"有意识或无意识地实施仪式化是对权力关系、支配关系和反抗关系的一种特殊构建"[2]。仪式和仪式化场域的营造，成为父权、殖民和种族主义统治下黑人女性艰难求生的策略之一。然而，马鲁比妮的野兽之舞、雷霆之舞，以及蒂珂莎的黑暗之舞、力量之舞都跳脱出了现实主义的局限，投射出了一种超越现实的理想色彩。这些带着魔幻色彩的仪式舞蹈，在给予女性多样性和复杂性的同时，似乎也暗示着，女性主体的重建之路并不如我们构想般那样容易。而《与黑共舞》的结局似乎印证我们的疑虑。蒂珂莎赖以为精神源泉的洞穴壁画被游客破坏了，壁画中的人无法走出壁画，与她共舞。"这不仅是舞蹈的死亡，也是一种生活方式的死亡。她和山洞里的人在一起的世界和生活已经永远毁灭了。她必须找到一种新的方式来表达自己，并在远离这个地方的世界里找到一种新的生活。"[3] 蒂珂莎意识到回归社会的必然性。她离开了作为神圣仪式场所的特瓦人洞穴，重新开启自己的生活。她开辟了一块卷心菜地以养活自己，并因此带动了村里的妇女帮扶运动。村里的妇女们从她的卷心菜种植得到启发，开始在公共菜园里种卷心菜、胡萝卜和菠菜。她以充满活力的方式重新进入了社区。

随着她与村民接触的增加，她恢复了与姑娘们一起跳舞的习惯，并再一次成了村里最杰出的舞者。她还养成了听村里男人忏悔的习惯。"在她黑暗的房间里，他们开始谈论他们的善行和恶行，并坦白了他们内心的秘

---

[1] 薛艺兵：《神圣的娱乐：中国民间祭祀仪式及其音乐的人类学研究》，宗教文化出版社2003年版，第11页。

[2] Catherine Bell, *Ritual Theory*, *Ritual Practice*, New York: Oxford University Press, 1992, p. 206.

[3] Zakes Mda, *She Plays with the Darkness*, Florida Hills: Vivlia Publishers and Booksellers, 1995, p. 90.

密。她只是听着，什么也没说。但这些人离开时都如释重负。"① 从需要他人帮助治疗她的心理创伤，发展到她为村里的男人们扫除心中的痛苦，蒂珂莎成为哈沙曼村仪式活动的关键人物。在这些男人的忏悔仪式中，蒂珂莎没有对他们的表达做出口头回应。但是如同画有壁画的特瓦人洞穴一样，她的黑屋子为他们提供了一个仪式场所，而她本人则扮演了作为中介的"净化者"的角色。在这里，男人们将他们的经历置于他们的社会结构中，在蒂珂莎的倾听中净化自己。蒂珂莎不需要男人，而男人们需要她。她重回社会，并在社会中获得了自己的主体地位。借助仪式，蒂珂莎将自己的赋权行动从想象具体化为现实。

《死亡方式》中的亡者也在葬礼仪式中通过"护士"获得最后的言说权利。在非洲人的传统信仰中，人的生命是环形循环的。人去世以后，会进入另一个世界，即祖先的世界。这个世界与现实世界共存。所以，去世，意味着亡者将会以另一种形态继续存在。葬礼仪式成为亡者的过渡仪式，象征着他们与现实世界分离，确认"死者"身份，进入另一个世界。然而，失去生命的亡者永远失去了言说的机会，而葬礼"护士"就成为亡者在现实世界最后的代言人。在葬礼仪式上，"护士"代理了亡者的阈限人角色，为亡者发声。在葬礼上，"护士"讲述亡者生前的故事，揭示亡者死亡的原因。通过"护士"的葬礼演讲，一个个惨痛的人间故事被还原。五岁的小武萨被自己的同胞套上装满汽油的轮胎，活活烧死；为病亡同学演唱葬礼歌曲的天真孩子被无端枪杀；黑人雇工被白人老板以取乐为由活活烧死；无辜的男孩被枪杀、碎尸、弃尸荒野；刚刚分娩的母亲在火车上被无业的黑人青年掳走、轮奸并杀害……展现在人们面前的是种族主义政府惨无人道的杀戮与黑人内部的自相残杀。葬礼仪式让亡者获得了最后一次言说的权利。通过代理阈限人，亡者呐喊出自己心中的悲痛，表达了对南非混乱社会现实的控诉。

第三节 仪式之于族裔他者的文化坚守

康纳顿在强调身体操演对于表达和保持记忆的重要性时提出了两种记

---

① Zakes Mda, *She Plays with the Darkness*, Florida Hills: Vivlia Publishers and Booksellers, 1995, p. 178.

忆积淀方式:"刻写实践"(inscribing practices)和"体化实践"(incorporating practices)①。刻写实践即指用文字系统来摹写记忆。而体化实践则借助口述发声等身体动作来传承记忆。在他看来,"许多习惯技能的记忆形式说明,对于过去的记忆来说,虽然从不用追溯其历史来源,但却以我们现在的举止重演着过去。在习惯记忆里,过去似乎积淀在身体中"②。而凝结着族群历史与文化的仪式,在历史长河的反复操演中形成了习惯记忆,成为有效的记忆系统,复现往昔的共同价值和原初的身份认同。仪式因此便成为无文字民族传承历史记忆的重要渠道,也成为民族文化中最具外显特征的符号系统。所以,对本族人而言,仪式是一条纽带、一种标志;对外族而言,仪式是一面旗帜、一种宣言。

一 承载民族记忆

仪式的传承性,使得人类得以通过约定俗成的仪式行为储存共同记忆。而作为仪式的表达形式之一,穆达小说《红色之心》中的仪式化的舞蹈托伊舞(toyitoyi)就承载着一个民族的历史记忆,成为族群历史记忆的外化。卡玛古在流亡三十年后回到故国,期待利用自己的学识,为百废待兴的新南非贡献一臂之力。虽然同为黑人,而且还有高学历和丰富的工作经验,卡玛古却在求职过程中处处受阻,而理由竟是他过于优秀,而且不会跳托伊舞。托伊舞,是黑人民众在漫长的自由斗争过程中发展并流传开来的一种舞蹈。它记录了黑人大众的惨痛经历,饱含黑人对自由美好生活的期待。"仪式是一个传统的储藏器和符号的聚合体,因而具有特殊的社会记忆功能,使得仪式具有历史叙事的能力。"③ 所以,托伊舞,既是胜利之舞,也是血泪之舞。跳托伊舞,传达的不仅是人们获得自由后的欢欣鼓舞,还有人们对那段不屈不挠的自由斗争史的缅怀。

仪式,时常起到一种"宪章"和鉴别的作用④。所以,在新南非,托

---

① [美]保罗·康纳顿:《社会如何记忆》,纳日碧力戈译,上海人民出版社2000年版,第94页。
② [美]保罗·康纳顿:《社会如何记忆》,纳日碧力戈译,上海人民出版社2000年版,第90页。
③ 荆云波:《文化记忆与仪式叙事》,南方日报出版社2010年版,第3页。
④ 彭兆荣:《人类学仪式的理论与实践》,民族出版社2007年版,第97页。

伊舞成为人们表达喜悦的欢庆之舞，也成为人们识别族裔的标志。卡玛古流亡三十年，缺席了本民族三十年的历史。他没有与本土的同胞共同经历那段惨痛的历史，没有在重复性的仪式实践中学会托伊舞，更不了解托伊舞在民族历史和文化生活中的重要性。不会跳托伊舞，意味着也没有建立起与自己族裔的关联。"仪式无形之中成了某种从开创引入到形成规矩的'区分/排斥'原则。"[1] 会跳托伊舞的黑人被归为"我群"，反之便是"他群"。托伊舞在"我群"与"他群"之间划了一道界限。时代在进步，社会在发展。仪式不仅要传承历史文化，更应该顺应时代的发展，才能历久弥新。它不应该被固化在某个历史阶段，更不能成为排斥他人的标准。卡玛古求职，因为不会跳托伊舞被拒，虽然有政府的腐败力量在暗中作祟，但也从侧面说明，仪式承载着民族历史，并在人们的精神生活中发挥着深刻的影响。

同样在这部小说中，以邦科（Bhonco）为首的怀疑派和以泽姆（Zim）为首的笃信派的仪式之争共同还原了祖先时代先知预言引发的"杀牛运动"。以农卡乌丝为首的少女先知宣称自己受到神秘人的警示，科萨人应该杀死自己的牛，毁掉自己的庄稼，重新装饰自己的家园，以迎接祖先的复活。因为对少女先知农卡乌丝预言看法的分歧，双胞胎兄弟特温与特温-特温分别发展成为追随少女先知的笃信派和怀疑先知预言的怀疑派。他们的后人泽姆和邦科分别继承了先辈的信仰，并发明了不同的仪式，以示区别。怀疑派们从生活在内陆地区的特瓦人那里学习了一种可以让人进入恍惚状态的舞蹈，并用之于他们的纪念仪式。仪式开始前，他们相互训诫。训诫结束，被训诫者以一声长长的哀号表示接受。仪式现场被一种哀伤的氛围笼罩。长者们开始以缓慢的节奏跳舞。他们心怀痛苦，边舞边哭，直到进入恍惚状态，进入祖先曾经生活过的中世代（middle generations）。在祖先的世界里，他们再次看到了"杀牛运动"带给科萨族的灾难，看到祖先们在饥饿中悲痛欲绝，隐忍求生。当恍惚状态结束后，邦科及其他舞者回到现实，内心充满悲伤。他们会定期在屋前树下举行这种纪念仪式，不断回到祖先的世界，重温祖先经历过的痛苦历史，唤起内心的悲伤，并以此感恩当下生活的幸福。而为了反击怀疑派，笃信派们不仅继承了先辈们的清肠仪式，剃掉自己的眉毛，定期服用灌肠剂和催吐剂来

---

[1] 彭兆荣：《人类学仪式的理论与实践》，民族出版社 2007 年版，第 99 页。

净化自己的身体，而且还除去了所有身体装饰物和鞋袜等，仅用一条毯子裹身。他们全面净化自己的身体，将身体还原到原初状态，虔诚迎接祖先的复活。即便是在现代化的当下，以泽姆为代表的笃信派们仍然坚持着这种洁净身体的仪式，以表达对先辈信仰的继承。在仪式中重现历史，感受历史的沉重，怀疑派和笃信派缅怀祖先的仪式因而具有了记录历史的意义。

对于仪式旁观者卡玛古来说，怀疑派和笃信派的仪式之争无所谓对错，他们只不过是以不同的方式来表达自己对祖先的崇拜与怀念。他们的仪式共同还原了特定阶段的民族历史，成为链接历史与当下的媒介。不断重复的仪式，如同历史标志物，时刻提醒科萨族人民勿忘历史。两位老人对仪式看似固执的坚持，承载着厚重的历史与文化意义。笃信派与怀疑派对祖先信仰的继承与创新，成为卡玛古管窥本土民族历史的入口。这为他重温民族历史，重续与本土文化的关联提供了契机。

二 激发民族意识

人类所使用的符号，包括语言，是适应不同的环境，在不同的思想和认知观念中形成的，而符号一旦形成，在运用的过程中它们又反过来建构我们观察事物的角度和方式，形塑我们的思想和观念，进而聚合为我们的文化系统。民族历史锻造了与众不同的民族传统仪式。承载着历史与文化记忆的仪式成为一个民族的文化符号。作为民族文化符号的仪式，综合表现了一个民族的历史文化和思想观念，而仪式的传承、创新和重复操演，也在不断地凝聚民族精神，强化民族的群体意识。《小太阳》中的背诵家谱仪式，出征仪式和就职仪式等就显示了仪式对激发民族意识的重要性。

背诵家谱是潘多米西部落王国的传统仪式。当遇到不熟悉的陌生人时，人们会背诵家谱，追溯家族历史，向彼此表明自己的身份来历。在殖民政府召开的部落大会上，来自各个部落王国的宗族首领、酋长、长老和国王们齐聚一堂。他们都被迫臣服于殖民政府的统治，却敢怒不敢言。相同处境的首领们却对彼此并不熟悉。这时，国王穆隆特洛拒绝了殖民者的有意干涉，坚持进行家谱背诵仪式，向在场的陌生首领们追溯自己的身份和王国的历史。"仪式能够在最深的层次揭示价值之所在，人们在仪式中所表达出来的，是他们最为感动的东西，而正因为表达是囿于传统和形式的,所以仪式所揭示的实际上是一个群体的价值。"① 对于潘多米西部落民众来说,家谱是历史记忆的累积。每一个名字都关联着一个英雄故事和历史传说。在后人们的不断背诵和讲述中,历史被保存并传递给下一代。在仪式的不断重复中,民族精神和群体意识被不断强化并传承下来。长长的家谱不仅激发了潘多米西部落民众的自豪感,也促进了本土人民的相互了解。一些首领发现,穆隆特洛国王的家谱与自己的家谱紧密相连。背诵家谱仪式,犹如贯通血脉一样,将众多部落和王国连接到一起,共同连缀成一个血脉相连的整体。在心照不宣的家谱背诵仪式中,人们内心的民族意识被激发、升腾、暗暗汇集成一股强大的民族力量,共同对抗殖民政府的统治。

马塔蒂莱(Matatiele)部落王国奋起反抗英国殖民统治。汉密尔顿·霍普武力威胁穆隆特洛国王组建军队,帮助殖民政府平定"叛乱"。殖民政府步步施压,穆隆特洛以王后新故为由,隐忍拖延。面对殖民政府的威逼利诱,部落民众在暗中揣测国王用意的同时开始分化。有人指责国王优柔寡断,有人觊觎殖民政府许诺的物质财富,有人想利用战争证明自己,还有人在白人武力胁迫的现场纵欲狂欢。横亘在国王面前的难题是,如何激化民众的民族意识,形成巨大的合力,共同对抗殖民压迫?

> 一个人对组织的认同感只是和其他组织成员共享信仰的结果之一,因为信仰是脆弱的,且非必需之物。就此而言,仪式向人们提供了一种机制,用于缺乏共同信仰的情况下对组织或运动效忠。对献身的心理学研究清楚地指出,仪式引导人们通过公共行动与政治群体达成一致,从而构建和强化人们与群体之间的必要联系。②

所以,在民族意识淡漠,民心四分五裂,缺乏共同目标的情况下,仪式就显现了其在建构群体认同,凝聚民族意识上的巨大力量。迫于殖民者的武力震慑,国王举行了出征仪式。在出征仪式上,国王的赞美诗人开始吟诵国王的家谱,讲述祖先的英勇事迹。古老仪式的重复,犹如一根细细

---

① [英]维克多·特纳:《仪式过程:结构与反结构》黄剑波、柳博赟译,中国人民大学出版社2006年版,第215页。
② [美]大卫·科泽:《仪式、政治与权力》,王海洲译,江苏人民出版社2015年版,第84页。

的针刺探着国民的心脏,一点点剔除人们内心的疑惑与私欲。而紧随其后的传统舞蹈乌姆古越舞(umguyo)则如冲破云层的太阳一般,瞬间照亮人们内心的晦暗与蒙昧。这是一种用以鼓舞士气的出兵舞。成百上千的战士们手持武器,围成半圆形。"战士们踏着舞步互相角力,互相撞击的盾牌发出雷鸣般的声音,长矛发出雷电般的闪光。"① 整齐划一、强悍有力的舞蹈震动了大地,展示了潘多米西部落民众的勇猛、团结,以及共同御敌的决心。曾经不可一世的白人殖民者不寒而栗,霍普的随从沃伦(Warren)不由得惊叹,"如果这些战士仅仅通过舞蹈就能让人不寒而栗,你能想象他们如何战斗吗?"②

帕森斯认为,"由于人们的态度具有共同的仪式表达形式,所以人们不但凭此形式来表示自己的态度,而且还转而强化这些态度。仪式可以使态度上升到一种高度自觉的状态,还会进一步通过这些态度来强化这个精神共同体"③。穆隆特洛国王被迫出征,攻打自己的兄弟部落。而出征仪式上威武雄壮的乌姆古越舞激发了战士们内心的民族意识,唤起了他们的民族自豪感,建立起了强大的民族认同感。这种集体认同给予了人们极大的信心和力量,激励他们奋起反抗殖民政府的压迫。所以,在没有任何语言提示,没有任何军事命令的情况下,战士们通过舞蹈交流,彼此会意。他们一步步缩小包围圈,将霍普紧紧包裹在人群中。在舞蹈的最高潮,马兰戈尼(Mahlangeni)一跃而起,用长矛刺死了霍普。意欲镇压马塔蒂莱国民反抗,助纣为虐的出征仪式成了殖民者的死亡仪式。那一刻,是出征仪式结束的时候,也是潘多米西部落民众民族意识建构、民族精神迸发的极点。

《死亡方式》中的葬礼仪式也以相同的方式建构人们的群体认同感,激发潜藏的民族意识。在南非走向民主的过渡期,各种社会问题滋生累积,人们的生活方式变成了死亡方式,死亡司空见惯。因白人种族主义政府的残酷屠杀和犯罪所导致的死亡成为正常死亡,因病或者年老而去世的

---

① Zakes Mda, *Little Suns*, Century City: Penguin Random House South Africa (Pty) Ltd., 2015, p. 159.

② Zakes Mda, *Little Suns*, Century City: Penguin Random House South Africa (Pty) Ltd., 2015, p. 159.

③ [法]雷蒙·阿隆:《社会学主要思潮》,葛智强等译,华夏出版社 2000 年版,第 350 页。

死亡反而成了非正常死亡。无处不在的死亡使人们对死亡的情绪从恐惧变成了麻木，而葬礼仪式则重新激发了民众对死亡的反思。在哀悼的过程中，托洛基"坐在土堆上，与世界分享他的悲伤"①。托洛基如泣如诉的哀悼表演，唤醒了人们内心的悲痛，营造了一个共同的悲伤氛围。他以葬礼仪式为媒介，将自己的挫折感和无助感传播到社区的公共领域。而"护士"对亡者死亡原因的揭示，对社会现实的控诉，也使得葬礼成了族裔苦难记忆的储存库。人们在缅怀逝者的过程中，族裔苦难的集体记忆被复苏，隐藏在人们内心深处的苦痛得以宣泄。葬礼仪式创造了一种归属感，一种通过悲伤创造出来的想象共同体，它承载并传达了集体悲伤的重要性。而原本离散的诸多个体，也因为相同的情绪体验和共同的仪式目标加深了彼此的了解与团结。在此过程中，群体意识得以建构。仪式结束后，人们回到原有的社会结构中去。而在葬礼仪式中被激发的群体意识得以强化并作用于人们的生活，从而改变原有的社会结构。所以，葬礼既是告别、缅怀逝者的仪式，也是生者强化集体认同、凝聚民族意识的仪式。

布朗认为，"任何对社会的人（物质的或精神的）有重要影响的事物和事件，或任何能够代表或表现这个事物或事件的东西，都会变成仪式态度的对象"②。《小太阳》中被殖民统治束缚的潘多米西部落民众在仪式中反抗，也将反抗变为仪式，在仪式中蓄积民族意识。在杀死治安官霍普后，穆隆特洛国王接管了治安官的法庭。他带着自己的部落民众，将摧毁法庭的现场变成了"就职仪式"。在仪式中，穆隆特洛坐在了治安官霍普的工作位置上，马兰加纳充当翻译官。士兵们自发扮演起了检察官、律师和书记员等。扮演罪犯的士兵被扔到被告席上。国王念着《伟大的致因书》（Great Book of Causes）中殖民者记录的所谓"罪状"。

"你，加提尼，恩德勒本德洛弗的儿子，你被指控，在四年的时间里，你的五间小屋，每一间都欠政府的税。你是有罪还是无罪？"

"我无罪，迪利金塔巴！为什么在我们潘多米西王国自己的土地

---

① Zakes Mda, *Ways of Dying*, New York: Picador, 2002, p. 17.
② ［英］A. R. 拉德克利夫-布朗：《原始社会的结构与功能》，丁国勇译，中国社会科学出版社 2009 年版，第 126 页。

上，我还要为我的房子交税呢?"

……①

"法官"控诉，"罪犯"反驳。羞于成为被告的人也主动站到被告席上，与旁观者一起制造欢乐。每审判完一起案件，士兵们就用自己的矛将《伟大的致因书》刺一遍，直到上面的字迹无法辨认。仪式结束，人们将千疮百孔的《伟大的致因书》付之一炬，压制、惩罚无辜民众的法庭也被烧成灰烬，熊熊大火宣示着潘多米西王国民众胜利的荣耀。"与世俗生活的差异令仪式变得不一般，甚至被神圣化。神性因素营造了与更高价值的关联，催生出意义，在纯粹理性之外作用于潜意识的层面。仪式的神圣空间有着至深的影响。人们在仪式行为中能够超出自我，摆脱惯常的束缚，同时又不会遭到任何危险。"② 原本让潘多米西部落民众不寒而栗的审判，在人们的模仿中变成了荒诞可笑的闹剧，殖民司法权威荡然无存。"就职仪式"的"模仿"与"解构"，打破了殖民统治强加在人民身上的枷锁，释放出人民内心压抑的民族意识。

三 树立民族形象

潘多米西部落民众通过掷地有声的仪式舞蹈展示了他们的民族精神，有力震慑了西方殖民者，他们的出征仪式因而具有了展示民族形象的意义。"当一个习俗或传统与某群体的根本信仰和价值观结合在一起，其存在和发展便成为群体成员获得生存意义的源泉。"③ 仪式成为凝聚民族精神，展示民族形象的文化符号。一个民族的各种仪式，既是民族内部感情的黏合剂，也是本民族区别于其他民族的标识。仪式操演，在展示特定民族文化传统的同时，也在无形中彰显着民族形象。然而，在西方殖民霸权的围剿下，殖民者与被殖民者之间呈现出民族形象的建构与反建构的

---

① Zakes Mda, *Little Suns*, Century City: Penguin Random House South Africa (Pty) Ltd., 2015, p.183. 迪利金塔巴（Dilikintaba）是潘多米西国人给治安官霍普取的名字。在本土语中，这个名字的意思是"毁灭的山川"，隐喻殖民统治的失败。

② [德] 洛蕾利斯·辛格霍夫:《我们为什么需要仪式》，刘永强译，中国人民大学出版社2009年版，第8页。

③ [美] 张举文:《过渡礼仪与信仰行为分析》，载王霄冰主编《仪式与信仰:当代文化人类学新视野》，民族出版社2008年版，第161页。

在小说《红色之心》中，英国殖民者一方面武力胁迫科萨人臣服于自己的统治，另一方面将自己塑造成文明的使者，进行文化渗透，达到在身体和精神上双重控制科萨人的目的。而其文化渗透的手段之一就是强制推行欧洲仪式，以象征的方式宣示殖民统治的权威和殖民者的主体地位。为了羞辱穆兰杰尼父子，打击先知穆兰杰尼在科萨人心目中的地位，显示自己在本土推行英国文明的决心，白人酋长哈利·史密斯（Harry Smith）举行吻靴仪式，强制穆兰杰尼的父亲和酋长向他行吻靴礼。康纳顿认为，"在所有文化中，对于权威的编排，大多通过身体的姿势来表达。在这项编排中，有一整套可辨认的姿势，由此，直立的身姿表现出诸多有含义的弯曲，让许多姿势操演变得有意义"[1]。作为身体语言的姿势在仪式语境中传达着丰富的象征意义。殖民者强制要求科萨人跪在地上亲吻自己的靴子，其目的是迫使其通过特定的身体姿势表示对欧洲文化的接受和对欧洲殖民统治的臣服。

特纳认为，"每一种仪式都有一个存在于相互联系着的象征符号之间的特殊模式，该模式取决于这种仪式的表层目的。换句话来说，每一种仪式都有其目的论"[2]。殖民者在科萨人的土地上强制推行吻靴仪式，在侵蚀本土文化传统的同时，将科萨人塑造为下贱的属民。同样，在《祖鲁人在纽约》中，白人通过臆想的仪式化舞蹈将祖鲁族人塑造为半兽半人的野蛮人。在英国政府大肆推进非洲殖民步伐的同时，英国国内兴起了一股观看非洲祖鲁人表演的热潮。为满足白人的猎奇心理，有色人多米尼克·阿尔夫（Dominic Alef）假扮祖鲁人，并有意编排了"野蛮祖鲁人"舞蹈。他披着兽皮，裸露着下体，跳着粗鄙不堪的所谓祖鲁舞蹈。在舞蹈表演中，他用锋利的人造金属指甲撕开活鸡，疯狂啃食，鲜血四溅。通过虚假的祖鲁舞蹈表演，他将祖鲁人塑造为尚在进化阶段的原始人形象。这种野蛮粗俗的舞蹈极大地激发了白人的好奇心。白人观众在啧啧称奇的同时，也满足于自己文明的体面。而威廉·亨特则进一步将这种舞蹈表演推向极致。在他的要求下，逃亡至此的祖鲁人艾姆-皮被迫和其他假扮的祖

---

[1] ［美］保罗·康纳顿：《社会如何记忆》，纳日碧力戈译，上海人民出版社2000年版，第92页。

[2] ［英］维克多·特纳：《象征之林：恩登布人仪式散论》，赵玉燕、欧阳敏、徐洪峰译，商务印书馆2006年版，第31页。

鲁人一起表演"野蛮祖鲁人"舞蹈。在亨特的编排下,野蛮祖鲁人"尖叫、踢腿、摔倒在地、翻白眼、露出血淋淋的牙齿,他们舌头被染成血红色,唱着令人毛骨悚然的战歌"①。在舞蹈中,他们还被迫展示如何在一个巨大的三角锅里煮食白人传教士。为了证明野蛮祖鲁人舞蹈的真实性,亨特炮制了一封夸祖鲁纳塔尔省殖民政府本地事务秘书西奥菲勒斯·西普斯顿爵士的来信,声称这些舞者是来自夸祖鲁(KwaZulu)的真正的祖鲁人。此外,他还给这种舞蹈增加了一个人类学知识科普环节,即在舞蹈表演前向观众讲解祖鲁人所代表的原始文化。哈根(Graham Huggan)和提芬(Helen Tiffin)认为,西方理性主义对于"人类"的定义,"依赖于非人类、未开化、野蛮、动物的存在"②。通过这些臆造的仪式化的舞蹈动作和虚假的知识宣传,亨特全方位地将祖鲁民族建构为野蛮、粗鄙、毫无人性的民族,与西方的文明形成强烈对比,由此证明了英国政府的殖民扩张是伟大的文明普及行为。

因无法接受白人世界有意编排的、恶意贬低祖鲁人民族形象的仪式化的舞蹈表演,艾姆-皮带着伙伴们离开了亨特的马戏团。他们要表演真正的祖鲁舞蹈,揭穿那些令他作呕的虚假表演的真相。在表演中,他们面带微笑,队形整齐,歌舞协调。他们的舞蹈有节奏、有秩序、编排优美,是"适宜观看的优美舞蹈,有很深的文化意义的舞蹈"③。美国人类学家克利福德·格尔茨(Clifford Geertz)曾言,舞蹈是人们身体动作与行为方式的"具体化",是群体文化特征与精神的投射④。艾姆-皮通过仪式化的祖鲁舞蹈展现了祖鲁人的友好善良与理性有序,颠覆了白人舞蹈所建构的野蛮、无序和浅薄的祖鲁人形象。简·艾伦·哈里森(Jane Ellen Harrison)认为,"集体性和强烈的情绪原本就是休戚相关、密不可分的,它们经常把单纯的行为转变为仪式"⑤。艾姆-皮努力通过舞蹈表演摆脱西

---

① Zakes Mda, *The Zulus of New York*, Cape Town: Penguin Random House South Africa (Pty) Ltd., 2019, p. 31.

② Graham Huggan and Helen Tiffin, "Green Postcolonialism", *Interventions*, Vol. 9, No. 1, 2007, p. 6.

③ Zakes Mda, *The Zulus of New York*, Cape Town: Penguin Random House South Africa (Pty) Ltd., 2019, p. 49.

④ [美]克利福德·格尔茨:《文化的解释》,韩莉译,译林出版社2002年版,第153页。

⑤ [英]简·艾伦·哈里森:《古代艺术与仪式》,刘宗迪译,生活·读书·新知三联书店2008年版,第19页。

方霸权所塑造的祖鲁民族刻板形象，重构自己的民族身份，树立本民族的民族形象，他把民族舞蹈仪式化为建构民族形象的途径。从被迫做虚假表演，到放弃金钱，表演真正的祖鲁舞蹈。艾姆-皮不自觉地承担起了维护民族尊严，重构民族形象的责任。他的转变是由内而外的，其内心升腾起的民族意识是一种真实和深刻的凝聚。

然而，在强大的霸权世界里，他者的肢体言说注定是被忽视，被否认的。白人不相信，也不愿相信祖鲁人是文明理性的，祖鲁人的舞蹈是优美宜人的。艾姆-皮的传统祖鲁舞蹈表演难以为继。他最终意识到，"在这片白人的土地上，他只是一只表演的猴子"[1]。来自祖国的留学生们的谈话启发了他，一个民族，只有在政治独立、经济发展的情况下，他引以为傲的民族传统文化才能成为展示民族形象的文化符号。否则，自己的民族文化就会被随意篡改，成为西方霸权殖民弱势族裔的策略之一。在强大的殖民霸权世界里，试图通过仪式化的民族舞蹈表演建构民族形象的努力注定是行不通的。所以，他决定回到自己的祖国，加入祖国的经济建设，与自己的人民一起跳舞。

作为物种他者的动物、作为性别他者的女性、作为边缘他者的男性个体，以及作为族裔他者的黑人群体，他们分别处于人类中心主义、父权体系、种族主义和殖民主义等霸权体系中的从属地位，被以同样的方式操纵和界定。作为被吞噬、压榨的他者，他们都成了"缺席的指称对象"[2]，其主体性被无视。然而，如同芭芭拉·克里斯蒂安（Barbara Christian）所言，"在每一个被诋毁的他者社会里……他者努力去宣布真相，并以他或她存在的形式来创造真相"[3]。穆达小说中这些无法逃离霸权体系，获得认同的"他者"便创造性地通过仪式场域的自我营造，表现人类中心主义压制下物种他者的权利主张、种族主义统治下边缘他者的主体建构，以及殖民统治下族裔他者对民族文化的坚守。他们在仪式中重构了自己的主体性，而在他们的创新表达中，传统的仪式也被赋予了新的

---

[1] Zakes Mda, *The Zulus of New York*, Cape Town: Penguin Random House South Africa (Pty) Ltd., 2019, p. 103.

[2] Carol J. Adams, *The Sexual Politics of Meat: A Feminist-Vegetarian Critical Theory*, New York: Continuum, 2010, pp. 69–70.

[3] Barbara Christian, *Black Feminist Criticism: Perspectives on Black Women Writers*, New York: Pergamon Press, 1985, p. 160.

生命与意义。人与仪式之间形成了一种良性的互动关系。作为一个"巨大的话语"①（large discourse），仪式具有理解、界定、诠释和分析意义的广大空间和范围。它如同棱镜一般，在不同的话语框架中，折射出了不同的价值与意义。

---

① Catherine Bell, *Ritual Theory, Ritual Practice*, New York & Oxford: Oxford University Press, 1992, p. 1.

第四章　物质民俗书写："食物"困厄下的身份建构与权力抗争

与口头传统、仪式操演等无形的精神民俗不同的是，物质生活民俗，其具体有形的存在，以更为直接的方式作用于人们的物质生活和精神生活。人们对物质民俗的态度，也更为直观地折射出人们对传统民俗文化的态度。在小说中，穆达对物质民俗的描写也较为集中，而他着墨最多的当属"食物"。民以食为天，饮食不仅能满足人的生理需求，使人得以存在和发展，而且也因为其丰富的文化内涵，在一定程度上满足了人们的精神需求，所以，"食物本质上是一种社会能指，承载着人际关系和文化意义"①。列维-斯特劳斯也认为，我们可以通过食物神话与食物隐喻来理解一种文化，饮食提供了通往社会最深层的无意识领域的途径②。而穆达就通过食物创设了一种独特的文化语境，传递不同的文化内涵、性别特征和民族属性，映射主人公的精神需求。在他的小说中，食物不仅成为主人公建构主体身份的媒介，而且因其与弱者身份的密切关联，被父权社会赋予了一种与动物、女性和孩童互为指称的象征意义，处于他者地位的弱势群体成为"食物"的另一种表征，而在殖民语境中，"食物"的内涵和外延进一步被扩大，人与人之间的"互食"行为具有了深刻的种族意义。

第一节　人食"物"之主体身份的建构

中国古语常言：开门七件事，柴米油盐酱醋茶。没有一样不是和吃有

---

① Sarah Sceats, *Food, Consumption and the Body in Contemporary Women's Fiction*, New York: Cambridge University Press, 2003, p.125.

② [法]克洛德·列维-斯特劳斯：《神话学：生食和熟食》，周昌忠译，中国人民大学出版社2007年版。

关。"食物和饮食是生命的核心，铭刻在精神中，嵌入在文化中，嵌入在社会交往的载体和物质中，交织在自我与世界的关系中。"[1] 对于一个民族而言，传统的民族食物，既是民族精神的载体，也是凝聚民族力量，传递民族情感的纽带；对于个体而言，食物终将成为身体的一部分，选择进食什么样的食物，意味着你希望成为什么样的人。不仅是食物，因食物丰富的象征意义，进食方式也被赋予了更加深刻的含义，成为链接人际关系的纽带。此外，人们通过进食某种异族食物，尤其是对具有民族特色的传统食物的接受，也意味着对一种文化的接受。

一 族裔身份的维系

物质生活民俗的每一方面，都是该民族传统观念的外化。它不仅有助于形成民族成员之间的共识性，产生彼此身份的认同感，而且还可以强化其宗教信仰、伦理观念和政治观念，增强其内聚倾向。作为生命核心的民族传统食物，在承载黑人民族历史，外化民族观念等方面的标志作用更为引人关注。在长达数个世纪的殖民统治和种族隔离制度的压制下，非洲本土的黑人，以及被当作奴隶卖往海外的黑人，他们在身体和心理上一直遭受着物质和精神的双重匮乏。食物匮乏所导致的饥饿感，不仅时刻威胁着他们的生命，而且销蚀了他们精神世界的安全感。这使得黑人民众形成了一种对食物的渴求感。这种对食物的渴求，使得黑人民族形成了属于自己的食物文化，在表征民族文化的同时，也起着维系族裔身份的作用。饮食成为区别人们族裔身份的标志之一。小说《后裔》中的露丝就是族裔食物传统的坚定守护者和传承者。

作为美国雅典地区凯尔威特小镇上的有色人种，露丝一家及其邻居们自称为"WIN"人，也即白人（White）、印第安人（Indian）和黑人奴隶（Negro），三个种族混血的后代。跨种族的身份，使得他们的身份处于一种模糊尴尬的境地。白人恨他们不够白，黑人讨厌他们不够黑，并鄙称他们为"高—黄—黑鬼"（high-yella-nigger），所以，她的儿子欧贝德自称"不属于任何种族"[2]，而作为家庭主妇的露丝却通过食物表达自己的种族骄傲。颠沛流离、无家可归的族裔历史使先辈们形成了种植、制作、储存

---

[1] Sarah Sceats, *Food, Consumption and the Body in Contemporary Women's Fiction*, New York: Cambridge University Press, 2003, p.186.

[2] Zakes Mda, *Cion*, New York: Picador, 2007, p.31.

食物的传统。露丝继承了先辈们的"伟大传统"①，一年四季都忙于种植、采摘、蓄养、腌制、风干各种食品，塞满家里的冰箱和杂物间，确保家人免于饥饿。露丝的日常生活内容就是利用家里储存的食物和菜园里的蔬菜，变换着花样为家人准备他们喜欢的饭菜。例如，家人爱吃蒲公英沙拉，她便在春天野草茂盛时采摘蒲公英嫩叶，做蒲公英沙拉。她还会把蒲公英花摘下来，裹上拌有鸡蛋的面粉糊油炸后储存在冰箱里，"这样她的家人一年到头都能吃到这道美味"②。理查德·瑞斯帕（Richard Raspa）曾指出，"小说中的人物有意或无意地烹食族裔传统食物，以此纪念，或者重复过去的饮食习俗，这样做有助于进食者重建她们的种族身份"③。露丝骄傲于自己对族裔食物传统的继承，并以种植食物、自给自足为荣。在年轻一代的孩子们焦虑于自身身份的无所皈依时，露丝始终以自己的跨种族身份为荣，她骄傲地宣称："我们的种族与世界上其他种族不同"④"总有一天，这个世界上所有的人都会成为像我们这样的有色人"⑤。露丝将自己的族裔自豪感融入了对食物传统的坚持，使得食物传统成为族裔归属的一部分。

在经济全球化的背景下，人们的饮食越来越趋于国际化、同质化。露丝祖辈们的印第安文化和黑人文化被冲淡稀释，甚至被遗忘，而原有的食物传统却被保留了下来。露丝坚持传承祖辈的食物传统，与美国的主流饮食习俗保持距离，即是通过确定他们所吃食物的特殊性，标记他们的文化和族裔身份。食物成为族裔认同感的核心，成为表征其独特族裔文化的图腾符号，承载着他们的集体记忆，彰显着他们的民族意识。在主流饮食方式越来越快捷化的同时，传统饮食方式成为主流文化以外原住民文化的一种隐喻。学者韩立松将这种出于自我确认需要的食物消费视为"异质性饮食消费"。

---

① Zakes Mda, *Cion*, New York: Picador, 2007, p. 143.

② Zakes Mda, *Cion*, New York: Picador, 2007, p. 134.

③ Richard Raspa, "Exotic Foods Among Italian-Americans in Mormon Utah: Food as Nostalgic Enactment of Identity", in Linda Keller Brown and Kay Mussell, eds. *Ethnic and Regional Food Ways in the United States: The Performance of Group Identity*, Knoxville: The University of Tennessee Press, 1984, p. 193.

④ Zakes Mda, *Cion*, New York: Picador, 2007, p. 31.

⑤ Zakes Mda, *Cion*, New York: Picador, 2007, p. 59.

异质性饮食消费主要反映出来自不同文化的群体在一定程度上均保留其特有的饮食习惯。人们往往会将完全放弃传统的饮食习惯视为一种不敬和亵渎，而且从自我确认的需要出发，表达"我们"和"他们"这种特殊的"身份标志"，而这种身份又通过食物消费的具体形式来体现。消费这些食物体现了对传统文化的热爱，若不消费传统食物就意味着脱离原来的群体。①

作为黑人奴隶的后裔，露丝等有色人种将食物传统视为联系历史与当下生活的纽带。他们将过去的烹饪传统与当下社会环境相结合，积极利用食物传统来支撑因种族而受到挑战的脆弱身份，努力适应新的生活环境。南非黑人学者黑泽尔·麦克布莱德（Hazel McBride）在谈及食物时，以自身经历说明了制作食物对于南非人的重要性："因为种族隔离制度，我们不能在餐馆吃饭，除非在黑人居住区，所以如果我们从一个城市到另一个城市，我们必须在服务站的窗口买食物或自己带食物。准备食物成了一件大事，每个人都非常用心地准备干粮。"② 这种基于生存本能的饮食传统成为黑人生存下来的一种手段。所以，露丝对传统饮食的执念，不仅是生存经验的代际传递，更是坚忍不拔的民族精神的传承。

作为消费品，食品在人们的生活中具有特殊的地位，它既是维持生活的必需品，也是奢侈和匮乏的象征。在食物高度商品化的美国，露丝对食物种植、保存和制作的执着，也从侧面体现了美国有色人群体的生存困境。食物成为他们被美国主流社会边缘化的现实表征。有色人聚集的凯尔威特小镇也曾因矿业开采有过经济繁荣的时期，但是在矿藏被掏尽之后，小镇也被遗忘，陷入了贫困。所以，尽管露丝不遗余力地为家人储备食物，细致地安排家人的一日三餐，甚至将野草蒲公英作为食物的一部分，他们仍然时不时地面临食物短缺的困境，不得不依靠其他地区的食物捐赠

---

① 韩松立：《从饮食消费的文化视角看克里奥尔化与身份建构》，《湖南科技学院学报》2010年第5期。

② Hazel McBridem, *Traditional South African Recipes-Every Dish Has a Story*, Hazel McBride (self-published), Melbourne, VIC, 2008, p.109. 转引自 Allegra Clare Schermuly and Helen Forbes-Mewett, "Food, Identity and Belonging: A Case Study of South African-Australians", *British Food Journal*, Vol.118, No.10, 2016, p.7.

勉强维持。露丝甚至保留着奴隶时代先祖们的食物传统——食用烧制过的红色泥块。在奴隶贸易时代，奴隶们无法获得足够的食物以果腹，为驱赶饥饿感，他们逐渐形成了食用烧制或者烤制过的页岩泥块的传统。因为这种泥块大多呈红色，食用过这种泥块的人的牙齿都会被染成红色。红色的牙齿因而成了延续奴隶时代食物传统的表征。"食物所带来的感官享受，使食物成了强烈而鲜明的记忆媒介。对食物的体验会唤起回忆，这种回忆是认知上的记忆，也是情感上的记忆和生理上的记忆。"[1] 特定民族的食物传统承载着民族的历史，是民族文化的外化。露丝保留着奴隶贸易时代的食物传统，食用不能带来任何感官愉悦和营养物质的泥块。她对这种食物传统的沿袭，既是为了满足食物匮乏下的生存需求，也是对族裔苦难历史的追忆和对先辈的缅怀。而这也正如曾艳兵所言，"原来历史的真相就在一个'吃'字上面"[2]。

《后裔》中的露丝在现代化的美国通过坚守食物传统彰显自己族裔身份的同时，《黑钻》中身处南非都市的年轻女孩图米却因为食物陷入了身份的困惑。来自黑人聚集区索维托的图米通过自己的努力开办了一家模特公司，跃升为中产阶级，成为自己梦想中的"黑钻"（Black Diamond）。和众多在外打拼的索维托人一样，她经常与男朋友唐·马特查回到自己的家乡，享用妈妈做的传统饭菜。她最爱的是妈妈做的一种将牛肚与发酵高粱粥搭配一起吃的茨瓦纳菜。"任何特定人类群体的饮食方式都有助于维护其多样性、等级性和组织性，同时也有助于维护其同质性和差异性。"[3] 在众多部落黑人混居的索维托，图米钟爱的茨瓦纳菜是众多传统菜肴中的一种，也是传统文化的表征之一，它给予图米和唐的，既有味蕾的满足，更有精神上的慰藉。然而，回到都市后，图米对索维托传统食物的态度却立刻反转。她拒绝唐在她装修豪华的联排别墅里做他们都爱吃的茨瓦纳菜。她认为，"这种食物有它存在的位置。我们只能在索维托镇吃这种食物。要是我的朋友们来了，发现这种臭味怎么办？他们会认为这就

---

[1] Jon D. Holtzman, "Food and Memory", *The Annual Review of Anthropology*, Vol. 35, 2006, p. 365.

[2] 曾艳兵：《吃的后现代与后现代的吃》，山东文艺出版社2007年版，第317页。

[3] Claude Fischler, "Food, Self and Identity", *Social Science Information*, Vol. 27, No. 2, 1988, p. 275.

是我们吃的食物"[1]。图米将传统食物与"低俗""落后"画上了等号，认为它有损自己作为时尚的、富裕的"黑钻"身份。"饮食的变化在广泛的背景下标志着划时代的社会变革，作为一个镜头，既表征过去，也通过过去解读现在"[2]。作为一个高级模特，图米频繁往来于世界各大都市，浸染在纸醉金迷的西式生活中，西方文化思维已经深深镌刻进了她的骨子里。所以，在城市里，在她的国际旅途中，她通常只吃麦片粥、鸡肉沙拉、披萨或者寿司等西式快餐。她认为，只有西式食物才能配得上她国际化的身份。

食物是族群文化的表征，对传统食物的眷恋，促使图米一次次地回到索维托，而她对西式快餐的偏好，又表征着她对食物背后西方文化的认同。"一方面是选择的同质化，另一方面是带着即时满足的期待，复苏'未开化的'、非社会化的饮食行为。"[3] 图米在本土的、传统的文化与西式的、现代的都市文化之间游离，既无法彻底融入西方文化，又无法割舍深入骨髓的传统文化因子。"如果一个人不知道自己在吃什么，他就容易丧失对自我的认识。"[4] 对西方文化的向往，使图米付出了自我分裂的代价，陷入了一种因文化疏离所导致的身份焦虑中，也间接导致她与唐的情感走向破裂。

二 自我身份的重塑

法国学者让·安塞尔姆·布里拉特-萨瓦林（Jean Anthelme Brillat-Savarin）认为，一个人吃的食物，可以决定这个人的心理、情绪和身体健康状况，好的食物可以塑造好的身体和性格，坏的食物则摧毁人的身体和内心。所以，他深信，我们可以通过一个人的食物偏好来判定这个人，"告诉我你吃什么，我就能判断出你是什么样的人"[5]。他的观点后来逐渐

---

[1] Zakes Mda, *Black Diamond*, Johannesburg: Penguin, 2009, p. 66.

[2] Jon D. Holtzman, "Food and Memory", *The Annual Review of Anthropology*, Vol. 118, No. 10, 2006, p. 371.

[3] Sarah Sceats, *Food, Consumption and the Body in Contemporary Women's Fiction*, New York: Cambridge University Press, 2003, p. 185.

[4] Claude Fischler, "Food, Self and Identity", *Social Science Information*, Vol. 27, No. 2, 1988, p. 290.

[5] Jean Anthelme Brillat-Savarin, *The Physiology of Taste*, trans. Anne Drayton, London: Everyman's Library, 2009, p. 8.

演变成在西方很流行的一句话:"你吃什么,你就是什么。"(You are what you eat.)克劳迪·费斯勒(Claude Fischler)也认为,"食物是个人身份的核心,因为任何给定的人类个体都是由他自己选择的食物构建的"[1]。食物是彰显身份的介质。所以,对个体而言,食物的选择又具有了建构自我身份的含义。《死亡方式》中的托洛基,以及《唤鲸人》中的萨鲁尼,即是通过食物,以及想象性的进食行为来重塑自己的主体性,提升自己的社会地位。

走投无路的托洛基来到城市,寄居在城市边缘的棚屋里。然而,城市空间依然是专属于白人的空间。因为严格的种族隔离制度,托洛基在政府的严苛清理行动中失去了自己的棚屋,也失去了与黑人同胞共同坚守的定居点,以及对抗反动政府的信心。但托洛基拒绝乞讨,"他决心不沦落到乞讨的地步"[2]。对托洛基来说,食物就是黑人的尊严。在城市里乞讨,意味着用自己的尊严换取白人的施舍。这种叫卖尊严的生活无异于将自己的尊严放在白人脚下,任由白人践踏。绝望的托洛基转而开始叫卖食物,赚钱糊口的同时,尝试占领城市空间,坚守黑人在城市空间的权利。从一个食物匮乏者转变为食物制造者,从一个游离在城市边缘的多余人转变为城市空间占有者,托洛基一直以来被忽视的自我意识逐渐复苏,他在重建自身主体性的同时,形成了与种族主义政府的对抗。然而,在种族主义社会,个体的命运犹如蝼蚁,永远都逃不过国家机器的无情碾压。托洛基的谋生工具被城市管理部门销毁。他试图通过食物售卖建立自我主体性的愿望落空。

如同托洛基曾对诺瑞娅说过的话,自己的身份要靠自己塑造,"如果不自我肯定,就无人会肯定你。人们只会在你死后的葬礼上夸你"[3]。种族主义政府销毁了托洛基的谋生工具,也剥夺了很多底层黑人的生存机会,导致死亡成为司空见惯的社会现象。善于寻找生存机会的托洛基再次成为一个专业哀悼者,为城市里无数的亡者哀悼。为了塑造、彰显自己作为哀悼者的身份,受到虔诚的信徒所给予的"令人敬畏的崇敬"[4],他为

---

[1] Claude Fischler, "Food, Self and Identity", *Social Science Information*, Vol. 27, No. 2, 1988, p. 275.

[2] Zakes Mda, *Ways of Dying*, New York: Picador, 2002, p. 120.

[3] Zakes Mda, *Ways of Dying*, New York: Picador, 2002, p. 147.

[4] Zakes Mda, *Ways of Dying*, New York: Picador, 2002, p. 15.

第四章　物质民俗书写："食物"困厄下的身份建构与权力抗争　　151

自己发明了一种新的食物组合：瑞士蛋糕加大葱。辛辣与甘甜的味道组合，刺痛他的口腔，也刺激着他内心对于主体性的需求。周围的人对这种独特食物组合的排斥，使得他更加坚信自己的选择。托洛基利用食物，将自己的生活仪式化了。异于常人的食物组合赋予了他作为哀悼者的身份的特殊性。他获得了越来越多的关注，内心的自我意识也越来越明确。

食物消费与身份构建具有相互关系，消费者可以根据自己的身份来选择食物消费方式与内容，也可以通过食物消费行为来构建自己的身份。《死亡方式》中的托洛基通过食物消费创造、确认和争取自己的社会身份，《唤鲸人》中的萨鲁尼也试图通过想象性的食物消费改变自己的身份。在白人富人和游客聚集的赫曼努斯镇，萨鲁尼是一个无家可归，靠迎合男性酒客勉强度日的放荡女人。成为唤鲸人的情人后，她着手改造唤鲸人清贫的饮食和一成不变的生活方式。对于唤鲸人来说，食物只是填饱肚子，使他免于饥饿的物质，而对萨鲁尼来说，食物以及进食方式却是自身地位的象征。为此，她带着唤鲸人去城里最大的超市"橱窗购物"，了解、欣赏琳琅满目的商品，"引导他进入文明的生活"[1]。她异乎寻常地迷恋超市里的西式食品，以至于将逛超市视为赴豪华大餐。

　　在一个放着炖牛肉罐头的货架前，萨鲁尼停了下来。罐头标签上有肉、西红柿、胡萝卜和土豆，都浸在棕色洋葱汁中。她用眼睛吃着炖菜，努力地吞咽。她走到下一个货架前，这个架子上摆满了腌牛肉罐头，罐头盒子外面的图片上有牛肉、土豆，还有蛋黄朝上的煎鸡蛋。架子上还摆着一罐罐配有浓稠蘑菇酱的皇家鸡肉罐头。这是适合女王的食物。她用贪婪的眼神狼吞虎咽这一切。[2]

萨鲁尼对食物的丰富想象映射出处于社会底层的黑人民众对丰裕富足的生活的期待。然而，她所钟爱的各种食物，是适合女王的食物，对于靠唤鲸人的救济金生活的她来说，是她没有能力承受的奢侈品。为了弥补这种缺憾，萨鲁尼转而通过模仿西式餐桌礼仪来满足自己对"文明生活"的向往。她用贝壳装饰墙壁，用在跳蚤市场买来的花瓶、桌布和蜡烛，采

---

[1] Zakes Mda, *The Whale Caller*, Johannesburg: Penguin, 2006, p.70.

[2] Zakes Mda, *The Whale Caller*, Johannesburg: Penguin, 2006, p.71.

来的鲜花装点餐桌。尽管他们只能吃得起意大利面和奶酪,她也坚持将这些食物划分成三份:开胃菜、主菜和甜点,并按照顺序进食,"她将进食变为一种仪式"①。不仅如此,萨鲁尼还带着唤鲸人走在大街上,隔着餐馆的橱窗玻璃,欣赏着饭店里诱人的美式快餐、日本寿司和印度菜等外国美食。她所有的坚持,只是为了证明,他们和白人一样,"生来就应获得更好的东西"②。

为了赢得尊严,重建自己的主体性,改变自身作为边缘人物的处境,萨鲁尼试图以想象性的进食行为和模仿西方餐桌礼仪来提升自己的地位,改变自身处境。艾丽丝·沃克(Alice Walker)曾指出黑人的群体精神状态,"我们渴望一种我们不曾拥有的生活,我们期待获得一种生活知识,从而拯救我们逃出死一般乏味的生活"③。以萨鲁尼为代表的底层黑人民众大多生活无着,缺乏来自亲人与朋友的关爱和最基本的社会认同。在经济、政治上都处于劣势的现实,决定了他们社会权力与地位的丧失。越是渴望白人的优越地位,便越是愿意内化种族歧视和权力话语。物质和精神的极度匮乏,愈加内化了黑人的自卑感和不安全感,进而导致心灵的扭曲。隐藏在萨鲁尼食物欲望背后的法则正是福柯(Michel Foucault)的"权力话语"。

> 权力形式一旦在日常生活中直接运作,就会对个体进行归类,在他身上标示出个体性,添加身份,施加一套真理法则。个体凭此标识自身,他人借此界定个体。权力形式使得个体成为主体。"主体"一词在此有双重意义:凭借控制和依赖而屈从于他人;通过良心和自我认知而束缚于对自身的认同。两层意义都彰显着权力形式的征服性。④

萨鲁尼对西方食品和进食礼仪的迷恋,形成了一种权力关系。这种权力支配着萨鲁尼与周围事物的关系,牵引着她的欲望,使她心甘情愿成为

---

① Zakes Mda, *The Whale Caller*, Johannesburg: Penguin, 2006, p. 71.

② Zakes Mda, *The Whale Caller*, Johannesburg: Penguin, 2006, p. 71.

③ Alice Walker, *In Search of Our Mothers' Gardens*, New York: Open Road Integrated Media, Inc., 2011, p. 95.

④ Michel Foucault, "The Subject and Power", *Critical Inquiry*, Vol. 8, No. 4, 1983, p. 781.

权力的奴隶。主体权力越发缺失，萨鲁尼的欲望越强烈，她随之产生的自我憎恨就越具摧毁性。三者之间的循环，加速了种族主义霸权话语的内化，由此加剧了主体的自我异化。萨鲁尼对西方文化的向往，使其无论是对西方食品和饮食礼仪，还是对其代表的西方意识形态和权力话语都极度迷恋，乃至具备了贪婪的"胃口"。她越来越依赖"超市大餐"，贪婪地"吞噬"自己钟爱的"食物"。而与此同时，作为"胃口"主体的她也逐渐被她全盘接纳的西方文化反噬。

西方文化强调，人类有理智，有精神，是上帝选择的结果，其地位远高于自然界和动物。这种思想导致人与自然关系的疏离，进而促使人类将自然视作可以为人类带来利益的资源，而不是人与自然生命共同体的一部分。这种基于西方理性主义的生态观成为萨鲁尼与唤鲸人关系恶化的导火索。在唤鲸人将南露脊鲸人性化、伦理化为自己的爱人沙丽莎时，萨鲁尼将之视为可以捕捞、宰杀并食用的愚蠢的大鱼。两人对沙丽莎态度的分歧导致两人之间产生了无法调和的矛盾。而唤鲸人对沙丽莎的迷恋和对萨鲁尼的忽视，进一步加剧了萨鲁尼的自我憎恶，加速了种族主义话语的内化。也正是因为她缺乏爱的能力和被爱的匮乏，她失去了表达爱与获得唤鲸人认同的权利。她再次流连于酒馆，并通过自残获取唤鲸人的关注。唤鲸人不得不暂时放弃与沙丽莎的互动，转而陪萨鲁尼开始漫游。然而，父权话语已然内化，唤鲸人对沙丽莎的精神欲望，时时刺痛并牵引他回到了赫曼努斯。唤鲸人对沙丽莎的再次移情，使萨鲁尼陷入绝望，以致在一次醉酒后被双胞胎姐妹用砖头砸死。萨鲁尼的悲剧是殖民文化和父权文化双重压迫的产物，反映了处于社会边缘的黑人女性话语权缺失导致主体异化后的生存现状。

在对欲望和权力的追寻中，萨鲁尼迷失了自我，她在想象中建构自己的主体性，以获得西方文化的认同。从兴高采烈地挽着唤鲸人的手在超市和橱窗边享用想象的盛宴，到精心布置美丽的餐桌，再到自残、醉酒，直至死于非命，萨鲁尼一步步成为西方价值观和权力体系的殉道者。通过食物和进食仪式来言说边缘个体的主体欲望，反思权力关系，作者赋予了处于社会底层的失去话语权的女性以声音，从而解构并颠覆了代表着西方权力话语的殖民体系。

三 群体身份的联结

同宗教、家庭一样，饮食属于特定的文化结构。人类的进食行为与其背后所代表的文化密切相关。这种文化以一种独特分类法管理着世界，它将浸润在同一文化中的个体汇集到群体中，将群体置于宇宙中。而饮食，犹如一根无形的线，将人类群体与宇宙连续为一个整体，并赋予他们以意义。烹饪，使食物和食客各得其所和价值，而进食的人，不仅吸收了食物的特性，而且被纳入了一个烹饪系统，进而被纳入了进食群体。特定文化中的饮食，因而具有了双重的功能，既可以被用作区分"我群"之于"他群"的标准，也可以被用作联结群体关系的纽带。

在非洲，尤其是在殖民统治和种族主义统治期间，黑人们所能获得的物质生活材料极为有限。气候条件的限制，也使得食物储存变得格外困难。艰苦的生活条件，使得黑人们形成了分享食物的一种饮食传统。尽管不同部落或地域有着不同的饮食文化，但是分享食物在任何文化中都被视为一种友好的姿态。所以，在非洲，尤其是在乡村地区，宴会被自动视为属于这个群体内部所有的人。在《与黑共舞》中，米丝蒂的家人要为其举行毕业庆祝宴会。在宴会开始的几天前，村里的妇女们主动前去米丝蒂家帮忙酿造啤酒，处理食材。在宴会这一天，所有的村民们都会去参加宴会，"因为宴会是属于所有人的，每个人都可以不请自来，随意吃喝"[①]，缺席宴请反而被视为不礼貌的行为。宴请结束后，这些帮厨的妇女们也会自动留下，帮助主人完成所有清洁工作。人们在共同的食物制作、分享与清理中分享彼此的快乐，加强群体的交流与团结。《死亡方式》中的诺瑞娅和托洛基也通过参与食物制作表达对革命的支持。小武萨惨死于黑人自由组织年轻的激进分子之手，但是诺瑞娅没有沉溺于儿子枉死的悲伤中，也没有因为自由组织领导人工作不力而对革命活动持抵抗态度，她积极参与定居点的革命活动，主动为前来开会的领导人准备饭食，用自己的实际行动表达了对革命事业的支持。托洛基也通过帮助搬运工具等，从一个游离者和旁观者转变为革命活动的积极支持者和参与者。诺瑞娅和托洛基通过参与食物制作表达了对黑人自由未来的期待和对黑人群体的认同。

不仅如此，小说中的人们还通过食物共享维系着平等和谐的群体关系。葬礼结束后，人们都会去亡者家里一起用餐。男人、女人和孩子会自动分成小组，围坐在一起，从同一个盆子里取食。人们在用餐时，也会努

---

① Zakes Mda, *She Plays with the Darkness*, Florida Hills: Vivlia Publishers and Booksellers, 1995, p. 48.

力克制自己，只拿取自己面前的食物，避免打扰他人。这种约定俗成的用餐方式，既考虑到性别差异，也考虑到年龄差异可能导致的食物分配不均，确保每个人都平等享用到相同内容和数量的食物。"不同规模的社会群体，如家庭、工作群体、友谊群体，甚至是阶级、种族或整个社会内部以及相互之间的关系决定了人们吃饭的方式。"[1] 平均分享食物的传统，不仅体现了群体内部个体之间的团结友善，而且表达了人们对建立平等和谐，互助互爱的美好社会的期待。

家是社会群体最基本的形式，食物对于家庭的重要性更是不言而喻。食物，不仅是家庭成员之间表达情感的媒介，更是维系亲情的纽带。食物，让家充满生活气息，给予人温暖的精神慰藉。《后裔》中勤劳智慧的露丝总能利用她所能获得的有限食材为家人做出美味且健康的食物，使一家人免于饥饿。在传统的饮食书写中，厨房与饮食成为禁锢女性的一种象征，女性无法摆脱的羁绊之所在。而露丝则因为对厨房和饮食的掌控，将厨房变成了自己的"文化飞地"。于她而言，厨房不再是压抑女性的空间，而是体现她自我价值的地方。她悉心烹饪家人爱吃的食物，将对家人的感情都倾注在食物里，小心呵护每个人的情感。与女儿欧帕发生冲突时，她总会制作女儿爱吃的蒲公英沙拉，向女儿欧帕释放和解的信号。在欧帕即将与男友托洛基离家远行时，她送给他们两罐自己精心制作的凉拌卷心菜，表达自己的不舍与牵挂。她利用食物将困顿中的家人们黏合在一起。对露丝来说，"食物可以解决所有问题"[2]。她对食物的执着，既体现了她对亲情的珍视，也传达出底层民众的生存智慧。

《黑钻》中的传统食物则如同一门语言，可以沟通不同的文化群体。作为一个黑人保安，唐的任务是保护白人法官克里斯汀·厄伊斯（Kristin Uys），使她免于被犯罪嫌疑人骚扰。在法庭上，克里斯汀是冷面的法官；在家里，她是一个孤独的单身女人。唐的到来，使她觉得自己的生活受到了侵犯。两人同处一个空间，却形同陌生人。为缓和与克里斯汀的紧张关系，唐精心烹制了科萨族传统食物——玉米豆饭（umngqusho），作为和平祭（peace offering），希望能与她建立正常的交流。如同唐所坚信的，

---

[1] Sarah Sceats, *Food, Consumption and the Body in Contemporary Women's Fiction*, New York: Cambridge University Press, 2003, p.155.

[2] Zakes Mda, *Cion*, New York: Picador, 2007, p.133.

"如果这都不能融化她的心，那么世界上便没什么能感化她了"①。尽管克里斯汀努力抗拒，但美食的魔力促使她逐渐放下防备，接受了唐的邀请。克里斯汀对玉米豆饭的接受经历了坚决拒绝，到小心尝试，再到大快朵颐的变化过程。克里斯汀对唐所做的科萨族传统食物的谨慎态度源自一种普遍存在的根深蒂固的焦虑感，即对陌生食物可能存在的不良成分的恐惧。尝试一种来自他族的陌生食物，意味着将自己的生命置于危险境地。因为，"如果草率地接纳某一客体，他可能会被毒害，不知不觉地从内在被改变，被占有，甚至失去生命"②。所以，接受一种陌生食物，意味着信任给予者，并接受其背后所表征的文化。

食物是链接文化与社会的纽带。尝试陌生食物，不仅意味着风险，也意味着新的机会，促使食客袒露真实的自己，或者成为自己希望成为的人。食物造就食客，食客也可以通过某种进食特定的食物塑造自己。玉米豆饭使克里斯汀了解到唐对传统食物和家庭生活的热爱。两人之间的坚冰开始融化，交流开始正常化。唐的烹饪帮克里斯汀打开了一扇通往新生活的大门。她慢慢卸下冰冷的面具，重新焕发出对生活的热情。"特定食物的可接受性和它们所代表的意义都是文化认同的一部分。"③ 作为科萨人的传统主食，玉米豆饭不仅是一种生物属性的食物，更是科萨族饮食文化的一大表征。克里斯汀从对科萨传统食物玉米豆饭的接受，逐渐发展到对黑人保安唐的接受。两人在传统食物的制作与共享中越走越近，最终发展为恋人关系。玉米豆饭成为她与唐之间关系的转折点，也成为她了解、进入科萨文化的入口。食物"不仅要好吃，而且要便于思考"④。尝试并接受一种陌生食物，克里斯汀必须"思考"它，理解它在世界上的位置，及其承载的意义。所以，唐所做的传统菜肴，与其说是"和平祭"，不如说是开启他与克里斯汀所代表的两种截然不同的文化之间交流的钥匙。

作为科萨族传统食物，玉米豆饭本身也具有深刻的象征意义。豆子和

---

① Zakes Mda, *Black Diamond*, Johannesburg: Penguin, 2009, p. 163.

② Claude Fischler, "Food, Self and Identity", *Social Science Information*, Vol. 27, No. 2, 1988, p. 281.

③ Sarah Sceats, *Food, Consumption and the Body in Contemporary Women's Fiction*, New York: Cambridge University Press, 2003, p. 125.

④ Claude Fischler, "Food, Self and Identity", *Social Science Information*, Vol. 27, No. 2, 1988, p. 284.

玉米是普通民众能够消费得起的大众食材，玉米豆饭因而成为广受南非民众欢迎的主食。如同叙述者所言，"这种饭的一个美妙之处在于，你可以把所有食材放在一个锅里煮"①。为了烹饪玉米豆饭，唐不仅用了豆子和玉米，他还加入了羊肩肉、小豆蔻、马萨拉调味酱、肉桂、茴香籽、月桂叶、咖喱粉、蒜末、姜根末和新鲜香菜等食材与调料。各种不同的食材与调料，经由唐的烹饪，成为营养丰富，口味独特的美食。不同元素和谐共存，带给人们美好味觉体验的美食，指涉的不仅是本土民众的饮食传统，更是南非"彩虹美食"②（Rainbow Cuisine）的物质表征。"彩虹美食"源自大主教德斯蒙德·图图（Desmond Tutu）授予南非的"彩虹之国"（Nation of Rainbow）称号，是南非各种族、民族和语言群体统一的象征。汇集了众多材料的玉米豆饭使白人克里斯汀与黑人唐走到一起，既象征着不同文化的相互交流，也象征着不同文化间的融合。两人美好的感情结局喻义着"彩虹之国"和谐美好的未来。

第二节 人食"肉"之父权体系的建构

作为一种语言表达方式，食物及饮食习性可以让潜藏的信息具象化，它不但可以作为一特定族群表达或认可其独特性的文化标记，也可以用来传递该族群的经济生活、社会文化结构、性别与权力关系等。在父权制下，男性与女性社会地位的不均衡，反映在饮食，便呈现为男性对家庭食物的支配权力，以及男性对肉食的优先占有。这使得人们在饮食上形成了一种模式化的认知，即男性是肉食动物，而女性是植食动物。男性需要通过吃肉来增强自己的力量，肉是男性的食物，吃肉是男性的活动，肉食成为男性的专属，食肉行为因而被赋予了一种男子气概。为维护自身作为支配者的地位，男性将对肉食的控制延伸到作为肉食来源的动物，以及同作为弱者的女性和子女身上。正如哈根和蒂芬曾指出的，"人类的'食肉'习性无非是一种对诸如妇女、动物及穷苦人等所展示的一种霸权"③。

---

① Zakes Mda, *Black Diamond*, Johannesburg: Penguin, 2009, p. 163.

② Lynn Houston, "Serpent's Teeth in the Kitchen of Meaning", *Safundi: The Journal of South African and American Studies*, Vol. 1, No. 2, 2000, p. 5.

③ Graham Huggan and Helen Tiffin, *Postcolonial Ecocriticism: Literature, Animals, Environment*, New York: Routledge, 2015, p. 194.

弱肉强食，肉食成为父权体系建构的工具。穆达小说中的肉食和食肉行为就暴露出父权社会试图否认，试图掩盖的权力机制和施加在弱者身上的暴力与剥削。

一 对动物的过度剥削

通过屠宰和分解，动物被肢解为碎片，成为缺席的指涉，动物为了肉而存在，其名义和身体都是缺席的。这种缺席的指涉使得人们忘记动物是独立的存在实体。在没有流血的、被屠宰的动物作为参照时，"肉就成了一种自由浮动的意象，肉被视为一种意义载体，而非内在意义，所指的'动物'已经被吃掉了"[1]，动物的主体性被忽略。食肉主义文化将动物建构为人类的食物，从而使人们坚定地认为，动物是为了满足人类需求而存在的肉的载体。而作为"男性的食物"[2]，肉和作为肉食来源的动物在《马蓬古布韦的雕刻师》和《唤鲸人》中就成为满足男人胃口，表现男性力量的媒介。

在《马蓬古布韦的雕刻师》中山顶贵族的宅院里，女人们总是忙于为男人们烹饪肉食，而男人们则总是忙于享用放在新鲜羊皮上煮好的肉食。新鲜的羊皮，动物曾经形体的指示物，在作为肉食承载工具的同时，也暗示着曾经的杀戮与剥削，但这并不影响男人们的胃口，他们拿着刀一边与肉"搏斗"[3]，对动物进行二次屠杀，一边谋划着对权力的占有。不仅如此，他还把豹子的皮做成华丽的斗篷，以彰显自己的贵族身份。刀、肉与权力的结合，使动物被碎片化，被吞噬，其主体性彻底消失。肉成为男性权力的象征，动物成为承载男性口腹之欲和权力之欲的载体。不仅如此，瑞达尼还通过圈养美洲豹表达自己的控制欲望。"当它们贪婪地吞食动物尸体时，他享受着它们的咆哮声"[4]。他总会穿着他熠熠生辉的豹皮斗篷，牵着豹子，在王国内行走，享受人们敬畏的目光。"动物已经成为缺席的象征，它们的命运被转化为对其他人的存在或命运的隐喻……动物

---

[1] Carol J. Adams, *The Sexual Politics of Meat: A Feminist-Vegetarian Critical Theory*, New York: Continuum, 2010, p. 74.

[2] Carol J. Adams, *The Sexual Politics of Meat: A Feminist-Vegetarian Critical Theory*, New York: Continuum, 2010, p. 48.

[3] Zakes Mda, *The Sculptors of Mapungubwe*, Cape Town: Kwela Books, 2013, p. 109.

[4] Zakes Mda, *The Sculptors of Mapungubwe*, Cape Town: Kwela Books, 2013, p. 46.

第四章 物质民俗书写:"食物"困厄下的身份建构与权力抗争　　159

命运的原始含义被吸收到以人类为中心的等级制度中。"① 瑞达尼通过穿豹皮斗篷和驯养豹子来彰显自己的权威与力量。而为了满足豹子的肉食需求,他不断宰杀山羊,剥夺更多动物的生命。残杀与食用动物,成为瑞达尼满足自己控制欲望的手段,而动物则成为作为男权主义者瑞达尼彰显自身地位、价值和男性气质的工具。瑞达尼对动物生命与自由的占有欲望发展到通过猎杀动物获取经济利益。他与商人哈米西·瓦·巴布(Hamisi wa Babu)合谋屠杀王国的图腾——犀牛,获取犀牛角,再卖掉赚钱。犀牛是马蓬古布韦王国的神圣象征,是民众的祖先和保护神,是神的灵魂的载体。屠杀犀牛等同于杀人,是对神的极大亵渎。图腾被杀,"整个家园都被神圣的犀牛血污染了"②,王国陷入干旱,人们陷入恐慌。国王剥夺了他皇家雕刻家的职位,并将他驱逐出王国。人们把他圈养的豹子放归大自然,并放火烧了他的房子,以净化他对图腾的亵渎。瑞达尼为他对动物的过度剥削与残害付出了应有的代价。

《马蓬古布韦的雕刻师》中的豹子重获新生,象征着人与动物之间的关系被重置。《唤鲸人》中沙丽莎的死亡结局也蕴含着颠覆父权的旨意。在宗教语境中,号角代表着多产、野性和男性性欲。唤鲸人利用号角吸引南露脊鲸,与鲸共舞,并给她取了一个女性的名字沙丽莎。他将沙丽莎视为自己的情人,在精神世界里一次次与她交配。犹如亚当创造并命名了夏娃,唤鲸人将沙丽莎永远奴役在了自己的父权世界里。朱莉安娜·希萨里(Juliana Schiesari)认为,强制性占有或者将动物变形,意味着剥夺动物的身份。这样做,实际上彻底抹杀了人与动物之间的差异,使动物丧失主体性③。唤鲸人利用男性的特权,将沙丽莎物化为满足自己精神欲望的工具。沙丽莎不再是一个完整的,具有自主性的生命实体,她失去自己的主体性,成为缺席的指涉。为了激发沙丽莎的性欲,与之进行交配仪式,他模仿人类情侣的约会形式,为其准备了吃饭仪式,却不知沙丽莎即将临产。唤鲸人看似人性化的举动,其实隐藏着他想要满足自身性欲的目的。"那些在低等动物的痛苦和毁灭中寻求乐趣的人……将会对他们自己的同

---

① Carol J. Adams, *The Sexual Politics of Meat: A Feminist-Vegetarian Critical Theory*, New York: Continuum, 2010, p. 67.

② Zakes Mda, *The Sculptors of Mapungubwe*, Cape Town: Kwela Books, 2013, p. 149.

③ Juliana Schiesari, Polymorphous Domesticities: Pets, Bodies, and Desire in Four Modern Writers, Ph. D. dissertation, University of California, 2012, pp. 10-11.

胞也缺乏怜悯心和仁爱心。"① 在与沙丽莎以舞对话，在想象的世界中与之交配的同时，唤鲸人又在自己的小屋与萨鲁尼翻云覆雨，不能自已。他既痴迷于沙丽莎带给自己精神上的安慰，又不愿放弃萨鲁尼带给自己肉体上的满足。于他而言，沙丽莎和萨鲁尼都以他的性欲对象而存在。他的摇摆不定，在将沙丽莎女性化的同时，也将萨鲁尼客体化了。而这正如同亚当斯（Carol J. Adams）所言，"在一个父权制的、食肉的世界里，动物被女性化和性化了，女人被动物化了"②。作为女性的萨鲁尼和作为动物的沙丽莎同处于父权制下的从属地位。唤鲸人的私欲最终导致萨鲁尼为他醉酒而死，沙丽莎为他搁浅而亡。为避免沙丽莎尸体腐败爆炸产生更大的伤害，人们不得不引爆沙丽莎的尸体。沙丽莎的身体在巨大的爆炸声中变成碎片四散开来，鲸肉落在围观的人群中，也落在了唤鲸人身上。悲剧结尾象征人类分食了沙丽莎。作为女性他者的萨鲁尼与作为动物他者的沙丽莎都成了男性荷尔蒙滥用的受害者。

如果说作者在《马蓬古布韦的雕刻师》和《唤鲸人》中刻画的人对动物的过度剥削，意欲激发读者反思动物的被动处境的话，他在《红色之心》和《小太阳》等小说中对动物的描写则为人类与动物的相处之道提供了一种有意义的参考。在《红色之心》中，特温最爱的马格夏（Gxagxa）因感染肺病生命垂危时，特温不眠不休不进食，陪着格夏直到它生命的最后时刻。作为特温的后代，泽姆延续了祖先对动物的珍爱，将自己的马格夏视为自己的人生伴侣。在泽姆年老将亡时，格夏守在泽姆的门口，不停嘶鸣，拒绝离开。历史上特温曾守候着格夏，直到它咽下最后一口气，现代的格夏守护着泽姆走完人生的旅程。人与马彼此守候，融进彼此的生命。泽姆去世后，女儿库克兹娃将马视为自己父亲的化身，"她不敢在马面前做任何丢脸的事，也不敢说她在父亲面前不敢说的话，她像尊重父亲一样尊重它"③。《小太阳》中的小太阳也将他所饲养的马加泽班（Gcazimbane）视为他的小兄弟。然而，在食物匮乏的年代，他的马也注定逃不脱被吃的命运。当他被骗吃下加泽班的肉时，他感觉自己成了毫无

---

① ［美］罗德里克·纳什：《大自然的权利：环境伦理学史》，杨通进译，青岛出版社1999年版，第19页。

② Carol Adams, "Why Feminist-Vegan Now?" *Feminism & Psychology*, Vol. 20, No. 3, 2010, p. 304.

③ Zakes Mda, *The Heart of Redness*, New York：Farrar, Straus and Giroux, 2002, p. 220.

人性的"食人魔"①。对他而言，马就是自己的同类，吃马肉意味着人类的自相残杀。同样将动物视作人的还有《马蓬古布韦的雕刻师》中的查塔。他谨遵母亲的教导，将动物视作与人平等的生命实体，而不是可以随意猎杀的肉食来源。

饮食不仅是一种生物本能，而且关乎人对自然万物的伦理认同和价值判断。所以，饮食不仅是人与食物的关系，也是人与作为食物来源的生命体之间的关系。人对食物的态度折射出人对动物、植物生命权利的认可程度。在新时代的今天，人们在食物的选择上有了更多的理性考量，对生态保护有了更多的认同。然而，如同《红色之心》中的邦科一样，仍然有很多人将"是否能吃"和"是否能为人所用"② 作为保护动植物的标准。穆达在小说中对人与动物关系的思考值得我们深思。

二 对女性主体性的"销蚀"

食物与女性之间具有毋庸置疑的密切关系。女性是食物的提供者与加工者。婴幼儿以母亲的乳汁为食，母亲的乳汁成为孩子营养与能量的来源。在父权制社会，加工，并向他人，尤其是男性，提供食物被认为是女性的职责，女性有义务满足他人的食欲，并教授后代女性传承厨艺。与此同时，女性的身体也往往被物化为满足男性欲望的工具。食物与女性身体因而具有了同等强烈的象征意义。因为共同的主体，两者成为相互映射、互为符号的共同体。从两性关系层面，男性与女性之间因而具有了食用者与被食用者关系的特征。所以，在穆达的小说中，男性往往是那个要"食用"的，要侵吞的主体，而女性往往是那个被牺牲的、被吞噬的客体。然而，这种对抗关系并不总是一成不变的，而是蕴藏着走向和谐的可能。

《马蓬古布韦的雕刻师》中的皇家雕刻师们一边享受着女人们烹饪的烤牛肉，一边打量着为他们提供肉食的女人和跳舞的少女们。少女们穿戴着漂亮的服饰，梳着美丽的发型，向男人们展示自己的青春美。少女们跳跃的乳房和丰满的臀部，使男人们陷入了肉欲的遐想。瑞达尼对琪多丰满

---

① Zakes Mda, *The Heart of Redness*, New York: Farrar, Straus and Giroux, 2002, p. 234.
② Zakes Mda, *The Heart of Redness*, New York: Farrar, Straus and Giroux, 2002, p. 80.

的身体充满肉欲的渴望,而查塔也用自己的眼睛"深深刺进马鲁比妮的胸膛"①。男人们享受着肉食,满足口腹之欲的同时,将女性碎片化为身体的性感部位。"食用是压迫的实现,是意志的消灭,是独立身份的剥离。"②男性们通过视觉消费将女性碎片化,使其成为缺席的指涉,成为男性欲望的载体。作为食物的肉与女性身体共同成为男性吞噬的对象。

　　肉,体现了男性欲望的吃人本质,而女性总是被吃的对象。男和女之间,体现着吃与被吃的二元对立。对瑞达尼来说,他并没有满足于对女性身体的视觉消费,而是利用自己作为山顶贵族的特权,收买琪多的父母,意欲使琪多成为他的第四个妻子,从而实现对琪多身体的彻底占有。对于瑞达尼来说,妻子是其权势与经济实力的标志物,"作为一个有钱有势的人,他得娶更多的妻子。如果只有三个妻子,马蓬古布韦人怎么会尊敬他呢?"③而在看到马鲁比妮的野兽之舞为王国求来甘霖后,瑞达尼转而向马鲁比妮表达爱意,意欲通过掌控马鲁比妮的神奇魔力成为王国的掌权者,"娶了马鲁比妮的话,他就可以掌控生者的世界,甚至可以掌控亡者的世界与胎儿的世界……就连国父④巴巴-穆尼尼(Baba-Munene)也将成为他的仆人"⑤。如同男人对肉食的欲望,瑞达尼对妻子的选择,不是基于情感上的依恋,而是以满足自身肉欲和权力欲望为标准。

　　瑞达尼对女性的物化并非个例,而是山顶贵族男性们的普遍做法。哈米西·瓦·巴布将一个高级妓女送给巴巴-穆尼尼,作为求和的礼物。巴布选择这个妓女,是因为她有丰满的身体,在性事方面很有经验,一定很合巴巴-穆尼尼的胃口。而巴巴-穆尼尼却将她视为不详的"幽灵",意欲将她转赠给自己的女婿瑞达尼,"作为消遣,打发时间的工具"⑥,打消他迎娶第四个妻子的念头,以保证自己女儿作为瑞达尼大妻子的地位。瑞达尼又意欲将她转赠给查塔,作为牵制查塔的工具。最终,无人想要的妓女

---

① Zakes Mda, *The Sculptors of Mapungubwe*, Cape Town: Kwela Books, 2013, p. 39.

② Carol J. Adams, *The Sexual Politics of Meat: A Feminist-Vegetarian Critical Theory*, New York: Continuum, 2010, p. 73.

③ Zakes Mda, *The Sculptors of Mapungubwe*, Cape Town: Kwela Books, 2013, p. 97.

④ 在这个故事中,巴巴-穆尼尼是故事中代替国王执行权力的人,是国王的传声筒。因为他比国王年轻,所以被臣民尊为年轻的国父。

⑤ Zakes Mda, *The Sculptors of Mapungubwe*, Cape Town: Kwela Books, 2013, p. 77.

⑥ Zakes Mda, *The Sculptors of Mapungubwe*, Cape Town: Kwela Books, 2013, p. 76.

被商人领回去。"当一个人被视为没有思想的物质时,他就成了剥削和挪用的对象"。① 对于马蓬古布韦的男人们而言,这个妓女不是具有主体性的完整的人,而是任由男性挑选、吞噬,满足自身欲望的碎片化的肉食和没有精神的工具。女性成为缺席的指称。和吃肉一样,男性通过消灭女性主体性,彰显自己的性别特权。

在父权制社会流行一种文化神话,即男人们可以通过食用肉食增加力量,而女性必须满足丈夫的饮食要求。作为"养家糊口"的重要经济来源,男性自然拥有了控制食物分配的权力,肉食因而成为男性的财产,象征着男性力量。这种分配制度,毋宁说是为了保证劳动力的身体力量,不如说是为了强化男性在父权社会中的权力,对家庭食物的分配对应着男性对女性的统治。《埃塞镇的圣母》中的普尔(Pule)即是通过控制家中食物的分配,控制妻子尼基,从而凸显自己的男性地位。完成在雇主家的劳动任务后,尼基立刻回家为他准备煎蛋和面包,并用自己珍藏的瓷盘子把食物盛给丈夫普尔,而普尔却将盘子连同食物摔在地上。他怒斥妻子,"南非每个工作的男人午餐都有肉和米饭,甚至甜菜根……我为什么就不能像所有体面的人一样有肉吃呢?"② 普尔不顾妻子在雇主家劳作的艰辛,将自己对食物的需求放在第一位。而当他将妻子辛苦准备的食物丢弃,转而要求吃肉时,实际上就暴露了他意欲通过食物分配凸显自己家庭地位的目的。"食物已经成为男性欲望的迷恋对象。"③ 于他而言,温饱不是第一位的,只有吃肉,才能凸显自己作为一家之主的身份。尼基忍气吞声,重新为普尔准备肉食,满足了普尔的胃口。她忽视了自身的存在,自觉接受了隐含在饮食行为中的性别歧视。这种默许加剧了他们关系的不平衡。如同亚当斯所言,"肉成为表达女性压迫的词"④,在尼基与普尔的关系中,肉食成为性别权力的支点,成为男性规训女性的手段。于是,烹饪的女人

---

① Carol J. Adams, *The Sexual Politics of Meat: A Feminist-Vegetarian Critical Theory*, New York: Continuum, 2010, p. 72.

② Zakes Mda, *The Madonna of Excelsior*, New York: Picador, 2003, p. 39.

③ Eileen Chia-Ching Fung, "To Eat the Flesh of His Dead Mother: Hunger, Masculinity, and Nationalism in Frank Chin's Donald", *Lit: Literature Interpretation Theory*, Vol. 10, No. 3, 1999, p. 259.

④ Carol J. Adams, *The Sexual Politics of Meat: A Feminist-Vegetarian Critical Theory*, New York: Continuum, 2010, p. 75.

变成被烹饪的对象,而"性别政治演变成吃或被吃"①。这也正如伊莲·查婷·方(Eileen Chia-Ching Fung)所言,生产和消费食物的过程,构建了基于性别和阶级差异的复杂权力关系,进而形成了一种合法的排他性语言②。在普尔与尼基的关系中,食物成为一种男性话语,表征了男性在两性关系中的攻击性和支配性特征。

普尔利用自己在家庭经济收入中的主导地位,将食物视为打压、控制妻子的一种媒介。他对肉食的要求,既是生理饥饿,也是精神饥饿的表征。他家里用作食物烹饪的平底锅,"将尼基与普尔此前生活中所有的女人串联在了一起"③。他的第一任妻子用过,他一连串的女朋友也用过,现在轮到尼基用。普尔家的锅见证了他对女性的控制。朱莉安娜·曼斯维尔特(Juliana Mansvelt)认为,"食物的文化政治意义在于,它将在政治经济研究中被忽视的权力显性化,不仅使人看到权力如何被行使,还可以看到权力是如何形成、协商和对抗的"④。普尔通过控制家中的食物分配管控女性,以彰显自身的主导地位,并将这种控制形式延伸到了两性的情感关系中,使他与女性之间形成了一种统治与被统治的失衡关系。他将尼基视为自己的私有财产,随意猜忌、中伤,并以此作为借口公然与妓女厮混,违背夫妻伦理。而为了挽回尼基的情感,求得她的原谅,普尔又对自己召回的妓女大打出手。如同他对肉食的要求一样,于普尔而言,女性成了满足他身体欲望的,可供他随意"食用"的对象。普尔对肉食的需求,对女性情感的滥用,清晰展现了男性如何通过食物满足自身的权力需求,维持自己在家庭中的主导地位。

男性对女性的控制与占有在小说《与黑共舞》中得到了更为淋漓尽致的展现。为报复前妻唐珀洛洛(Tampololo)的始乱终弃,醉酒的莫索伊(Motsohi)强奸了他曾经的岳母多女妈妈(Mother-of-the-Daughters)。

---

① Sarah Sceats, Food, *Consumption & the Body in Contemporary Women's Fiction*, New York: Cambridge University Press, 2003, p. 99.

② Eileen Chia-Ching Fung, "To Eat the Flesh of His Dead Mother: Hunger, Masculinity, and Nationalism in Frank Chin's Donald", *Lit: Literature Interpretation Theory*, Vol. 10, No. 3, 1999, p. 256.

③ Zakes Mda, *The Madonna of Excelsior*, New York: Picador, 2003, p. 42.

④ Juliana Mansvelt, *Geographies of Consumption*, London: Saga Publications Ltd., 2005, p. 150.

人们无人在意她的存在与感受，而是纷纷安慰她的丈夫。人们愤怒地表示着对多女爸爸的同情："谁会对多女爸爸做出这种事？"[1] 似乎人们已经形成了一种定式，即多女妈妈不是具有独立性和主体性的完整的人，而是如同他们家的牲口一样，都是多女爸爸的财产和肉食对象。多女妈妈遭受玷污，意味着多女爸爸的财产被损失、食物遭到了污染。而地方法官对强奸案的审判，进一步固化了多女妈妈作为男性肉食对象的处境。法官没有按照法律规定严惩莫索伊，也没有对多女妈妈表示人道主义同情，而是极尽讽刺之能事，"这位受害人应该感到受宠若惊吧，毕竟她一把年纪了还能成为一个年轻帅小伙的目标"[2]。毋庸置疑，作为法律执行者的法官也将多女妈妈视作了男性的肉食对象。在他看来，能被年轻男性挑选为性侵对象，是一个老年妇女的荣幸。不难看出，在父权世界里，不管是在民间社会，还是在国家的权力阶层，女性都逃脱不了身体被"食用"，主体性被"销蚀"的命运。

但是，这并不是说穆达小说中所有两性之间的关系都是"吃"与"被吃"的对立关系。《死亡方式》中，托洛基与诺瑞娅互相扶持；《红色之心》中，库克兹娃与卡玛古互相理解；《后裔》中，托洛基与欧帕惺惺相惜。《黑钻》的结尾也意味深长，当白人检察官克里斯汀被黑人保安唐彻底感动，下定决心要跟唐以情侣身份交往时，唐说了这样一句话，"我和猫咪白雪都不能被圈养"[3]。作为一个黑人，唐希望他与克里斯汀之间的两性关系不应该是谁控制谁，谁食用谁的关系。如同他对小猫白雪的散养一样，他希望他与克里斯汀的爱情应该建立在自由平等的基础之上，是去掉一切伪装，身心合一的感情。这几部小说中男女主人公之间的关系隐含着作者对建立和谐平等两性关系的美好期待。

三 对孩子的过度占有

在家庭，这个最基本的社会场域中，因为拥有强壮的身体条件和经济上的主导地位，父亲天然地享有对子女的监护权。因此，父亲的特殊身份

---

[1] Zakes Mda, *She Plays with the Darkness*, Florida Hills, Vivlia Publishers and Booksellers, 1995, p. 185.

[2] Zakes Mda, *She Plays with the Darkness*, Florida Hills, Vivlia Publishers and Booksellers, 1995, p. 187.

[3] Zakes Mda, *Black Diamond*, Johannesburg: Penguin, 2009, p. 315.

奠定了他在家庭中的主导地位，形成了"一个不可让渡和不可侵犯的父亲意象"①。然而，如同恩格斯所指出的，"家庭"这个概念在产生之初，是"用以表示一种新的社会机体，这种机体的首长，以罗马的父权支配着妻子、子女和一定数量的奴隶，并且对她们握有生杀之权"②。所以，对于处于被控制地位的家庭成员来说，家既是情感的港湾，也是权力的场域，充满了权力的压制与规训。这种权力的压制，不仅指涉男性对女性身心的控制，更指涉父亲对子女的监控。在以男性为主导的家庭关系中，处于弱势地位的子女依赖父亲的强大权力，并接受权力的支配。然而，如同男性对肉食的占有，当父亲滥用父权，过度占有子女身心时，父亲便与子女之间形成了一种控制与被控制，"吞噬"与"被吞噬"的关系。《死亡方式》中托洛基的父亲吉瓦拉（Jwara）和武萨的父亲纳普，以及《瑞秋的布鲁》中瑞秋的父亲等便是过度占有孩子的典型。

  吉瓦拉与对孩子的"吞噬"，表现在他对诺瑞娅的过度偏爱，以及对儿子托洛基的过度忽视。一次偶然的机会，铁匠吉瓦拉发现，邻居家五岁的孩子诺瑞娅的歌声激发了他的雕刻欲望。从此，他便如同着了魔一般，陷入了对诺瑞娅歌声的迷恋。吉瓦拉将所有的注意力都集中在了诺瑞娅身上。他给诺瑞娅购买糖果和巧克力，对她呵护备至。他对诺瑞娅歌声的变态需求，使得他与诺瑞娅之间的关系偏离了父辈与晚辈之间正常的伦理秩序。这种扭曲的关系既离间了诺瑞娅与自己父亲西塞比（Xesibe）之间的亲情关系，也打破了吉瓦拉的家庭原有的和谐关系。他不再努力工作，赚取家用，也不再给妻子钱用以购买食物，也不再关注儿子的情感需求。当他在诺瑞娅的歌声陪伴下疯狂创作时，他的妻子和孩子在家里忍饥挨饿。吉瓦拉的妻子视诺瑞娅为离间自己家庭的导火索，将她称作"自大的婊子"③。托洛基的绘画天赋使他赢得了全国艺术比赛，这使得"托洛基心中充满了骄傲，他生平第一次觉得自己比任何人都重要"④。而当他满心欢喜地拿着奖品向父亲寻求肯定时，却遭到了父亲的严厉训斥，"滚出

---

  ① 殷海光：《中国文化的展望》，上海三联书店2002年版，第102页。
  ② ［德］马克思，恩格斯：《马克思恩格斯选集》（第4卷），人民出版社1972年版，第71页。
  ③ Zakes Mda, *Ways of Dying*, New York: Picador, 2002, p. 29.
  ④ Zakes Mda, *Ways of Dying*, New York: Picador, 2002, p. 33.

去，你这个愚蠢的、丑陋的小子！你没看见我正忙着吗？"[1] 托洛基未能从父亲那里获得任何形式的鼓励，父子之间本该具有的正常交流也被彻底掐断。而因为他的打骂，儿子托洛基被迫离家出走，最终沦落为游离于社会边缘的"多余人"。吉瓦拉对诺瑞娅的过度溺爱，使得她偏离了儿童正常的成长规律，进而养成了骄傲自大的傲慢态度。这成为诺瑞娅成年后与男性滥交的根源，也间接导致诺瑞娅婚姻不幸。对于妻子和孩子，吉瓦拉既没有为他们提供经济支持，也没有给予必要的精神安慰和情感关注。在与孩子诺瑞娅和儿子托洛基的关系中，吉瓦拉凭借父权所赋予的权威和他所掌控的经济大权，对孩子进行了精神和肉体的双重残害。这种伤害，无异于对孩子身心的"吞噬"。

同样利用自己父亲身份"啃食"孩子的还有诺瑞娅的丈夫纳普。纳普酗酒，打骂诺瑞娅，甚至把妓女带到他们的棚屋，直到彻底摧毁他与诺瑞娅的婚姻。而为进一步打击诺瑞娅，纳普从诺瑞娅身边偷走了儿子武萨。曾经完整的家庭彻底破裂，年幼的儿子失去母亲的庇护。作为家庭支柱的父亲，他没能为自己的家人，尤其是儿子，提供必要的物质保障和情感支持。而把武萨带到城市后，他不仅没有尽到一个父亲应尽的养育责任，而且将儿子当作他赚钱的工具。他利用衣衫褴褛，满身污垢的武萨博取路人的同情，以获得施舍。然而，他没有将武萨乞讨得来的钱用于满足孩子的温饱需求，而是把孩子拴在简陋棚屋外的桩子上，自己到酒馆喝酒。当他在酒馆醉生梦死时，饥饿的儿子武萨被饿狗啃食而死。等到他花光钱财，再次回来利用儿子乞讨时，才发现儿子身体的一大半已经被狗分食。父亲的一次次失职，导致年幼的武萨相继失去家庭，失去母亲，最终失去宝贵的生命。他既是被狗啃食而死，也是被自己的父亲"啃食"而死。

《瑞秋的布鲁》中瑞秋的父亲则以另一种灭绝人性的方式"吞噬"了女儿瑞秋的身体和心灵。在瑞秋还是个蹒跚学步的幼童时，他就开始猥亵自己的女儿。他利用瑞秋对他的信赖和依靠，哄骗女儿与他玩所谓的"游戏"，以满足自己的淫欲。他的兽性行为给瑞秋的童年蒙上了一层可怕的阴影，使她患上了创伤应激反应障碍。所以"一想到爸爸，瑞秋就

---

[1] Zakes Mda, *Ways of Dying*, New York: Picador, 2002, p. 33.

有一种无力的恐惧感，一种她无法理解的恐惧"①。这种心理创伤发展成瑞秋生活里的一颗定时炸弹。当她再次被好朋友贾森强奸时，这颗炸弹被引爆，她的精神彻底崩溃，生活陷入了极度的无序状态。瑞秋爸爸僭越了亲情伦理，践踏了道德规范。他"舔食"了女儿的身体，也"蚕食"了女儿的心灵。

《死亡方式》中的吉瓦拉、纳普和《瑞秋的布鲁》中的瑞秋爸爸都以自己的方式"吞噬"了自己的孩子。他们的行为失范，从根本上来说，源自社会共同价值理念的缺失。塔尔科特·帕森斯（Talcott Parsons）认为，"失范的根源不是社会成员缺乏能力和机会，而是社会成员对有意义的社会系统缺乏明确的认识，即集体意识的缺乏"②。集体意识确定了社会成员的价值理念和道德规范，并对社会成员起到规约作用，它是社会存在的前提。但是，"当社会发生剧变时，集体意识所规定的价值理念和道德规范不断被突破，使社会陷入瘫痪状态，出现了价值真空的局面"③。吉瓦拉和纳普所处的时期正是南非即将发生变革，走向民主的过渡时期。种族主义政府的垂死挣扎，使得南非的社会陷入混乱。死亡成为一种常态。大批失去土地和经济来源的农民被迫离开农村，进入城市谋生。脱离传统的生活方式，却又不能获得稳定的收入的父亲失去作为一家之主的主动性，最终沦落到靠手工创作、喝酒、召妓等麻醉自己。而《瑞秋的布鲁》中瑞秋的父亲是美国老派嬉皮士的后代。他继承了父亲对音乐的爱好，也继承了父辈对主流社会的反叛。然而，他无法逃离现实生活的羁绊，也无法摆脱国家机器对他的控制。他不得不加入军队，成为美国的战争工具。在此状态下的父亲们都失去了控制生活的主动性，以及集体意识所规定的伦理观和道德感。他们既不能作为孩子价值观的传授者，也无法成为养家糊口者，唯有利用血缘亲情赋予他们的父亲的权威，"吞噬"年幼无助的孩子，以满足自己的权力欲望和兽性欲望。

然而，这种失衡的亲子关系残害孩子的身心，也必然会"反噬"作为"吞噬者"的父亲们。《死亡方式》中诺瑞娅的歌声为吉瓦拉带来了创作的

---

① Zakes Mda, *Black Diamond*, Johannesburg: Penguin, 2009, p. 203.

② Talcott Parsons, "Durkheim", in David L. Sills, ed. *International Encyclopedia of the Social Science* (Vol. 4), New York: Macmillian and Free Press, 1968, p. 316.

③ 叶丽华：《约翰·契弗小说中的男性失范行为研究》，博士学位论文，上海师范大学，2015年。

灵感，为他带来了精神的富足，却使他脱离了正常的生活轨道，陷入了雕刻创作的狂迷状态，以至于他不再与人交流，也不再吃喝，直至死在了工作室内。他享用了诺瑞娅的歌声，却被其歌声所激发的创作激情"反噬"，直到付出生命的代价。因为生前对儿子托洛基的忽视和虐待，死后的他也无法获得安宁，最终不得不在曾经的朋友乃佛罗夫霍德伟（Nefolovhodwe）的梦中托付他代为向儿子求和。他与孩子们之间形成了"吞噬"与"被吞噬"的双重关系。儿子武萨的惨死也唤回了纳普残存的人性。不堪内心折磨的他最终跳入蓄水坝，结束了自己的生命。蓄水坝是"这个城市下水道的一部分"[①]。他以自己的方式，使得身体成为城市的一部分。城市，抽干了他的精神，也吸纳了他的身体。他"吞噬"了自己的孩子，城市"吞噬"了他。《瑞秋的布鲁》中瑞秋的爸爸也于美国政府在伊拉克发动的沙漠风暴行动（Operation Desert Storm）中丧生，最终成为国家机器的"牺牲品"。故事中的父亲们"吞噬"自己的孩子，也被孩子、城市和国家"吞噬"。他们的悲剧，既是个人的悲剧，也是时代的悲剧。

故事中的父亲们利用父权过度控制、占有孩子，致使孩子身心遭受严重创伤，甚至付出生命的代价。作为父亲，他们都是失职的。而事实上，穆达其他小说中的孩子，例如《死亡方式》中的小武萨，《与黑共舞》中的蒂珂莎和莱迪辛，《红色之心》中的海茨（Heitsi），中篇小说《梅尔维尔67号》中的塔班等都是无父的，他们的生活是将男性家长排除在外的。还有一些小说，例如《埃塞镇的圣母》《后裔》《马蓬古布韦的雕刻师》等小说中，即便是有父亲的出场，他们也不过是身体羸弱、精神猥琐、生活荒唐淫靡的无能之辈。我们甚至可以说，穆达的小说有一种"弑父"倾向。他对父亲的描写，消解了父权的主导性和权威性，既是对父权社会的批判，也是对父权社会的挑战。

第三节 人食"人"之殖民权力的建构

亚当斯指出，缺席的指称可以被吸收到不同层次的意义中[②]。作为缺

---

① Zakes Mda, *Ways of Dying*, New York: Picador, 2002, pp.138-139.
② Carol J. Adams, *The Sexual Politics of Meat: A Feminist-Vegetarian Critical Theory*, New York: Continuum, 2010, p.67.

席的指称,"肉"的含义早已超越了其原始意义,成为一种隐喻性修辞,其意义被提升到远大于自身存在的意义。在不同的语境中,肉便具有了不同的隐喻意义。在穆达描绘的父权世界里,被"吞噬"的肉成为作为弱者的动物、女性和孩童的命运的隐喻表达。而在他着意刻画的殖民时代里,"肉"的含义被大大扩展了。它的含义从动物的"肉"延伸为"人肉",并被殖民者用以构建殖民权力。所以,在殖民语境中,借由"肉",殖民者将非洲本土黑人妖魔化为亟待文明教化的野蛮的"食人族",从而将非洲大陆合理化为帝国的狩猎场,恣意"猎捕""分割""吞噬"黑人,使之碎片化为自己的战利品、性对象或者产仔动物,以满足自己的权力欲望、身体欲望和经济欲求,成为真正的"食人族"。然而,正如福柯所认为的,权力的主体与客体之间彼此关联,相互吸引,互相转化[1],作为被殖民者"吞噬"的肉食对象,黑人同样以自己的方式"反噬"殖民者,瓦解殖民者的权威与力量,从而与殖民者之间建构起"吞噬"与"反吞噬"的双重关系。

一 "野蛮食人族"形象的塑造

15世纪,欧洲人开始走出闭塞的生活,向外流散和移动。由于文化的差异、语言的隔阂和信息的误传等,西班牙航海家哥伦布(Christopher Columbus)等将加勒比人(Caribs)认定为嗜好进食人肉的种族。由于发音错误,Caribs(加勒比人)逐渐变成Canibs,最终演变成Cannibals(食人族)。而与此同时,地理大发现所引发的知识大爆炸也使错误信息的传播变得更为容易。有关食人传说的偏见跨越大西洋,逐渐演变成为一个常识。"食人族"进入欧洲语言系统后,"成为一种不言自明的前见进入他们的精神世界,从而形成他们对外部世界的感知和认识"[2]。因此,在自诩为"文明人"的欧洲人看来,与自身文化不相同的社会都是野蛮社会,处于西方文明边缘的人都是野蛮的"食人族"。"一旦给非洲人贴上食人族的标签,文明的白人基督教徒打败、奴役非洲人的行为就合情合理了。"[3] 所以,殖民帝国觊觎的非洲大陆就顺理成章地成了亟待西方文明

---

[1] Michel Foucault, "The Subject and Power", *Critical Inquiry*, Vol. 8, No. 4, 1983, p. 794.
[2] 汪汉利:《食人族、修辞与福音书》,《宁波大学学报》2015年第2期。
[3] Carol J. Adams, *The Sexual Politics of Meat: A Feminist-Vegetarian Critical Theory*, New York: Continuum, 2010, p. 55.

洗礼的野蛮大陆，非洲土著也自然成为亟待教化与拯救的"食人族"，"食人族传说"也成为西方殖民征服的有力依据。《祖鲁人在纽约》中的殖民帝国英国就以这种方式将非洲人塑造为"野蛮食人族"，为自己的殖民行径正名。

英国政府对祖鲁王国的殖民侵略，激发了英国民众对遥远大陆的热情想象。唯利是图的商人趁机将非洲人塑造为茹毛饮血的野蛮人，并将其与动物一起展出。威廉·亨特经营了一个人种展览，专门展示来自非洲的黑人和动物。他将一个科伊族女孩命名为"霍屯督维纳斯"（Hottentot Venus），并迫使其裸体站在展台上供人观赏。与她一起展出的还有祖鲁人，大猩猩，以及双头夜莺等动物。为了证明祖鲁人的"野蛮食人族"身份，推销"野蛮祖鲁人"表演，威廉·亨特有意将艾姆-皮及其伙伴们带到动物园，并让新闻记者拍下祖鲁人与动物同框的画面。被囚禁在铁笼里的动物的处境使艾姆-皮触景生情，他不禁流下了伤心的泪水。这一幕被新闻记者记录下，并解读为祖鲁人与自己的同类和谐相处。媒体的宣传使野蛮祖鲁人的形象更为"真实"，也为更多人所接受，即祖鲁人跟动物一样，"野蛮"，没有"人性"。在迪瓦尔先生经营的迪瓦尔民族博览会上，"丁卡公主"（Dinka Princess）被关在狭小的笼子里，身上披着动物毛皮做成的斗篷。与她一起被展览的还有来自非洲和南美丛林的奇异生物，如山魈、绒猴和长着胡子的帝王绢毛猴等。在白人经理人戴维斯（Davis）所经营的"野蛮祖鲁人"表演中，穿着兽皮的祖鲁人也被关在笼子里，恐怖的叫声和具有攻击性的动作让观众不寒而栗。白人们将非洲黑人与动物并置，引导观众以欣赏动物的方式来看待黑人，意味着他们更像动物，而不是正常人，黑人因此被赋予了动物的特质。为了进一步表现祖鲁人的"兽性"，威廉·亨特要求演员把舌头和牙齿染上血淋淋的红色，并表演无序、野蛮，具有攻击性的舞蹈。演员们还需要向观众演示如何用钝的矛割开白人的喉咙，并在一个巨大的三角锅中煮食白人传教士。戴维斯在祖鲁人开始表演前，也对祖鲁人的致命性进行了大肆渲染。

> 远离笼子，以免野蛮祖鲁人从栏杆里伸出手来抓住你的胳膊腿儿，把你撕咬成碎片。他很饿，他部落的所有种族的人都吃人肉，他也嗜好吃人肉，他已经两天没吃东西了。……不要喂野蛮祖鲁人！你凭什么认为他像猴子一样，爱吃香蕉？野蛮祖鲁人可不是猴子，他能

要了你的命。他不会无缘无故地被称为野蛮祖鲁人。在他们的自然栖息地,祖鲁幼儿以母狼的乳汁为食。他们的成年仪式就是与灰熊搏斗。向后站!你可不能激怒野蛮祖鲁人,不然他会把你当早餐吃掉。①

戴维斯的描述,首先就预设了一种语境,即祖鲁人比猴子还残忍,是一种可以与野狼为伍,与灰熊抗衡的凶残的肉食动物,以此拉开观众与表演者的距离。当经理人把活鸡和生肉扔进笼子里时,野蛮祖鲁人扑向那只鸡,用手和牙齿把它撕成碎片。他贪婪地咀嚼着鸡的内脏,血溅满了整个笼子。野蛮祖鲁人生动形象的生吃活鸡表演,证实了人们对非洲的想象,祖鲁人被与"食人族"画上了等号。

祖鲁人的"野蛮"还体现他不可控制的动物般的性欲上。在戴维斯经营的表演中,"野蛮祖鲁人"有意展示他巨大的阴茎,并以下流的姿势朝着现场的白人女性模拟性活动,以激怒白人观众,尤其是白人女性。"一旦人们接受黑人怀有不可抗拒的,兽性冲动的观念,整个种族就被赋予了兽性。"②"野蛮祖鲁人"对性器官和性冲动的不加掩饰,进一步证明了其"兽性"特征。祖鲁人的性挑逗引起了观众的恐惧和愤怒,这正是表演想要达到的目的。因为,在种族主义话语和实践中,规范黑人的性行为,维护种族界限,一直都是非常重要的。白人自小被教育拒绝种族融合,以维持白人种族的"纯洁性"。也正因如此,祖鲁人被塑造为性暴力的野兽,并防止他们接触白人女性的身体。亚当斯认为,"人一旦被视为野兽,就有可能受到相应的对待。以人为主导的伦理观念将动物与人类区别开来,也使虐待那些被认为处于动物状态的人成为可以接受的事实"③。欧洲白人将非洲人塑造为动物,一方面将他们与人类区分开来,从人类世界排除了,另一方面证明了白人对他们的侵略、征服、教化与拯救都是理所应当的。

---

① Zakes Mda, *The Zulus of New York*, Cape Town: Penguin Random House South Africa (Pty) Ltd., 2019, pp. 9-10.

② Angela Davis, "Rape, Racism and the Capitalist Setting", *Black Scholar*, Vol. 9, No. 7, 1978, p. 27.

③ Carol J. Adams, *The Sexual Politics of Meat: A Feminist-Vegetarian Critical Theory*, New York: Continuum, 2010, p. 69.

为了寻找理论支持，全方位包装自己的节目，威廉·亨特还充分利用欧洲所谓的人类学与民族学研究成果。他根据约翰·乔治·伍德（John George Wood）撰写的《未开化种族的历史》（*Illustrated History of the Uncivilized Races*, 1870），把黑人演员划分为不同的部落成员，并根据各个部落的风俗为表演增加了更多的细节。在每次表演或者展览前，他都会一知半解地穿插讲解一些有关进化论的知识。具有讽刺意义的是，虚假、肤浅的人类学展览和讲解，再次成为人类学家研究资料的来源。许多纽约知识分子，尤其是通俗人类学的倡导者和达尔文进化论的狂热爱好者，成为原始种族展览的常客。他们饶有兴趣地看表演、听讲解，甚至还认真地记了笔记。可以想象，基于白人伪造的素材之上的人类学研究会得出什么样的结果。美国人类学家威廉·艾伦斯（William Arens）曾对此做过批判：

> 这样看来，人类学者在思想领域作为典型斡旋者的表现和作用，也可以说同时为两个主人工作。一个在某个遥远世界的角落，为他们提供研究资料，另一个占据世界的正中心，支持着他们的文化解读工作，并收买其成果。在两个世界意识交汇的地方，人类学家在解释各种文化的变化时，不断产生差异，同时又不断磨合着。①

所谓的人类学研究，只不过是人类学学者，在殖民势力的授意下解读间接得来的材料。所谓的成果再次成为合法化殖民活动的依据。在此意义上，《祖鲁人在纽约》中的人类学家就不自觉地进入了人类学知识生产链，利用虚假材料，印证一个被视为常识的错误认知。有了他们的"研究"，"食人族"从传说变成事实。人类学家参与塑造了"食人族"形象，进而成为帝国殖民的帮手。

不仅如此，剧院经营者还结合殖民文学固化非洲人作为"食人族"的形象。在全民疯狂迷恋"食人族"传说的英国，仅仅舞蹈表演和奇珍展已经无法满足观众的猎奇心理。所以，花园剧场要将殖民文学代表人物亨利·赖德·哈格德的小说《她》（*She*）改编成音乐剧。该剧想要凸显的是，作为白人的探险者如何被凶残的食人部落捕获并食用。文学作品里

---

① ［美］威廉·艾伦斯：《食人神话：基于人类学和食人族传说的研究》，蔡圣勤、胡忠青、殷珊琳译，武汉大学出版社2019年版，第136页。

关于非洲人作为"食人族"的塑造，让真正的祖鲁人艾姆-皮无法接受，他希望通过自己的努力讲述真正的祖鲁故事，以矫正欧洲人塑造的作为"食人族"的祖鲁人形象。在戴维斯的引荐下，花园剧场的制片人斯克尔尼克（Skildore Skolnik）愿意与艾姆-皮合作，一起创作一个关于祖鲁国王塞茨瓦约与英国军队对抗的故事。艾姆-皮想要展示国王温和、谦逊、睿智而勇猛的祖鲁人形象。然而，斯克尔尼克则要求增加大量虚构情节，将国王塑造为"良心泯灭""被魔鬼附身了的野蛮国王"[1]。如同哥伦布的航海队员拉斯·加萨斯（Las Casaa）曾经宣扬的，"任何反抗西班牙殖民统治的都是食人族"[2]。"食人族"成为帝国殖民事业具有潜在威胁力的象征性符号。在斯克尔尼克的剧本构想中，将反抗殖民统治的国王塑造为"食人族"，英国的野蛮行为也合法了。如此一来，英国士兵对野蛮国王的屠杀就是理所应当的了。故事编造与现实互为应和，文化叙事与政治功能合二为一。而这也正如萨义德所言，"帝国主义与小说相互扶持，阅读其一时不能不以某种方式涉及其二"[3]。艾姆-皮想要通过艺术创作重建祖鲁人形象的努力失败。因为对白人观众来说，祖鲁人代表的就是"真正的非洲，野蛮食人族的中心。祖鲁人就是神话中的野兽"[4]。在强大的殖民语境中，艾姆-皮的微末之光注定无法照亮殖民霸权所建构起的黑暗非洲形象。

与祖鲁人野蛮残忍、低级、下流、混乱无序的形象形成鲜明对比的是穿着得体、举止优雅的白人观众。鲜明的差异背后隐藏的是"我们"与"他们"这一根本性的文化上的二元对立模式。通过白人观众的反衬，强化祖鲁人的自卑心理，从而促使他们在心理上对自我身份产生厌恶感，进而在精神上向英国的殖民者屈服。所以，"食人族"形象的建构，实际上是殖民者强加在祖鲁人身上的话语暴力。这种话语建构反过来刺激英国人

---

[1] Zakes Mda, *The Zulus of New York*, Cape Town: Penguin Random House South Africa (Pty) Ltd., 2019, p. 69.

[2] Bartolome de Las Casas, *History of Indies*, trans. Andree Collard, New York: Harper & Row. 1971, p. 126.

[3] [美] 爱德华·W. 萨义德：《文化与帝国主义》，李琨译，生活·读书·新知三联书店2003年版，第96页。

[4] Zakes Mda, *The Zulus of New York*, Cape Town: Penguin Random House South Africa (Pty) Ltd., 2019, p. 32.

传播"文明"、统治世界的愿望。欧洲白人与祖鲁人形成了"形象制作者—食人族—被制作者"这样一种镜像关系,"无论在人种学、宗教学或社会学意义上,形象制作者和被制作者都不在一个对等的位置"①。在这个镜像关系中,食人族成为非洲祖鲁黑人的指涉符号,所体现的不仅是英国人的文化优越感和自我中心意识,还表现了形象制作者的欲望、心理和意识。被制作者的形象成为制作者形象的参照和补充。"食人族"成为殖民帝国指称他者的象征性符号。

霍米·巴巴认为,"殖民话语的一个重要特征是它在异质的意识形态建构中依赖于'固定性'概念。固定性是殖民主义话语中文化、历史、种族差异的标志,是一种矛盾的表征模式。它既意味着刻板和不变的秩序,也意味着无序、退化和恶性重复"②。而"食人族"就是殖民话语在他者文化意识中构建的一个"固定性"概念,是欧洲殖民者心理潜意识的产物,是帝国文化精英为海外殖民事业精心构建的一个修辞性表达。通过对祖鲁人食人的想象与传说,英国社会将祖鲁人符号化,使其身份被永久固定下来,这样,"既证实了自己的价值,同时又划分了现代文明与未开化的野蛮文化之间的界限"③。因此,食人观念成为"意识形态的合法化工具"④。

二 "文明人"的"食人"真相

丰盛的肉食是西方世界饮食的特征,"它不仅是男性力量的象征,也是种族主义的标志"⑤。所以,在西方世界,人们普遍认为,相较于植食,含丰富动物蛋白的肉食,可以为人提供更多的营养,而拥有优越文明的白人是天生的肉食者。为进一步证明自己比其他种族更为优越,西方大国将世界划分为智力优越的肉食者和智力低下的植食者。肉类食物丰富的西方

---

① 汪汉利:《食人族、修辞与福音书》,《宁波大学学报》2015年第2期。

② Homi K. Bhabha, *The Location of Culture*, London: Routledge, 1994, p. 66.

③ [美]威廉·艾伦斯:《食人神话:基于人类学和食人族传说的研究》,蔡圣勤、胡忠青、殷珊琳译,武汉大学出版社2019年版,第129页。

④ [美]威廉·艾伦斯:《食人神话:基于人类学和食人族传说的研究》,蔡圣勤、胡忠青、殷珊琳译,武汉大学出版社2019年版,第148页。

⑤ Carol J. Adams, *The Sexual Politics of Meat: A Feminist-Vegetarian Critical Theory*, New York: Continuum, 2010, p. 52.

肉食者理应成为植食者的领导者。这便首先在饮食上为西方的殖民入侵找到了理由。而库切也曾指出，"西方以肉类为主的食谱正是随着殖民征服与殖民扩张而发展起来的"①，吸引欧洲人移民殖民地的最大愿景就是，只要他们想要，他们随时可以"食肉"。对肉食营养的宣扬和提倡，间接激发了欧洲民众对殖民活动的狂热。殖民者的"食肉"欲望便与殖民政府的扩张建立起了密不可分的关联。而如上文所述，欧洲人通过各种手段将非洲人塑造为"食人族"，把他们赶出文化圈，置他们与动物于同一范畴内，在诋毁、否定其人性的同时，也为自己的食肉欲望找到了更为合理的对象。和动物一样，作为"食人族"的非洲人也理所应当地成了欧洲"文明人"的"肉食"来源。在煞费苦心地将非洲人塑造为"食人族"的同时，欧洲白人以实际行动使自己成了真正的"食人者"。

带着对"肉食"的极度欲望，殖民者在踏上非洲大陆的第一步起就将这片大陆当成了帝国的狩猎场，开始肆无忌惮、随心所欲地猎捕了。殖民势力如同饕餮一般，而被殖民者，尤其是女性，早已成为他们的肉食对象。对于白人男性来说，如同对动物的猎取一样，捕猎非洲的黑人女性，既是一种娱乐消遣方式，也是满足自身肉欲的方式。黑人女性是他们"天生"的猎物。猎食非洲女性成为白人世界的传统。所以，《埃塞镇的圣母》中的白人男性们可以随心所欲地在田地里、大草原上、小路上、农村，甚至在他们家的厨房里猎捕女性，占有黑人女性身上的"黑色港湾"②（swart poes）。自由州草原上的白人男孩们自小就知道，他们在即将成年时会有一个祛童贞仪式（devirgination rites），也就是"捕获、吞食藏在保姆粉红色工作服下的被禁止的猎物"③，他们要偷食自己父亲曾经食用过的黑色身体。

在殖民地，白人男性往往会利用他们在公共领域的权力，构建一个私人领域，以此满足自己对黑人女性的需求和渴望④。阿非利卡农民斯密特（Smit）就是其中之一。即便是在性事上力不从心，他也从不掩饰自己对

---

① John M. Coetzee, "Meat Country", *Granta*, delivered on Dec. 5, 1995, accessed on Feb. 25, 2023, https：//granta.com/meat-country/.

② Zakes Mda, *The Madonna of Excelsior*, New York：Picador, 2003, p. 93.

③ Zakes Mda, *The Madonna of Excelsior*, New York：Picador, 2003, p. 47.

④ Barbara Omolade, *The Rising Song of African American Women*, New York：Routledge, 1994, p. 17.

非洲女性的渴望。他经常开着车在马拉慈维萨（Mahlatswetsa）游荡，"寻找他的猎物"[1]。他猎捕了黑人少女穆玛穆普（Mmampe）和玛利亚（Maria），并威逼利诱女孩们做他的帮凶，强奸了她们的好友尼基。一旦女性被视为一块肉，她就要遭受暴力伤害。所以，亚当斯认为，强奸是一种典型的"工具性暴力"（implemental violence）。如同屠杀动物，强奸剥夺了妇女的主体性，将她们的身体与情感和思想剥离开来，使她们变成了一块肉，被肢解、消耗掉了。在斯密特身体的重压下，尼基成了一块肉，失去了表达情感与需求的自由。《祖鲁人在纽约》中的埃珂尔也逃脱不了被强奸、被吞噬的命运。迪瓦尔先生把她当作没有思想与精神的活物，供白人窥视。濒临破产时，迪瓦尔先生又把埃珂尔当作赌资，让纸牌赢家在埃珂尔身上泄欲。为防止她反抗，迪瓦尔把埃珂尔绑在床上。失去反抗能力的埃珂尔，如同一块失去生命的肉，任由白人男性把她"撕成碎片""把死亡注入她的身体"[2]。《后裔》中的黑人女奴"阿比西尼亚女王"不仅被白人主人强奸，而且成了奴隶农场里的产仔动物，为主人孕育用以售卖的奴隶。她的精神与身体被切割开来，缩减为满足主人欲望的性器官和子宫。这正如芭芭拉·奥莫拉德（Barbara Omolade）所认为的，黑人女性的每一部分都被白人主人使用，"对他来说，她是破碎的商品，她的感情和意愿被忽视，她的头和心，与她的背和手分离，与她的子宫和阴道分离"[3]。这些黑人女性，如同被屠杀、宰割的动物一样，失去自己的完整性和主体性，沦落为没有生命、没有知觉的肉。

在白人占主导地位的南非，种族差异导致白人的视觉扭曲变形，在他们的眼中，"黑人妇女一方面一直是清晰可见的，而在另一方面，由于种族主义的去人格化，她们变得不可见"[4]。她们的肤色使人无法忽视她们的存在，而她们的处境又使她们失去了作为人的主体性和可视性。所以，对于《埃塞镇的圣母》中的白人男性而言，黑人女性仅仅是一块肉。而

---

[1] Zakes Mda, *The Madonna of Excelsior*, New York: Picador, 2003, p. 75.

[2] Zakes Mda, *The Zulus of New York*, Cape Town: Penguin Random House South Africa (Pty) Ltd., 2019, p. 107.

[3] Barbara Omolade, *The Rising Song of African American Women*, New York: Continuum, 2010, p. 7.

[4] Audre Lorde, "The Transformation of Silence into Language and Action", *Sister Outsider*, New York: Ten Speed Press, 2007, p. 34.

对于白人女性来说，黑人女性同样是没有思想与情感的惰性物体。尼基在白人斯蒂芬努斯·克龙涅（Stephanus Cronje）的屠宰场工作。为防止工人偷肉，夫人科妮莉亚·克龙涅（Cornelia Cronje）要求工人在每天早晨上班和下午下班时各称一次体重。如果下午的体重比上午体重多，就意味着工人偷肉了。在恰逢发薪日屠宰场生意最多的一天，忙碌的尼基到了快下班才吃午饭。因为体重超标，尼基成为克龙涅夫人怀疑的目标。她被迫一件件脱下身上的衣服，从裙子，到胸罩，再到内裤，去掉了一切遮盖身体的服饰。在阿非利卡人面前，赤裸裸的尼基，如同一块等待分割的肉。斯蒂芬努斯和他的儿子小图亚特（Tjaart）就在现场，"他们用眼睛强奸她"①。对斯蒂芬努斯·克龙涅来说，尼基也不再是一个完整的人。父子俩的凝视将尼基碎片化为身体的性感部位。如同被屠宰后的动物肉体，尼基的情感被屠杀，身体被切割、消费。她已不是完整的、独立自主的尼基。

在屠杀、切割、吞噬黑人女性这一点上，最具典型意义的就是欧洲人对黑人女性萨拉·巴特曼（Saratjie Bartmann）的碎片化。19 世纪早期，有着不同于白人女性性感特征的巴特曼被冠名为"霍屯督维纳斯"，并当作"奇珍"在欧洲展出。她被迫裸体站在展台上，向白人观众展示自己身体的性感部位。1815 年巴特曼死后，她的尸体被解剖，她的生殖器和臀部被做成标本，继续展出。在《祖鲁人在纽约》和《红色之心》中，穆达还原了巴特曼被欧洲人"分食"的真相。在《祖鲁人在纽约》中，威廉·亨特宣称，与巴特曼外观相似的十八岁科伊族女孩是霍屯督维纳斯的女儿，并将她当作"人类奇观"（human curiosity spectacles）② 展出。女孩被迫光着身子站在展台上，腰间只挂着一串贝壳。科伊族女孩的身体被白人的视觉切割、消费，如同动物一样，她失去了作为人类以及女性的自尊与主体性。具有讽刺意义的是，威廉·亨特还以"体面和尊重女性隐私"为由，在她的展台前设置了一个"不要触摸展品"③ 的标志。科伊族女孩成为没有生命、没有情感的，仅供白人窥视和消费的对象。在这几

---

① Zakes Mda, *The Madonna of Excelsior*, New York: Picador, 2003, p. 47.

② Zakes Mda, *The Zulus of New York*, Cape Town: Penguin Random House South Africa (Pty) Ltd., 2019, p. 25.

③ Zakes Mda, *The Zulus of New York*, Cape Town: Penguin Random House South Africa (Pty) Ltd., 2019, p. 25.

部小说中,穆达揭露了欧洲人的食人真相。正因如此,柯林斯(Patricia Hill Collins)认为,对于欧洲人来说,"霍屯督女人代表了非洲人的种族本质"①。

而实际上,卡玛古在大英博物馆看到的人体器官展品,除了巴特曼的性器官,一同被展出的还有非洲黑人的头颅。这些头颅源自英国殖民非洲的历史时期。为了炫耀自己的战绩,或者所谓的科学研究需要,在杀死非洲人后,英国士兵会切割下他们的耳朵或者头颅,并带回国内。当双胞胎兄弟特温和特温-特温发现以约翰·道尔顿为首的英国士兵正在烹煮他俩的父亲——西克夏(Xikixa)的头颅时,他们脱口而出,"他们也是食人族"②,而英国士兵却义正辞严地宣称,"我们是文明人,我们不吃人"③。欧洲殖民者不仅将非洲人的精神与身体剥离,将他们变成野蛮的"食人族",而且将他们的身体切割,将他们变成可供炫耀或者研究的身体碎片。他们才是真正的"食人族"。如同《红色之心》中叙述者所揭示的,"卡玛古从来都不理解英国人的这种野蛮习惯,他们把被征服者的头颅脱水,陈列在气势恢宏的建筑物里,让女士们和先生们到那里去幸灾乐祸地庆祝他们的高级文明"④。西斯克里夫(Beaumont M. Heathcliff)对欧洲殖民者"食人"真相做了进一步的揭示:

> 一直以来,我总是自欺欺人地安慰自己,相信我们是一个文明的、信奉基督教的民族。我们谈到地球上其他地方的民族时,总认为他们是野蛮的、未开化的、不文明的民族。裸体印第安人的战嚎声,以及食人族可怕的进食场面,都让我们不寒而栗。我们祈祷自己远离这一切,祈祷自己成为仁慈的典范,成为人间的上帝之光。⑤

---

① Patricia Hill Collins, *Black Feminist Thought: Knowledge, Consciousness, and the Politics of Empowerment*, New York and London: Routledge, 2002, p. 145.
② Zakes Mda, *The Heart of Redness*, New York: Farrar, Straus and Giroux, 2002, p. 23.
③ Zakes Mda, *The Heart of Redness*, New York: Farrar, Straus and Giroux, 2002, p. 23.
④ Zakes Mda, *The Heart of Redness*, New York: Farrar, Straus and Giroux, 2002, p. 137.
⑤ William Howitt, *Colonization and Christianity: A Popular History of the Treatment of the Natives by the Europeans in All Their Colonies*, London: Longman, 2017, p. 1.

在将非洲本土民众塑造为"野蛮食人族",推广所谓的欧洲文明的同时,欧洲殖民者以实际行动"分食"了非洲人。自相矛盾的行为既表现了其凌驾于道德与伦理之上的霸权心态,又表现了欧洲世界对他族文化的恐惧与排斥。欧洲殖民者"食人"与控诉他族"食人"的矛盾行为在基督教的礼拜仪式中可以得到进一步的印证。基督教大力宣扬平等与博爱的宗教精神,而在其圣餐仪式中,象征性的吃人肉、喝人血行为变成了最神圣的行为。作为欧洲思想基础的宗教也都凌驾于其他道德说教和人的理智之上。毋庸置疑,欧洲殖民者自己食人,却又指控他族食人,源于根深蒂固的欧洲中心主义。

三 "食人族"的"反噬"

欧洲殖民者将非洲黑人全方位塑造为"食人族",使其成为动物般的存在,继而将非洲大陆合理化为帝国的狩猎场,肆意"猎捕""分食"非洲黑人女性,屠杀、切割黑人男性,"吞噬"他们的精神和身体。非洲黑人成为殖民者的"肉食"对象。然而,正如芭芭拉·史密斯(Barbara Smith)所认为的,"性、种族、性别,以及阶级差异等共同造成的压迫,既不会产生绝对的压迫者,也不会产生纯粹的受害者"[1],在殖民语境中,作为"食肉者"的压迫者和作为"肉食"对象的被压迫者的身份,也并非总是固定不变的。被构建为"食人族"的非洲黑人在被欧洲殖民者"吞噬"的同时,也通过自己的力量"反噬"殖民者,使其成为自己的食物。《埃塞镇的圣母》中的尼基和《小太阳》中的潘多米西国人即是通过"反噬"殖民者的方式建构自己的主体性,挑战帝国的殖民统治。

缺席的指称结构在人类社会中根深蒂固,作为个体的民众参与其中,并使之成了文化的一部分,因此,"在暴力和统治中看不到任何令人不安的东西,因为这是这个结构不可分割的一部分"[2]。《埃塞镇的圣母》中的尼基在屠宰场工作,她每天都可以在屠宰场里吃一顿免费的配有肉的饭,既缓解了饥饿,又满足了自己对肉食的渴望。她通过吃肉受益于缺席的指称结构,既没有抽离旁观,去感知食肉在结构中的意义,也没有认知能力

---

[1] Patricia Hill Collins, *Black Feminist Thought: Knowledge, Consciousness, and the Politics of Empowerment*, New York and London: Routledge, 2002, p. 126.

[2] Carol J. Adams, *The Sexual Politics of Meat: A Feminist-Vegetarian Critical Theory*, New York: Continuum, 2010, p. 69.

将肉与压迫建立起关联。然而，当女主人要求她将身体脱光，将自己的裸体展示在众目睽睽之下时，她意识到自己的身体如同案板上的肉，成为白人欲望的对象。如同伊芙琳·哈蒙德（Evelynn M. Hammonds）所指出的，占主导地位的群体将黑人女性建构为性的化身，使她们成为无影、无形、无声的存在[1]。黑人女性的身体被白人殖民，白人男性对黑人女性的统治因而表现为一种"性政治"，而来自黑人女性的反抗也本能地从对"性政治"的颠覆上表现出来。当克龙涅父子疯狂沉迷于对尼基身体的欲望想象时，复仇的愤怒在尼基的心中慢慢酝酿，她要利用克龙涅对其身体的欲望"反噬"克龙涅夫妇。如同海因（Darlene Clark Hine）所言，"只有秘密地自我隐形，普通黑人女性才能建立自己的精神空间，并利用所需的资源，在单向的、不匹配的反抗斗争中维持自己的地位"[2]。尼基安静地等待"反噬"白人的时机。在参加樱花节后返回屠宰场的路上，尼基终于将克龙涅变成了自己的"食物"。如同屠夫对猪的杀戮一样，"她完全控制住了他，把他撕成碎片"[3]。克龙涅变成了"垂死尖叫的猪""呜咽的傻瓜""尖叫的狗""被人扔进垃圾桶的东西"[4]。

艾丽丝·沃克认为，"每个人都在品尝、舔食他人，并将对方碎片化，使对方知道自身的存在"[5]。这种进食仪式没有纯粹的"进食者"和"被食用者"，而是互为食用对象。"尼基清楚地意识到自己体内蕴藏的力量，她有意识地利用这种力量去获取她想得到的东西"[6]，所以，在克龙涅将尼基碎片化为满足自身肉食欲望的同时，尼基利用自己的身体"反噬"克龙涅，瓦解了殖民霸权建立起来的白人男性的权威和力量。斯蒂夫·派尔（Steve Pile）将身体视为兼具隐喻意义和实质意义的所在，在他看来，身体既是权力的来源，也是权力的储存库。文化政治将身体"放置"在不

---

[1] Evelynn M. Hammonds, "Toward a Genealogy of Black Female Sexuality: The Problematic of Silence", in M. Jacqui Alexander and Chandra Talpade Mohanty, eds. *Feminist Genealogies, Colonial Legacies, Democratic Futures*, New York: Routledge, 1997, p.171.

[2] Darlene Clark Hine, "For Pleasure, Profit, and Power: The Sexual Exploitation of Black Women", in Geneva Smitherman, ed. *African American Women Speak Out on Anita Hill-Clarence Thomas*, Detroit: Wayne State University Press, 1995, p.382.

[3] Zakes Mda, *The Madonna of Excelsior*, New York: Picador, 2003, p.54.

[4] Zakes Mda, *The Madonna of Excelsior*, New York: Picador, 2003, p.56.

[5] Doris Lessing, *The Memoirs of a Survivor*, London: Flamingo, 1995, p.74.

[6] Zakes Mda, *The Madonna of Excelsior*, New York: Picador, 2003, p.56.

同的空间和时间背景下,赋予其不同的意义[①]。而班森(S. Benson)也认为,物质的身体也是社会的身体,因为它们是通过社会关系产生,并接受规训的。身份通过身体形成,在此过程中,人们"通过身体实践来扮演、协商或颠覆"自己的身份[②]。尼基利用自己的身体解构了殖民霸权对自己作为肉食对象的身份限定,恢复了自己的主体性。"吞噬"白人男性成为尼基转换文化秩序,重置身份的一种方式。

  黑人女权主义活动家保莉·默里(Pauli Murray)这样描述自己在种族认同过程中的矛盾心理,"我的自尊难以捉摸,也难以维持。我并没有彻底摆脱一种普遍的观点,即我必须证明自己配得上白人认为理所当然的权利。这种恐惧心理削弱了我抵制种族歧视的能力"[③]。不难看出,黑人,尤其是黑人女性,她们在利用自身力量对抗殖民霸权的同时,也很难做到如其所愿的泾渭分明。《埃塞镇的圣母》中的尼基利用克龙涅对其身体的渴望,在享受复仇快感的同时,又形成了对克龙涅的经济依赖。她的复仇目的,由清晰变为模糊。这种矛盾性同样表现于非洲人对殖民者身体的"切割"与"食用"。在《小太阳》中,穆隆特洛国王杀死霍普(Hamilton Hope)后,将他的睾丸切下,做成药,给战士食用,以增加战士的勇气和力量。"合并的欲望表达着认同他者和毁灭他者的欲望。"[④]潘多米西国人通过食用霍普身体部位的方式,既毁灭了他的身体,又使其身体成为自己身体的一部分。这种身体的合并,既意味着对被食用者统治力量的解构与毁灭,又象征着对被食用者的认同与模仿。由此可见,非洲本土民众在努力对抗殖民统治的同时,却又不自觉地形成了对殖民者的依赖,甚至认同。同为"食人"行为,黑人的"食人"行为因此具备了既对立又统一的双重意义。

  穆达对食物的描写,不仅反映了非洲人的日常生活状况和饮食文化习惯,也在更广泛的意义上将食物提升到了符号学层面。在特殊时代背景下

[①] Steve Pile, *The Body and the City: Psychoanalysis, Space and Subjectivity*, London: Routledge, 1996, p.194.

[②] S. Benson, "The Body, Health and Eating Disorders", in K. Woodward, ed. *Identity and Difference*, London: Sage, 1997, p.159.

[③] Pauli Murray, *Song in a Weary Throat: An American Pilgrimage*, New York: Harper, 1987, p.106.

[④] Julia Simon, *Rewriting the Body: Desire, Gender and Power in Selected Novels by Angela Carter*, New York: Peter Lang, 2004, p.43.

的南非，食物的含义早已超越了其生物属性，延伸至政治历史领域，从温饱所需，衍射至一种政治话语，从食"物"延伸到食"肉"，乃至食"人"。食物所构成的话语体系成为一种文化、伦理、政治等交融的特殊叙事。不管是食物，食肉，还是食人，食者之间的关系都突破了惯常的二元对立模式。人生产食物、提供食物，食物也塑造人。"食人族"吃人，被食用者也将"吃"作为反抗的策略，成为"食人族"。没有永远的主宰，也没有永远的被动关系。穆达在小说中通过"食"所揭示的"食物"与"食者"之间的关系是流动的，有无限可能的。通过"食物"，穆达不仅展示了非洲特色饮食的文化内涵，而且揭示了被边缘化的个体、群体，以及族裔反抗父权制度、殖民主义和种族主义等霸权的决心与力量。

第五章　穆达民俗书写的功能向度

穆达以意象化的方式，表现了口头传统、仪式展演和日常食物等民俗事象对人们物质生活和精神生活的重大影响。他对这些民俗事象的书写，使我们得以窥见，对于个体而言，民俗文化具有寄托民众情感、调节民众心理等重大作用；对于群体而言，民俗文化有维系群体特质、建立群体认同等作用；对于民族而言，民俗文化具有记录民族历史、凝聚民族精神、树立民族形象等作用。民俗成为一种来自人民，传承于人民，又深藏在人民的行为、语言和心理中的基本力量。特定民族、特定区域的民俗文化因而具有了一种标识作用。然而，在漫长的殖民侵略和种族主义统治历史里，非洲的底层民众，尤其是本土黑人们，被边缘化为他者的存在。欧洲文化的入侵，以及殖民者的有意践踏，致使珍贵的民俗文化一直处于被污名化、被遮蔽、被忽略，甚至被厌弃的境地。而在新时代的今天，在经济现代化大潮的裹挟下和新殖民主义的碾压下，传统的村落组织逐渐消散，乡土民俗空间坍塌。失去赖以存在的土壤，处境本就艰难的民俗文化还是不可避免地走向了衰落。现代的"民"与传统的"俗"之间出现裂缝，二者关系被错置。然而，正如鲍曼所言，共同体的衰落是永久存在的，制止人类纽带的分裂，并寻求把已经分裂的东西再度联结在一起的刺激因素越来越少，而为了恢复共同体体验和获得确定性，人们并没有失去对共同体的期待[1]。穆达没有被动接受民俗衰落的现实，而是在深挖民俗内涵的同时，积极探索民俗复兴之路径，重构"民"与"俗"的关系，努力恢复民俗对民众生活的架构功能。

---

[1] ［英］齐格蒙特·鲍曼：《共同体》，欧阳景根译，江苏人民出版社2007年版，第42—54页。

第一节 揭示"民""俗"错置的困境

民俗（folklore）一词包含两部分："民"（folk）与"俗"（lore），二者是并列结构。从逻辑学和发生学来讲，有"民"才有"俗"，"民"为民俗主体，"俗"为民俗客体。通过民俗，个体与群体获得安身立命的基础。与此同时，经由个体的认同，民俗确立了一种解释体系，树立起权威，指导人们的物质生活与生产实践，同时又蕴含着一种价值诉求和伦理导向。作为民俗主体的"民"与作为民俗客体的"俗"互为存在，互为依靠。黄龙光在论述"民"与"俗"的关系时也提出，"民俗主体对于民俗具有不可替代的孕育功能和意义，而民俗作为生活文化对民这个主体具有彰显和标识的功能。从民俗传承的连续性来看，民与俗是一个完整的文化统一体"[1]。但是，在穆达的民俗书写中，我们发现，经济现代化的发展，使得"俗"成了落后，甚至是压迫的代名词，"俗"因此成为"民"厌弃的对象。而与此同时，人们又找不到新的民俗传统来建构自己的日常生活，于是便有了对"俗"的有意误用或挪用。

一 "俗"对"民"的压迫

作为一种规范性力量，民俗时刻规约着人们的生活。在特定区域或者民俗语境内，有些民俗事象甚至在一定程度上具有法律的效力。涂尔干在《宗教生活的基本形式》中说，"如果有人问一个土著为什么要奉行仪式，他会回答，他的祖先总是如此奉行，他应该遵照他们的榜样……他觉得他在服从一道律令，履行一项义务"[2]。在相对稳定的民俗环境内，人们往往遵循传统，日用而不知，鲜少去思考民俗约束性质是否合理。因此，经由民众有意或无意的误读，有些民俗可能发展成为一种压迫性力量，在无形中分化，甚至危害个体或群体的生存。在《红色之心》中，克罗哈中学的一位男老师，因为没有按照传统的方法行割礼而被当地居民抵制，最终不得已离开了这所学校。居民们抵制的理由是，没有行过割礼的男性是不成熟、不完整的，这样的人没有资格教育孩子。居民们对割礼的认同，

---

[1] 黄龙光：《从民与俗谈对民俗主体的关注》，《云南民族大学学报》2008年第4期。
[2] ［法］爱弥尔·涂尔干：《宗教生活的基本形式》，渠东、汲喆译，商务印书馆2017年版，第264页。

远胜于对行政命令, 甚至法律的认同。这位男老师成了割礼习俗的受害者, 根深蒂固的传统民俗成了压迫的代名词。

习俗的压迫性也体现在葬礼宴请上。在《死亡方式》中, 葬礼结束后, 亡者家人一般都会邀请人们去家里用餐。然而, 城镇地区和乡村地区的葬礼宴请方式却存在很大差异。在乡村地区的宴请上, 男人、女人和孩子会自动分成小组, 分别围坐在一起, 从同一个盆子里取食。人们在用餐时, 也会努力克制自己, 只拿取自己面前的食物, 避免打扰他人。这种约定俗成的用餐方式可以确保每个人都平等享受到相同内容和数量的食物。人们一边用餐, 一边交流。其乐融融的食物分享延伸并加强了葬礼仪式所建构起来的群体认同意识。然而, 富人的葬礼宴请却依据财富和社会地位, 将用餐的人分成三类, 并提供不同的食物。第一类是"最重要的人"①, 包括家庭的亲戚、好朋友, 以及社区精英。这些人围坐在室内的餐桌前, 一起享受玉米粥、牛肉、米饭、沙拉、果冻和蛋奶冻等。第二类是那些不那么重要或者知名的人。他们在室外排队, 拿着纸盘或者塑料盘子轮流领取食物。他们的食物往往是玉米粥、牛肉、卷心菜。他们站着吃饭, 边吃边聊。第三类是最普通的"乌合之众"②。这一类吃的是玉米粥和牛肉, 这些食物都装在一个盆子里的, 他们直接从盆子里抓取进食。在《与黑共舞》中米丝蒂的大学毕业庆祝会上, 本地人男人、女人、小孩分别围坐在一起, 一起分享盆子里的米饭, 而从莱索托低地来的有权力或者有钱的客人则每人有一盘食物。他们用勺子或者刀叉代替手, 盘子里装着米饭、蔬菜沙拉还有甜菜根。霍布斯鲍姆 (Eric Hobsbawm) 认为, "已经整理的传统不可避免地在某种程度上增强了那些有利于在传统整理时期已居统治地位的既得利益集团的东西。业已整理和具体化的习俗被这些既得利益集团用来作为维护或是增加控制的方式"③。在类似于葬礼这样的集体民俗活动中, 在社会上占主导地位的富人和权贵有意识地将人分层, 并区别对待, 消解了集体活动所力图建构的群体认同意识, 在固化人们的阶层意识的同时, 维护了占主导地位的统治阶级的利益。

这种根深蒂固的阶层意识在人们的自动归类行为中得到进一步的印

---

① Zakes Mda, *Ways of Dying*, New York: Picador, 2002, p.161.
② Zakes Mda, *Ways of Dying*, New York: Picador, 2002, p.161.
③ [英] 艾瑞克·霍布斯鲍姆:《传统的发明》, 顾杭、庞冠群译, 译林出版社2004年版, 第327页。

证。《死亡方式》中的托洛基在富人的葬礼宴请中自动将自己归为第二类，与他人一起排队领取属于自己的食物。《红色之心》中的居民们在卡玛古的暖房宴请上同样将自己自动归类。以克罗哈中学校长索丽斯娃·希米亚（Xoliswa Ximiya）为首的其他教师和社区精英等主动进入室内用餐，其他村民则自动聚集在屋外的树下用餐。卡玛古认为这种传统做法很不合理，便邀请大家进入室内，与其他所谓的社区精英们一起享用美食和酒水，却遭到了拒绝。即使是身为校长索丽斯娃的父亲，邦科也拒绝进入室内，与他引以为傲的女儿一起用餐。"他们说，他们在树下享用盛宴，'老师们'坐在房子里享用盛宴。这是习俗。"[1] 在卡玛古的努力劝说下，在室外用餐的人们勉强从树下挪到了廊檐下，以回应卡玛古的好意。人们勉为其难地缩小了与屋内精英们的物理距离，然而，人们内心的距离却依然顽固存在。在集体宴请中形成的用餐习俗，却在无形中助推了群体的分层。在惯性思维的作用之下，人们意识不到传统习俗中的不合理因素，只是一味地传承并践行。人们在本该凝聚群体认同感的集体民俗活动中却建立了一种"场合性分类和排斥关系"[2]。

在《小太阳》中，民俗的压迫性体现在其与权力的结合。在战士出征、重大会议等集体活动开始前，国王穆隆特洛或者国王的赞美诗人会背诵家谱，追溯王国的历史沿袭。在霍普举行的部落首领大会上，国王穆隆特洛背诵起了自己的家谱，以这种方式让其他首领认识自己，加强与其他部落王国之间的交流。在背诵过程中，国王追溯了王国的由来，回忆了所有的领袖，却唯独有意省略了王国曾经的女王马曼尼（Mamani）。马曼尼是国王法罗（Phahlo）的女儿。18世纪中叶，法罗去世后，马曼尼不顾所有人的反对，坚决继承了父亲的王位，并处决了那些反对她的人。坚强果敢的马曼尼拒绝了所有男性的追求，并娶了一位叫作恩慈巴哈（Ntsibatha）的女孩为妻。她还让自己的弟弟与她的妻子交媾，使其受孕，并生下了恩加穆贝（Ngcambe），也就是现任国王穆隆特洛的曾祖父。恩加穆贝是马曼尼的后代。按照家谱顺序，马曼尼应该排在法罗的后面、恩加穆贝的前面。然而，在国王的背诵中，这一时期的承袭关系恩加穆贝却承袭于法罗。他只字未提马曼尼，因为马曼尼打破了只有男性才可以当国

---

[1] Zakes Mda, *The Heart of Redness*, New York: Farrar, Straus and Giroux, 2002, p. 132.
[2] 彭兆荣、肖坤冰：《饮食人类学研究述评》，《世界民族》2011年第3期。

王的古老传统,颠覆了男性的统治地位。她的行为震撼了王国内所有的臣民,更成了男性的耻辱,所以,"稍稍有点男子汉气概的潘多米西部落王国的人都不会骄傲地谈论马曼尼"①。即便是同作为女性的马兰加纳的母亲在谈起马曼尼时也会说,"我们不谈马曼尼,我的孩子,她打乱了事物的自然秩序"②。可见,在传统习俗的浸染中,人们惯性思维的影响之深刻。

大卫·科泽(David I. Kertzer)曾经指出,"在等级制组织的权力关系传达中,仪式别有价值。实际上,人们能够通过操纵仪式增长其权力,就像他们因为在仪式中被忽视或无力掌控仪式而失去权力一样"③。在重大场合背诵家谱是统治者穆隆特洛国王的特权,是彰显其特权身份的民俗表征之一。穆隆特洛在背诵家谱的过程中利用传统仪式的权威性,有意遗漏马曼尼女王,否定其在王国历史中的重要作用,将女性排除在王国历史之外。其目的是掩盖男性统治地位曾经的缺失,彰显男性统治的权威,巩固男性的统治地位。民俗与权力的结合,使民俗仪式变成了压迫女性的工具。"俗"与"民"的关系成为压迫与被压迫的关系。

民俗的压迫性同样表现在小说《马蓬古布韦的雕刻师》中。瑞达尼想要娶马鲁比妮,国王代言人国父巴巴-穆尼尼强烈反对。国父认为,作为国宝级的求雨舞者,马鲁比妮不可以结婚生子,她必须保持曼妙的处女之身,继续为王国求雨。按照马蓬古布韦的传统,为国家求雨是国王的重要责任。为了维护国王的统治权威,统治阶级不惜牺牲马鲁比妮的感情和婚姻自由。马鲁比妮出走,既是为了逃离瑞达尼的求婚,也是为了逃离国王对其权利的限制。逃离马蓬古布韦这个特定的民俗环境,求雨传统对她的束缚自然就被消解了。在每年的特定季节,皇家雕刻师瑞达尼都需要组织国内的雕刻师,为王宫雕刻新的栅栏,用来悬挂求雨药物。因嫉妒查塔出众的才华和男性魅力,瑞达尼利用自己皇家雕刻师的身份,强行将爱好自由的查塔限制在王宫内,并将其命名为"雕刻大师"(Carver of

---

① Zakes Mda, *Little Suns*, Century City: Penguin Random House South Africa (Pty) Ltd., 2015, p. 53.

② Zakes Mda, *Little Suns*, Century City: Penguin Random House South Africa (Pty) Ltd., 2015, p. 54.

③ [美]大卫·科泽:《仪式、政治与权力》,王海洲译,江苏人民出版社2015年版,第37页。

carvers），"把他放在神坛上，剥夺他随心所欲创作的自由"①，消磨他的创作才华。为了进一步打击报复查塔，瑞达尼游说各位长老，劝说他们在长老会议时订下一条新的规则，即只有国王才可以穿丝绸衣服，以剥夺查塔穿丝绸衣服的自由。瑞达尼利用自己的皇家身份，以民俗为由限制查塔的人身自由和创作自由，并影响长老们随意订立民俗规则，限制查塔的服饰自由。以权力利用民俗，以权力影响民俗，瑞达尼将民俗变成了压迫平民的工具。

二 "民"对"俗"的厌弃

随着经济现代化的到来，以及新殖民主义改头换面的渗透，传统的"民"与"俗"的关系出现反转。安托瓦纳·贡巴尼翁（Antoine Compagnon）曾提出现代性的五个悖论，第一个悖论就是"新之迷信"②。在他看来，现代性激发人发现自己的不足与原欲，不愿再接受传统的束缚。在现代化浪潮的冲击下，人们一方面厌弃过去，舍弃传统；另一方面陷入对新的迷信，以追求新的习俗为荣。贡巴尼翁对现代性的理解，在穆达小说中也得到了验证。在穆达的笔触下，经济现代化对民俗的影响更多体现在人们对西方传统的迎合，对本土传统民俗的厌弃。《红色之心》中的索丽斯娃和《黑钻》中的图米就是厌弃传统民俗的典型代表。

索丽斯娃在东开普（East Cape）福特黑尔大学（University of Fort Hare）获得教育学学士学位后，又去了美国俄亥俄雅典区一所大学学习半年，获得了英语教学证书。学成归来的索丽斯娃任教于克罗哈中学，并被提升为校长，受到当地人的尊敬。即便如此，索丽斯娃仍然"希望离开克罗哈，远离未开化的丛林和那些想要保留过时文化的乡巴佬"③。在她看来，传统科萨服饰与装束、少女先知传说，以及克罗哈村作为少女先知传说遗址的事实等，所有与科萨族传统民俗有关的事物都是过时的"耻辱"④。与此同时，她对以美国为代表的西方世界充满向往。在她看来，美国是一个童话般的国度，去美国是她最大的梦想。作为一个为人师

---

① Zakes Mda, *The Sculptors of Mapungubwe*, Cape Town: Kwela Books, 2013, p.205.
② ［法］安托瓦纳·贡巴尼翁：《现代性的五个悖论》，许钧译，商务印书馆2013年版，第5页。
③ Zakes Mda, *The Heart of Redness*, New York: Farrar, Straus and Giroux, 2002, p.75.
④ Zakes Mda, *The Heart of Redness*, New York: Farrar, Straus and Giroux, 2002, p.60.

表，教育后代的中学校长，索丽斯娃自认为"她代表着文明和进步"[1]，所以她极力支持商业公司在克罗哈村建立赌场和游乐场的开发计划。在她看来，接受商业开发，意味着告别落后与耻辱的传统，接受先进文明。她对政府倡导的"非洲复兴"运动嗤之以鼻，她宣称，"这是我们红色历史的一部分。恢复非洲传统，是倒退的运动，是无稽之谈！我们是文明人，我们没有时间摆弄珠子饰品和长烟袋！"[2]。为了彰显自己的现代性，她每天穿着西式套装、高跟鞋。她还给自己的父母买西式服装，劝说他们放弃传统科萨服饰。在她的影响下，邦科每天穿着女儿买给他的西服，并不遗余力地与坚信传统的"笃信派"斗智斗勇，为商业开发呐喊助威。

在经济现代化发展大潮的冲击下和西方文明的侵蚀下，以索丽斯娃为代表的部分克罗哈人失去对本土文化的鉴赏能力，拒斥传统，一味拥抱外来文明，在失去文化主体性的同时，成了新殖民主义的追随者。他们对本土传统民俗的鄙视，反映了传统民俗所处的尴尬处境。一方面，人们想要加入现代化的行列，提升社区的经济发展水平，改善人们的物质生活条件；而另一方面，人们又将农卡乌丝先知传说等传统民俗文化视为经济发展的阻碍。为促成商业开发，很多村民甚至不惜否认历史传奇人物农卡乌丝的存在，或者撇清与她的关联。人们对商业开发计划的意见分歧，表现了传统文化与外来文明两种力量的博弈。在"接受"与"拒绝"商业开发计划的拉锯战中，人们陷入贡巴尼翁所言的现代性"新之迷信"，在排斥、否定本土传统民俗文化的同时，将所谓的西方文明奉若圭臬。

然而，和索丽斯娃不同的是，图米在拥抱现代化的同时却对传统民俗文化持一种矛盾态度。和众多在外打拼的索维托人一样，图米会时不时地与男朋友唐回到自己的家乡，品尝妈妈做的传统饭菜。然而，在回到都市后，图米对索维托传统食物的态度却立刻反转。她拒绝让唐在自己装修豪华的联排别墅里做自己喜欢吃的茨瓦纳菜，她认为，"做饭与黑钻的身份不符"[3]，这种传统的带有酸腐气味的发酵食物会破坏自己在朋友心目中的时尚形象。图米将索维托的传统美食与"低俗""落后"画上了等号，认为它不符合自己现代化的、时尚的、富裕的"黑钻"身份。所以，为

---

[1] Zakes Mda, *The Heart of Redness*, New York: Farrar, Straus and Giroux, 2002, p. 209.

[2] Zakes Mda, *The Heart of Redness*, New York: Farrar, Straus and Giroux, 2002, p. 131.

[3] Zakes Mda, *Black Diamond*, Johannesburg: Penguin, 2009, p. 43.

彰显自己的现代性，图米去高档俱乐部健身，穿名牌衣服，开豪车。而对于自己的男朋友唐，她拒绝一切与他原来身份有关的东西，努力用豪车和名牌衣服，将他塑造成自己理想中的"黑钻"。

以索丽斯娃和图米为代表的现代年轻人，一方面离不开民俗传统带给自己的精神滋养，另一方面又不忍舍弃现代化带给自己的物质满足。他们的矛盾心情，揭示了一个觉醒了的民族在摆脱历史因袭重负时必然经受的痛苦，又反映出崛起的现代文明与滞后的文化意识之间不可避免的交锋在人们心中激起的震荡。然而，身心不一的追求只会使人陷入更大的困境。也正是因为图米对待传统民俗文化欲拒还迎的矛盾态度，以及对现代化的过度追求，导致唐与她在感情上渐行渐远。不难看出，在经济高速发展的今天，传统文化逐渐流失，人文精神也在流失，很多人陷入了精神失衡的境地。"当人们觉得自己游离在一个看似失控的世界中时，他们就会产生怀旧情绪。"[1] 人们的精神状态越是失衡，便越是想要通过回归传统，寻求精神满足。所以，传统民俗，对于弥补与挽救当下人们精神生活的缺失具有重要意义。

三 "民"对"俗"的滥用

民俗的规约性使其在约束民众日常生活的同时，树立了权威性。在某种程度上来说，民俗实践意味着合法性或者合理性。以民俗为外衣或者载体的日常活动便在形式上被赋予了合理性。民俗的这一特性反而给那些利用民俗满足私欲的利己主义者提供了可乘之机。而不加节制的民俗生活也为人们的生活埋下了隐患。这便导致了"民"对"俗"的滥用。

《红色之心》中的特温与双胞胎弟弟特温-特温本是一对关系和谐的双胞胎，二人却因为先知穆兰杰尼是否是先知恩赛勒（Nxele）的化身一事发生争论，继而反目。农卡乌丝对祖先复活的预言促使科萨人分成两个阵营：以特温为首的笃信派和以特温-特温为首的怀疑派。笃信派认为，人们应该遵从先知农卡乌丝的预言，杀牛毁地，等待祖先的复活；怀疑派却认为预言是假的，人们不应该听从农卡乌丝的预言。为了显示自己在笃信派阵营中的主导地位，威慑怀疑派，哥哥特温带领笃信派烧毁了特温-特温等怀疑派的家，并毁掉他们的庄稼和牛群。特温-特温等怀疑派不得

---

[1] Jacob Dlamini, *Native Nostalgia*, Johannesburg: Jacana, 2009, p.16.

不向英国殖民者寻求庇护，继而成为殖民者在当地统治的工具。以特温为代表的笃信派利用先知信仰在科萨人心目中的神圣地位，以维护信仰的名义，肆意破坏他人家园与财产，以维护自身社会地位。他假借传统信仰，满足私欲的行为导致兄弟间、同胞间发展到互相残害的地步，也间接促使本土民众向殖民者靠拢。而在现代，特温的后代泽姆和特温-特温的后代邦科分别复活了祖先的狂热信仰。泽姆笃信与先知信仰有关的一切，并通过定期服用灌肠剂和催吐剂来净化自己。而邦科也不甘示弱，他挪用特瓦人的舞蹈，创造自己的信仰仪式，以区别于信仰派。他创造信仰仪式，既是为了对抗泽姆，也是为了享受怀疑派的拥戴，消除内心的孤独感。信仰仪式的神圣性，将他的自我需求合法化了。而当特瓦人要求收回自己的舞蹈时，邦科陷入了极度的痛苦中。他的痛苦源于他的信仰仪式失去了表现形式，他失去了对抗泽姆的合法性武器。特瓦人收回自己的舞蹈，意味着邦科以满足私欲为目的，建立在挪用他族文化基础上的民俗创造注定是无效的。

邦科与泽姆的信仰之争延续到对社区话语权的抢夺。邦科坚定支持商业公司在本地开办赌场和游乐场等商业开发计划，而泽姆坚决反对商业开发，大力提倡保护农卡乌丝先知遗址。两位老人热衷于在公众场合挑起对对方的诘责，享受公众的关注与拥戴。他们努力参与社区活动，积极表现自己在社区建设中的主导地位。通过信仰之争，邦科与泽姆将自己塑造成了社区的意见领袖。他们对民俗的利用恰恰印证了刘再复对人的文化欲求的分析。

> 在人的双重基本欲求中，文化欲求显得特别复杂。人类自身缔造的文化体系，表现了人类对善的追求，但是，也处处有伪善的部分夹在其中，与真实的善形成对抗的力，因此，在人的文化欲求中，总是接受着祖先文化遗产的双重积淀，这种复杂的情况也使人的文化追求体系本身又有两种力的拼搏。[①]

邦科与泽姆的信仰之争，既有对"善"的追求，即对自身信仰的坚持，也夹带着"伪善"的成分，即彰显自身主导地位，满足自我虚荣心

[①] 刘再复：《文学的反思》，福建教育出版社 2010 年版，第 322 页。

的需求。而对"伪善"的过度追求,导致两人的信仰之争走向极端。特瓦人收回舞蹈,邦科将原因归咎到泽姆身上。为了回击、羞辱邦科,在克罗哈中学学年慈善音乐会上,泽姆利用音乐会的参与规则,迫使邦科的妻子诺帕提科特(nopetticoat)在整场音乐会中演唱科萨族的传统号叫(ulutation)。两人将体现爱与关怀的音乐会变成了没有硝烟的战场。邦科继而雇佣一帮人,尾随泽姆演唱号叫,以此讽刺、羞辱泽姆。两人都将科萨族传统号叫演唱变成了斗争的工具。音乐会上长时间演唱号叫,导致诺帕提科特失声,失去演唱号叫的能力;而妇女们不绝于耳的号叫演唱也使泽姆精神恍惚,身体每况愈下,直至最后走向死亡。故事的悲剧性结尾告诫着人们,对传统民俗的滥用,不仅会导致作为民俗客体的"俗"失去原有的意义,而且会迫使作为民俗主体的"民"走向衰败,甚至死亡。

与《红色之心》中邦科和泽姆滥用民俗提升自我身份不同,《后裔》中的欧贝德等对民俗的滥用则有着深层的历史与社会根源。欧贝德一家是白人、印第安人,以及黑人奴隶的后代。他们的印第安人血统可能来自肖尼人(Shawnee)、彻逻基人(Cherokee),或者波瓦坦人(Powhatan)。混杂的身份让他们既骄傲,又苦恼。让他们骄傲的是,他们有多种传统文化渊源,是典型的跨种族人。而让他们苦恼的是,他们无法确定自己究竟属于哪种文化。欧贝德积极追溯属于自己的文化身份,然而他对文化身份的选择,以是否能为他带来经济收益为目的。看到托洛基因为为人哀悼,积累了一笔收入,欧贝德就兴致勃勃地宣称,他也要追溯自己的历史,复活其中的神秘传统。他尝试了种种据说来自祖先的传统民俗文化实践,比如烟雾占卜(smoke scrying),比如被他称作哈卡塔(hakata)的占卜。他甚至自称在梦中受到美洲土著的召唤,成为一个真正的算命师(hand trembler)。于是,他在小溪边搭了个帐篷,给人解梦,预测凶吉,并收取费用。他的生意才开始就被熟悉印第安传统文化的老人拆穿,因为这是美洲原住民纳瓦霍人(Navajos)的传统民俗。欧贝德并不是纳瓦霍人的后代。而欧贝德却认为,他和纳瓦霍人一样,都是印第安人,纳瓦霍人的传统文化也应该属于他。当欧贝德从媒体报道获知,俄克拉何马州(Oklahoma)东部的肖尼部落要发起联邦诉讼,要求收回该州大部分土地的所有权时,他积极奔走,希望证明自己拥有肖尼血统,理应从肖尼人的历史遗产中分得一杯羹。母亲露丝斥责他不应在印第安不同部落的传统文化中打转,应该找一份正当职业,欧贝德反驳母亲。

"妈妈，这些印第安人可以帮我们摆脱贫困，"他争辩道。凯尔威特人必须利用他们的遗产。如果真如露丝经常宣称的，未来的人都跟他们一样，都是 WIN 人。要是都跟他们现在一样贫困潦倒，未来的人有何理由成为 WIN 人呢？他们被祖先的文化遗产所包围，为什么还要依靠食品捐赠呢？那些身上没有一滴纯正美洲土著血液的人，却从美洲土著人的遗产中获益良多。他们售卖手工制品，将他民族的图腾做成吉祥物，掠夺他部落人民的文化。而作为伟大部落的真正后裔，他为什么就不能从真正属于自己的东西中受益呢？[1]

　　欧贝德在印第安各部落的传统民俗文化间游走，不是为了重塑自己的历史，确定自己的文化身份，也不是为了丰富有色人社区的民俗文化，而是为了获取物质利益。其他种族的传统民俗文化，只要是能够为他带来经济利益，都可以为他所用。所以，欧贝德的文化挪用，更多的是为了服务自我，满足自己的物质需求。然而，我们不能简单地批判欧贝德为精致的利己主义者。他挪用他族民俗文化的深层根源在于美国主流社会对有色人群体的边缘化。凯尔威特是个有色人集中居住的小镇。在煤矿资源开采殆尽后，凯尔威特被美国政府彻底忽略。失去可持续发展资源的凯尔威特人陷入贫穷，只能靠其他地区的慈善捐赠挣扎度日。生活难以为继的以欧贝德为代表的凯尔威特人才试图从传统民俗文化中寻得一丝商机，改善自己的生活。所以，对于他的滥用民俗行为，我们应该辩证对待。他利用民俗的目的情有可原，但是他滥用民俗的方式却不值得提倡。民俗文化不应该被简单化为获取物质利益的工具。

　　穆达小说中滥用民俗的另一种表现是主人公脱离正常生活，沉迷于某种习俗，并使之成为生活的全部。其一是人们对饮酒习俗的滥用。在殖民主义和种族主义统治时期，政府将饮酒归为白人特权，禁止黑人制酒、饮酒。这种对黑人饮酒行为的禁止，反而激发了黑人们的饮酒欲望。民间酿酒和地下酒馆的诞生，也间接扩大了饮酒的人群。人们一方面在推杯换盏中满足自由饮酒的渴望，对抗种族隔离制度；另一方面借酒浇愁，缓解残暴统治带来的痛苦。饮酒成为一种习俗，并成为人们日常生活中重要的一

---

[1] Zakes Mda, *Cion*, New York: Picador, 2007, p.132.

部分。然而，过度沉迷于饮酒，却带给人们更多痛苦。《死亡方式》中纳普将武萨拴在树桩上，自己去乡间饮酒作乐，导致孩子被狗啃食而死。《唤鲸人》中的萨鲁尼流连于酒馆，最终在醉酒后被双胞胎姐妹用砖头砸死。在《与黑共舞》中混乱无序、世态炎凉的莱索托，挣扎求生的莱迪辛靠酒精麻醉自己，精神走向空洞与虚无。马特拉卡拉等女人们频频在周末聚会中酩酊大醉，出卖自己的肉体。单亲妈妈曾经也因流连于聚会，酒后与男人滥交，生下蒂珂莎，成为人们的笑柄。莫索伊酒后乱伦，强奸了自己曾经的岳母多女妈妈，后因多女一家的复仇濒临死亡。饮酒过度导致的伦理混乱和人间惨剧表明，脱离正常需求的习俗如同脱轨的火车，只会将人带入万劫不复的深渊。

其二是脱离生活实际的民间艺术创作。民间艺术创作本是体现人的创造能力，丰富人的精神世界的一种民俗实践。然而，《死亡方式》托洛基的父亲吉瓦拉却因脱离现实生活需求的艺术创作走向死亡。因依赖年幼邻居诺瑞娅的歌声给予的创作灵感，吉瓦拉将所有本该给儿子的关爱都给了诺瑞娅。他如同着了魔一般，不吃不喝，醉心于金属雕刻，置自己的家庭而不顾，最终死在了自己的工作室内。充满魔幻色彩的故事情节设置，似乎在暗示人们，只有作为精神需求的民间艺术创作与现实的物质需求相互平衡才能维持人的可持续发展。

第二节 探索"俗"的传承路径

传统民俗走向衰落，而新传统又没能立刻建立，作为民俗主体的"民"在混沌中无所适从，"民"与"俗"分裂错置。这种错置折射出现代人的尴尬处境。而如何调整"民"与"俗"的关系，"民""俗"融合，使"俗"真正能够为"民"所用，帮助现代人摆脱困境，这是作家需要继续探索的问题。而要回答这个问题，我们还需要回到"民""俗"错置的问题本身。二者错置的根本原因在于，人们忽视了传统民俗的内在价值，也忽视了"俗"的可变性与发展性。所以，在《后裔》《黑钻》《红色之心》等小说中，穆达细致描写了非洲传统食物、百衲被等传统民俗，展现了婚礼、葬礼等完整的民俗链，引导读者积极发现传统民俗的内在价值。与此同时，他也结合非洲当下的经济发展环境，就民俗的创造、传统民俗的现代化给出了自己的建议。

一　民俗价值的再发现

民俗浸润在人们生活的方方面面，时刻影响着人们的生活。而正是因为其与日常生活关系密切，它往往成为人们日用而不知的存在，其内在价值被忽视。如同笔者在本书第二至第五章所分析的，穆达通过对民俗文化的书写，将自己对口头传统、仪式展演和日常食物等民俗文化的思考隐藏在字里行间，留给读者自己去思考、去发掘。而在《与黑共舞》《红色之心》《黑钻》和《后裔》这几部小说中，作者通过人物的对比塑造，从故事内部揭示了传统民俗在民众生活中的重要作用，重审传统民俗文化的价值。

在小说《与黑共舞》中，穆达将蒂珂莎塑造为传统文化的守护者。蒂珂莎具有无人能及的艺术创作和欣赏能力，因而能够与特瓦人洞穴壁画中的远古桑人互动，并在桑人的歌舞中自我治愈，而哥哥莱迪辛却投身城市，追逐金钱，失去自我。通过两个人物的对比，作者凸显了传统民俗文化给予人的精神力量。在小说《红色之心》中，作者同样塑造了两种持不同价值取向的人物，对比揭示传统文化的价值。索丽斯娃受过高等教育和西方文明的熏陶，倡导西式生活方式，支持商业大开发，反对一切传统民俗文化。而歌舞精灵库克兹娃却是传统文化的代言人，她拥抱先知农卡乌丝传说等文化遗产，能唱出传统的高难度的分音歌，甚至能无师自通地分辨出哪些植物是外来入侵物种，并不遗余力地铲除它们。代表不同文化选择的两个姑娘都对从美国归来的卡玛古产生了爱慕之情。卡玛古成了一个仲裁者。对卡玛古而言，三十年的流亡生活所生成的文化裂隙，使他与本土文化脱节，成为两种文化之间的夹缝人。为了重续自己与民俗文化的关联，获得本土居民的认可，卡玛古深入当地百姓的生活，主动探寻民俗文化的内涵与价值，积极参与当地的民俗活动，缩短与当地居民的距离。与库克兹娃的结合，使卡玛古在真正意义上融入了本土文化。他对库克兹娃的选择，既是情感的选择，也是对传统民俗文化的选择。在索丽斯娃拒斥传统的同时，她的母亲诺帕提科特却认识到了传统科萨族服饰的内在价值。她将传统服饰文化与现代的西式衬衫相结合，做出了受人欢迎的衬衫，她因此获得了"最佳乌穆巴克裁缝"[①]的称号。因为制作与销售科萨

[①] Zakes Mda, *The Heart of Redness*, New York: Farrar, Straus and Giroux, 2002, p.209. 这里的乌穆巴克（umbhaco）指的是科萨传统服饰卡卡裙（isikhakha）上的一种黑色条状装饰。诺帕提科特将这种非洲传统饰物装饰在现代的西式衬衫上，因而获此美誉。

族传统服饰,她获得了经济独立,并重建了自己的主体性。她走出自己的小家庭,与更多的人建立了联系。她也不再顾及女儿索丽斯娃对科萨族传统生活方式的抵制,重新拿起自己的长烟斗,"享受辛辣烟草的自由"①。

在小说《黑钻》和《后裔》中,穆达不仅再次使用了相同的人物塑造模式,而且对民俗价值的揭示更为具体细致。在这两部小说中,他选择了极具代表性的传统食物和百衲被作为体现民俗价值的载体。在《黑钻》中,图米会定期回到索维托,享受传统生活方式带来的精神安慰。而在现代化的都市里,图米拒绝一切与索维托传统民俗有关的东西。对她而言,索维托只是一个可以供她偶尔停留休憩的地方,一个与现代化都市无关的存在。她意识不到,索维托对她的吸引,是因为传统民俗文化对其精神世界的滋养。

> 索维托人会定期回家,只是为了闻一闻这里的气味、品尝这里的味道,聆听这里的各种声音。他们回这里来吃辣味烤肉、咖喱鸡、就着番茄洋葱汁吃的东波罗馒头、炸卷心菜、南瓜泥、土豆胡萝卜煮青豆、甜菜根沙拉、蛋奶冻和果冻;他们在这里被阿姨、叔叔和邻居们嘘寒问暖,问东问西;他们在这里和真正了解足球这项美丽运动的人谈论足球;他们在这儿的酒馆里了解最新的流言蜚语;他们让那些在泥泞的街道上拿着网球当足球踢的顽童欣赏自己华丽的悍马和兰博基尼。②

黑人聚居的索维托,拥挤、嘈杂,却保留了丰富的民俗文化。它们杂糅在人们的日常生活里,在人们的世代传承中不断分裂演化,大体不变,作为一种民俗意识始终存留在人们的心中。索维托不仅为热爱传统美食的人带来身体上的满足,还提供了社区八卦和足球运动等,为人们带来情感上的满足。因此,索维托带给人们的快乐,既是物质上的,也是情感上的。"最重要的是,离乡的索维托人回到这里,是为了朴实和怀旧。身处索维托,就像被让人敬重的亲人拥抱在她丰满的怀里一样。"③ 民俗气息浓厚的普通人家的日常生活,却是身处都市的人们所追寻的理想化的生存

---

① Zakes Mda, *The Heart of Redness*, New York: Farrar, Straus and Giroux, 2002, p. 209.
② Zakes Mda, *Black Diamond*, Johannesburg: Penguin, 2009, p. 31.
③ Zakes Mda, *Black Diamond*, Johannesburg: Penguin, 2009, p. 32.

状态,是他们恋恋不舍的"精神家园"。图米和唐回到故乡,就是为了让自己的身心沉浸在浓浓的民俗氛围里,如同海绵,吸足精神养分后再投身于快节奏的都市生活。图米身在其中,却对此视而不见。然而,通过图米的男朋友唐,我们却看到了传统食物对于修复心理创伤,建立人际关系的重要作用。唐对克里斯汀的选择,既是情感的选择,也是对传统民俗文化的选择。

在小说《后裔》中,穆达通过露丝一家对百衲被的态度展示了传统百衲被的历史文化价值。百衲被由不同的碎布拼接缝制而成,是黑人民俗文化中特有的生活用品。缝制百衲被,既是一种现实生活需要,也是非洲女性传统文化的重要载体。在苦难深重的岁月里,黑人女性们将家的破布拼接缝制成被子,御寒保暖。人们会利用有限的材料在被子上设计出不同的图案,表达他们对美好生活的期待,所以,缝制百衲被也为黑人妇女发挥想象力和艺术创造力提供了机会。露丝珍藏着两床高祖母做的百衲被。她的儿子欧贝德和女儿欧帕却对此嗤之以鼻,总是嘲讽母亲的被子又脏又旧。在他们看来,那两床散发着霉味的被子失去了任何使用价值。然而,对露丝来说,这两床被子,不仅承载着高祖母的艺术创作能力,还记录着黑人奴隶的苦难史。据说,被子上的图案标示着通往自由之地的路线,是高祖母特意为孩子们逃亡准备的。露丝的祖先正是靠着这两床百衲被的温暖和被子上的指示才逃出了白人的奴隶农场,获得了自由。在露丝看来,百衲被汇集了家人的情感,见证了家人的出生、生病与死亡,是家庭的生命源泉,是记忆的载体,被子上发霉的味道是历史的味道。借由贝德曼先生(Birdman)之口,穆达进一步表达了他对百衲被价值的思考:

> 被子将不同的个体团结在一起,形成合力,提醒人们要努力追寻自由。……它们就像老一辈人传给后代的谚语。它形塑人们的记忆,记录社区的价值观。被子也许没能标示到达应许之地的实际路线,却可以帮助追寻自由的人记住生命中的重要事情。它们如同圣歌,如同古老大陆上说故事者和吟游诗人讲述的故事,它们的韵律和节奏使人们牢记其承载的历史。这些被子的样式、颜色、设计、结和线脚都承载着记忆。[1]

---

[1] Zakes Mda, *Cion*, New York: Picador, 2007, pp.117–118.

百衲被，如同它所汇集的多样碎布片一样，它既记载着黑人女性的奋斗史，也记载着民族的苦难史，既传达着黑人女性的智慧，也传达着黑人民族不屈不挠，永不言弃的民族精神。百衲被是黑人民俗文化传统和艺术的象征。

对于有色人露丝来说，百衲被还具有深刻的美学意义。百衲被由众多碎片组成。任何碎片都是构成百衲被整体中不可或缺的一部分。它的构成方式打破了中心与边缘的二元对立。凯尔威特的有色人群，如同被美国政府忽视的碎片一样，他们也是构成美国整体的一部分。所以，百衲被还给予了露丝以勇气和力量，加强了她对团结互助的坚持，坚定了她对融入美国主流社会的美好期待。通过露丝与儿女们对待被子的态度对比，作者揭示了百衲被在黑人民族历史和文化中的重要价值。同样在这部小说中，作家通过托洛基进一步表达了他对传统民俗事象的看法。

> 在祖国（奴隶的后代亲切地称之为非洲），许多艺术品都有着特殊的含义，尤其是织物和珠饰，甚至是锅盖。它们不仅装饰或遮盖我们的裸体和食物，而且以实用的方式传递信息。它们讲述穿戴者或使用者的地位，讲述他们的爱情生活、生命旅程、生活的转变、情感状态、愿望、抗议，甚至是烦恼。[1]

总结式的表述，揭示了百衲被等民俗物品的双重价值。在作者看来，传统民俗物品的精神价值，甚至远大于其实用价值。不难发现，在这几部小说中，作者几乎是迫不及待地走向前台，借由主人公之口，直接表述了自己对传统民俗价值的高度认同，直接回应了"民""俗"错置的难题。

二 传统民俗的现代化

小说《后裔》中，露丝一家对传统百衲被缝制技术的坚守与创新，鲜明体现了传统民俗在现代社会的命运与出路。露丝每次带着百衲被去市场上售卖时，人们总会说，她的被子与传统被子没有差别，只能用来盖，而不是可以挂在墙上的艺术品。所以露丝的被子总是鲜少有人问津。但是

---

[1] Zakes Mda, *Cion*, New York: Picador, 2007, p.154.

她仍然不为所动，依旧日复一日地按照先辈传下来的方式重复缝制百衲被。露丝的坚持，不仅没能为一家人带来任何收入，反而使百衲被面临着失去生存土壤的危机。

露丝对传统百衲被制作技艺的坚守，类似于赫尔曼·鲍辛格（Hermann Bausinger）提出的"形式的凝固"。在《技术世界中的民间文化》（*Folk Culture in a World of Technology*, 1961）中，鲍辛格指出，19 世纪以来，民间传统文化不断被复活，但是真正能够被传承下去的还是少数。很多民俗，从道具，到形式都被凝固了。形式的凝固，主要表现为传统民俗活动表现余地的缩减。露丝错误地认为，只有让百衲被制作技艺凝固起来，并且一丝不苟地接受这些凝固的形式，才可能忠实于传统。而在鲍辛格看来却恰恰相反。他认为，民俗文化的凝固其实是民俗文化衰弱的表现。当传统民俗真正成为规约生活的力量时，民众有必要创新、完善民俗，以扩展其生存空间①。新的时代，意味着人们有了新的文化需求。人们对百衲被的需求，已经从最初的保暖御寒功能，发展到空间装饰与艺术欣赏。所以，在露丝固守传统的同时，社区中心的一群女性们开始设计更为现代化的被子，努力将被子变成美丽的艺术品。极有绘画天赋的女儿欧帕也努力将自己充满艺术创想的画制作成百衲被。露丝拒绝加入社会中心的缝被活动，也坚决反对女儿对传统百衲被设计的改变。在她看来，女儿的设计改变了传统百衲被制作方法，是对伟大传统的背叛。不仅如此，露丝甚至拒绝使用托洛基送给她的现代化的布料裁剪工具。她一边固守着传统民俗文化，生活难以为继，另一边坚决抵制现代化的影响，与女儿矛盾重重。夹在传统民俗与现代化之间，露丝无所适从，欧帕也因母亲的干涉痛苦不堪。

摆在露丝与欧帕之间的难题，既是如何缓解母女之间的矛盾问题，也是如何调适传统民俗文化与现代化之间的关系问题。学者朴永光认为，"符号象征的意义是冲突和选择的结果，族群历史发展的不同时期可以从新的文化记忆出发佐证、强化，甚至削弱某些文化记忆的有效性，人们也会从现实出发对符号象征背后的文化记忆进行改造挪用，以形成新的意义"②。传统民俗文化不应被历史化为固定的形式，只有经过不断的变化

---

① [德] 赫尔曼·鲍辛格：《技术世界中的民间文化》，户晓辉译，广西师范大学出版社 2014 年版，第 171 页。

② 朴永光：《四川凉山彝族传统舞蹈研究》，民族出版社 2009 年版，第 168 页。

与发展，它才能适应新的社会需求，延续其生命力。托洛基的到来，揭开了母女二人各自坚持的内在原因，也为传统百衲被"新的意义"的形成做了铺垫。在奎格利先生讲述的奴隶逃亡故事中，百衲被所承载的历史记忆慢慢被展开。借由百衲被，先辈们遭受过的痛苦、他们对自由美好生活的不懈追求逐渐具象化。有关百衲被历史记忆的追溯，揭示了母亲坚持传统百衲被制作方法的历史根源。她坚持按照祖辈的方法缝制被子，不是故步自封、冥顽不化的固执，而是对先辈苦难历史的铭记，以及对先辈永不言弃、努力奋斗精神的缅怀。

与此同时，托洛基也发现了欧帕的音乐天赋和惊人的绘画表达能力。他主动充当露丝母女之间沟通的桥梁，缓和二人之间的矛盾。母女冲突爆发，欧帕撕破了母亲最为珍惜的高祖母的百衲被，却意外发现被子里竟然藏着样本被，上面保存的是先辈们使用过的图案样本。经过专家鉴定，这床珍贵的样本被可以拍卖到一万两千美元，甚至还可以卖到十倍的价格。对露丝一家来说，这笔巨款一定能大大改善他们家的生活条件，但她拒绝售卖这床珍贵的被子，她要继续保留这份珍贵的遗产。欧帕撕破被子的行为极具象征意义。被子被撕开，原有的形式被破坏，却意外地展现出它内在的价值。被子被撕破这件事，是母女矛盾爆发的极点，也是现代化与传统文化之间的最终交锋。它象征着现代化在改变传统民俗文化固有形式的同时，赋予了传统民俗文化新的生机。这件事给予露丝极大的启发，她开始认同女儿的艺术创作。在沿袭传统制作技法的同时，她开始尝试将圣经中的摩西故事缝制在被子上，她甚至用托洛基送给她的现代化裁剪工具剪裁出栩栩如生的摩西。在欧帕与托洛基即将踏上巡回哀悼的旅程前，母女二人拥抱在一起。她们之间的坚冰融化，象征着传统民俗文化与现代化的最终结合。自此，露丝一家开始恢复生机。

和露丝最初的坚持一样，《红色之心》中的泽姆与邦科同样坚持将传统凝固在过去的形式中。为了表现自己对祖先信仰的坚持，泽姆再次复刻了祖先的身体净化仪式：清肠，并除去一切身体装饰。他不断重复身体净化仪式，日复一日地在树下冥想，与大自然保持着密切的交流。以邦科为代表的怀疑派也复活了先辈对怀疑的狂热，将先知预言导致的"杀牛运动"视为耻辱，抵制与先知传说有关的一切，热情拥抱现代化。"历史化的目光常常导致实际的形式凝固，反过来说，实际的形式凝固又强化了把传统视为一种固定不变的量这样一种理论观点。"① 两位老人都机械地复活了先辈的信仰传统，将传统信仰的表现形式凝固起来，并将其作为对抗对方的方式。然而，两位老人对传统信仰形式的坚持，没有为社区带来任何改变，反而破坏了社区的团结。

　　白人约翰·道尔顿与从美国流亡归来的黑人卡玛古夹在两位老人中间左右为难。然而，他们并没有仅仅停留于围观两位老人的信仰之争，而是利用自己对两种文化的了解着手挽救科萨族传统民俗文化。然而，在如何保护与传承传统民俗的问题上，道尔顿和卡玛古又产生了分歧。道尔顿主张建立文化村，全面展示科萨族文化。他雇佣村里的妇女、年轻姑娘和小伙子，在他的民俗文化村里为游客表演传统文化，他要求妇女们穿着传统科萨族服饰，表演巫医的魔法仪式，研磨食物，用牛粪打磨地板，在墙上画壁画，展出陶器；少女们为游客跳舞；年轻男人们演示割礼仪式。麦克坎内尔曾指出，在自然主义的社会运动中，非现代文化脱离了它的起源背景，成为现代的玩物。对类似于民间音乐和传统医术、装饰和行为、农民穿着的崇拜，是一种将前现代博物馆化的行为，是（后）现代性的一个主要特征②。这种博物馆化行为将民俗文化实践变成了静止不变的，独立于日常生活实践的历史遗留物。鲍辛格在谈到民俗文化保护时也认为，人们经常把民俗学对民间文化的保护比作自然科学对大自然的保护。这种不充分的比较往往基于一种假设，即民间习俗是自然生长的。但实际上，民间习俗总是受历史因素和社会因素的制约。"对自然生长的信赖容易导致无批判和无限制地委身于传统，更确切的意思是说，人们恢复了旧形式，因为人们相信这些形式具有天然的稳定性或演化历程，但这实际上已经使这些陈旧的历史形式变成了木乃伊。"③ 而卡玛古也认识到，道尔顿将博物馆风格移用于活态的文化，忽视了历史因素的威力，没有认识到民间文化不是自为存在的。所以，他强烈反对这种将民俗文化博物馆化的行为。

---

① ［德］赫尔曼·鲍辛格：《技术世界中的民间文化》，户晓辉译，广西师范大学出版社2014年版，第175—176页。

② ［美］罗兰·罗伯森：《全球化：社会理论和全球文化》，梁光严译，上海人民出版社2000年版，第218页。

③ ［德］赫尔曼·鲍辛格：《技术世界中的民间文化》，户晓辉译，广西师范大学出版社2014年版，第160页。

这样做不诚实。民俗文化村成了博物馆，展示人们虚假的生活方式。如今在南非，没有人真的按照文化村里展示的那些方式生活。这种生活方式的某些方面也许是真实的，但游客看到的大多是过去……很多都是虚构的过去。他们必须诚实地告知游客，他们试图展示的是人们过去的生活方式。他们不能假装这是人们现在的生活方式。……你挖掘这些人被埋葬的前殖民身份……一种逝去的前殖民时期的真实感……难道是在暗示他们现在没有文化吗？他们生活在文化真空中？[1]

在卡玛古看来，道尔顿静态化展示已经消失了的民俗文化实践是一种"存心怀旧"[2]行为。它美化了原始习俗，满足了游客的猎奇心理，获取了经济收益。但是，这种博物馆化行为将民俗文化与民众现实生活隔离开来，否定了当下民俗文化的有效性。

所以，为了纠正道尔顿的错误行为，传达正确的民俗保护理念，卡玛古与合作社的村民一起建立了度假营地。他们在营地内就地取材，建立背包客旅馆，制作并展示科萨服饰。巨大的无花果树和无数织巢鸟使营地充满生机。与道尔顿雇佣村民表演民俗文化不同，卡玛古的度假营地由加入合作社的村民共同拥有。村民们展示自己的现实生活，并与游客亲密互动。游客们可以在村民的指导下，用当地产的玉米和海鲜等制作正宗的科萨族食物。这种与现实生活紧密结合的民俗文化保护实践，既可以让游客沉浸式体验科萨族文化，满足他们的文化审美需求，又可以动态保护科萨族文化，使民俗文化保护活起来。在故事的最后，卡玛古去医院看望道尔顿，并告诉他"我们要共同努力"[3]。两人的和解愿望预示着两种文化传承观念终将找到接纳彼此的契合点。

三 民俗链的重建

民俗链是由若干密切相关的民俗事象构成的民俗组合关系。在现代经济发展大潮的冲击和新殖民主义的入侵下，传统民俗逐渐被挤占出其原有

---

[1] Zakes Mda, *The Heart of Redness*, New York: Farrar, Straus and Giroux, 2002, p.199.

[2] [美]罗兰·罗伯森：《全球化：社会理论和全球文化》，梁光严译，上海人民出版社2000年版，第211页。

[3] Zakes Mda, *The Heart of Redness*, New York: Farrar, Straus and Giroux, 2002, p.221.

的生活空间，原本完整的民俗链断裂，走向零落。所以，穆达复兴民俗、接续民俗的另一种很重要的方式就是在小说中重建民俗链。在多部小说中，穆达为读者共同展现了人生不同阶段要经历的家宅体系、出生仪式、割礼仪式、婚礼仪式、葬礼仪式等，完整重建了家宅、出生、成年、婚姻等民俗链，揭示了这些民俗链在人们生活中的重要作用和意义。

其一，古代统治阶级家宅体系的呈现。在《小太阳》中，穆达首先以人物家谱的形式追溯了穆隆特洛家族的沿袭，继而细致陈述了穆隆特洛皇室家庭的三层结构：第一个妻子，即王后住的房子被称为大房子（Great House）；第二、第三个妻子各自住在右边房子（Right-hand house）和左边房子（Left-hand house）里；其他妻子住的房子被称为伊卡迪房子（Iqadi House）。伊卡迪房子里的妻子是左右房子的助手，王后统管所有房子，其他妻子的地位以此类推。也正是因为王后在国王家宅体系中的重要地位，她的去世成为王国的大事。国王以王后新丧，要为她哀悼为由，拒绝顺应殖民政府要求，领兵残杀自己相邻部落王国。所以，对皇室家庭体系的详细描述，既体现了皇室家族严格的等级制度，又表现了国王勇于对抗殖民统治的抗争精神。在小说《祖鲁人在纽约》中，国王的黑色院子（Black isigodlo）和白色院子（White isigodlo）都是皇室禁地，有着严格的管理体系。白色院子生活着皇家的孩子和年纪尚小的女孩。黑色院子是国王与母亲、妻子生活的地方，也是他处理政事的地方。艾姆-皮为追求爱情而违反规定进入皇室禁地，最终不得不逃离祖鲁王国。严格的宅院体系体现了皇家等级制度的森严，及其对自由爱情的压迫。

其二，生育民俗链的呈现。在《小太阳》中，马兰杰尼（Mahlangeni）的妻子刚刚生下了儿子。待婴儿的脐带脱落后，他们首先为孩子举行埋葬脐带的仪式，将脐带埋进土里，帮助孩子建立他与土地和祖先的联系，以期获得土地给予的物质食粮和祖先的精神庇佑。然后，人们将举行因贝勒克仪式（imbeleko），将婴儿介绍给社区大家庭，正式成为大家庭中的一员。生育民俗链形象体现了非洲传统信仰中天人合一的生态观，即将人与他人，以及自然万物视为和融共生的整体。这种在新生儿生命之初举行的仪式，不仅体现了非洲人对传统信仰的坚持，而且象征着人们对新生命寄予的厚望。所以，人们的生育民俗实践，不仅是对古老习俗的沿袭，也是对和谐自然观的传承。

其三，割礼民俗链的呈现。《小太阳》中着重描写了割礼仪式对于国王穆隆特洛的意义。当穆隆特洛还在启蒙学校参加割礼仪式时，巴卡人（Bhaca）袭击了潘多米西部落王国。穆隆特洛与同修们齐心协力，利用森林大火战胜了巴卡人，拯救了自己的人民和牲畜。巴卡人首领马卡瓦拉（Makhawula）对穆隆特洛俯首称臣。战争结束后，穆隆特洛回到启蒙学校完成仪式，成为国王。人们尊称他为不惧怕战争的英雄国王。穆隆特洛以实际行动完成了从未成年人到成年人的转变。主人公马兰加纳等年轻人在完成割礼后，村民们为年轻人们准备了盛大的庆祝宴会。年轻人在宴会中载歌载舞，欢庆自己作为成年人的新身份。所以，割礼仪式，象征参与者告别过去，开启新的人生阶段。与此同时，人们在割礼习俗中的互帮互助，既体现了人们的团体协作精神，也强化了人们的群体认同意识。

其四，婚嫁民俗链的呈现。在《红色之心》中，作者通过卡玛古与库克兹娃的结合展示了婚嫁民俗链的所有环节，其中包括男方亲戚上门提亲、协商彩礼、男方送彩礼、女方将新娘送到男方家里、男方杀羊迎接新娘，并为新娘取名。虽然流亡美国三十年，深受西方文明的影响，但是卡玛古仍然遵循着本土的婚嫁习俗，在当地人的引导和帮助下完成从求婚到结婚的所有环节，开启新的人生。卡玛古以克罗哈本土的民俗文化为入口，进入科萨族的历史与社会，融入社区。他与代表着歌舞精灵库克兹娃的结合，象征着现代文明与本土传统的最终融合。在《小太阳》中，作者通过马兰加纳展示了科萨族先求婚、再结婚的过程，也展示了游牧民族特瓦人先订婚、后求婚的习俗。在特瓦人的婚俗中，订婚后的男方只有在满足了岳父母的彩礼要求后才能与新娘正式结婚，并居住在一起。与科萨族人的婚嫁习俗相比较，两种婚嫁习俗有一些相同之处，即对彩礼的要求。然而，特瓦人要求的彩礼不是牛，而是猎物。这与游牧民族的游牧习俗有关。南非是个多民族的国家，每个民族都有自己的婚嫁。不同民族婚嫁民俗链的呈现，凸显了南非民俗文化的多元性。

其五，丧葬民俗链的呈现。穆达的多部小说都涉及葬礼。在《红色之心》中，人们为泽姆死去的儿子特温举行守夜仪式，女人们为他唱歌，男人们讲述他生前的故事。在《死亡方式》中，穆达展示了各种葬礼习俗，包括护士的证词，哀悼，铲土，亲人剃头，用掺有芦荟汁的水洗手，参与宴请等环节。在《黑钻》中，人们会穿着华丽的衣服，送别死者，而在葬礼结束后，人们会举办一种名为"悲伤之后"

(after tears) 的聚会，在聚会上载歌载舞，开死者的玩笑。这些丧葬仪式基本还原了现代葬礼的完整步骤。在《小太阳》中，穆达通过王后的去世展示了古代科萨族王室的丧葬习俗，包括了送葬仪式、国王节欲守丧（ukuzila）、送魂仪式（umbuyiso，即将亡者的灵魂送回故土）等。国王以遵守本土丧葬习俗为由拒绝服从霍普要挟。他对本族丧葬民俗链完整性的坚持，既体现了他对本土民俗文化的维护，也体现了他坚决抵制殖民统治的决心。

穆达在小说中全面还原了各种民俗实践，重建了多个民俗链，构建了一种充满秩序感的乡土民俗生活景观。民俗链的重建，折射出作者对民俗完整性的期盼。但是，民俗链的完整性并不意味着传统民俗链是铁板一块。例如，《红色之心》中，因为经济全球化的影响，婚嫁宴请中人们通常饮用的传统的自酿啤酒被白兰地所取代。在求亲和协商彩礼等环节中，原本应该由男方亲戚行使的角色，因为卡玛古亲人的缺失，改由其朋友道尔顿，以及合作社的妇女们代为行使。卡玛古与库克兹娃最终的结婚仪式也因泽姆的去世而一改传统，拖延至库克兹娃守孝期结束。由此可见，传统民俗链在规范人们的日常生活秩序的同时，也随着时代和习俗主体的实际需求而发生变化。当然，这种变化不是秩序与规则的变化，而是内容与形式的改变。民俗链因此得以重构与更新。

穆达小说中的民俗复兴实践全面，而有现实意义。在一次采访中，穆达表达了他对民俗文化复兴的看法："复兴应该是'发展'和'重新发现'民俗。我不赞同'复苏'民俗。'复苏'意味着'回到'档案馆，重新创造文化，找回失去的前殖民时期的原真性。在我看来，'复苏'非洲文化是保守、反动的非洲复兴观念。我们不能寄希望于复苏存在于非洲许多地区的伟大文明，但我们可以重新发现这些文明，发现他们的文学和他们的哲学。"[1] 穆达小说中的传统民俗文化实践，不是为了恢复已经逝去的原始统一性，而是将这些传统放置于现代生活，重新发现它们的价值，寻找它们与现代需求的契合点，使之重获新生。

---

[1] Sarah Nuttall and Cheryl-Ann Michael, "African Renaissance: Interviews with Sikhumbuzo Mngadi, Tony Parr, Rhoda Kadalie, Zakes Mda, and Darryl Accone", in Sarah Nuttall and Cheryl-Ann Michael, eds. *Senses of Culture: South African Culture Studies*, Oxford: Oxford University Press, 2000, p. 117.

第三节 重建"民"的主体性

"民"与"俗"是一个不可分割的文化统一体。在这个统一体中,"民"是隐性的,"俗"是显性的。二者的区别很容易使得民俗被割裂成"民"与"俗","俗"成为脱离于"民"的存在。所以,在方兴未艾的传统民俗复兴大潮中,人们更为热衷的是展示奇风异俗,吸引人的眼球,并以此获取经济利益。作为创造、承载、操演和传承民俗事象的人却始终是被忽视的。在《红色之心》中,道尔顿错误地将早已消亡的传统民俗表演作为吸引游客的手段。这种将民俗商品化,将"民"与"俗"割裂开来的做法,满足了游客的猎奇心理,却使民俗失去了存在的意义。乌丙安指出,"民俗的主体是人,是民俗养成中的群体和个人"[①]。无俗之民,犹如无根之木,无民之俗,犹如无源之水。忽视了"民","俗"就失去了落脚点。所以,复兴民俗,既要关注"俗"的传承与勃兴,也要关注"民"的生存与发展。

一 发掘底层民众的创造力

在种族主义统治时期,白人利用种族隔离制度将黑人限制在偏远贫瘠的"黑人家园",剥夺黑人的权益,并将黑人贬斥为"未开化的人、愚蠢的人、目不识丁者"[②]。外部地理空间限制与内部精神压制的结合,使黑人长期处于一种自我否定、自我贬低的心理状态。所以,恩德贝勒认为,"南非的种族主义统治系统地剥夺了被压迫的大多数人创造性地参与整个文化实践的机会"[③]。作为文化的表征之一,民俗制约人,民俗塑造了人。同样,民俗也能够再次将个人的躯体和精神予以复活重建。克利福德·格尔茨提出,人类学研究必须突破西方文化中心观,因为"不同的文化是不同的民族对其所处世界的不同理解的产物。要了解一种文化,必须把自己放在该文化的基点上。文化的各种符号的关系取决于该文化中行为者的

[①] 乌丙安:《民俗学原理》,长春出版社2014年版,第112页。
[②] [法] 弗朗兹·法农:《黑皮肤,白面具》,万冰译,译林出版社2005年,第89页。
[③] Njabulo S. Ndebele, *South African Literature and Culture*: *Rediscovery of the Ordinary*, New York: Manchester University Press, 1994, p. 118.

行为组织方式"①。特定民俗文化的形成与该区域民众的心智和创造力息息相关。创造力是决定区域民俗文化的核心要素。所以，在穆达的小说中，当《死亡方式》中的托洛基和《与黑共舞》中的蒂珂莎等主人公们无法从公共民俗活动中获得精神滋养时，他们选择创造出独属于自己的民俗，在自创的民俗中重建自己的主体性。

托洛基长相奇丑，一身臭味，被父亲否定，被他人排斥，游荡在社会的边缘。然而，他并没有放弃对生活的希望，他发明了哀悼仪式，通过仪式重建自己的主体性。他利用自己悲戚的长相和痛苦的呻吟声，为葬礼营造悲伤的氛围。为了丰富自己的哀悼仪式，他不断尝试发出各种不同的声音，创造不同的形式。他有时坐在地上呻吟，有时在地上翻滚着呻吟。他甚至从年轻人在政治集会上唱的圣歌中吸取灵感，专门为带有政治色彩的集体葬礼增加哀号。他利用自己的哀悼表演，引发人们的悲伤情绪，将墓地变为一个悲伤的仪式空间，在缅怀逝者的同时，强化了社区的群体认同感。与此同时，送葬者对他哀悼行为的肯定，复苏了他内心的自我意识。他的主体性也逐渐回归。他的哀悼从谋生发展为内心的需要。民众的现实需求使他成为民俗创造者。诺瑞娅的房子被狂热的革命分子烧毁，托洛基主动提出帮她重建棚屋。他用不同颜色的塑料、帆布和木板等为诺瑞娅搭建了一个彩虹般美丽的棚屋。托洛基在棚屋的内壁贴上他从城里家具商店找来的家具产品手册和园艺杂志。"等他完工时，墙上的每一寸地方都布满了明亮的图画——这是一幅极其奢华的壁纸。"② 将灾难性的现场变成美丽的"现代艺术珍品"③，托洛基惊讶于自己的创造力，"我不知道我们的手能做出这样的作品"④。与此同时，棚屋内部色彩斑斓的贴纸激发了托洛基对于理想生活空间的构想能力。他引导诺瑞娅共同想象漫步在奢华的房屋内，享受美妙无比的理想生活。所以，寇劳（Rogier Courau）和莫里（Sally-Ann Murray）认为，托洛基"在惯常的、短暂的，甚至是平庸的文化语境中将文化实践重新情景化，赋予自己的生活以质感和舒适的体

---

① ［美］克利福德·吉尔兹：《地方性知识：阐释人类学论文集》，王海龙、张家瑄译，中央编译出版社 2000 年版，第 37 页
② Zakes Mda, *Ways of Dying*, New York：Picador, 2002, p. 111.
③ Zakes Mda, *Ways of Dying*, New York：Picador, 2002, p. 67.
④ Zakes Mda, *Ways of Dying*, New York：Picador, 2002, p. 67.

验，表现了人类对爱与平凡的基本需求"①。通过想象，托洛基跨越了种族隔离制度和贫穷所造成的障碍和边界。这种自我发现激发了托洛基的创造力，也颠覆了白人对黑人的"他者化"，以及黑人的"自我他者化"。新年伊始，托洛基儿时的绘画天赋神奇地恢复了。他可以画出他从前不会画的人，他甚至可以用自己的双手画出栩栩如生的百日菊送给诺瑞娅。通过主动的文化创造，主人公们走出了生活的困境，迎来充满希望的未来。

托洛基的创造力在《后裔》中得到延续。来到美国后，托洛基将自己的哀悼从为新近去世的人哀悼，转换到为去世很久的人哀悼。在南非，他的哀悼依赖护士讲述的死者故事，而在美国，托洛基积极主动去挖掘、想象死者的故事，为枉死的人发声。他为自己的哀悼增添了新的表演元素，将职业哀悼转换成了表演。他帮马伦先生找到母亲的墓地，并为她表演了哀悼。

> 我想边哭边舞。我放声哀号，声音如此之大，树开始摇晃，树叶纷纷掉落。我像风一样嚎叫，像风一样咆哮，像风一样恸哭。我的眼泪，如同霍金河里的河水，奔涌直下，一刻不停。我把从窗外看到的马伦演述故事时用过的动作融合在一起。我的整个表演程序，除了声音，其他部分都来自马伦的动作。马伦认出了我的动作，哈哈大笑。每个人都惊奇地看着他。马伦已经很久没有笑过了。我像动物一样痛苦地尖叫。汗水和眼泪把我的衣服浸湿透了。我根据他的动作做一些变化。我看得出他被迷住了。②

托洛基把马伦演述奴隶故事时的动作融合进入自己的哀悼仪式，边舞边哭，将哀悼上升到表演层面。托洛基从一个职业的哀悼者转变成为一个真正的表演者，一个情感表达的中介。在托洛基看来，美国的文化教育使得马伦一家认为，"在公众面前表现悲伤是一件尴尬的事"③。所以，托洛基将马伦的故事演述动作用在了哀悼仪式上，实际上是将自己的哀悼行为

---

① Rogier Courau and Sally-Ann Murray, "Of Funeral Rites and Community Memory: Ways of Living in *Ways of Dying*", in David Bell and J. U. Jacob, eds. *Ways of Writing: Critical Essays on Zakes Mda*, Scottsville: University of KwaZulu-Natal Press, 2009, pp. 98-99.

② Zakes Mda, *Cion*, New York: Picador, 2007, p. 287.

③ Zakes Mda, *Cion*, New York: Picador, 2007, p. 286.

马伦化了，从而使自己成为马伦的代言人。换而言之，他替羞于表达的马伦将他对母亲的缅怀之情行动化，排解了一直郁结在马伦心中的伤痛。而如威廉·爱德华兹（William Edwards）教授在写给托洛基的信中所揭示的，"哀悼是一种合法化行为……它说明了一个事实，每个人都有自己的价值"①。马伦的母亲被父权制和种族主义统治迫害致死，她的跨越种族的爱情没有获得社会的认可。通过哀悼仪式，托洛基也间接为马伦被迫害沉默的母亲发出了声音，为她正名。他的哀悼，既挑战了官方的历史建构，也挑战了种族主义思想和父权制社会对女性的压制。托洛基的民俗创造使他重新焕发出生命的活力。托洛基身上集中体现了身处绝境的普通民众如何通过主动的文化实践发掘自己的创造能力，重建自己的主体性。这正如科尔·欧莫托梭（Kole Omotoso）所说："被压迫的人总有办法勉强维持生活，并形成一种维持自身生存的机制。"②

在塑造托洛基的人物形象时，穆达试图通过过滤与非洲民俗文化相关的传统知识，赋予民俗文化以力量。托洛基成了社区生存活力的化身。他创造的哀悼仪式，既肯定了旧的传统，又增加了表演元素，以适应新社会的需要。他努力以不同的形式去表现丰富多样的文化，他创造的哀悼仪式成为一种混杂的表达形式。"含混有助于对抗殖民主义对本土文化的否定，使得被否定的知识进入主流话语"③。托洛基混杂的哀悼仪式成为反抗种族隔离制度的一种象征。从托洛基发明的哀悼仪式可以看出，葬礼仪式不仅没有构成一种根深蒂固的传统，而且反映了民俗文化的可变性和适应性。所以，在批判欧贝德通过文化挪用来建立自己与印第安文化的关联性、获取物质利益时，穆达也通过托洛基肯定了非裔美国人通过民俗的复兴与创造来适应新生活的初衷。

> 我注意到，非裔美国人热衷于创造非洲人都不知道的文化遗产。有些人声称自己是受压迫民众集体想象中的国王和王后的后代。我还知道，非洲大陆上的许多仪式和传统早已消亡，但奴隶们把它们保存

---

① Zakes Mda, *Cion*, New York: Picador, 2007, p. 294.

② Kole Omotoso, "Is White Available in Black? The Trickster Tradition and the Gods and Goddesses of the Cultures of Down-Pression", Rhodes University Centenary Lecture Series, accessed on Feb. 20, 2021, http://www.ru.ac.za/centenary/lectures/omotosolecture.doc.

③ Homi K. Bhabha, *The Location of Culture*, London: Routledge, 1994, p. 114.

了下来，加以改造和丰富，以适应他们在美国的新生活。①

  托洛基在这里所指的被保留并改造的传统实际上指涉了非洲的口头传统、食物，以及百衲被制作等在美国的传承与发展。其中最具代表性的是非洲的口头传统。被贩卖到美国的奴隶将口头传统带到了美国。在暗无天日的奴隶农场里，讲故事成为黑人们排解痛苦的主要方式。与传统的口头讲述不同，女奴"阿比西尼亚女王"在自己的故事讲述中增添了具有魔幻元素的表演。她在讲述的过程中即兴表演，扮演故事中的所有角色，并将影子、火焰和烟雾作为角色融入了精心设计的故事中，她披上了棉被，戴上用羽毛、树叶、草和磨损的饲料袋做成的面具。她在故事中蹦蹦跳跳，腾云驾雾，自由自在。不仅如此，她还鼓励孩子们参与故事创造。通过这些自创的故事讲述方式，她的故事不仅团结了周围的人，而且将自由精神植入了孩子们的内心，使之成为他们追寻自由的动力。作为女奴"阿比西尼亚女王"的后代，奎格利先生继承了祖先演述故事的方式，并将其传授给自己的后代。这些主人公对口头传统的继承与发展体现了底层民众的智慧。

  通过文化创造宣示自身主体性的人物还有很多。《与黑共舞》中的蒂珂莎被亲人排斥，被村民嘲笑而逐渐边缘化。意识到自己无法在社区的集体民俗活动中获得改变或者情感补偿时，她转而去往特瓦人洞穴，在私人的社会空间里，通过自创的治愈仪式来寻求个体的社会重组。她选择性地将传统巴索托文化与自己的现实需求相结合，创造了属于自己的仪式领域，并在仪式中治愈自己。《马蓬古布韦的雕刻师》中的查塔可以自由出入精神世界，与精神世界里的生灵自由共舞，并雕刻出充满创意的作品。马鲁比妮在野兽之舞中展现自己的力量，重建自己的主体性。《红色之心》中库克兹娃不仅无师自通地掌握了当地的生态知识，尽力铲除危害本土植物生存的植物，而且能唱出无人能及的分音歌。《后裔》中的欧帕不仅会用西塔琴（sitar）弹奏出激动人心的音乐，而且还能画出极富想象力的画作。

  大卫·阿特维尔将穆达小说中通过艺术创造和仪式构建来重建自我主体性的过程归结为"非工具性艺术的力量"，"其旨在唤醒听众的不

---

① Zakes Mda, *Cion*, New York: Picador, 2007, p.128.

稳定感，激发他们的情感，并提醒他们，尽管他们的日常生活是残酷的，但他们仍然是文化的代理人"①。从这种意义上讲，这些主人公的创造力都是"非工具性的"。他们既是自己的文化代理人，也是传统文化的守护者。特纳在评价非洲社会中的文化创造者角色时指出，"先知和艺术家往往是阈限人和边缘人。他们积极主动地努力摆脱与身份职责和角色扮演相关的陈词滥调，并在事实上或想象中与他人建立重要的关系"②。穆达小说中的这些文化创造者们的共同之处是，他们都身处逆境，却从不向对抗势力低头，而是结合自己身处的环境，通过积极主动的文化实践从边缘走向中心。民俗文化也在此过程中得到传承、更新与发展。通过对这些人物的塑造，穆达展示了普通民众在民俗文化勃兴中的重要作用。

二 重建乡土伦理秩序

乡土伦理道德是民俗文化的重要一维，它决定着乡土空间的生命样态和乡土生活的精神向度。然而，随着经济现代化的发展、西方文化的入侵，以及政治斗争的推搡，乡村社会道德走向没落，违伦现象比比皆是。《死亡方式》中，诺瑞娅靠出卖色相获得男人的金钱；纳普沉迷于醉酒纵欲，致使孩子武萨被狗咬死啃食；政府的反动组织烧杀抢夺，无恶不作，他们甚至当众强奸女性后再把她们杀死。《埃塞镇的圣母》中的尼基等黑人女性被迫或者不自觉地成为白人男性纵欲的工具。《唤鲸人》中的萨鲁尼流连于酒馆，靠迎合男性换得他们的施舍。《瑞秋的布鲁》中的贾森求爱不得，强奸了自己的朋友瑞秋，使瑞秋陷入困境。

对违伦现象描写最为集中的是《与黑共舞》。在这部小说中，原本维护治安、谨慎维持执法力度的警察在政变的纵容下变身暴徒。他们以各种莫须有的罪名毒打百姓，甚至轮奸并杀害了小学教师辛西娅（Cynthia）。他们闯入反对派领导人家中，将他的胡子浸入汽油点燃。反对派领导人不堪屈辱自杀，女儿成了流落街头的妓女。作为秩序维护者的警察变身伦理秩序破坏者。"一些丑陋的东西被释放了出来，隐藏在人们内心从未被发觉的一

---

① David Attwell, *Rewriting Modernity: Studies in Black South African Literary History*, Scottsville: University of KwaZulu-Natal Press, 2005, p. 194.

② Victor W. Turner, *The Ritual Process: Structure and Anti-Structure*, Chicago: Aldine, 1969, p. 128.

种丑陋此时正肆无忌惮地暴露在阳光下。"① 邻里之间互相蚕食，兄弟姐妹反目成仇。人们甚至在上一秒热情寒暄，下一秒举刀相向。在物质利益的引诱下，莫索伊的妻子唐珀洛洛与莱迪辛勾搭成奸，在莱迪辛破产后又抛弃了他。莫索伊强奸了为自己提供庇护的岳母多女妈妈，后又被郁愤难平的多女妈妈、唐珀洛洛报复致死。留守乡村的女性们流连于乡村聚会，在酒精的麻醉中寻求男人的安慰。蒂珂莎就是双胞胎妈妈与男人滥交后的产物。在政治动乱和经济现代化的冲击下，乡土伦理秩序陷入一片混乱。原本淳朴和谐的乡村空间也因为伦理秩序的混乱而呈现出一片衰败的景象，自然灾害频发，庄稼枯萎，动物无力挣扎。民俗文化空间走向凋敝，乡村聚会、庆典等集体民俗活动成为展示权力与身份的工具。

如何拯救世道人心，恢复乡土伦理秩序？作者将希望寄托在伦理混乱的主要受害者——女性身上。在《死亡方式》中，儿子武萨的死激发了诺瑞娅的自爱意识。她拒绝从男人那里获取好处，而是靠自己的劳动换取食物。她与马丁巴扎老妈妈（Madimbhaza）一起帮助抚养村里的弃儿，"通过帮助他人获得满足感"②。她与托洛基在互帮互助中惺惺相惜，并在没有任何物质利益考量的前提下爱上了托洛基。从随心所欲到自尊自爱，诺瑞娅身上洋溢着积极向上的生命力量。《埃塞镇的圣母》中的尼基因为与白人斯蒂芬勒斯·克龙涅的婚外情受审后，不再与男人来往。她开始养蜂，并将蜂蜜无偿送给有需要的人，在给予中自我治愈。同样以女性的微弱力量来抵制不合理现实，重理社区伦理秩序的还有《瑞秋的布鲁》中的瑞秋。被贾森强奸并怀孕后，痛苦的瑞秋再次被贾森的家人围追堵截。贾森的父亲杰恩希斯（Genesis）与社区长老们软硬兼施，要求瑞秋撤销对贾森的指控，并与贾森结婚。遭到拒绝后，他们以物质补偿作为条件，要求获得孩子的抚养权。甚至瑞秋的奶奶也认为瑞秋小题大做，劝说瑞秋嫁给被她视作孙子的贾森。然而，瑞秋拒绝了贾森家人的物质引诱和奶奶的说情，坚决地将贾森告上了法庭。家境贫寒的瑞秋以一己之力对抗在社区最有影响力的贾森一家，迫使贾森为自己的违伦行为付出应有的代价。瑞秋对物质利益的拒绝，对公平正义的追求，展现了一个底层个体对和谐

---

① Zakes Mda, *She Plays with the Darkness*, Florida Hills: Vivlia Publishers and Booksellers, 1995, p. 34.

② Zakes Mda, *Ways of Dying*, New York: Picador, 2002, p. 135.

伦理秩序的期待。

在外在环境的刺激下，这些女性人物或被动或主动地进入了伦理混乱。她们身上既背负着伦理混乱的伤痛，也孕育着重生的希望。她们最终成为社区的拯救力量。她们的成长过程，也并非一帆风顺。她们从伦理乖违走向伦理向善的过程，也是乡土伦理秩序恢复的过程。曲折的过程说明，重建乡土伦理秩序并非易事，共同维护伦理秩序才是重中之重。

三　重建生命共同体

在穆达的小说中，政治动乱的冲击、经济现代化的刺激和西方文化的入侵，使得传统的村庄和社区面临着即将解体的危机。《死亡方式》中，政府的反动军队一次次对定居点发动血腥的清洗行动。人们的棚屋被付之一炬，有的人甚至因为逃离不及时被烧死在棚屋里。整个定居点成为废墟，弥漫着死亡的气息。《与黑共舞》中的哈沙曼村的村民们陷入了对物质的追求。四分五裂的村庄在日复一日的虚空中勉强延续。《红色之心》中克罗哈村的村民们也在信仰的博弈中分化成不同的群体，互相对抗、恶意中伤。然而，人们并没有失去对和谐共同体的期待，而是努力弘扬乌班图精神，重建生命共同体。

乌班图精神是非洲的传统价值观。这种精神的核心观点是，"要成为真正的人，或者实现真正的自我，唯一的方式是通过某种形式与他人建立联系"[1]。换而言之，人性不是与生俱来的。唯有通过他人的同情、宽容和慷慨行为，个体才能获得他人赋予的人格和人性。只有将自己放置于一个共同体当中，人才能获得个体的成长与发展。所以，小说主人公们积极关爱他人，主动参与社区的建设与发展，既是乌班图精神的实践，也是对共同体的追求。在《死亡方式》中，政府的清洗行动不仅没有吓退定居点的居民，反而使居民们更加团结。马丁巴扎老妈妈用自己菲薄的救济金养育着几十名无家可归的孤儿，她的院子因而被称为"垃圾场"[2]；来自遥远部落的夏德里克（Shadrack）拒绝追随残忍、势利的酋长，而是靠着勤劳和智慧成为致富能人，并随时为居民提供力所能及的帮助；贫穷的居民纷纷自发去医院探望被警察打伤的夏德里克；居民们齐心协力，帮诺瑞

---

[1] ［南非］撒迪尔斯·梅茨：《乌班图：好的人生》，曾爱平译，载李安山主编《中国非洲研究评论·非洲文学专辑》，第347页。

[2] Zakes Mda, *Ways of Dying*, New York: Picador, 2002, p.166.

娅重建一个家。诺瑞娅将居民们之间的关系比喻为,"两只互相洗的手"①。诺瑞娅用自己的行动阐释了乌班图精神的实质。她放弃在城市打工的机会,在定居点专门为需要帮助的人提供援助。小武萨悲惨死去,自由运动领导人对小武萨的死也含糊其辞。但诺瑞娅没有沉溺于丧子之痛,抱怨自由运动领导人工作不力,而是积极参与革命活动,为参加集会的自由运动领导人准备食物。游离于革命外围的托洛基将诺瑞娅的劳动归结为:"为领导人工作",而诺瑞娅纠正他说,"我不是为他们工作,而是为我们的人民工作"②。在个人恩怨和黑人大众的自由革命之间,诺瑞娅选择了后者。她的这种舍小我、顾大我的乌班图精神彻底点亮了托洛基的精神空间。所以,他坚定地对诺瑞娅说,"我准备和你一起战斗"③。在诺瑞娅的感染下,托洛基从一个革命的旁观者,发展为革命积极分子。他的生活目标不再是求得自我满足,而是实现黑人社区的自由与和平。托洛基的转变过程,实际上是他不自觉追求乌班图精神的过程。

和诺瑞娅一样,《与黑共舞》中,以双胞胎妈妈为代表的乡村妇女们也不再流连于乡村聚会,而是积极参与社区建设。她们参加村里的自助工程队,一起为村里修路,建大坝,照料公共菜园。面对儿子的质疑,诺瑞娅骄傲地宣称自己"要为社区建成一些东西",还要"看到村子里更多的进步"④。她甚至将儿子给她的钱、食用油和面粉分给了老人和孤儿。《瑞秋中的布鲁》中贫穷的老奶奶娜娜·莫伊纳(Nana Moira)在自己身患腿疾的情况下依然在社区中心做志愿者,为社区的居民提供力所能及的帮助。她四处募捐,努力为社区的贫困人口解决食物问题;在天气极度严寒的时候,她仍然坚持开放社区中心,为贫困的人提供热汤;在自己身体不便的情况下,她坚持为孤寡老人送生活必需品,为行动不便,无人照管的老人擦洗身体。娜娜用自己的行动温暖着社区里的人,为贫穷的社区增添了一抹亮色。《梅尔维尔67号》中的学生塔班在公交车梅尔维尔67号上一次次帮助醉酒的老妇人上下车。《马蓬古布韦的雕刻师》中查塔的邻居马·奇里库尔(Ma Chirikure)奶奶将孤儿查塔视为己出,帮助马鲁比妮

---

① Zakes Mda, *Ways of Dying*, New York: Picador, 2002, p. 69.
② Zakes Mda, *Ways of Dying*, New York: Picador, 2002, p. 178.
③ Zakes Mda, *Ways of Dying*, New York: Picador, 2002, p. 179.
④ Zakes Mda, *She Plays with the Darkness*, Florida Hills: Vivlia Publishers and Booksellers, 1995, p. 109.

逃离父母为她订下的婚约。小说中的这些平凡女性利用自己的微弱力量，将乌班图精神具体化，使社区联结成一个整体。女性成为拯救社区的中坚力量。

传统集体民俗活动是凝聚生命共同体的另一种方式。这一点主要体现在穆达对《后裔》与《瑞秋的布鲁》中的社区中心和"百衲被"等意象的重复描述上。在这两部小说中，社区中心是社区居民们举行节日庆典，领取食物救济的地方。在贫困的社区里，社区中心成了人们的精神寄托。女性们始终聚集在社区中心，举行"缝被聚会"（quilting bee）。这种聚会是黑人女性在漫长的种族主义统治和奴隶贸易过程中发展并传承下来的文化传统。在缝制被子的过程中，妇女们围坐在一起，共同交流，相互学习，彼此互助。一片片独立的碎片，被连缀在一起，共同构成一个统一的整体。百衲被缝制，连同百衲被本身，都成为团结的象征，隐喻着人们对共同体的追求。"传统是一种共同体文化的精神沉淀，它不仅延续着一种'共有的习惯'，也对现实社会始终散播着一种文化的感召力。"[1] 在现代社会，人们聚集在旨在为他人提供帮助的社区中心，一起举行"缝被聚会"，既是对民俗文化传统的传承与发展，也是对民族共同体的价值规范和道德理想的延续。马兹布克（Nokuthula Mazibuko）在论及穆达小说中的女性人物时也认为，"穆达设想了一个建立在关爱与同情基础之上的文艺复兴，一个由非洲妇女领导、以普通人为中心的文艺复兴。她们是通过艺术和美来表达的精神守护者"[2]。

口头传统中的魔幻叙事也表达了人们对自然万物相栖共生、互蕴共荣的生态整体主义的追求。在成人童话《唤鲸人》中，南露脊鲸不仅能够与人一样表达自己的喜怒哀乐，而且与唤鲸人发生了一段震撼人心的生死之恋。《小太阳》中的马与人亲如兄弟。《后裔》中的蓝色苍蝇成为"阿比西尼亚女王"与儿子之间的信使，时刻保护着兄弟俩的安全。《马蓬古布韦的雕刻师》中查塔和马鲁比妮在舞蹈中与动物合为一体。《红色之心》更是集中展现了人与自然万物和谐共处，其乐融融的美好生活；泽姆家门口那棵巨大的无花果树是他冥想的地方，也是无数织巢鸟的家园，

---

[1] 胡强：《切斯特顿随笔与共同体文化》，《杭州师范大学学报》2015年第4期。
[2] Nokuthula Mazibuko, "Love and Wayward Women in *Ways of Dying*", in David Bell and J. U. Jacobs, eds. *Ways of Writing: Critical Essays on Zakes Mda*, Scottsville: University of KwaZulu-Natal Press, 2009, p. 130.

泽姆拒绝食用唾手可得的鸟儿,每天守护着织巢鸟,与鸟儿交流,树、鸟、人,形成了亲密无间的伙伴关系;歌舞精灵库克兹娃坚持清理外来入侵植物,为本土植物开拓生存空间;卡玛古醉心于大海的美丽和慷慨。克罗哈已然成为人类诗意栖息的理想世界。小说中的魔幻叙事将魔幻与现实结合,达到了一种反写实、反理性的效果,在突出文学的本土化特征的同时,颠覆了西方理性主义所强调的人类中心主义。而通过卡玛古和道尔顿等村民对商业开发的抵制和对传统文化的维护,作者大力批判了现代化导致的人与自然的分离,以及国家机器用冰冷的工具理性作为制定发展政策的尺度。

在 2002 年的一次访谈中,穆达强调,他的"非洲复兴"(African Renaissance)不是由政府和城市主导的大写的"复兴"(Renaissance),而是由处于权力边缘的普通民众推动的小写的"复兴"[①](renaissance)。在穆达的民俗复兴实践中,底层民众,尤其是黑人女性们被推向前台。他们积极参与社区建设,努力维持家庭的精神与物质生活,以自己的微弱之力推动民俗的传承与复兴。从边缘走向中心,从逆境走向顺境,他们的个人命运始终与民俗文化的复兴与传承紧密相连。人物从冲突走向融合,传统的"俗"也找到了其与现代化的"民"结合的契合点,重新焕发出生命力,实现了从衰落到复兴的转换。穆达的这种去政治化、去意识形态化的民俗书写,深度揭示了"俗"与"民"的密切关系,并提供了一种未来指向。"民"与"俗"的关系,从错置到融合的过程说明,民俗不仅仅是一种传统,它更是一种充满变化和革新的存在,是一种生活状态。二者之间的关系必然是不断更新、不断前进的。

---

① Nokuthula Mazibuko, "Love and Wayward Women in *Ways of Dying*", in David Bell and J. U. Jacobs, eds. *Ways of Writing*: *Critical Essays on Zakes Mda*, Scottsville: University of KwaZulu-Natal Press, 2009, p. 116. 这个观点出自 Nokuthula Mazibuko 对穆达的访谈:"女性与社会变化:扎克斯·穆达访谈"(Women and Social Change: An Interview with Zakes Mda)。该访谈未公开发表,后被 Nokuthula Mazibuko 记录在这篇文章里。

结　　语

在飞速发展和不断更新的技术世界里面，人们的日常生活一方面是一成不变、循环往复的，受以实用性为导向的思维和行为方式的支配，另一方面在相应地与时俱进。所以，赫尔曼·鲍辛格认为，我们应该去发现那些处于"变化中的恒久"的内容，去关注常规性的不被人注意的事物，去发现人们如何在传承下来的秩序中构建个人的生活，去发现仪式如何规定着人的行为的文化图式，从而看到自身惯常行为和思想的文化历史渊源，从而形成对日常生活的自觉①。从这个意义上来讲，穆达对民俗的书写即是为了找回昔日的文化记忆，恢复我们对民俗的感知，去拥抱和珍视民俗。穆达小说对民间文化、族群文化的书写中所蕴含的多元文化理念，文化主体间性立场，走向民间的创作态度等，都是民族志书写的方法。其对不同文化群体的生存和生命样态的现实关怀、民族文化的变迁和认同等问题，也都是民族志的研究对象和内容。所以，他的民俗书写不自觉地与民族志形成了互文关系。而穆达小说的民族志内容不只是进行口头传统、社会仪式和物质民俗等外在的特征化展览，而是把非洲大陆放在全球化文化结构中，在现代性境遇中思考全球原住民文化的魅力和价值，及其在现代性的进程中的尴尬处境，进而构建了一场关于更普遍的人类状况的对话，在更为深切和广阔的视野中表达了对人类的普世性关怀。他的民俗书写延续了先辈作家的民俗书写传统，又有着鲜明的时代与地域特色。

一　民俗书写之与民俗志的互文

早在 90 年代，马尔库斯（George E. Marcus）和费彻尔（Micha J. Fischer）就曾指出，"来自第三世界大部分地区的大量当代小说和文学

---

① ［德］鲍辛格等：《日常生活的启蒙者》，吴秀杰译，广西师范大学出版社2014年版，序言 i—ii。

作品，也正成为民族志与文学批评综合分析的对象。这些文学作品不仅提供了任何其他形式所无法替代的土著经验表达，而且也像我们自己社会中类似的文学作品那样，构成了本土评论的自传体民族志，对于本土的经验表述十分重要"[①]。对于人类学家来说，第三世界的文学之所以重要，不仅因为它们是人类学者在田野中从事研究工作的指南，而且也因为它们暗示了民族志形式可以被改造为对本土文学和民族志田野工作共同关注的文化经验描写。"民族志的标签指称的是一种特有的态度——在一种陌生化的文化现实的人工制品中参与观察的态度"[②]。具体到穆达的文学创作，"民族志"式的民俗写真，在思想层面，表现出对民间世界的深切同情与关注；在文本的内容方面，表现在对包括民俗文化在内的地方性知识的"深描"；在获取书写材料方面，强调调查者的田野在场。

其一，立足民间。在承袭南非英语文学批判现实这一创作旨向的同时，穆达摒弃了主流作家的精英叙事传统，转向边缘性的民间世界，以民间文化形态为表现方式，开拓出另一个话语空间来寄托知识分子的理想和良知，因而表现出鲜明的民间立场。民间立场其实是一种对待底层民众和民间社会的态度，是指作家有意疏远政治意识形态主导的权力话语，摒弃精英知识分子的启蒙姿态，站在老百姓的立场上，以普通民众的视角和思维反映藏污纳垢的民间文化形态和生活面貌。不管穆达如何变化小说的创作题材、主题和叙事方式等，他始终把写作的关注点投射在南非的民间大地上，以极大的热情关注和反映底层民众的生存境遇。穆达小说中的民间立场有着复杂多样的表征，而从其与民族志互文的层面来说，他的民间立场主要表现在他对被边缘化的底层民众和乡野空间的关注。

在穆达的十一部长篇小说和一部中篇小说中，作为民俗文化承载者的主人公们基本都是处于社会底层的小人物。他们中有孤苦无依的单亲母亲和流浪女、被家人抛弃的无家可归者、仆人的孩子、靠救济金生活的失业人员、为富人工作的保安、被富家男子强奸的贫穷姑娘等。这不仅是因为穆达在坎坷的人生经历中饱尝生活艰辛，熟悉底层百姓的生活，更是因为他深知，唯有透过底层百姓的生活，才能看清社会真相。这些被边缘化的

---

① [美]乔治·E. 马尔库斯、米开尔·费彻尔:《作为文化批评的人类学:一个人文学科的实验时代》，王铭铭等译，生活·读书·新知三联书店1998年版，第110—111页。

② 叶舒宪:《文学与人类学:知识全球化时代的文学研究》，社会科学文献出版社2003年版，第41页。

底层民众,每一个人物的遭遇都指向不同的社会问题和人生诉求。正是通过这些边缘个体,穆达建构了自己的小说世界,并使之成为南非社会现实的缩影。然而,穆达将这些底层人物作为小说主人公,并不仅仅是为了表现南非的社会现实,而是有着更为深刻的用意——让边缘个体重建自我,走向中心。这些在现实社会中挣扎求生的边缘人,或承受着种族隔离制度的迫害,或被当权阶层忽略。他们的生命有如草芥般渺小脆弱。然而,穆达在积极挖掘底层人物的创造力的同时,赋予他们神奇的超能力。所以,《死亡方式》中的诺瑞娅自尊自爱,成为社区的中心力量,托洛基也通过自己发明的哀悼仪式获得社区的认同;《与黑共舞》中的歌舞精灵蒂珂莎通过净化仪式永葆青春,回归社区后成为自力更生的典范;《后裔》中"阿比西尼亚女王"通过故事讲述对抗白人奴隶主,成为自己生活的主人;《马蓬古布韦的雕刻师》中的马鲁比妮果断拒绝权贵的物质引诱,勇敢追求自己的幸福……这些底层社会的民间个体成为自己生活的掌控者,建构了自己的主体性,实现了从边缘到中心的转变。

  作为一个立足民间的故事讲述者,穆达始终坚持以农村、荒野等欠发达地区作为故事发生的背景。从表层看,穆达对边缘人物的塑造,自然离不开对边缘地区的描写。然而,如同萨义德所言,"房子的客观空间,远没有在诗学意义上被赋予的空间重要,后者通常是一种我们能够说得出来、感觉得到的具有想象或虚构价值的品质……于是空间通过一种诗学的过程获得了情感甚至理智,这样,本来是中性的或空白的空间就对我们产生了意义"[①]。穆达对乡野空间的偏爱,有着文化、政治和生态等层面的深刻意义。从文化角度而言,乡野空间是孕育传统民俗文化的摇篮。对乡野空间的描写能够唤起强烈的地方感。从政治层面上来说,穆达希望通过对乡野空间的描写,引起政府等对贫困乡村现状的关注,从而将广大的农村地区纳入发展计划。而从生态层面来讲,穆达对乡野空间的描写,源于他对非洲人与自然地理日益疏离的焦虑。南非的种族主义统治通过种族隔离制度将南非的有色人种限制在边远地区。这种对地理空间的划分与限制,使得人们在内心深处认为乡村与荒野是原始的、落后的,导致黑人对白人的指责延伸到后种族隔离政府为保护南非自然生态所做的努力。环境

[①] [美]爱德华·W. 萨义德:《东方学》,王宇根译,生活·读书·新知三联书店 2019 年版,第 70—71 页。

保护被认为是白人的事情。据此,穆达认为,城市黑人精英可能对生态危机漠不关心,但无产阶级和黑人农民却并非如此,他们直接受到所在地区的影响,因此,"问题不在于黑人不关心环境,而在于环境正义的论述并没有以一种直接相关的方式来构建他们的生活"①。所以,穆达聚焦乡野空间,努力挖掘人地互动的良性循环对于激发人的创造性,重建生命主体性的重要作用,从而引导人们形成对乡野空间的认同感和归属感。而其对地理景观的书写,在表现天人合一的自然观的同时,也挖掘了非洲传统文化的价值。

其二,"深描"本土民俗文化事象。穆达的每一部小说都有对民俗的大量书写。十二部小说共同写就了一部蔚为壮观的民俗写真。穆达小说的民俗书写涉及民间故事、民间传说、历史传奇、民间语言等口头传统在内的语言民俗;有关于出生、成年、婚嫁、葬礼、祈雨等各种仪式书写在内的社会民俗;还有包括百衲被、传统食物、住房等在内的物质民俗。这些民俗事象散落在他的众多小说中,在进行民俗文化的特征化展览的同时,传达出了族群内在的文化精神。这些民俗在穆达的小说中主要以两种形式存在。第一种是作为表达人物内心情感与思想的载体。穆达在小说中通过口头传统、仪式展演和作为物质民俗的食物的描写,展示弱势个体和群体如何通过民俗文化重建自我主体性,强化群体认同和维护民族形象,以对抗霸权文化的压迫。第二种是作为作者的关注的焦点本身。在众多小说中,作者通过主人公直接讨论百衲被、传统美食和历史传奇等民俗文化在现代化的世界中对于铭记历史,传承民族精神的意义,以及如何传承民俗文化。在此过程中,穆达为读者共同展现了与人生不同阶段密切相关的家宅体系、出生仪式、割礼仪式、婚礼仪式、葬礼仪式等,完整重建了家宅、出生、成年、婚姻等民俗链,揭示了这些民俗链在人们生活中的重要作用和意义。这些民俗,在国别上,涉及了莱索托、南非、美国和津巴布韦,在族裔上涉及了科萨族、祖鲁族、科伊族、桑族,以及美洲原住民的肖尼族等。众多小说共同描绘了一幅幅鲜活的民俗生活画卷,展示了普通民众恣意盎然的生命力。"民俗文化和民间文学是民族文化之根,民族文化之源,它体现的是各民族的价值观、信仰、理想,是民族精神情感、道

---

① Zakes Mda, *Justify the Enemy: Becoming Human in South Africa*, Scottsville: University of KwaZulu-Natal Press, 2018, pp. 51–52.

德传统、个性特征的重要载体。"① 大量民俗成分为穆达的小说打上了鲜明的地方文化烙印,为了解非洲族裔人群生活方式、民族心理、社会风俗和民族气质等提供了宝贵的参考。"就一个民族、一个地域的文化来说,其文化积淀乃至主流特征的形成,与它的不断被'描述'有关。"② 穆达对民俗文化的描述,既勾勒了民俗文化的轮廓,又发掘了蕴藏其中的精神。不仅如此,他还深度思考了民俗在现代社会的困境,并设想了可能的出路。

其三,强调调查者的田野在场。只有下到田野,走入民众,才能进入民俗文化语境,体悟民俗文化,观察民俗实践,收集民俗资料。而获得民俗资料最有效的方法便是田野调查。穆达的文学创作就融入了他始终坚持的田野调查结果。在他前期的戏剧创作阶段,穆达已经开始有意识地深入民间,体验普通民众的生活,以获得第一手的研究和创作的素材。1984年,在美国获得硕士学位归来后,穆达在莱索托的边远山村居住过半年,收集创作素材。为浸入式体验当地民俗文化,他甚至假扮女性,参加了当地妇女们为新生儿举办的"彼提基仪式"③。妇女们对仪式的全心投入,使穆达深刻认识到仪式对于重构民众精神世界的重要性,以及民众在戏剧表演方面的主体性。转向小说创作后,穆达延续了这种将田野调查与文学创作相结合的做法。所以,他的小说大都基于真实的历史事件、地理环境或者社会问题。而这些都基于他长期坚持的田野调查经验。例如,《梅尔维尔67号》中公交车上的众生百态都是穆达儿时亲眼所见,主人公脑海中历史传奇的上演也是作者儿时想象过的。《红色之心》和《小太阳》等小说对历史传奇的再现不是穆达天马行空般想象的结果,而是他进入历史档案机构和历史遗址区域走访调查的结果④。政府机构的历史资料构成了故事的主线,而走访得来的历史传说异文复活了历史的丰富性和复杂性。

---

① 黄永林:《关于民俗学和民间文学教育问题》,《文学教育》2008年第5期。
② 熊晓萍:《描述与传播:民族文学承传的有效途径——评〈从远古走向现代〉》,《文艺争鸣》2005年第4期。
③ 此次经历被穆达记录在回忆录《时有虚空:一个局外者的回忆录》中,第298—302页。在文集《为敌人正名:在南非成为人》中"互动式非洲戏剧中的模仿、讽刺与狂欢"一文中也有提及。
④ 参见《红色之心》扉页上的题词(Dedication)和《小太阳》附录中的致谢词(Acknowledgements)。

《唤鲸人》基于南非观鲸小镇赫曼努斯的观鲸习俗，唤鲸人的原型就是小镇报鲸人（Whale Crier）。他巧妙地将观鲸习俗与口头传统相结合，创作了这部成人童话，以表现人与动物的和谐关系。而《后裔》等的创作也基于他在美国俄亥俄州雅典地区的凯尔威特小镇的田野调查。为了深入了解当地百姓的生活日常，他与小镇社区中心的几个负责人成为朋友，同她们一起为贫穷百姓筹集食物，并向她们学习制作百衲被。百衲被承载的历史记忆，及其与缝被聚会等对于边缘群体的重要性等都成为《后裔》所着力表现的重点。《埃塞镇的圣母》的故事也基于他对历史资料的收集和案件当事人后代的访谈。而故事中尼基通过养蜜蜂获得自我救赎的情节就来自于穆达在家乡筹建养蜂合作社，为当地百姓谋福利的真实经历。

通过田野调查体悟民俗文化，并将之记录于自己的小说文本中的同时，穆达利用自身身份以及小说创作的影响力回馈社区，进一步将文学创作与社区行动主义相结合。所以，穆达的创作与田野调查对象之间的关系不是简单的获取与给予的关系，而是一种互惠互利的对话关系和互助关系。而穆达也将他在田野调查实践中对他者民俗文化的充分尊重，以及边缘群体的关怀，延续到了小说创作。从民俗活动的形式参与，到文化心理的深度探索，使得穆达的民俗书写有温度，更有深度。穆达小说与民族志的互文联结起文学与人类学，可视为文学向文化之维生成及其文学的文化呈现，"它在一定程度上解决了那种纯粹耽于抽象文学性诉求的意义危机，重构了文学与文化的谱系联系"[1]。

二　民俗书写之于现代性的反思

现代性赋予人们改变世界的力量的同时也在改变人类自身。现代社会在对资本和利益的追逐中改变了亘古以来的人与自然，以及人与人之间的关系。现代性的理论先驱马克斯·韦伯（Max Weber）就把资本主义看成是对传统社会宗教精神的一场空前"祛魅"。在追求利润最大化、资本增殖的世俗需要面前，以往的一切价值都要退避三舍，一切神圣都变得微不足道。宇宙万物的存在似乎也只是为现代生产和消费增长而准备的资源而已。人们失去对宇宙万物的敬畏之心。现代性对传统文化"祛魅"之后，人类陷入了对物质的无限追求，跌入了异化的深渊。作为传统的民俗文化

---

[1] 李胜清：《文化的文学表达与文学的文化呈现》，《大连理工大学学报》2012年第4期。

也成为现代性的对立面,二者之间的关系呈现为传统与现代,过去与当下,落后与进步,甚至是蒙昧与文明。人们对民俗文化的曲解和误读,使得长期以来在社会人类学界流行着这样一种认知,即"现代化必然导致民间文化和传统生活方式的消亡""走向民间,则意味着走向传统和丧失现代性"[1]。然而,清新、质朴,充满活力的民俗文化中蕴藏着人们对生命的尊重和对真善美的不懈追求,蕴藏着积极向上的审美精神。它的审美机能对培养感性生命情态,重构健全人格,对抗人性异化有着无可替代的作用。因此,穆达一方面通过深描民俗事象,挖掘地方性知识的原生面貌,重塑集体记忆和文化记忆,恢复文化生态的多样性。在此过程中,穆达将魔幻与现实相结合,使得民俗文化被笼罩上了一种魔幻色彩。这种对民俗文化的魔幻化,实际上是对传统文化的"复魅",将人们引出对物质的迷恋,重建健全的人格。

另一方面,穆达并没有因为反思现代性而完全美化非洲的本土文化,将之标签化为魅人的商品,迎合流行文化的企图,而是通过"孪生结构"客观呈现现代性的追求对民间社会造成的巨大冲击,探索现代化与传统文化的共存之路径。在众多小说中,穆达总会塑造两类持不同文化立场的人物形象:一类坚守传统文化,抵制现代化对自己的影响,另一类抵制传统文化,热情拥抱现代化。两类人之间的矛盾揭示了传统文化在现代社会中的困境。而在两类人从冲突走向融合的过程中,传统文化也找到了其与现代化结合的契合点,重新焕发出生命力,实现了从衰落到复兴的转换。在《与黑共舞》中,一母所生的"双胞胎"妹妹蒂珂莎依靠特瓦人洞穴的壁画获得精神抚慰,成为传统文化的坚定守护者代表,而哥哥莱迪辛却在现代化的城市中陷入了对金钱的疯狂追求,两人走上了离心与向心的反向之旅。在《红色之心》中,作为双胞胎特温与特温-特温的后代,坚守传统文化的笃信派泽姆与热切拥抱现代化的怀疑派邦科之间在血缘上无法分割,在发展观念上却又无法彼此认同的矛盾关系,实际上将民俗走向现代性的过程中的悖论具象化了。泽姆重新恢复了祖先的清洁仪式和身体装饰,以宣示自己对传统信仰的坚持。他所代表的传统民俗文化被怀疑派嘲笑为落后、倒退的生活方式。他所坚持的传统观念与主流阶层追求的现代性相抵牾。因此,以邦科为代表的占主流的怀疑派一直试图让笃信派放弃

---

[1] 李新宇:《泥沼面前的误导》,《文艺争鸣》1999年第3期。

对传统文化的坚持，将其纳入自己所代表的现代化力量。泽姆的女儿继承了父亲对传统信仰的坚持，并结合时代需求融入了自己对生态保护的思考。邦科受过高等教育的女儿也继承了怀疑派对现代化的拥护。

而在南非，这个曾经遭受过双重殖民的国家，殖民历史的余威，以及新时代改头换面的新殖民主义，致使现代性呈现为更为复杂的表征。在黑人赋权运动中，少数获得权力与财富的黑人精英将白人的种族主义统治模式复制到了自己的同胞身上，将底层黑人排除在社区经济建设计划之外。《红色之心》中以索丽斯娃为代表的年轻人将本土传统文化视为历史的耻辱和倒退，转而将西方文化奉为圭臬。《与黑共舞》中的莱迪辛以英语教名和《圣经》为掩盖，在交通事故受害者身上谋取巨额财富。《黑钻》中的超级模特图米成为西方时尚的疯狂追求者。这些故事中的黑人精英成了新殖民主义的代理人。南非文学研究专家大卫·阿特维尔也认为，"在南非，现代性与殖民主义密不可分""对于大多数南非黑人来说，现代性的承诺一直是骗人的，而且本质上是矛盾的"[1]。因为它选择性地惠及了殖民者的后代，以及少数接受过西方文化熏陶的黑人。黑人群体普遍陷入了"文化失忆"，多元的民俗文化呈现出同质化和一体化倾向。

对物质财富、理性与西方文明等现代性表征的追求，也没有使人们建立起自己的理想家园，反而使人们迷失自我，陷入更大的痛苦。《与黑共舞》中的莱迪辛与"双胞胎"妹妹蒂珂莎形同陌路。莱迪辛被骗，失去现代化发展带来的财富；蒂珂莎因为现代化旅游业的发展，失去了赖以求得精神慰藉的特瓦人洞穴壁画。经由现代性的"洗礼"，兄妹俩都失去了继续生活下去的热情。以物质利益为导向的经济发展导致极端天气频繁出现，旱灾、雪灾、大雨和迷雾等极端天气成为哈沙曼村四季轮换的标志。对金钱和权力的追求导致人性丧失，人际伦理关系混乱。音乐精灵沙纳的死亡，既是迷雾所致，也是现代化的发展所致。《红色之心》中的两派尖锐而持久的分歧使得克罗哈社区产生了一道深刻的裂痕。《唤鲸人》中萨鲁尼坚决拥护的理性主义销蚀了她与唤鲸人之间的感情，也间接导致她与南露脊鲸沙丽莎的死亡悲剧。《黑钻》中的图米盲目追求西方文化，导致她与唐的感情走向破裂。这也正如罗宾斯所言，"现代环境和现代体验切

---

[1] David Attwell, *Rewriting Modernity: Studies in Black South African Literary History*, Scottsville: University of KwaZulu-Natal Press, 2005, p.4.

断了所有地理的和种族特性的界线、阶级和国籍的界线、宗教和意识形态的界线;现代性在这个意义上可以说是统一了全人类;但是这是个矛盾的统一,是个解体的统一;它将我们全抛入无休止的解体和更新、斗争和对立、含混不清和悲痛的大漩涡之中"①。

而如何弥合现代化与传统文化之间的差异,使之共存,并为彼此助力。穆达继续通过小说给出了自己的思考。《与黑共舞》中,失去一切的兄妹俩重新走到一起,回到了生命的最初状态。他们一起回忆自己的祖母,回忆充满温暖的乡村生活。尽管未来渺茫,但是莱迪辛仅剩的路虎车和蒂珂莎手中紧握的木琴似乎又为他们的未来留下了一丝希望。小说结尾极具隐喻意义。当看到一群鸽子加入母鸡队伍,抢食玉米时,马赛琳娜祖母急忙让达力先生赶走鸽子。达力先生说:"一个人能对一群鸽子做什么呢?再说了,你已经给这些母鸡喂了太多食物了。"② 在达力先生看来,既然主人无法阻止外来鸽子争抢家养母鸡的食物,那就把母鸡的食物匀出一些给鸽子,让他们共同取食。达力先生对不期而至的野禽与本土家禽的态度,为莱迪辛与蒂珂莎的未来指出了希望,也隐喻了现代化与传统文化之间可能的出路。现代化的到来是时代与人类发展的必然,任何试图排斥现代化的努力都是徒劳的。如同祖母接受了鸽子与鸡群共存一样,现代化也必然要找到其与传统文化和谐共存的契合点,方能共生共荣,协调发展。《后裔》中坚持用传统方法制作百衲被的露丝与善于创新设计的欧帕从互不认同,到互相了解,再到相互妥协的过程,也是传统民俗文化与现代化从对立,到认同彼此,并和谐共存的过程。

现代化关联到社会整体中的各种因素,"经济改革只有在相应的政治体制改革、文化观念更新的基础上才能顺利完成。就此而言,现代化发展实际是经济发展与文化发展的共同组合,而且只有文化发展顺应了经济发展的时候,现代化才能成功"③。唯有在文化发展与经济发展相适应的情

---

① [英]戴维·莫利、凯文·罗宾斯:《认同的空间》,司艳译,南京大学出版社2001年版,第117页。

② Zakes Mda, *She Plays with the Darkness*, Florida Hills: Vivlia Publishers and Booksellers, 1995, p.207.

③ 孙林:《适应与变迁:藏族传统文化观与现代文化观的矛盾及解决方式》,《中国藏学》1999年第4期。

况下，现代化的进程才能顺利进行。《红色之心》中卡玛古和道尔顿为克罗哈的发展做出的努力就说明了这一点。笃信派和怀疑派在传统信仰和商业开发上的争论愈演愈烈。而作为受过高等教育，有着国际视野的卡玛古，以及本土化了的白人殖民者后裔道尔顿，他们一方面在两个老人之间游走，试图调停老人之间的矛盾，以期改变他们的经济发展观和文化观；另一方面带领当地民众将传统的民俗文化与旅游业相结合，重振地方经济的同时，保护与传承传统民俗文化。曾经被排斥在发展计划之外的底层民众自我赋权，成为地方经济发展的主体；曾经被视为历史耻辱的先知传说等传统文化，成为克罗哈在现代世界的救赎；曾经一味追求现代化和西方文化的新殖民主义精英也失去了在克罗哈的影响力。从观念的传达，到实践的落实，卡玛古和道尔顿将克罗哈的传统民俗文化与现代化相结合，在赋予传统民俗新生的同时，将现代性本土化了。

现代性有两种彼此冲突却又相互依存的表征，"一种从社会上讲是进步的、理性的、竞争的、技术的；另一种从文化上讲是批判与自我批判的，它致力于对前一种现代性的基本价值观念进行非神秘化"①。换而言之，现代性具有两重性——启蒙现代性和审美现代性。前者致力于通过科技与理性造福人类；后者极力张扬人的生命主体性，抵制现代科技对人性的异化，批判与反思现代化进程。所以，穆达借由民俗书写反思现代性，不是否定科学和理性为人类带来的进步，而是通过民俗文化重估现代化的价值，并探索出一种更为和谐的现代社会样态。而这也正如刘大先对少数民族文学的认知一样，通过文学再造文化记忆，"其意义不唯在所叙述的内容本身，也不仅仅是其叙事形式的转变，更在于它们建立了与曾经的外来人的不同感觉、知觉、情意基础上的概念认知工具。不仅是按照自己族群的修辞习惯、表述常态来发表主张，而是把这种基于本族群的理解方式作为一种特别的知识方式，这样实际上从'全球化''现代性''消费主义'等范式中冲脱开来，它在推出主流叙事的同时也树立另一种普遍性，丰富了人类认知世界的方式"②。

---

① ［美］马塞·卡林内斯库：《现代性的五副面孔》，顾爱彬等译，商务印书馆2002年版，第284页。
② 刘大先：《叙事作为行动：少数民族文学的文化记忆问题》，《南方文坛》2013年第1期。

三 民俗书写之于普世性的关怀

作为最具代表性的"地方性知识",民俗文化在适应现代化的过程中发生的变迁,成了全球化时代传递地方声音的标志。然而,正如汪民安所言,"'地方性知识'本身就是一个相对的概念,任何知识系统在与比它包含范围更广的知识系统相比时都是地方性的,这就将原本与'地方性'似乎相对立的'普遍性'也纳入到'地方性'的视野中,倡导和阐释价值的多元立场"[1]。民俗文化"地方性"与"普遍性"的互为交融,给予了作家更为宏观的视野和多元的立场。所以,在小说中,穆达一方面在小说中深描"地方性知识",揭示地域与族群文化的独特性;另一方面寻求民俗文化符号意义的共通性,在更为深切和广阔的视野中表达对人类的关怀。穆达的小说因而兼具民族性和世界性。

其一,他倡导一种人类性的生态和谐主义,以充满诗意的笔墨描写人与自然和谐共存的生命形式。尽管种族隔离制度给南非的人民,尤其是黑人,带来了无尽的痛苦。但是,在穆达的小说中,没有十恶不赦的坏人,也没有十全十美的好人,所有的黑人与白人善恶共存。因为,在他看来,南非的政治斗争把白人和黑人都囚禁在狭小的政治空间里,白人与黑人互为存在,互为影响。回避对对方的书写,自身的存在不能独立存在。即使是敌人,也要让他充满人性[2]。这意味着要在人物所处的历史背景和社会环境中去理解他们,要以同情和宽容的态度对待小说中的人物,试着理解他们内心深处的想法,而不是在分析他们的错误行为时做出非此即彼的判断。这种辩证看待一个人的做法,即是非洲哲学——乌班图精神的实践。乌班图精神的核心观点是,人性不是与生俱来的,唯有通过他人的同情、宽容和慷慨行为,个体才能获得他人赋予的人格和人性。这种精神强调的是他人对于个体成长与发展的重要性。在表现非洲民间个体民族性格的同时,在人类学意义上对伟大人性进行思考。在描写普通百姓时,穆达采取同样的创作态度,不对人物进行非此即彼的评判。所以,他笔下的普通民众都是有血有肉的,有着多重特质的圆形人物。

穆达对他人的想象方式呼应了库切笔下的伊丽莎白·科斯特洛(Eliz-

---

[1] 汪民安:《文化研究关键词》,江苏人民出版社2007年版,第42页。
[2] 如文集的题目《为敌人正名:在南非成为人》所示,穆达在本文集中的主要观点就是,黑人应该辩证看待作为"敌人"的白人,也要反思自身存在的诸多问题。

abeth Costello)所提及的"出于同情的想象"①。这是一种以想象的方式进入他人存在的能力。正是这种能力使小说家和读者都能把自己想象成小说中的人物或者非人类的生活,并赋予他们人格。因此,一个人也应该以同样的方式想象非人类的存在,也就是将大自然的动植物视为与人平等和谐共存的存在。而这也正是穆达想要着力表现的。他的小说基于现实世界,但是,与口头传统的内外互文,以及对传统民俗信仰的描写,使得他的小说充满魔幻色彩。《死亡方式》中死去的孩子可以重生;《与黑共舞》中的蒂珂莎可以与远古桑人和睦共处,其乐融融;《红色之心》中马儿通人性,鸟儿能与人沟通,巨大的无花果树是与祖先交流的媒介;《埃塞镇的圣母》中蜜蜂可以与人交流;《唤鲸人》中的南露脊鲸可以与人建立恋爱关系等。穆达创造了一个亦真亦幻的理想世界。在这个世界,自然万物皆有灵,人与他人,人与动物,以及人与植物等共融共生。这是对和谐生态世界的终极构想,对世界生态保护具有重要的警示意义。

其二,在对非洲民间文化心理、精神气质和命运的关注中,贯穿着对世界范围内弱势族裔土著文化消隐的悲悯。首先,穆达的小说创作并没有将视野限定在南非本土,而是将视野放之于整个非洲。所以,他的小说所基于的空间背景,既有南非,也有西非加纳帝国、莱索托、古津巴布韦等国。尽管题材不同,主题不同,但是这些小说所表现的无一例外的都是身处社会底层的边缘群体的日常生活,以及他们如何通过民俗文化充实自己的精神世界。而他的另外部分作品,例如《后裔》《瑞秋的布鲁》典型体现了穆达对非洲以外地区底层民众及其对民俗文化的关注。这两部小说皆以美国为背景,讲述了处于美国社会底层的有色人群体的现实困境,以及他们如何通过民俗文化获得自我救赎。《瑞秋的布鲁》中的瑞秋通过讲述故事和民谣唱作,缓解身心痛苦。最具典型意义的是《后裔》。这部小说的创作基于穆达任教的俄亥俄州雅典地区的凯尔威特小镇。这是一个有色人聚居的小镇,形成于奴隶贸易时期。这里的有色人是白人、美洲原住民印第安人,以及黑人奴隶共同的后代。穆达巧妙地以黑人奴隶的百衲被为线索,以口头讲述的方式呈现故事,追溯了黑人奴隶的惨痛历史,展现了有色人当下的现实困境。曾经万恶的奴隶贸易,使得大量非洲黑人被贩运

---

① [南非] J. M. 库切:《伊丽莎白·科斯特洛:八堂课》,北塔译,浙江文艺出版社 2004 年版,第 95 页。

到美国等国。他们失去了自己的家园和亲人,也失去了与非洲大陆的文化联系。身处绝境的黑人们唯有通过故事讲述和缝制百衲被等民俗活动,保留自己的民族文化记忆,寻求一种精神慰藉。而曾经用作逃亡工具的百衲被,在新时代成为激发人们创造力,传承民族文化的载体。穆达不仅揭示了黑人奴隶民俗文化的价值,而且将以百衲被为代表的黑人民族文化放在现代性的进程中,思考它的未来出路。

他者化,是"殖民主义按所谓文明的需要对他者进行构建,用以证明他对本土人的剥夺是合理的"[1]。这就从根本上决定了自我与他者之间的关系是对立的。穆达小说中,强势文化与弱势族裔文化之间的关系即是如此。《后裔》中白人对有色人历史文化的鄙视,《祖鲁人在纽约》中英美白人对祖鲁文化的滥用,即是为了凸显自我文化的主体地位。在此过程中,弱势族裔的文化被边缘化为他者。而哲学家列维纳斯(Emmanuel Levinas)提出了他者的第二种定义,即他者不再被视为自我的对立面,而是学习的对象。他者的差异性不但不是自我存在的障碍,反而是一个值得高度认可的观照自我、了解自我的重要参照点[2]。据此,他者不应被视为凸显自我主体性的参照物,而是与自我平等共存的存在。他者文化与自身文化具有差异性,是应该被尊重和学习的对象。而穆达对非洲历史与文化价值的挖掘,正是将非洲文化视为与西方文化等强势文化具有同等重要性的,值得尊重与学习的独特文化。所以,他对弱势族裔文化的关注,是一种超越了民族和地域限制的,具有普世性质的文化观照。

穆达的民俗书写,对于中国,乃至世界的文学创作、文化发展和国际政治等都具有重要的启示意义。非洲与中国虽相距遥远,但有着相似的历史遭遇。两个大陆都曾经历过西方国家的侵略和殖民,政治、经济和文化等都惨遭重创。在新时代的今天,我们也在诸多方面,比如反思历史,重新发现传统文化的价值,积极应对西方文化的侵蚀等,与非洲有着相似的需求,面临着相同的挑战。所以,穆达的民俗书写,在文学创作方面,对

---

[1] 王先霈、王又平:《文学批评术语汇释》,高等教育出版社2006年版,第753页。

[2] Emmanuel Levinas, *Totality and Infinity: An Essay on Exteriority*, trans. Alphonso Lingis, Dordrecht: Kluwer Academic Publishers, 1991, pp. 33-52. 在文集的第一部分"同一与他者"(The Same and the Other)中,列维纳斯就提出,自我与他者并不构成一种简单的相互关系,这种相互关系是可逆的。这种关系的可逆性会促使它们彼此联结,并在同一个系统中互相完善。因此,有意的超越性将被重新吸收到系统的统一中,从而摧毁他者的根本性差异。

于如何创作出紧贴民众、紧跟时代步伐的文学作品，具有极强的启示意义；在传统民俗文化方面，对于挖掘传统民俗的价值，如何传承、发展、研究民俗文化，抵制西方文化侵蚀等，具有重要的参考价值；在民族历史的认知方面，如何解读历史，挖掘历史之于当下的意义，也具有很高的参考价值。

现代化的到来，将世界各国都带入了经济发展的快车道。全球经济进入了一体化时代。所有的国家和人民的命运联结为一个整体。"共住地球村"之"我和你"的关系成为人类根本的立足点。在相同的时代背景下，人类面临着相同的发展机遇和挑战。在面对相同困境的同时，没有哪个国家或者地区能够独善其身。世界各国只有搁置争议，互相尊重对方文化，共同维护生态和谐，才能攻克难关，迎来最终的胜利。而穆达在文学作品中对多元文化观的倡导，对和谐生态观的弘扬，对人类命运共同体意识的强调，在国际政治波谲云诡的现实背景下具有高度的警示意义。

与此同时，在世界经济高速发展的时代背景下，历史背景的差异以及资源分布的不均衡，导致国别与区域经济发展不平衡，甚至是国家内部也因为历史和文化差异等种种因素导致地区、阶层，以及种族之间的贫富差距越来越大。贫困人口不断增加，底层民众的生活愈加艰难。其衍生的社会问题已经成为一个国家，乃至世界和平发展的巨大障碍。2020年5月，美国白人警察暴力执法所致并波及欧美各国的黑人抗议活动就是最鲜活的例子。作为导火索的乔治·弗洛伊德（George Floyd）的死亡只是黑人处境的冰山一角，黑人及有色群体的边缘化和阶层固化才是引发运动的核心要素。而穆达对黑人历史文化的深层内涵的揭示，对黑人民众创造力的表现，以及对他们建构生命主体性渴望的展示，将黑人民族及其文化具象化，打破了西方社会对黑人形象模式化的构建。所以，他的创作为我们如何认知他者文化，如何与他者族裔和平共处提供了不可多得的参照意义。

四 民俗书写之于文学传统的继承与创新

穆达以民俗写真的方式展示了口头传统、仪式展演、日常食物等非洲民俗文化事象，并将之高度意象化，使之成为传达思想的载体。他的民俗书写将非洲传统民俗文化的内在精神生命化、具体化，展示了民俗文化的丰富内涵和艺术魅力，凸显了作家强烈的民族自豪感和民族身份意识。从历史文化语境来说，穆达的民俗书写是民俗化生活场域浸染的结果，是历史激荡下对民族文化的认同,也是新时期南非英语文学突围的策略之一。他继承了非洲裔作家,尤其是黑人作家文学民俗书写的传统,并将这种文学民俗学意识从"自为"上升到"自觉"。然而,同样植根于非洲大陆的共性和所处时代与地域的差异性,使得穆达的民俗书写与其他非洲裔作家的民俗书写有同,也有异。

穆达酷爱读书,八岁时,他就读过 A. C. 乔丹、卡本·斯修(Guybon Sinxo)和 S. E. K. 姆哈伊(S. E. K. Mqhayi)等科萨语作家的小说。其中,尤以 A. C. 乔丹的《祖先的愤怒》(*The Wrath of the Ancestors*,1940)对他的影响最为深刻。这部小说以民俗信仰——祖先崇拜为表现对象,并深入揭示了科萨传统与西方文明之间的冲突。穆达不止一次在访谈和文章中谈到这部作品给他留下的深刻印象。在文集《为敌人正名:在南非成为人》中,穆达坦言,对自己文学创作影响最为直接的作家,除了 A. C. 乔丹,还有塞索托语作家托马斯·莫福罗、马乔贝恩(J. J. Machobane),尼日利亚作家阿契贝、图图奥拉(Amos Tutuola)等。穆达将这些作家对其创作的影响归结为"巴比塔的乐趣"[①](Babel's Happiness)。无一例外的是,这些作家都将自己的创作深深植根于非洲大陆,以传统文化为载体,表现非洲文化的多样性和非洲民族不屈不挠的民族精神。他们对民俗文化的表现方式各异,但是都有一个共同的特征,即对口头传统的利用。他们不仅以口头表达的方式讲述故事,而且将口头传统中的魔幻叙事引入了自己的小说创作。也正因此,他们的小说中都充满了浓重的魔幻色彩。而穆达自然承袭了先辈作家们对口头传统的利用。早在 1963 年,即穆达十五岁那一年,他就以魔幻叙事的方式用科萨语写了第一篇短篇小说。在此后的戏剧和小说创作中,他延续了魔幻叙事的表现手法。《死亡方式》《与黑共舞》《唤鲸人》《马蓬古布韦的雕刻师》《后裔》《红色之心》《埃塞镇的圣母》等小说中都有魔幻元素。这也使得学界一致将他的小说冠名为"魔幻现实主义"。

然而,穆达的"魔幻现实主义"与非洲黑人文学的魔幻叙事传统又

---

① Zakes Mda, *Justify the Enemy: Becoming Human in South Africa*, Scottsville: University of KwaZulu-Natal Press, 2018, pp. 25-29. 巴比塔是《圣经》故事中人们建造的塔。当时人类联合起来,希望能建造通往天堂的高塔。为了阻止人类的计划,上帝让人类说不同的语言,使人类相互之间不能沟通,计划因此失败,人类自此各散东西。穆达在这里所指的"巴比塔的幸福",指的是他很庆幸自己能读懂用不同语言创作的作品,而且可以从不同作家的文学作品中获取养分。

有着显著的区别。"非洲文学怪才"图图奥拉创作了一系列极具魔幻现实主义色彩的作品。在他的小说中，通常是一个凡人步入沼泽或丛林，然后在那里与鬼怪周旋，历尽艰辛后吸取教训，最终得到新的领悟，过上更有意义的生活。其中尤以《一个棕榈酒鬼的故事》（The Palm Wine Drinkard and His Dead Palm Wine Tapster in the Dead's Town, 1952）最具代表性。渥尔·索因卡的剧作《森林之舞》（A Dance of the Forest, 1960）以约鲁巴神话为基础，以祖先与生者聚会的故事来批判现实。20世纪90年代，本·奥克瑞（Ben Okri）在小说中《饥饿之路》（The Faminished Road, 1991）中塑造了一个可以在幽灵世界和现实世界来去自由的幽灵男孩阿扎罗（Azaro）。不难看出，非洲传统主义作家们在小说中把自然、神和人类社会合为一体，创造出因果报应、阴阳转世的宇宙法则和宇宙空间。然而，与前辈作家不同的是，穆达没有在小说中建构一个人鬼混杂、阴阳交错的世界。他小说中的所有的故事都基于现实，魔幻元素仅仅是偶尔为之的点缀。《死亡方式》中贫穷的诺瑞娅怀孕十五个月生下武萨，并在梦境中怀上了小武萨；《与黑共舞》中的蒂珂莎可以在远古桑人的净化仪式中焕发新生；《唤鲸人》中的唤鲸人与南露脊鲸进行情感交流……这些处于社会底层的主人公们被穆达赋予超能力，成为生活的主人。可见，基于同样的口头传统，穆达对口头传统的运用，更多的是为了帮助边缘群体在现实生活中重建自己的主体性。

作为一个具有多种文化体验的作家，穆达始终将视线投射在底层民众身上。他对非洲民俗文化的书写，对被迫流散于欧美大陆的非裔黑人的关注，与托尼·莫里森、左拉·尼尔·赫斯顿（Zora Neale Hurston）、艾丽丝·沃克等非裔美国作家的非洲书写有着很大的相似性。毋庸置疑的是，穆达与这些非裔美国作家创作的共性源于非洲传统文化，尤其是口头传统的共同影响。以托尼·莫里森的小说为例。莫里森的《所罗门之歌》（Song of Solomon, 1977）和《柏油娃》（Tar Baby, 1981）充分利用了非洲口头传统中的魔幻叙事。《所罗门之歌》甚至直接取材于黑奴传说中的"飞回非洲的黑人"，以表现黑人回归非洲大陆的渴望。然而，他们的关注点又有些许差异。莫里森最为人称道的是她小说的新奴隶叙事（neo-slave narrative）。她的大部分小说，如《最蓝的眼睛》（The Bluest Eye, 1970）、《宠儿》（Beloved, 1987）等重现了黑人在奴隶时代的惨痛历史，以修正被美国正史有意忽视和遮蔽的历史记忆。穆达对流散黑人的关注则更为侧重表现他们如何将非洲传统文化与他们当下的现实生活相结合。《祖鲁人在纽约》中的主人公通过跳传统祖鲁舞蹈，来表达对西方霸权的抵制。《后裔》以口头传统中故事嵌套的方式追忆了黑人在奴隶时代遭受的苦难，并展现了现代的非裔美国人如何"保存、转换与丰富那些已经在非洲大陆上消失了的民俗仪式与传统，以适应他们在美国的新生活"[1]。当然，穆达与莫里森以及其他非裔作家的比较还有待于今后的进一步研究。

盖茨在比较了非裔美国作家文学作品与前辈文学作品的修辞性互文与改写后总结道："很明显，黑人作家阅读和批评其他黑人文本是一种修辞性的自我定义行为。这些精确的记录式的文学关系和意指关系形成了我们的文学传统"[2]。其意在表明，黑人作家不断通过改写与修正前辈作家作品表达手法的方式来定义自己的创作。不难看出，穆达与非裔作家民俗书写的差异，既源自他所处的特定时代与空间，以及由此带来的对非洲文化的独特感悟，也源自对他对非裔作家民俗书写传统的有意突破。

因为穆达小说中的魔幻叙事特征，曾有学者认为他的小说创作受到了以马尔克斯为代表的拉美魔幻现实主义作家的影响。穆达极力反对这种粗暴的标签化行为，他坚称，"在阅读南美作家作品以前，听别人说他们的魔幻现实主义之前，我就已经开始写这种所谓的魔幻现实主义了"[3]。他唯一认同的是，他与以马尔克斯为代表的拉美魔幻现实主义作家作品相似的根源在于，他们都借鉴了非洲的口头传统。相同的口头传统造就了不同地区文学创作共同的魔幻特征。然而，不同的地理位置和社会状况，决定了非洲的魔幻现实主义与拉美的魔幻现实主义的不同。拉美魔幻现实主义文学来源相对丰富，既有美洲本土文化和西方文化，也有黑人文化等的影响，因而具有极大的开放性。而撒哈拉沙漠以南的非洲长期处于与世隔绝的状态，社会政治经济状态极度落后。所以，非洲的魔幻现实主要来自宗教信仰、本民族本地域的神话、传说和民间故事、民间习俗等，是一个封

---

[1] Zakes Mda, *The Zulus of New York*, Cape Town: Penguin Random House South Africa (Pty) Ltd., 2019, p.128.

[2] Jr. Henry Louis Gates, "The 'Blackness of Blackness': A Critique of the Sign and the Signifying Monkey", *Critical Inquiry*, Vol.9, No.4, 1983, p.693.

[3] Dorothy Winifred Steele, Interpreting Redness: A Literary Biography of Zakes Mda, M. thesis, University of South Africa, 2007, p.34.

闭而独立的系统。古老的神话、离奇的传说、怪诞的习俗,使非洲作家作品极具魔幻色彩,但没有拉美魔幻现实主义文学中史诗般的恩怨情仇、波澜壮阔的历史画卷和细腻哀婉的家庭纠葛。穆达曾在访谈中,特意谈到了自己的文学创作与拉美魔幻现实主义作品的异同,"我与魔幻现实主义的创造者们有着相同的创作源泉,因此我称之为'魔幻'。我说的是带引号的'魔幻',因为在我描绘的世界里,超自然和客观现实之间没有界限,两者融合共存。生活在那个世界里的人不能把这两者分开"①。

与此同时,作为一个颇受关注的黑人作家,穆达作品难免会被拿来与南非白人作家进行比较。当有记者暗示他的小说与库切小说在某些方面有相似性时,穆达也给出了否定的答复。他认为,库切的作品很大程度上依赖于西方经典的互文性。库切创作中所表现出来的对个人精神世界的关注,以及他对种族隔离制度下社会现实的淡漠,使得他的创作并不是很受南非人欢迎,因为"在种族隔离时期,有这样一种要求,即作为一名艺术家,你的艺术必须是反抗压迫的武器,而他的艺术并没有真正成为这种武器"②。的确,沉湎于个人精神体验的文学作品往往会在遵循艺术规律、提炼艺术等方面占据优势,从而为作品的延后效应赢得更大的阅读空间。而当穆达选择在作品中关注外部世界远超过其对文学艺术技巧的探索时,也可以认为是他在特定时代与地域空间中的主动选择。尽管他被迫流亡三十年,长期旅居莱索托与美国,但穆达始终以强烈的参与意识去书写南非的现实,并融入自己强烈的家国情怀和民族观照,充分发挥了文学的斗争作用。穆达的这种"修辞性的自我定义",在突破民俗书写传统的同时,也努力表现出与白人文学传统相抗衡的"形式意义"③(for-

---

① John B. Kachuba, "An Interview with Zakes Mda", *Tin House*, 2005, No. 5, accessed on Oct. 4, 2018, http://www.tinhouse.com/issues/issue_20/interview.html.

② John B. Kachuba, "An Interview with Zakes Mda", *Tin House*, 2005, No. 5, accessed on Oct. 4, 2018, http://www.tinhouse.com/issues/issue_20/interview.html.

③ Jr. Henry Louis Gates, "The 'Blackness of Blackness': A Critique of the Sign and the Signifying Monkey", *Critical Inquiry*, Vol. 9, No. 4, 1983, p. 697. 在论述形式符号互文关系时,盖茨这样说:"在驳斥欧文·豪对其作品的批评时,埃里森说:'我同意豪的观点,抗议是所有艺术的一个元素,尽管它不一定以政治或社交演讲的形式出现。它可能会出现在小说中,作为对过去风格的技术性颠覆。'我将这种形式的批评模仿,重复和倒置,定义为的'批判意义',或'形式意义',这是我对文学史的隐喻。"

mal signifying），在某种程度上消解了白人文学文本带来的"影响焦虑"①（anxiety of influence），并为后辈作家提供了一种值得借鉴的创作经验。

王光东认为，正是因为民间性因素在现当代文学中的呈现，"才使现当代文学与本土经验、记忆、信仰、伦理和历史传统的精神保持着深层的联系，并内在地制约着现当代文学的想象空间和美学形式"②。而正是这种制约赋予了穆达小说独特的时间感和空间感。在他的小说中，我们既可以感知非洲的历史与文化，反观现实与生活，又能够在各个不同的民俗地域版图中发现不同文化群体的观念形态，体味他们的心理深度和生命强度。穆达以民俗写真的方式记录的文学历史是一种充满情感和生命本真的历史。这种融汇了"真"与"诚"的文学创作，在经历了时间的淘洗后，必将焕发出更为夺目的光彩。

多丽丝·莱辛（Doris Lessing）曾言，作家如同一种强大的工具，有责任促进社会发生变化，"如果一个作家接受这个责任，他必须将自己视为一个灵魂的建筑师。他必须有一个为之奋斗的愿景，而这个愿景必须源于我们生活的世界的本质"③。扎克斯·穆达就是这样一位有着高度社会责任感的作家。他的创作，不仅具有不朽的文学价值，而且具有深刻的社会价值。而本研究，即是通过研究穆达的民俗书写挖掘出其创作的深层价值，以期为包括穆达在内的非洲文学作品的阅读与理解提供参考。深感遗憾的是，本研究还未能形成对穆达文学艺术作品的整体把握。穆达身兼多种身份，他既是小说家，也是剧作家、诗人、画家、电影制片等。多重身份赋予了他小说多变的风格和丰富的内涵。他的小说创造自然延续了他前期戏剧创作的风格与特点，其在小说中对民俗文化的书写自然与其戏剧创作一脉相承。他的小说也与其他艺术创作形成了互文，《埃塞镇的圣母》中的语象叙事就体现了绘画对其文学创作的影响，如

---

① ［美］哈罗德·布鲁姆：《影响的焦虑》，徐文博译，江苏教育出版社2006年版。在这部作品中，布鲁姆认为，弥尔顿、惠特曼和爱默生是英美两国诗歌传统的影响源头，对于后辈诗人的影响较大。对后辈诗人来说，怎样才能摆脱这个阴影，使自己的诗作显得并未受到前人的影响，而且可以成为有影响力的诗人呢？"影响的焦虑"由此产生，即对于传统影响的心理焦虑，或由于传统影响而引起的焦虑感。

② 王光东：《民间的意义》，吉林出版集团有限责任公司2009年版，第113页。

③ Doris Lessing, *A Small Personal Voice*, London: Flamingo, 1994, pp.10-11.

此等等。而本研究未能将他的小说与他的戏剧，诗歌，绘画等艺术创作结合起来研究。有遗憾，才有动力。这些遗憾使我对未来的研究有了明晰的期待。而我也热切期盼着有更多的研究者和读者关注穆达的小说创作。

参考文献

一 中文文献

［英］A. R. 拉德克利夫-布朗：《原始社会的结构与功能》，丁国勇译，中国社会科学出版社2009年版。

［法］阿尔贝特·史韦泽：《敬畏生命：五十年的基本论述》，陈泽环译，上海人民出版社2017年版。

［美］阿兰·邓迪斯主编：《世界民俗学》，陈建宪、彭海斌译，上海文艺出版社1990年版。

［美］爱德华·W. 萨义德：《文化与帝国主义》，李琨译，生活·读书·新知三联书店2003年版。

［美］爱德华·W. 萨义德：《知识分子论》，单德兴译，生活·读书·新知三联书店2002年版。

［美］爱德华·W. 萨义德：《东方学》，王宇根译，生活·读书·新知三联书店2019年版。

［法］埃米尔·涂尔干：《社会分工论》，渠东译，生活·读书·新知三联书店2000年版。

［法］爱弥尔·涂尔干：《宗教生活的基本形式》，渠东、汲喆译，商务印书馆2017年版。

［英］艾瑞克·霍布斯鲍姆：《传统的发明》，顾杭、庞冠群译，译林出版社2004年版。

［美］安东尼·库格勒等：《今日南非》，王新译，中国电力出版社2005年版。

［法］安托瓦纳·贡巴尼翁：《现代性的五个悖论》，许钧译，商务印书馆2013年版。

［非洲］奥莉芙·旭莱纳：《一个非洲庄园的故事》，郭开兰译，人民

文学出版社 1958 年版。

［法］巴尔扎克：《巴尔扎克论文艺》，艾珉等选编，袁树仁等译，人民文学出版社 2003 年版。

［英］巴特·穆尔-基尔伯特等编：《后殖民批评》，杨乃乔、毛荣运、刘须明译，北京大学出版社 2001 年版。

［美］保罗·康纳顿：《社会如何记忆》，纳日碧力戈译，上海人民出版社 2000 年版。

蔡圣勤：《穆达小说对南非社会违伦乱象的反思与批判》，《华中学术》2017 年第 4 期。

蔡圣勤、芦婷：《历史重构与文化杂糅：穆达小说之后殖民解析》，《贵州大学学报》（社会科学版）2017 年第 4 期。

蔡圣勤：《二十世纪南非英语小说研究》，武汉大学出版社 2021 年版。

陈勤建：《文艺民俗学》，上海文化出版社 2009 年版。

陈勤建：《中国民俗学》，华东师范大学出版社 2007 年版。

［美］大卫·科泽：《仪式、政治与权力》，王海洲译，江苏人民出版社 2015 年版。

［英］戴维·莫利，凯文·罗宾斯：《认同的空间》，司艳译，南京大学出版社 2001 年版。

段静、刘鑫：《论钦努阿·阿契贝和奇玛曼达·阿迪奇小说中的非洲故事传统》，《成都大学学报》2020 年第 1 期。

段燕、王爱菊：《贾克斯·穆达〈赤红之心〉的帝国反写与绿色批评》，《当代外国文学》2017 年第 3 期。

丁建新、沈文静：《边缘话语分析：一些基本的理论问题》，《外语与外语教学》2013 年第 4 期。

［美］福克斯：《深层素食主义》，王瑞香译，电子工业出版社 2015 年版。

［法］弗朗兹·法农：《黑皮肤，白面具》，万冰译，译林出版社 2005 年版。

［奥］弗洛伊德：《弗洛伊德论美文选》，张唤民、陈伟奇译，知识出版社 1987 年版。

高文惠：《依附与剥离：后殖民文化语境中的黑非洲英语写作》，中国社会科学出版社 2015 年版。

［美］格里塔·加德：《素食生态女性主义》，刘光赢译，《鄱阳湖学刊》2016 年第 2 期。

［美］哈罗德·布鲁姆：《影响的焦虑》，徐文博译，江苏教育出版社 2006 年版。

韩松立：《从饮食消费的文化视角看克里奥尔化与身份建构》，《湖南科技学院学报》2010 年第 5 期。

汉语大词典编辑委员会、汉语大词典编纂处编纂：《汉语大词典》，汉语大词典出版社 1993 年版。

［德］赫尔曼·鲍辛格：《技术世界中的民间文化》，户晓辉译，广西师范大学出版社 2014 年版。

［德］赫尔曼·鲍辛格等：《日常生活的启蒙者》，吴秀杰译，广西师范大学出版社 2014 年版。

［美］亨利·路易斯·盖茨：《意指的猴子：一个非裔美国文学批评理论》，王元陆译，北京大学出版社 2011 年版。

［日］后藤兴善：《民俗学入门》，王汝澜译，中国民间文艺出版社 1984 年版。

胡强：《切斯特顿随笔与共同体文化》，《杭州师范大学学报》（社会科学版）2015 年第 4 期。

胡忠青：《论穆达小说中的魔幻现实主义》，《读写大视野》2020 年第 12 期。

胡忠青：《评〈为敌人正名：在南非成为人〉》，《博览群书》2020 年第 12 期。

黄龙光：《从民与俗谈对民俗主体的关注》，《云南民族大学学报》（哲学社会科学版）2008 年第 4 期。

黄永林：《关于民俗学和民间文学教育问题》，《文学教育》2008 年第 5 期。

［法］加斯东·巴什拉：《空间诗学》，龚卓军等译，世界图书出版公司 2017 年版。

［英］简·艾伦·哈里森：《古代艺术与仪式》，刘宗迪译，生活·读书·新知三联书店 2008 年版。

姜礼福：《当代五位前殖民地作家作品中后殖民动物意象的文化阐

释》，博士学位论文，南京大学，2010年。

［美］杰拉德·普林斯：《叙事学：叙述的形式与功能》，徐强译，中国人民大学出版社2014年版。

荆云波：《文化记忆与仪式叙事》，南方日报出版社2010年版。

［瑞士］卡尔·古斯塔夫·荣格：《原型与集体无意识》，徐德林译，国际文化出版公司2011年版。

［南非］康维尔、克劳普、麦克肯基：《哥伦比亚南非英语文学导读（1945—）》，蔡圣勤译，武汉大学出版社2017年版。

［美］克利福德·格尔茨：《文化的解释》，韩莉译，译林出版社2002年版。

［美］克利福德·吉尔兹：《地方性知识：阐释人类学论文集》，王海龙、张家瑄译，中央编译出版社2000年版。

［法］克洛德·列维-斯特劳斯：《神话学：生食和熟食》，周昌忠译，中国人民大学出版社2007年版。

［英］雷蒙·威廉斯：《乡村与城市》，韩子满等译，商务印书馆2013年版。

［法］雷蒙·阿隆：《社会学主要思潮》，葛智强等译，华夏出版社2000年版。

李安山主编：《中国非洲研究评论·非洲文学专辑》，社会科学文献出版社2018年版。

［美］理查德·鲍曼：《作为表演的口头艺术》，杨利慧、安德明译，广西师范大学出版社2008年版。

李大钊：《李大钊文集》（下卷），人民出版社1984年版。

李胜清：《文化的文学表达与文学的文化呈现》，《大连理工大学学报》2012年第4期。

李新宇：《泥沼面前的误导》，《文艺争鸣》1999年第3期。

刘大先：《叙事作为行动：少数民族文学的文化记忆问题》，《南方文坛》2013年第1期。

刘禾：《跨语际实践：文学、民族文化与被译介的现代性（中国，1900—1937）》，宋伟杰等译，生活·读书·新知三联书店2014年版。

［南朝梁］刘勰：《文心雕龙》，黄霖整理、导读，上海古籍出版社2010年版。

刘再复：《文学的反思》，福建教育出版社2010年版。

［美］路易斯·布雷格：《弗洛伊德：梦·背叛·野心》，杨锐译，万卷出版公司2011年版。

［美］露丝·本尼迪克特：《文化模式》，王炜等译，社会科学文献出版社2009年版。

［美］罗德里克·纳什：《大自然的权利：环境伦理学史》，杨通进译，青岛出版社1999年版。

［美］罗兰·罗伯森：《全球化：社会理论和全球文化》，梁光严译，上海人民出版社2000年版。

［德］洛蕾利斯·辛格霍夫：《我们为什么需要仪式》，刘永强译，中国人民大学出版社2009年版。

吕佩浩、陈建文主编：《汉语非本义词典》，中国国际广播出版社1999年版。

罗刚、刘向愚主编：《后殖民主义文化理论》，中国社会科学出版社1999年版。

［德］马克思、恩格斯：《马克思恩格斯文集》（第2卷），人民出版社2009年版。

［美］马塞·卡林内斯库：《现代性的五副面孔》，顾爱彬等译，商务印书馆2002年版。

门岿主编：《中国历代文献精粹大典·上》，学苑出版社1990年版。

［法］莫里斯·哈布瓦赫：《论集体记忆》，毕然、郭金华译，上海人民出版社2002年版。

南帆：《身体的叙事》，《天涯》2006年第6期。

彭兆荣：《人类学仪式的理论与实践》，民族出版社2007年版。

彭兆荣、肖坤冰：《饮食人类学研究述评》，《世界民族》2011年第3期。

朴永光：《四川凉山彝族传统舞蹈研究》，民族出版社2009年版。

［英］齐格蒙特·鲍曼：《共同体》，欧阳景根译，江苏人民出版社2007年版。

［美］乔治·E.马尔库斯、米开尔·费彻尔：《作为文化批评的人类学：一个人文学科的实验时代》，王铭铭等译，生活·读书·新知三联书店1998年版。

［尼日利亚］钦努阿·阿契贝：《非洲的污名》，张春美译，南海出版公司2014年版。

宋炳辉：《文化的边界到底有多宽》，《中国比较文学》2003年第4期。

孙林：《适应与变迁：藏族传统文化观与现代文化观的矛盾及解决方式》，《中国藏学》1999年第4期。

孙红卫：《民族》，外语教学与研究出版社2019年版。

唐祈、彭维金主编：《中华民族风俗辞典》，江西教育出版社1988年版。

陶立璠：《民俗学概论》，中央民族学院出版社1987年版。

王光东：《民间的意义》，吉林出版集团有限责任公司2009年版。

汪汉利：《食人族、修辞与福音书——从海评文学等看英国社会对南太平洋及加勒比岛屿土著的想像》，《宁波大学学报》（人文科学版）2015年第2期。

汪民安：《文化研究关键词》，江苏人民出版社2007年版。

王先霈、王又平：《文学批评术语汇释》，高等教育出版社2006年版。

王霄冰主编：《仪式与信仰：当代文化人类学新视野》，民族出版社2008年版。

王振霞：《现代汉语日源词对"写真"一词的考察》，《语文学刊》2016年第5期。

［英］维克多·特纳：《象征之林：恩登布人仪式散论》，赵玉燕、欧阳敏、徐洪峰译，商务印书馆2006年版。

［英］维克多·特纳：《仪式过程：结构与反结构》，黄剑波、柳博赟译，中国人民大学出版社2006年版。

［美］威廉·艾伦斯：《食人神话：基于人类学和食人族传说的研究》，蔡圣勤、胡忠青、殷珊琳译，武汉大学出版社2019年版。

乌丙安：《民俗学原理》，长春出版社2014年版。

乌丙安：《中国民俗学》，辽宁大学出版社1987年版。

熊晓萍：《描述与传播：民族文学承传的有效途径：评〈从远古走向现代〉》，《文艺争鸣》2005年第4期。

薛艺兵：《神圣的娱乐：中国民间祭祀仪式及其音乐的人类学研究》，

宗教文化出版社 2003 年版。

叶丽华：《约翰·契弗小说中的男性失范行为研究》，博士学位论文，上海师范大学，2015 年。

叶舒宪：《文学人类学教程》，中国社会科学出版社 2010 年版。

叶舒宪：《文学与人类学：知识全球化时代的文学研究》，社会科学文献出版社 2003 年版。

［法］伊波利特·阿道尔夫·丹纳：《艺术哲学》，傅雷译，江苏凤凰文艺出版社 2018 年版。

［美］伊万·布莱迪主编：《人类学诗学》，徐鲁亚等译，中国人民大学出版社 2010 年版。

殷海光：《中国文化的展望》，上海三联书店 2002 年版。

［南非］约翰·库切：《伊丽莎白·科斯特洛：八堂课》，北塔译，浙江文艺出版社 2004 年版。

［美］约翰·维克雷主编：《神话与文学》，潘国庆等译，上海文艺出版社 1995 年版。

［英］约瑟夫·康拉德：《黑暗的心》，梁遇春等译，北京理工大学出版社 2018 年版。

曾艳兵：《吃的后现代与后现代的吃》，山东文艺出版社 2007 年版。

张德明：《批评的视野》，上海社会科学院出版社 2004 年版。

张京媛：《后殖民理论与文化批评》，北京大学出版社 1999 年版。

张丽芳：《〈艾克沙修的圣母〉中对历史叙事的反思》，《亚非研究》2018 年第 2 期。

张紫晨：《中国民俗与民俗学》，浙江人民出版社 1985 年版。

郑家馨：《南非史》，北京大学出版社 2010 年版。

钟敬文主编：《民俗学概论》，上海文艺出版社 2009 年版。

钟燕：《卡玛古的选择：〈赤红的心〉生态批评解读》，《外国文学研究》2014 年第 3 期。

周积寅主编：《中国画论大辞典》，东南大学出版社 2011 年版。

周水涛、江胜清：《论中国当代文学的民俗学意识》，《华中师范大学学报》2013 年第 5 期。

朱振武：《非洲英语文学的源与流》，学林出版社 2019 年版。

朱振武编：《非洲英语文学研究》，华东理工大学出版社 2019 年版。

朱振武编:《非洲国别英语文学研究》,华东理工大学出版社 2019 年版。

二 外文文献

Alice Brittan, "Death and J. M. Coetzee's *Disgrace*", *Contemporary Literature*, No. 3, 2010.

Alice Walker, *In Search of Our Mothers' Gardens*, New York: Open Road Integrated Media, Inc., 2011.

Allegra Clare Schermuly and Helen Forbes-Mewett, "Food, Identity and Belonging: A Case Study of South African-Australians", *British Food Journal*, Vol. 118, No. 10, 2016.

Andrew Offenburger, "Duplicity and Plagiarism in Zakes Mda's *The Heart of Redness*", *Research in African Literatures*, Vol. 39, No. 3, 2008.

Andrew Van der Vlies, *South African Textual Cultures: White, Black, Read All Over*, Manchester: Manchester University Press, 2007.

Angela Davis, "Rape, Racism and the Capitalist Setting", *Black Scholar*, Vol. 9, No. 7, 1978.

Anthony Cohen, "Culture as Identity: An Anthropologist's View", *New literary History*, Vol. 24, 1993.

Anthony Jacobs, Flying in the Face of Convention: *The Heart of Redness* as Rehabilitative of the South African Pastoral Literary Tradition Through the Frame of Universal Myth, Ph. D. dissertation, University of Western Cape, 2005.

Anthony Vital, "Situating Ecology in Recent South African Fiction: J. M. Coetzee's *The Lives of Animals* and Zakes Mda's *The Heart of Redness*", *Journal of Southern African Studies*, Vol. 31, No. 2, 2005.

Audre Lorde, "The Transformation of Silence into Language and Action", *Sister Outsider*, New York: Ten Speed Press, 2007.

Augustine Shutte, *Ubuntu: An Ethnic for the New South Africa*, Cape Town: Cluster Publication, 2001.

Bagele Chilisa and Julia Preece, eds. *Research Methods for Adult Educators in Africa*, Cape Town: Pearson Education South Africa, 2005.

Barbara Christian, *Black Feminist Criticism: Perspectives on Black Women Writers*, New York: Pergamon Press, 1985.

Barbara Omolade, *The Rising Song of African American Women*, New York: Routledge, 1994.

Bartolome de Las Casas, *History of the Indies*, trans. Andree Collard, New York: Harper & Row, 1971.

Benjamin Austen, "The Pen or the Gun: Zakes Mda and the Post-Apartheid Novel", *Harper's Magazine*, Vol. 310, No. 1857, 2005.

Bill Ashcroft, *Post-Colonial Transformation*, London and New York: Routledge, 2001.

Burton L. Mack, *Myth and Christian Nation: A Social Theory of Religion*, Sheffield: Equinox Publishing, 2008.

Carol J. Adams, "Why Feminist-Vegan Now?" *Feminism & Psychology*, Vol. 20, No. 3, 2010.

Carol J. Adams, *The Sexual Politics of Meat: A Feminist-Vegetarian Critical Theory*, New York: Continuum, 2010.

Catherine Bell, *Ritual Theory, Ritual Practice*, New York: Oxford University Press, 1992.

Cheryl Stobie, "Review: Gerald Gaylard. After Colonialism: African Postmodernism and Magical Realism", *Current Writing: Text and Reception in Southern Africa*, Vol. 19, No. 1, 2007.

Chimamanda Ngozi Adichie, "The Danger of Single Story", *TED Talk*, delivered in July 2009, accessed on June 23, 2020, https://www.ted.com/talks/chimamanda_ngozi_adichie_the_danger_of_a_single_story/.

Chinua Achebe, "The Novelist as Teacher", in *Hopes and Impediments: Selected Essays*, New York: Anchor, 1990.

Christophe Bonnet, "Espaces Urbains, Espaces Communautaires, Espaces de violence: les géographies de *Ways of Dying* de Zakes Mda", *Travaux de l'Institut Géographique de Reims*, Vol. 25, No. 99, 1998.

Christopher Paul Lazley, Spaces and Places in Zakes Mda: Two Novels, Ph. D. dissertation, University of Cape Town, 2009.

Claude Fischler, "Food, Self and Identity", *Social Science Information*,

Vol. 27, No. 2, 1988.

Colleen A. Wiessner and Nancy Lloyd Pfahl, "Choosing Different Lenses: Storytelling to Promote Knowledge Construction and Learning", *The Journal of Continuing Higher Education*, Vol. 55, No. 1, 2007.

Craig Mackenzie, "The Use of Orality in Short Stories", *Journal of Southern African Studies*, Vol. 28, No. 2, 2002.

Dan Wylie, ed. *Toxic Belonging? Identity and Ecology in Southern Africa*, Newcastle: Cambridge Scholars Publishing, 2008.

Darlene Clark Hine, "For Pleasure, Profit, and Power: The Sexual Exploitation of Black Women", in Geneva Smitherman, ed. *African American Women Speak Out on Anita Hill-Clarence Thomas*, Detroit: Wayne State University Press, 1995.

David Attwell, *Rewriting Modernity: Studies in Black South African Literary History*, Scottsville: University of KwaZulu-Natal Press, 2005.

David Bell and J. U. Jacobs, eds. *Ways of Writing: Critical Essays on Zakes Mda*, Scottsville: University of KwaZulu-Natal Press, 2009.

David Bell, "Embedded in History: Camagu's amaXhosa Identity in Zakes Mda's *The Heart of Redness*", *Moderna Sprak*, No. 2, 2009.

David Damrosch, *What Is World Literature*? Princeton: Princeton University Press, 2003.

David L. Sills, ed. *International Encyclopedia of the Social Science* (Vol. 4). New York: Macmillian and Free Press, 1968.

David Lulka, "The Ethics of Extension: Philosophical Speculation on Nonhuman Animals", *Ethics Place and Environment*, Vol. 11, No. 2, 2008.

David Medalie, "To Retrace Your Steps: The Power of the Past in Post-Apartheid Literature", *English Studies in Africa*, Vol. 55, No. 1, 2012.

David Murphy, *Sembene: Imaging Alternatives in Film and Fiction*, Oxford: First Africa World Press, 2001.

Deborah James, "Music of Origin: Class, Social Category and the Performers and Audience of Kiba, a South African Migrant Genre", *Africa*, Vol. 67, No. 3, 1997.

Derek Alan Barker, "Escaping the Tyranny of Magic Realism? A Discussion of the Term in Relation to the Novels of Zakes Mda", *Postcolonial Text*, Vol. 4, No. 2, 2008.

Dirk Klopper, "Between Nature and Culture: The Place of Prophecy in Zakes Mda's *The Heart of Redness*," *Current Writing*, Vol. 20, No. 2, 2008.

Doris Lessing, *A Small Personal Voice*, London: Flamingo, 1994.

Doris Lessing, *The Memoirs of a Survivor*, London: Flamingo, 1995.

Dorothy Winifred Steele, Interpreting Redness: A Literary Biography of Zakes Mda, M. dissertation, University of South Africa, 2007.

Eileen Chia-Ching Fung, "To Eat the Flesh of His Dead Mother: Hunger, Masculinity, and Nationalism in Frank Chin's Donald", *Lit: Literature Interpretation Theory*, Vol. 10, No. 3, 1999.

Elleke Boehmer, *Colonial and Postcolonial Literature*, Oxford: Oxford University Press, 2005.

Emily Johansen, *Cosmopolitanism and Place: Spatial Forms in Contemporary Anglophone Literature*, New York: Palgrave MacMillan, 2014.

Emmanuel Levinas, *Totality and Infinity: An Essay on Exteriority*, trans. Alphonso Lingis, Dordrecht: Kluwer Academic Publishers, 1991.

Enajite E. Ojaruega, "Outgoing and Incoming Africans", *Matatu: Journal for African Culture & Society*, Vol. 45, No. 1, 2014.

Erik Peeters, "The Accidental Activist: Reading Zakes Mda's *The Heart of Redness* as a Parody of the Disappointed African Intellectual", *Postamble*, Vol. 3, No. 2, 2008.

Evan Mwangi, "Painted Metaphors: The Use of Visual Arts in Contemporary African Novels", *GEFAME Journal of African Studies*, Vol. 3, No. 1, 2001.

Evelynn M. Hammonds, "Toward a Genealogy of Black Female Sexuality: The Problematic of Silence", in M. Jacqui Alexander and Chandra Talpade Mohanty, eds. *Feminist Genealogies, Colonial Legacies, Democratic Futures*, New York: Routledge, 1997.

F. Abiola Irele and Simon Gikandi, eds. *The Cambridge History of African and Caribbean Literature*, Cambridge: Cambridge University Press, 2013.

Gail Fincham, *Dance of Life: The Novels of Zakes Mda in Post-Apartheid*

South Africa, Athens: Ohio University Press, 2012.

Geert Hofstede, et al., *Culture and Organizations—Software of the Mind: Intercultural Cooperation and Its Importance for Survival*, McGraw-Hill eBook, 2010.

Gerald Gaylard, *After Colonialism: African Postmodernism and Magical Realism*, Johannesburg: Wits University Press, 2005.

Giuliana Iannaccaro, "The Story of Nongqawuse in South African Twentieth-Century Fiction", *Textus*, Vol. 27, No. 3, 2014.

Graham Huggan and Helen Tiffin, "Green Postcolonialism", *Interventions*, Vol. 9, No. 1, 2007.

Graham Huggan and Helen Tiffin, *Postcolonial Ecocriticism: Literature, Animals, Environment*, New York: Routledge, 2015.

Greta Claire Gaard, "Vegetarian Ecofeminism", *Frontiers: A Journal of Women Studies*, Vol. 23, No. 3, 2002.

Harold Scheub, *The Tongue Is Fire: South African Storytellers and Apartheid*, Wisconsin: The University of Wisconsin Press, 1996.

Harriet Blodgett, "Mimesis and Metaphor: Food Imagery in International Twentieth-Century Women's Writing", *Papers on Language & Literature*, Vol. 40, No. 3, 2004.

Harry Garuba, "Explorations in Animist Materialism: Notes on Reading/Writing African Literature, Culture, and Society", *Public Culture*, Vol. 15, No. 2, 2003.

Harry Sewlall, " 'Portmanteau biota' and Ecofeminist Interventions in Zakes Mda's *The Heart of Redness*", *Journal of Literary Studies*, Vol. 23, No. 4, 2007.

Harry Sewlall, "Border Crossings: Mapping the Human and the Non-Human in Zakes Mda's *The Whale Caller*", *Scrutiny* 2, Vol. 12, No. 1, 2007.

Harry Sewlall, "Deconstructing Empire in Joseph Conrad and Zakes Mda", *Journal of Literary Studies*. Vol. 19, No. 3-4, 2003.

Hazel McBridem, *Traditional South African Recipes-Every Dish Has a Story*, Hazel McBride (self-published), Melbourne, VIC. 2008.

Hein Viljoen and Chris N. Van der Merwe, eds. *Storyscapes: South African*

Perspectives on Literature, Space & Identity, New York: Peter Lang Publishing, 2004.

Helen Tiffin, "Post-Colonial Literatures and Counter-Discourse", *Kunapipi*, Vol. 9, No. 3, 1987.

Henry Louis Gates, "The Hungry Icon: Langston Huges Rides a Blue Note", *Voice Literary Supplement*, 1989.

Henry Louis Gates, Jr. ed. *Black Literature and Literary Theory*, New York: Methuen, Inc., 1984.

Henry M. Stanley, *My Dark Companions and Their Strange Stories*, New York: Charles Scribner's Sons, 1906.

Homi K. Bhabha, "Of Mimicry and Man: The Ambivalence of Colonial Discourse", *Discipleship: A Special Issue on Psychoanalysis*, 1984, Vol. 28.

Homi K. Bhabha, *The Location of Culture*, London: Routledge, 1994.

Ina Gräbe, "Transformation of Ordinary Places into Imaginative Space in Zakes Mda's Writing", in Attie De Lange and Gail Fincham, eds. *Literary Landscapes*, New York: Palgrave Macmillan, 2008.

J. U. Jacobs, "Performing the Precolonial: Zakes Mda's *The Sculptors of Mapungubwe*", *Current Writing: Text and Reception in Southern Africa*, Vol. 27, No. 1, 2015.

J. U. Jacobs, "Zakes Mda and the (South) African Renaissance: Reading *She Plays with the Darkness*", *English in Africa*, Vol. 27, No. 1, 2000.

Jabulani Mkhize, "Literary Prospects in 'Post-Apartheid' South Africa", *Alternation*, Vol. 8, No. 1, 2001.

Jacob Dlamini, *Native Nostalgia*, Johannesburg: Jacana, 2009.

Jacobus Van Wyk. "Catastrophe and Beauty: *Ways of Dying*, Zakes Mda's Novel of the Transition", *Literator*, Vol. 18, No. 3, 1997.

James Duncanand David Ley, "Introduction: Representing the Place of Culture" in James Duncan, David Ley, eds. *Place, Culture, Representation*, London and New York: Routledge, 1993.

Jana Lorraine Pretorius, Picturing South Africa: An Exploration of Ekphrasis in Post-Apartheid Fiction, Ph. D. dissertation, Stellenbosch University, 2015.

Jean Anthelme Brillat-Savarin, *The Physiology of Taste*, trans. Anne Drayton, London: Everyman's Library, 2009.

John C. Hawley, "Village Scandal, Mountain Spirits", *America*, Vol. 191, No. 1, 2004.

John M. Coetzee, "Meat Country", *Granta*, Dec. 5, 1995, accessed on Feb. 25, 2023, https://granta.com/meat-country/.

John B. Kachuba, "An Interview with Zakes Mda", *Tin House*, 2005, No. 5, accessed on Oct. 4, 2018, http://www.tin house.com/issues/issue_20/interview.html.

John Mbiti, *Akanba Stories*, Oxford: Oxford University Press, 1966.

John W. Blassingame, *The Slave Community: Plantation Life in the Antebellum South*, Oxford: Oxford University Press, 1972.

Jon D. Holtzman, "Food and Memory", *The Annual Review of Anthropology*, Vol. 35, 2006.

Josie Campbell, "To Sing the Song, To Tell the Tale: A Study of Toni Morrison and Simone Schwarz-Bart", *Comparative Literature Studies*, Vol. 22, No. 3, 1985.

Jr. Henry Louis Gates, "The 'Blackness of Blackness': A Critique of the Sign and the Signifying Monkey", *Critical Inquiry*, Vol. 9, No. 4, 1983.

Julia Kristeva, *"Revolution in Poetic Language"*, trans. Margaret Waller, New York: Columbia University Press, 1984.

Julia Simon, *Rewriting the Body: Desire, Gender and Power in Selected Novels by Angela Carter*, New York: Peter Lang, 2004.

Juliana Mansvelt, *Geographies of Consumption*, London: Saga Publications Ltd., 2005.

Juliana Schiesari, Polymorphous Domesticities: Pets, Bodies, and Desire in Four Modern Writers, Ph.D. dissertation, University of California, 2012.

Kate Highman, Forging a New South Africa: Plagiarism and the National Imaginary, Ph.D. dissertation, University of York, 2017.

Kate Highman, "Disavowals of Tradition: The Question of Plagiarism in

Zakes Mda's *The Heart of Redness*", *Research in African Literatures*, Vol. 47, No. 3, 2016.

Kimani Njogu, "Gicandi and the Reemergence of Suppressed Words", *The Drama Review*, Vol. 43, No. 2, 1999.

Kole Omotoso, "Is White Available in Black? The Trickster Tradition and the Gods and Goddesses of the Cultures of Down-Pression", Rhodes University Centenary Lecture Series, accessed on Feb. 20, 2021, http://www.ru.ac.za/centenary/lectures/omotosolecture.doc.

Kudzayi Ngara, "The Itinerant Flâneur: Toloki as a Migrant in Time and Ideological Space in *Ways of Dying*", *English Academy Review*, 2009, Vol. 26, No. 2.

Laura Wright, "Inventing Tradition and Colonizing the Plants: Ngugi wa Thiong'o's *Petals of Blood* and Zakes Mda's *The Heart of Redness*", in Byron Caminero-Santangelo, Garth Myers, eds. *Environment at the Margins*, Athens: Ohio University Press, 2011.

Leslie Gotfrit, "Women Dancing Back: Disruption and the Politics of Pleasure", in Henry A. Giroux, ed. *Postmodernism, Feminism, and Cultural Politics*, Albany: State University of New York Press, 1991.

Lieven Ameel at al., eds. *Literature and the Peripheral City*, London: Palgrave Macmillan, 2015.

Linda Keller Brown and Kay Mussell, eds. *Ethnic and Regional Food Ways in the United States: The Performance of Group Identity*, Knoxville: The University of Tennessee Press, 1984.

Linda Tuhiwai Smith, *Decolonizing Methodologies: Research and Indigenous Peoples*, New York: Zed Books, 1999.

Lorraine Adams, "An African's Americans: Zakes Mda Explores the Small-Town world of a Mixed-Race Family", *Book Forum*, Vol. 14, No. 3, 2007.

Lynn Houston, "Serpent's Teeth in the Kitchen of Meaning", *Safundi: The Journal of South African and American Studies*, Vol. 1, No. 2, 2000.

M. K. Holloway, Zakes Mda's Plays: The Art of the Text in the Context of Politics, Ph. D. dissertation, University of Natal, 1988.

Maike L. Timmerman, Progress and Preservation: Rites of Passage, Art and Gender in Zakes Mda's *Ways of Dying*, *She Plays with the Darkness* and *The Heart of Redness*, Ph. D. dissertation, University of Groningen, 2011.

Margaret Mervis, "Fiction of Development: Zakes Mda's *Ways of Dying*", *Current Writing*, Vol. 10, No. 1, 1998.

Marita Wenzel, "Appropriating Space and Transcending Boundaries in *The Africa House* by Christina Lamb and *Ways of Dying* by Zakes Mda", *Journal of Literary Studies*, Vol. 19, No. 3-4, 2003.

Marius Crous, "A Battle Between Lust and Loathing: The Interplay Between Masculinity and Femininity in Zakes Mda's *The Madonna of Excelsior*", *Tydskrif vir Letterkunde*, Vol. 47, No. 1, 2010.

Maurice Taonezvi Vambe, "Orality in the Black Zimbabwean Novel in English", *Journal of Southern African Studies*, Vol. 30, No. 2, 2004.

Melissa Tandiwe Myambo, "Imagining a Dialectical African Modernity: Achebe's Ontological Hopes, Sembene's Machines, Mda's Epistemological Redness", *Journal of Contemporary African Studies*, Vol. 32, No. 4, 2014.

Melissa Tandiwe Myambo, "The Limits of Rainbow Nation Multiculturalism in the New South Africa: Spatial Configuration in Zakes Mda's *Ways of Dying* and Jonathan Morgan's *Finding Mr. Madani*", *Research in African Literatures*, Vol. 41, No. 2, 2010.

Michael Branch and Scott Slovic, eds. *The ISLE Reader: Ecocriticism*, 1993-2003, Athens: University of Georgia Press, 2003.

Michael Chapman, *Southern African Literatures*, New York: Longman Inc., 1996.

Michael G. Cooke, "Naming, Being and Black Experience", *Yale Review*, 1977, Vol. 67, No. 2, accessed on Oct. 28, 2020, https://yalereview.yale.edu/naming-being-and-black-experience/.

Michael sprinker, ed. *Edward Said: A Critical Reader*, Now York: Wilog-Blackwell, 1993.

Michael Titlestad and Mike Kissack, "The Foot Does Not Sniff: Imagining the Post-Anti-Apartheid Intellectual", *Journal of Literary Studies*, Vol. 19, No. 3-4, 2003.

Micharl Eric Hagemann, Humour as a Postcolonial Strategy in Zakes Mda's Novel *The Heart of Redness*, Ph. D. dissertation, University of Western Cape, 2005.

Michel Foucault, "The Subject and Power", *Critical Inquiry*, Vol. 8, No. 4, 1983.

Mpho Mantju, African Renaissance and Contemporary South African Writing, 2000, accessed on Mar. 6, 2002, http: //www. jour. city. ac. uk/international2000/MhoMantjiu/African Renaissance. html.

Nduduzo Ndlovu, "Prof. Zakes Mda Calls for Heritage Preservation", report on Zakes Mda's lecture in Durban University of Technology, delivered on Aug. 30, 2018, accessed on Dec. 15, 2018, https: //www. dut. ac. za/prof-zakes-mda-calls-for-heritage-preservation/.

Nettie Cloete and Richard Ndwayamato Madadzhe, "Zakes Mda: Shifting Female Identities in *The Heart of Redness*", *English Academy Review*, Vol. 24, No. 1, 2007.

Ngara Kudzayi Munyaradzi, Imagining the Real-Magical Realism as a Post-Colonial Strategy for Narration of the Self in Zakes Mda's *Ways of Dying* and *The Madonna of Excelsior*, Ph. D. dissertation, The University of Western Cape, 2007.

Ngugi wa Thiong'O, *Moving the Centre: The Struggle for Cultural Freedom*, London: James Currey, 1933.

Nina Postiasi, Rewriting History in the Contemporary South African Novel, M. thesis, University of Vienna, 2010.

Njabulo S. Ndebele, *South African Literature and Culture: Rediscovery of the Ordinary*, New York: Manchester University Press, 1994.

Njabulo S. Ndebele, "Turkish Tales and Some Thoughts on South African Fiction", *Staffrider*, Vol. 6, No. 1, 1984.

Nkosana Zulu, "The Collective Voice in *The Madonna of Excelsior*: Narrating Transformative Possibilities", *Literator*, Vol. 27, No. 1, 2006.

Nontsikelelo Primrose Qokela, Perspectives on Female Characters in D. P. S. Monyaise's *Ngaka*, *Mosadi Mooka* and Zakes Mda's *Black Diamond*, Ph. D. dissertation, North-West University, 2014.

Ntozake Shange, "Unrecovered Losses/Black Theatre Traditions", *The Black Scholar*, Vol. 10, No. 10, 1979.

Ogaga Okuyade, ed. *Eco-Critical Literature: Regreening African Landscapes*, New York: African Heritage Press, 2013.

Okey Ndibe, History and Memory in the Fiction of Chinua Achebe, John Edgar Wideman, and Zakes Mda, Ph. D. dissertation, University of Massachusetts Amherst, 2009.

Oliveira Goncalves Pires and Ana Luisa, "From Neglected History to Tourist Attraction: Reordering the Past in Zakes Mda's *The Heart of Redness*", *Ariel*, Vol. 4, No. 1, 2013.

Oscar Hemer, "The Reinvention of History: A Reading of South African Novels of the Transition", Nordic Research Network on Popular Culture and Communication in Africa (conference), delivered on Nov. 1, 2008, accessed on Oct. 19, 2020, https://www.researchgate.net/publication/238113724/.

Patricia Hill Collins, *Black Feminist Thought: Knowledge, Consciousness, and the Politics of Empowerment*, New York and London: Routledge, 2002.

Patrick A. McAllister, *Xhosa Beer Drinking Rituals: Power, Practice and Performance in the South African Rural Periphery*, Durham: Carolina Academic Press, 2006.

Pauli Murray, *Song in a Weary Throat: An American Pilgrimage*, New York: Harper, 1987.

Paulina Grzęda, "Magical Realism: A Narrative of Celebration or Disillusionment? South African Literature in the Transition Period", *Ariel*, Vol. 4, No. 1, 2013.

Pravina Pillay, The Relevance of Antonio Gramsci's Concepts of Hegemony and Intellectuals to Apartheid and Post-Apartheid South Africa, Ph. D. dissertation, University of Zululand, 2017.

Prosper Ndayi Birama, African Traditional Culture and Modernity in Zakes Mda's *The Heart of Redness*, Ph. D. dissertation, University of Western Cape, 2005.

Pulane Mphats'oe, Reading Texts, Reading One's Self: Exploring Young South Africans' Sense of Identity, Ph. D. dissertation, University of KwaZulu-

Natal, 2014.

Ralph Goodman, "Describing the Centre: Satiric and Postcolonial Strategies in *The Madonna of Excelsior*", *Journal of Literary Studies*, Vol. 20, No. 1-2, 2004.

Renee Montagne, "Interview with Zakes Mda", National Public Radio (USA), delivered on Aug. 21, 2002, accessed on Dec. 2, 2020, https://www.npr.org/templates/story/story.php?storyId=1148 678/.

Robert Bieder, "The Imagined Bear", *Current Writing: Teat and Reception in Southern Africa*, Vol. 18, No. 1, 2006.

Roger Fowler, *Linguistic Criticism*, Oxford: Oxford University Press, 1996.

Rogier Courau, "Reading Transnational Histories: The Representation of the Afrikaner in Zakes Mda's *The Madonna of Excelsior*", *Scrutiny 2: Issues in English Studies in Southern Africa*, Vol. 10, No. 2, 2005.

Ruth Finnegan, *Oral Literature in Africa*, Cambridge: Open Book Publishers CIC Ltd., 2012.

S. Benson, "The Body, Health and Eating Disorders", in K. Woodward, ed. *Identity and Difference*, London: Sage, 1997.

Salman Rushdie, *Imaginary Homelands: Essays and Criticism*, 1981-1991, New York: Viking, 1991.

Sam Durrant, "The Invention of Mourning in Post-Apartheid Literature", *Third World Quarterly*, Vol. 26, No. 3, 2005.

Sandra Martin and Zakes Mda, "Out of Africa and Back Again" (Interview), *The Globe and Mail* (Toronto), Canada, accessed on Aug. 25, 2019, https://www.theglobeandmail.com/arts/out-of-africa-and-back-again/article4157130/.

Sarah Nuttall and Cheryl-Ann Michael, eds. *Senses of Culture: South African Culture Studies*, Oxford: Oxford University Press, 2000.

Sarah Sceats, *Food, Consumption and the Body in Contemporary Women's Fiction*, New York: Cambridge University Press, 2003.

Scott Slovic and Terre Satterfield, eds. *What's Nature Worth? Narrative Expressions of Environmental Values*, Salt Lake City: The University of Utah

Press, 2004.

Siphokazi Koyana, "Qholorha and the Dialogism of Place in Zakes Mda's *The Heart of Redness*", *Current Writing*, Vol. 15, No. 1, 2003.

Sol. T. Plaatje, *Mhudi*, Jappestown: Jonathan Ball Publishers Ltd., 2011.

Steve Pile, *The Body and the City: Psychoanalysis, Space and Subjectivity*, London: Routledge, 1996.

Stuart Hall, "Cultural Identity and Diaspora", in Padmini Mongia, ed. *Contemporary Postcolonial Theory: A Reader*, London: Arnold, 1996.

Susan Jeanne Griffin, The Universal Nature of Magic Realism: A Critical and Comparative Analysis of three Novels: One Hundred Years of Solitude, Midnight's Children, and The Powers that Be, Ph. D. dissertation, University of Natal, 1992.

Susanne K. Langer, *Feeling and Form*, New York: Charles Scribner's Sons, 1953.

Thabo Lucky Mzileni, "The Supernatural's Role in the Juxtaposition of the Ideas of Modernity, Traditionalism and Identity in Zakes Mda's *The Heart of Redness*", *English* 502: *Research Methods*, 2014.

Thabo Mbeki, *Africa, the Time Has Come: Selected Speeches*, Cape Town & Johannesburg: Tafelberg & Mafube, 1998.

Thembinkosi Twalo, "Gender Politics in Zakes Mda's *Ways of Dying*", *Current Writing*, Vol. 23, No. 1, 2011.

Thomas Leclair, "The Language Must Not Sweat: A Conversation with Toni Morrison", *The New Republic*, Vol. 184, No. 12, 1981.

Tim Woods, *African Pasts: Memory and History in African Literatures*, Manchester and New York: Manchester University Press, 2007.

Tlhalo Sam Raditlhalo, "Senses of Identity in *A Chain of Voices* and *The Madonna of Excelsior*", *Journal of Literary Studies*, Vol. 27, No. 4, 2011.

Tobias Döring, *Postcolonial Literatures in English*, Stuttgart: Klett Lernen and Wissen, 2008.

Tom L. Beauchamp and R. G. Frey, eds. *The Oxford Handbook of Animal Ethics*, New York: Oxford University Press, 2013.

Victor W. Turner, *The Ritual Process: Structure and Anti-Structure*, Chicago: Aldine, 1969.

Victor W. Turner, "Symbols in African Ritual", *Science*, Vol. 179, 1973.

Wendy Woodward, "The Killing (Off) of Animals in Some Southern African Fiction", *Journal of Literary Studies*, Vol. 23, No. 3, 2007.

Wendy Woodward, "The Nonhuman Animal and Levinasian Otherness: Contemporary Narratives and Criticism", *Current Writing*, Vol. 21, No. 1 – 2, 2009.

William Howitt, *Colonization and Christianity: A Popular History of the Treatment of the Natives by the Europeans in All Their Colonies*, London: Longman, 2017.

Yogita Goyal, "The Pull of the Ancestors: Slavery, Apartheid, and Memory in Zakes Mda's *Ways of Dying* and *Cion*", *Research in African Literatures*, Vol. 42, No. 2, 2011.

Zakes Mda, *She Plays with the Darkness*, Florida Hills, South Africa: Vivlia Publishers and Booksellers, 1995.

Zakes Mda, *Melville 67*, Lea Glen, Florida: Vivlia, 1997.

Zakes Mda and Mpapa Mokhoane, *Penny and Puffy*, Reykjavik: The Nordic Council of Ministers, Nordic Cultural Projects Abroad, 1999.

Zakes Mda, *Ways of Dying*, New York: Picador, 2002.

Zakes Mda, *The Heart of Redness*, New York: Farrar, Straus and Giroux, 2002.

Zakes Mda, *The Madonna of Excelsior*, New York: Picador, 2003.

Zakes Mda, *The Whale Caller*, Johannesburg: Penguin, 2006.

Zakes Mda, *Cion*, New York: Picador, 2007.

Zakes Mda, "A Response to 'Duplicity and Plagiarism in Zakes Mda's *The Heart of Redness* by Andrew Offenburger'", *Research in African Literatures*, Vol. 39, No. 3, 2008.

Zakes Mda, *Black Diamond*, Johannesburg: Penguin, 2009.

Zakes Mda, *Sometimes There Is a Void: Memoirs of an Outsider*, New York: Farrar, Straus & Giroux, 2012.

Zakes Mda, *The Sculptors of Mapungubwe*, Cape Town: Kwela

Books, 2013.

Zakes Mda, *Little Suns*, Century City: Penguin Random House South Africa (Pty) Ltd., 2015.

Zakes Mda, *Rachel's Blue*, Calcutta: Seagull Books, 2016.

Zakes Mda, *Justify the Enemy: Becoming Human in South Africa*, Scottsville: University of KwaZulu-Natal Press, 2018.

Zakes Mda, *The Zulus of New York*, Cape Town: Penguin Random House South Africa (Pty) Ltd., 2019.

后　　记

　　本书是在博士论文的基础上修改后成型的。博士在读期间选择这个题目，是基于多方面的考虑。从硕士研究生学习阶段起，我就开始研读纳丁·戈迪默小说，此后一直持续到计划攻读博士学位前。在此期间，我对艾丽丝·沃克、约翰·库切、安德烈·布林克等作家作品有了一定的了解，并撰写过相关论文。基于我对南非文学的有限了解，我期待能在博士研究生学习阶段扩大研究范围，结合自己的兴趣爱好，努力形成对南非英语文学的整体了解。

　　有了攻读博士学位的计划后，我就开始思考一件事：博士阶段研究什么。我此前所接触的基本都是南非白人作家作品。这些作家，或是移民后裔，或是殖民者后代，因而其作品所反映的南非社会现实犹如加了滤镜的社会群像，总是自觉或者不自觉地带有精英叙事的旁观意味。那么，南非本土的黑人作家是怎么书写南非的呢？他们笔下的南非是不是有着迥异于白人作家的特点呢？在南非，黑人人口比例占绝对的主导地位。黑人文学与文化或许能更加直观地反映南非的社会现实。我深信，必须深入了解过黑人作家作品，我们才敢说自己研究过南非文学。基于这一点，我计划将博士阶段的研究对象确定为黑人作家，扩大学术视野，形成对南非英语文学的整体把握，也为博士毕业后学术链的延伸与完善做好铺垫。

　　我成长于一个大山深处的小村庄。小时候，山村的夜寂静又漫长。在忽明忽暗的炉火边，奶奶总会给我们讲"古话儿"（民间故事）。稀奇古怪、充满魔幻的故事，让我们开心、恐惧，又充满期待。在靠着煤油灯照明的贫瘠岁月里，这些故事陪着我们度过了一个又一个温暖的夜晚，也给我们留下了最美好的童年记忆。小时候家里不富裕，但奶奶和妈妈会清楚记得每个孩子的生日和每一个民间节日。每到那时，她们都会想方设法准备贡品，带着孩子们一起跪拜观音菩萨和祖先，求他们保佑孩子健康成长，家人平安，来年风调雨顺。仪式虽然简陋，却寄托着她们对孩子的殷切期待和祝福，和对美好生活的向往。因为可以吃到一些平时吃不到的贡品，这些仪式成为我们儿时最期待的时刻。奶奶和妈妈年复一年的虔诚跪拜，使我深信，不管我们有多弱小，菩萨和祖先永远保佑着我们每个人。这让我有一种踏实的幸福感。在物资匮乏的年代，我最爱的亲人们通过最朴实的民俗文化实践，为我们营造了充盈的精神富足感。正是这种富足感，使我对民俗文化有种天然的好感与兴趣。所以，在博士阶段选择研究黑人作家扎克斯·穆达小说中的民俗书写，是理性思考与感性驱使的必然结果。

  首先要感谢的是致力于非洲英语文学研究的同行们。近年来，非洲文学在世界范围内引起了越来越多的关注。国内的非洲文学研究也生机勃勃，影响力与日俱增。良好态势的发展，凝聚了无数国内外同行的心血。在此我要特别感谢蔡圣勤、朱振武、高文惠、孙晓萌、盖尔·芬查姆、J. U. 雅各布斯、大卫·艾特威尔和艾勒克·博埃默等国内外学者在非洲文学研究方面做出的巨大贡献。他们对非洲文学研究的开拓与实践，为我的写作提供了丰富的研究材料和无数的灵感，增强了我的学术信心。而在全世界都在关注非洲文学的同时，如何凸显中国视角的独特性，让中国学者的声音被听到？国内非洲研究专家们主张跳出西方理论话语的牵制，从非洲自身的历史文化背景出发，客观公正地发掘独属于非洲文学的"非洲性"。他们身体力行，立足中国，对话世界，为非洲文学正名的同时，让世界听到了中国学者的声音。他们的非洲文学研究，为我做了最好的示范。

  特别感谢刘守华、邹建军、陈建宪、晓苏、孙正国、胥志强、张静、熊威等教授。他们传授给我们最前沿的专业知识，并教会我批判性思考的能力。我的毕业论文，从选题、开题、到写作，他们都给予了细致的学术指导和慷慨的精神支持。不仅如此，质朴善良的老师们还为我们营造了一种团结一致、积极向上的学习氛围，使我们能够以轻松自由的心态投入学习。他们身上，既有师者的严谨与刻苦，又有学者的博大与宽厚。他们是我学习的榜样。感谢黄永林、蔡圣勤、刘久明和汪树东等教授。他们都参与了我博士论文的预答辩和正式答辩。他们不厌其烦地阅读我的博士论文，指出各种问题，使我的思路越发清晰。因为他们的悉心指导，我的论文才得以日趋完善。他们对论文的高度肯定，极大地鼓舞了我，使我有勇气在科研路上继续走下去。

我能完成三年的博士研究生学习，离不开众多好友的鼓励与支持。我有幸共同学习过的涂慧琴、王金黄、屈伶萤、刘洁、甘小盼、石瑶瑶、魏倪、丁萌、卢建飞等师友，都给予过我温暖的鼓励与共同进步的激励。三年时间结下的同门之谊，是我一辈子的财富。感谢廖栋雯、任宽、王青璐和陈芬等博士同学们的纯真友谊与共勉之情。她们的陪伴与鼓励，充实、美丽了我在桂子山上的三年时光。感谢兰州财经大学外国语学院董亮博士和武汉科技大学外国语学院龙在波博士。成长路上，一直都有他们的帮助与鼓励。他们是我的朋友，也是我的"战友"。感谢我曾经的学生王立安和罗险峰等，他们不辞辛劳帮我从各国求购穆达小说，并时时关注我的学习需求。感谢我在荆州的所有好友们。从当初的青涩、拧巴，到如今华发初生、渴望躺平，我们见证过彼此的鸡零狗碎，也一起享受过无数开心时刻。他们总是无条件地包容我、鼓励我、支持我。我们不是亲人，胜似亲人。在此要真诚地向他们说声："感谢！"

　　感谢我的家人们长期以来对我的全力支持。我的爸妈与公婆都养育了四个儿女，但我们无一例外都身居外地，仅在年节时才能回家探望。父母们年事已高，各种疾病缠身，思念儿女。但为了免去我们的后顾之忧，他们总是隐忍克制，为我们宽心。深感内疚的同时，也感恩父母们对我的包容。在我读书期间，我的丈夫在肩负教学任务的同时，包揽下所有的家务和照顾孩子的重任，免去了我的后顾之忧。我可爱的女儿乐儿善良、乖巧、甜蜜、贴心，无需我的过多管教，使我能够安心投入学习。她一次次用爱的抱抱、手工礼物和"小情书"表达对妈妈的深情与鼓励。乐儿是我最大的精神慰藉。我远在各地的亲人们都给予了我莫大的鼓励与关怀。正是因为有了他们毫无保留的爱与支持，我才有勇敢前行的力量。

　　我曾设想过无数次，等我没那么忙的时候，我一定多回家看望父母，陪他们说说话，为他们做好吃的，带他们出去走一走……然而2020年5月，我的公公撒手人寰。2021年7月，我挚爱的父亲骤然离世，而我还没来得及见到他老人家最后一面。父亲的离去，是我心中永远的痛。我深刻体会到了"子欲养而亲不待"的遗憾。如果可以，我想把这篇拙作献给父亲，献给所有师长、好友与亲朋，感谢他们对我的深情与厚谊。

　　感谢扎克斯·穆达先生。穆达先生对底层民众的关注，以及对非洲本土文化的细致描写，让我看到了一个更加具体而真实的南非。而他敢爱敢恨、仗义执言的性格，又让我对作家本人有种由衷的敬佩。2022年上半年，经由大卫·艾特威尔教授介绍，我们终于与扎克斯·穆达先生取得了联系。得知自己的文学创作受到中国读者和研究者的关注，穆达先生非常高兴。他第一时间将自己的版权经纪人介绍给我，并表示愿意为我们提供一切能够给予的帮助。在他的热心帮助和慷慨支持下，我们获得了在中国翻译并出版其三部小说的机会。这三部小说分别是《与黑共舞》《红色之心》《祖鲁人在纽约》。在翻译过程中，遇到陌生的文化表达时，我们都会请教穆达先生。他总是第一时间回复我们，并不厌其烦地细致解答我们提出的每一个问题。三部小说，连同这部专著的出版，为我们的穆达小说研究交上了一份满意的阶段性总结。接下来，我们希望能继续把穆达创作研究做下去，同时也期待翻译并出版穆达先生的其他文学作品。

本书的顺利出版，离不开各位编辑老师的大力支持。感谢中国社会科学出版社的程春雨老师。程老师工作细致、高效，为我的论文提出了诸多修改建议，使我的论文日臻完善。出版过程中，她不厌其烦地帮我处理各个环节的事务，为我节约了时间与精力。感谢她以及出版社其他老师的辛苦付出。感谢商务印书馆的崔燕老师、史慧敏老师，以及深圳出版社有限责任公司的林凌珠老师。在申报出版选题的过程中，她们体贴周到，毫无保留地为我提供了各种帮助。林凌珠老师也是穆达译著出版的直接负责人。三部小说同时出版，离不开她以及出版社其他老师的辛苦付出。我虽跟各位编辑老师还未曾谋面过，但她们的专业与高效，温柔与坚定，都让我感受深刻。因书与各位老师结缘，是我人生中的一大幸事。

最后，感谢湖北工业大学外国语学院大家庭。入职湖北工业大学外国语学院以来，学院党委书记张志国，院长鲁修红，副院长黄广芳、黄海泉、李池利，以及各位同事始终如一地包容我、鼓励我、帮助我，让我倍感温暖。本书的顺利出版，离不开他们的大力支持。在此一并感谢他们，也期待我们湖工外院大家庭越来越好。

胡忠青
2024 年 5 月于雅园